当代中国文学书库

# 乌龟的冠军宝座

李子舟 ◎ 著

中国文联出版社

图书在版编目（CIP）数据

乌龟的冠军宝座 / 李子舟著. -- 北京：中国文联
出版社，2023.3
ISBN 978-7-5190-5149-5

Ⅰ.①乌… Ⅱ.①李… Ⅲ.①寓言—作品集—中国—
当代 Ⅳ.①I277.4

中国国家版本馆 CIP 数据核字（2023）第 052791 号

著　　者　李子舟
责任编辑　周　欣
责任校对　贾　丹
装帧设计　中联华文

出版发行　中国文联出版社有限公司
地　　址　北京市朝阳区农展馆南里 10 号　　　　邮编　100125
电　　话　010-85923025（发行部）　　　010-85923091（总编室）
经　　销　全国新华书店等
印　　刷　三河市华东印刷有限公司

开　　本　710 毫米×1000 毫米　　1/16
印　　张　18
字　　数　276 千字
版　　次　2024 年 1 月第 1 版第 1 次印刷
定　　价　89.00 元

###### ●●●●●● 目录

# 1 乌龟的冠军宝座

自从那回在龟兔赛跑中，因兔子骄傲自满半途躲去睡觉，让乌龟侥幸取胜后，乌龟开始沾沾自喜。时常拿着奖牌四处炫耀："都看看吧，我是轻量级别的田径赛跑冠军。"

山猫、松鼠等小动物们都不服气了。乌龟的爬行速度路人皆知，怎么会是赛跑冠军呢？于是它们公推松鼠作为代表，要和乌龟再来一次比赛，以此确定乌龟是否有资格当上冠军。

乌龟顿时心虚了，但它小眼珠子一转，故作镇静地对松鼠说："你是怀疑我这速度吗？兔子的奔速那是有目共睹的，人们平时要形容谁的速度快，总是以它作为参照物，说，'瞧，这家伙跑得比兔崽子还快'，为什么不说'跑得比松鼠还快'呢？因为你没有资格嘛！"

松鼠无端受到奚落，不知该说什么好。

"还有，龟兔赛跑我老龟夺冠已载入史册不容置疑。如今我堂堂一个赛跑冠军位尊名显，琐事繁多，不是谁想和我比赛都有资格，我也没时间陪你们玩！你就先找兔子比赛去吧，等赢了兔子后才有资格来跟我比，这是竞赛规则，懂了吗？"

松鼠碰了一鼻子的灰，只好悻悻离去。

蜗牛见了也提出疑问："你我最知根知底了，你的爬行速度素来以缓慢著称，你怎么能跑得过兔子呢？"

"这比赛结果不是明摆着的吗？要尊重事实嘛！"见到蜗牛，乌龟顿时信心大增，它底气十足地对蜗牛说，"看来你也不服气，那咱们今天就先比试比试如何？"

蜗牛一下子气馁了。谁都知道但凡有赛事，自己总是倒数第一。如果跟乌龟比，这不是自取其辱吗？蜗牛连忙把脑袋缩进壳里去了。

就这样，速度比乌龟快的，没机会与乌龟比；速度比乌龟慢的，没胆量与乌龟比。所以时至今日虽然众心不服，乌龟仍然稳居这"赛跑冠军"的宝座无人能撼动。

# 2 羡 慕

东方渐晓，晨曦初露，众鸟纷纷亮相枝头一展歌喉，沉寂了一个晚上的森林鸟国霎时间热闹起来。

素有"音乐家"之称的百灵鸟独具特色，其歌声悠扬婉转清脆悦耳。伫立于枝头上梳理着长尾彩羽的锦鸡听得如痴如醉赞不绝口："多高超的演唱技艺，多动听的美妙乐曲！可惜我空有漂亮的羽衣却不善歌咏。如果我有你这般绝技该多好呀，那我就秀外慧中，声色并茂，必定能独步天下，人人敬而仰之。"

百灵鸟听了锦鸡的赞美声激情倍增，越唱越带劲。一低头，看见孔雀在空地上翩翩起舞美妙绝伦，不禁连声赞叹着："瞧你这舞姿赏心悦目，美不胜收。可惜我只懂得唱歌却不会跳舞，如果我有你这等舞艺该多好呀，那我既能歌又善舞，谁敢不对我刮目相看呢？"

听见了百灵鸟的赞美声，正自我陶醉于曼妙舞姿中的孔雀更加意气风发，舞步也越发轻盈。一抬头看见苍鹰展翅飞来停落在树端上，顿时倍感羡慕："果然是翱翔大师名不虚传！可惜我只会跳舞不会飞翔，如果我有你这般高超的技能该多好，那我既善舞又能飞，必定是天空中一道亮丽的风景线，谁人敢不仰慕。"

孔雀的赞美声使得苍鹰得意扬扬，它高傲地环顾四周，似乎天下唯我独尊。一回头却看见锦鸡正在用心梳理它那身色彩斑斓的羽衣，不禁赞叹不已："多华丽的彩衣呀。可惜我虽善于飞翔却土里土气，如果我有你这身漂亮的衣服该多好，那我既善飞又可夺人眼球，天之骄子当非我莫属！"

人心真是奇妙，总是这山望着那山高。就像锦鸡羡慕百灵鸟能歌，百灵鸟羡慕孔雀善舞，而当孔雀羡慕苍鹰翱翔蓝天时，苍鹰却羡慕起锦鸡的缤纷彩衣来了。

——人人都各有所长也各有所短，所以不可孤高自傲，也无须妄自菲薄。当你在羡慕别人的时候，或许也有人正在暗中羡慕着你哩。

# 3 自诩忠诚的影子

"主人哪，请相信我，我是您最忠实的奴仆，这世上没有谁会比我对您更加忠心耿耿了。"影子对伫立在阳光下的主人不断地表着忠心。

"您看，一生中我只忠诚于您一个。当您孑然一身感到孤独时，您的家人、兄弟姐妹、亲朋好友，他们都在哪儿呢？能时时与您做伴吗？而只有我能与您形影不离，或者在前为您引路，或者紧紧追随您的身后，再不就陪伴您左右为您解除寂寞烦恼，就连诗仙李白喝酒时也会想着'举杯邀明月，对影成三人'。您说，这世上除了影子我，还有谁能这样体贴热爱它的主人呢？"

主人听着，觉得影子的说辞有些道理，不禁对影子产生了好感。

"主人啊，您是我灵魂的化身、行动的楷模，您的一举一动我都悉心模仿，"影子继续表白着，"您举手我决不投足，您站立我决不弯腰。您可曾看见除我之外，还有谁对您的崇拜达到这样虔诚的地步呀？"

主人被感动了："啊，影子，我今天才认识到你对我的忠诚，愿我们今后常在一起，让我们的友谊源远流长。"

"放心吧主人，我永远不会背叛您的。"影子受宠若惊，信誓旦旦地保证着。

夜幕降临，黑暗笼罩大地，整个世界漆黑一片。主人感到很孤单，希望影子能给自己做伴，却无处可寻它。不知什么时候它已不辞而别，消失得无影无踪了。

"唉，这就是自诩'忠诚'的影子，充其量也只是趋炎附势之徒，与世间蝇营狗苟之流何其相似！"主人失望至极，不禁摇头叹息，"当你头顶光环时它围绕左右，不招即来挥之不去，唯恐得不到垂青；一旦你面临黑暗时，它却避之唯恐不及，追随着光环离去，再也难以寻觅到它的踪迹了。"

# 4　泰山与风筝

金秋时节泰山脚下，众多风筝被放飞到空中翩翩起舞。"龙""凤"二风筝也顺风而起扶摇直上，随着小孩手中的细绳越放越长，它们也向天空处越飘越高。

"哈哈，我们多么与众不同呀，"比比周围那些"蜈蚣""蝴蝶""鹞鹰"等风筝，"龙"风筝不自觉地有些得意忘形，它对"凤"风筝吹嘘着，"凭我们俩至高无上的身份、光鲜靓丽的装扮，它们能和我们相提并论吗？"

"别理它们，这些同类我可不屑一顾，要比就要跟泰山比！""凤"风筝俯瞰身下的泰山，傲慢地对"龙"风筝说，"你看，我们飞得多高呀！那泰山已经臣服于我们脚下了。"

"是呀，我们的高度超过泰山了，证明我们比泰山更伟大。""龙"风筝也兴奋起来了，"相比之下，泰山无地自容了。让它羞愧去吧，我们要超越一切高度，让所有人对我们刮目相看！"

"说得对，泰山有啥了不起，徒有虚名罢了！""凤"风筝接口道，"论高度论美丽，它有条件跟我们比吗？它一定在嫉妒我们呢！别理它，我们飞我们的，让我们去实现心中的梦想。"

泰山兀自岿然屹立默默无言，不屑理会"龙""凤"二风筝的中伤诽谤。

"哼，这泰山总算有自知之明，它听了我们的话自觉无颜以对，所以不敢开口了。""龙"风筝嘲笑说。

"它哪有资格开口呀！""凤"风筝也不甘示弱，争着发表高论，"我们已经取代了泰山的地位，我们的伟大将超过泰山一百倍。就让泰山永远沉默下去吧！"

天气说变就变。"龙""凤"二风筝起劲地自吹自擂，正当飘飘然忘乎所以时，猛然刮来一阵狂风，吹断了"龙""凤"二风筝以及空中其他风筝的细绳。"龙""凤"二风筝和它们那些七零八落的同类随风飘向远方，再也无处寻觅踪影了。

而泰山依旧岿然屹立，再大的风对它都丝毫不产生影响。

——伟大无须自我标榜。泰山无言，始终是世人心中的丰碑。而那些目空一切、动辄口出狂言自称"老子天下第一"者，充其量只能是泰山足下的一抔土。

# 5　虎王病了

虎王清晨醒来，一声如雷的喷嚏声惊得在旁边侍寝的野兔蹦起三尺高，虎王有气无力地挥手吩咐："快，请御医……"

野兔不敢怠慢，急忙撒开四腿一路狂奔，匆匆赶往熊御医的住处，半途中遇见了猴子。猴子奇怪地问："喂，你这兔崽子，一大清早的发啥兔疯，又是跟谁赛跑，还是发生了地震啊？"

"坏事了坏事了，比地震更严重！咱虎王突然得了重病说话无力，看来危在旦夕，我得赶紧请熊御医前往诊治呢。"野兔喘着粗气话音未落，就一溜烟似的跑得没影了。

猴子心想好事来了，连忙找狐狸告诉了它这个消息。它压住内心的狂喜，做出一副忧心忡忡的模样对狐狸说："真是不幸哪，虎王病得不轻，咱们做臣子的一向忠心耿耿，得赶快去探视请安才对。"

狐狸听到消息内心也一阵高兴，但表现得很悲切，它装模作样地掏出手帕擦了擦眼角说："可怜的王啊，怎么说病就病了呢？那咱就快点去吧！哦，也要通知狼，它对王可表现得最忠诚。"

狼听到消息更是喜形于色，但它马上强忍住了，而且表现得悲痛恸绝："我的王呀，你千万要挺住，我们马上就到了。"一边急不可待地催促猴子、狐狸说，"你们还等什么呀，再迟可就赶不上了。"

于是三人各怀心思急匆匆地赶往虎王府，在府门前探头探脑围着观望，个个口中嘟嘟囔囔不知念叨些啥。

随后蹒跚赶来的熊御医背着药箱子气喘吁吁，见到猴子几位先期已到且神色虔诚，不由得大为感动："难得你们对王如此挂心，这么早就来等着王的召见，不愧是王的忠臣！难得呀，难得！"

只见猴子喃喃自语着："仁慈的王啊，您可千万别生病，臣民们可每时每刻都离不开您呀！"心中却偷偷骂着："可恶的魔头，你快点归西吧，猴哥我正等着'山中无老虎，猴子称大王'哩。"

狐狸口中也念念有词："英明的王呀，您的病快点儿好吧，兽国治理可少不了您呀！"心里却暗暗诅咒："你这杀人狂快断气吧，这虎王府老狐我可期盼已久了。"

狼表现得最为虔诚，它向着天空大声祷告："愿上天把一切灾难都降祸于我吧，只求我的王永远安康。"心里却暗暗催促着："千刀万剐的，你怎么还不快点去阴间报到呀？狼爷我的刀叉都带来了，正等着品尝你虎肉的滋味呢。"

正在此时，熊御医激动地冲出来大声喊："没事了没事了，咱大王是正常打喷嚏，啥病都没有，诸位且放宽心……"

猴子、狐狸与狼一听大失所望一哄而散。熊御医愣在那里，不知这三位"忠臣"怎么连招呼都不打一声说散就散了。

回到现场的野兔看到了这一切什么都明白了，它对熊御医说："没什么奇怪的。别看它们平日里表现得比谁都忠心，却个个心怀鬼胎。相信吗？今天大王若有个三长两短，最高兴的就是它们三个，这就是现实！"

# 6　牛医的医牛术

乡村一牛医承袭其祖上三代传下来的医牛之真谛，为牛治病医术高明，各种患牛的疑难杂症经他诊治都能手到病除，因此声名远播，深得众乡邻的信赖。而牛医也因此自诩医术了得，为了得到更多人的崇拜，他总要想方设法展现自己的才能。

这天，有人牵来一头行走困难的瘸牛，请他诊治。经检查，发现这是该牛后小腿的一处伤口化脓肿胀所致。于是牛医娴熟地将牛腿绑定上好麻药，然后持手术刀切开伤口挤出脓血，敷上消炎膏药，整个手术过程一气呵成。

牛医对牛主人说："放心吧，此牛并无大碍，经我诊治，不出一周就可以完全康复下地耕田了。"

围观者对牛医的高超技术佩服得五体投地，纷纷竖起大拇指赞不绝口；

牛主人更是对牛医感激不尽，再三言谢。

"诸位乡亲，此等虫篆之技不足挂齿，"牛医高兴起来了，他觉得这正是展示自己医术与众不同的绝好良机，于是对众人说，"治这毛病小菜一碟，但我医术的神奇，想来诸位还不曾领教过。今天我就露一手让诸位开开眼界。都看好了。"说罢顺手操刀剁下一条牛腿来。

围观者都大吃一惊，瞪眼望着牛医不知所措；牛主人更是一头雾水，莫名其妙地问道："你这是要干什么呀？"

"诸位不必惊疑，这才是我的独门绝技。"牛医镇定自如地转过身来，得意扬扬地对众人解释道，"这剁下的牛腿我能轻而易举地给它接上，再敷上我的家传秘方药，不出三个月就能痊愈如初。我的医术高明也正体现在这里。"

牛主人哭笑不得，望着牛医摇头叹息："果然是'牛'医呀，真是瞎胡闹！我这头牛本来只要一周就能下地干农活，经你一折腾，要三个月才能痊愈。这不是小病大治，没病也被你整出病来了？你说，像你这种治法，医术再高明又有啥用呢？"

牛医愣住了。他这才发现，为了表现自己，却干了一件荒唐事。

——做事应当实事求是。一旦脱离实际，往往会把事情办砸。

# 7　爱唱高调的猫

主人养了只懒猫，它整日里无所事事，吃饱了就躲在墙角睡懒觉。家中鼠患成灾了也熟视无睹，似乎与己无关。主人忍无可忍就找猫交涉。

"我说老伙计，你也领教到这鼠辈们是何等猖獗了！白天黑夜折腾得我不得安宁，咱家都成为名副其实的鼠国了，"主人流露出满脸不悦，"你看餐桌上的鱼肉时常不翼而飞，衣橱皮箱常常被肆意钻洞，家里还被到处留下粪便臭不可闻，这些你却都视而不见无动于衷！难道我养你的目的就是让你吃饭睡觉？你也该出手了，我只要你每天抓到一只老鼠，这个要求不过分吧？"

"那怎么行，这任务太轻松了，如此算来何日才能消除鼠患啊？"猫一听连连摇头反对，"别小看我，捕鼠是我的祖传技艺，每天捉十只八只的根本不在话下，最少每天也要捉五只。"

"可别把事情看得太简单，还是实事求是些吧！你只要每天能捉一只老鼠我就心满意足了。"主人说。

"这是什么话！你这不是在怀疑我的能力打击我的积极性吗？"猫一听蹦了起来，"你的话太伤我自尊心了，谁不知道我猫族是捕鼠能手，这闲气我可真受不了，今晚我就先捉几只让你瞧瞧！"

第二天天亮了，主人看见猫一只老鼠也没捉，仍然躲在墙角边睡懒觉。

见到主人问，猫很轻松地回答："不就是捉老鼠嘛，小事一桩，我不捉就不捉，要捉一天最少五只，你就等着瞧吧！"

时间一天天过去了，主人仍然没发现猫有抓到过老鼠，看到的却是家中老鼠一天比一天多，而猫照样经常躲在墙角打呼噜。

主人失望至极，摇头叹息道："响雷千阵不及润雨半场，大话百篇何如实事一件！看来越会唱高调的，就越是没出息不干实事的懒家伙。"

主人从懒猫身上得出了这样的结论。

# 8    施恩的蛇

小山羊在山坡上吃着青草，躲藏在草丛中的蛇乘其不备扑上前去，狠狠地咬了它后腿一口。毒液进入体内，小山羊来不及呼喊就晕死过去了。

眼看着可怜的小山羊将无声无息地结束生命，蛇不禁动了恻隐之心。它从周围衔来药草敷在小山羊的伤口处除去毒性，一会儿小山羊渐渐苏醒了过来。

"你该怎样才能报答我的恩情呢？"蛇对小山羊说，"是我不辞辛劳为你采药疗伤，把你从死亡的边缘拯救过来，给了你一条新性命呀。"

"谢谢你的救命之恩，"喘过气来的小山羊眼里流露出感激之情，它用微弱的声音询问道，"发生了什么事情呀？我只觉得后腿一阵疼痛，怎么一下子就失去知觉了呢？"

"你还不知道呀？"蛇得意扬扬地说，"我咬了你一口，眼看着你将中毒死亡，发善心施援手救了你，这也算是功德无量吧！而可恶的人们还常在背后贬损我族是蛇蝎心肠，冤不冤呀！"

"嘀，背后咬我一口，当面又做好人为我疗伤，你就是这样施恩于我的吗？"小山羊恍然大悟，禁不住愤愤不平地责问。

"怎么，难道你还不承认是我拯救了你吗？你真是个忘恩负义的东西呀！"蛇的一双小眼恶狠狠地盯着小山羊，脸上流露出不悦之情。

"我怎敢忘恩负义呢？毕竟是你挽救了我的命，我正为无法报答你的大恩大德而感到无地自容呢！"小山羊不卑不亢地回答蛇，"可惜你的善举是建立在你罪恶的基础上的，咱羊族历来提倡恩怨分明：你不咬我一口，我没有生命之忧，你不施救，我已经没命了。如此看来，你是先置我于死地然后再救我一命，我是否要先谴责你的罪恶后，再感谢你的救命之恩呢？"

蛇无言以对，也再没有勇气提起要小山羊报恩的事情了。


# 9　蜗牛、壁虎和螳螂


蜗牛和壁虎结伴同行，一路上互相炫耀着自己的家世。

蜗牛像煞有介事地吹嘘："你知道吗？我是牛族成员，水牛、黄牛、犀牛都是我的铁杆兄弟，它们牛气冲天霸道十足，谁见了都要退避三舍。"

壁虎不甘示弱，也一本正经地跟着狂吹："那算什么，我还是虎族直系哩！东北虎、华南虎、剑齿虎都是我的本家族亲，它们虎虎生威傲视群雄，哪个敢不对它们俯首称臣！"

它们正吹得起劲，迎面遇上螳螂。蜗牛觉得应当"牛"一回让壁虎刮目相看，于是盛气凌人地对螳螂大声喝道："快点让开，你挡住我们的去路了！"

壁虎也觉得不能在蜗牛面前掉价，于是跟着装腔作势地呵斥螳螂："快识趣些躲一边去！想当年你的先祖曾因狂妄自大企图'螳臂当车'而沦为千古笑柄，你莫非也想发扬光大步你先祖之后尘，来个'螳身挡路'不成？"

螳螂无端受刁难还被羞辱，气愤难忍责问说："你们说话好不讲理，这么宽的路左右都可以行走，我怎么就挡住你们的道了？"

"我牛爷跟你说话还要讲理吗？说你挡道了就是挡道了，"蜗牛目空一切口出狂言，"快点让开！不然把我惹恼了，我随便叫个族里兄弟水牛、黄牛或犀牛来，一脚就把你给踩扁了，你相信吗？"

壁虎也随着虚张声势地抖威风："我虎爷说出的话就是理。常言道'识时务者为俊杰'，你再不让道，一旦让我的虎族至亲东北虎、华南虎、剑齿虎知道，你的末日也就来临了！"

螳螂被激怒了，它二话不说挥动镰刀状的前臂扫向蜗牛，蜗牛经不起一击，连番滚动着落到草丛中，吓得连忙将脑袋缩进壳里不敢再吭声了。

壁虎见势不妙正想溜走，却被螳螂一伸前臂夹住了尾巴。壁虎疼得"叽叽"乱叫，为了活命只得忍痛弃尾仓皇逃生而去。

"你们不是一个牛气冲天，一个虎虎生威吗？怎么竟然如此不堪一击呀？"螳螂嘲讽蜗牛和壁虎，"别以为只要自己名字中有了'牛、虎'二字就真成了'牛、虎'，或者妄想攀'牛'附'虎'，沾光装神气而不知天高地厚。今天的教训你们都记牢了，往后别再不自量力，自取其辱！"

# 10　高姿态的黑狗

黑狗、黄狗和白狗对工作都尽职尽责，主人很满意，年终时奖赏它们两根带肉的骨头以示鼓励。

三只狗受宠若惊，它们瞪着圆溜溜的眼珠子，围着两根肉骨头团团转，个个馋涎欲滴，谁都想能得到一根享受一番。可骨头只有两根，该怎么分配呢？

黑狗忍耐不住了："我说各位，主人的恩赐不够咱仨均分，但不管怎么说，论资排辈我也能分到一根。"黑狗咽了下口水，颇为斯文地瞧了两位同伴一眼首先发言。"

"凭什么……"黄、白两狗不服气，刚要提出异议，就被黑狗给打断了。

"别与我争辩，道理很简单，"黑狗霸气地回应，"其一，我是领班，你们必须听我的；其二，我资格老，追随主人时间最长；其三，我年纪最大，你们都年轻今后还有机会！还有，还有就不说了。所以你们无须再跟我争，否则别怪我不客气！"黑狗说完用友好的眼光看着两位伙伴，只是眼光背后似乎隐藏着一股杀气。

黄、白两狗面面相觑无言以对。话都说到这份上了，还跟它争什么呢？

好在还剩下一根，或许……于是黑狗心安理得地叼起一根肉骨头，径自到一旁享受去了。

轮到黄狗开口了："白狗老弟，每次打猎主人都是带我去，说明我为主人效力多，主人看重我，所以这根肉骨头理应归我享用。"

"谁说主人看重你？主人有事外出总是留我看家护院，将重要财产托付我看管，这不就证明主人信任我让我挑重担吗？"白狗迫不及待地为自己表功，"我效忠主人不辱使命，任职期间从未失盗过，这功劳难道还小吗？所以这根肉骨头非我莫属！"

黄、白两狗各自争功互不相让，谁都想拥有这根肉骨头，终于大打出手，当它们相互撕咬在一起时，旁边的肉骨头不知何时滚落到阴沟里去了。

正当黄、白两狗争得难分难舍时，黑狗已享用完那根肉骨头踱着方步走来，看黄、白两狗的狼狈相不禁嘲笑起来："看看你们都成何体统！为了一根肉骨头吵得不可开交，难道不怕别人笑话？你们为什么不姿态高一些呢？为什么不相互礼让些呢？真是太没有素质，太不讲文明了！"

看来黑狗的姿态最高，因为它终究没有卷入打架的行列，并且还能高谈阔论地教训别人。

——说别人时，言论比谁都动听，姿态比谁都高；但如果事情轮到自己头上，那表现可就大不相同了。现实中这样的主儿比比皆是。

# 11　蟋蟀和蚯蚓

金秋时节，蟋蟀在菜园的草丛边"嚁嚁嚁"地鸣叫着，声音尖锐刺耳格外惹人注目，吸引了蚯蚓钻出土面看稀奇。

蟋蟀见了得意地问："怎么样，我的叫声好听吗？"

"好听啊，你的叫声独具特色，关键是音调高昂很远都能听见。"蚯蚓不想扫蟋蟀的兴，也就投其所好随声附和着。

蟋蟀听了更加得意："你总算是还懂得欣赏。不是吹牛，在昆虫界我的高音也是名声在外，没有谁敢与我争锋——要不然，你也来试叫几声看看？"

"我不懂得叫，也没叫过，更不敢在你这高手面前班门弄斧自取其辱呀。"

蚯蚓坦然地回答。

"你这个废物，连鸣叫都不会，除了无声无息地躲在土壤里，还能干啥事？真给咱昆虫界丢脸。"蟋蟀嘲讽蚯蚓，同时不忘自我吹嘘，"只有像我这样高调生活才能名扬天下，证明我是同行中的精英，懂吗？"

"废物和精英以声音的大小来作衡量标准，只有智障或者孤陋寡闻者才会如此作为，"蚯蚓觉得蟋蟀过于狂妄自大，必须让它头脑清醒，于是不再留情面而毫不客气地反唇相讥，"叫声高未必是精英，像你这样除了高声嚷嚷夸夸其谈外，没干过一件实事，充其量只是个'空谈家'，有什么可值得炫耀的呢？"

见到蟋蟀张口结舌不知作何回答，蚯蚓自我表白着："而我平日里虽然默不作声，却从不自认为是'废物'。我在土壤中埋头苦干辛勤耕耘，改良土质，增加肥力，人类视我为朋友，称我为'实干家'，这是否算是'给咱昆虫界丢脸'呀？"

蟋蟀颜面尽失，连忙隐身于草丛中，再也不敢在蚯蚓面前高声鸣叫了。

# 12　狐狸的怨言

狐狸在森林中孑孓独行。它交不到新玩伴，连昔日的好朋友乌鸦、公鸡和山羊也都相继断交了，它感到很孤单。

猴子见了觉得奇怪，问它："都说你狐朋狗友多，今天怎么成为孤家寡人了？"

"唉，一言难尽哪！那些人心术不正都不是好东西！"狐狸满腹怨言，"它们背地里说三道四败坏我的声誉，令我心寒哪！"

"怎么会呢？乌鸦它们都挺实在，平时与你不是铁哥们关系吗？"猴子满脸狐疑地问。

"咳！你有所不知呀，正所谓知人知面不知心。"狐狸满脸沮丧地对猴子大吐苦水，"就说乌鸦吧，十足的小心眼，不就是当时诓了它一块肉吗，至今耿耿于怀，逢人便骂我是骗子；还有公鸡，纯粹的小肚鸡肠，那次因为饥饿难忍借它一个兄弟填腹，结果就骂我是杀人犯，毁谤说我生性残忍；就连山羊也一个德行，那天它掉进土坑里大声呼救，我装作没看见，它就在大庭广众之下说我见死不救不讲义气，就这样一个个都不和我往来——它们心胸都何以如此狭隘呀！"

猴子听了忍不住说："你怎么总说别人的不是，不反省自己呢？"

"天哪，我为什么要反省自己，我有什么过错！"狐狸似乎受了极大的委屈，连声为自己辩解，"退一万步讲就算我有小过错吧，为什么它们都不能多包容些呢？不能包容别人过错的人本身就是最大的过错呀。"

"别厚着脸皮丢人现眼了，"猴子实在听不下去，打断狐狸的话讥讽它，"你既做了坏事又死不认账，还要强词夺理推卸责任。如今众叛亲离交不到朋友，那是你咎由自取，活该！"

# 13　受处罚的白狗

寺庙内出现了老鼠，堂前案桌上的供品时常被偷吃。有人建议养猫驱鼠，但住持却充耳不闻视而不见，放任不管，老鼠猖獗，以至于寺庙内鼠患成灾。

负责看守寺庙的白狗忍无可忍，决心担负起抓老鼠的职责。于是，护院之余只要发现老鼠踪迹就尽力捉拿，还时有所获。鼠辈们望风而逃，寺庙安宁了许多。住持见了满心高兴，任由白狗行使猫职，还时不时地表扬几句；众香客也交口称赞，夸白狗为寺庙除害做了好事。

一天晚上，又有老鼠前来偷食供果被白狗发现，白狗毫不犹豫地勇追猛赶，老鼠惊慌逃窜之余打翻了供桌上的明烛引发火灾，幸亏扑灭及时未酿成大祸，但还是烧坏了供桌。

住持出来主持公道，决定对白狗进行惩处，白狗连声叫屈。

"这不公平，我为寺庙捉老鼠，没功劳也有苦劳，况且火灾是老鼠引起的，怎么能让我受过？"白狗为自己辩解。

"谁让你去捉老鼠了，这不正应了'狗拿耗子多管闲事'的训词吗？"住持神态严肃一本正经地谴责白狗，"再说，捉耗子是技术活，你参加过正规培训吗？有得到批准申领营业执照吗？说白了你是无证经营，产生后果自然要你承担！"

白狗愤愤不平反问住持："寺庙鼠患成灾时你不闻不问，之前我抓老鼠你也默许，还时常表扬我；现在发生火灾又归罪于我，这捉鼠除害保护寺院到底是对还是错呢？"

住持振振有词说得更明白："你捉鼠除害虽然是做好事，没出事故我不管。可如今寺庙失火明摆着是你抓老鼠惹的祸，你不担责谁担责？"

白狗有口难辩。它明白，和这样的住持论理只能是徒费口舌。因为他的作为从来正确，有错都错在别人，因此今天受处罚只能自认倒霉了。

# 14　小猫换水

老猫家鱼池里养的几条大鲤鱼产下鱼卵，没几天就长成许多米粒般大小的鱼苗在鱼池底游动。

看着小鱼苗渐渐长大，而池水有些脏了，老猫让小猫给鱼池换水，交代旧水放掉一半，再添加一半新水。小猫拿起工具打开底漏，池水一下子"哗、哗、哗"地流出来，但小鱼苗也跟着流走了。小猫赶紧关闭底漏，鱼苗没流失，而水也无法排出。如此反复几次，小猫气馁了，它甩下工具一屁股坐在地上发着牢骚："真要命，一放水鱼苗就顺水流走，这活实在没法干了！"

看着小猫一筹莫展的样子，老猫二话没说，从旁边拿来一根软管。它在管里灌满水，堵住两边管口，然后将一边管口插入水池里，再松开另一边管口，只见水顺着软管缓缓流了出来，小鱼苗则在鱼池里欢快地游动着。小猫惊讶地睁大了眼睛。

"做事要动脑筋，要懂得变通。"老猫开导小猫说，"你看这小鱼苗都是在水底游动，你在底部放水，它自然就顺水一起流走。如果我们利用虹吸原理，将水从上面吸走，鱼在水底游动互不干扰，事情不就办妥了吗？"

听着老猫的教诲，小猫恍然大悟，它高兴地说："我明白了，就是说做每件事情都要善于思考。一种方法行不通了，就要改变思路对症下药，用另一种方法来解决，对吧？"

# 15　供桌上的香炉

观音寺院香火鼎盛，供奉观世音菩萨神像前的供桌正中摆放着一尊香炉。一批批善男信女前来焚香上供顶礼膜拜，个个口中念念有词虔诚至极。

香炉俯首下望，看着芸芸众生跪倒在自己脚下，禁不住飘飘然有些得意忘形。

"你们都看见了吧，我的地位至高无上，"香炉对伫立两侧的香烛吹嘘说，"前来跪拜我的人个个得诚心进香上供，无一不对我卑躬屈膝弯腰低头。喏，他们还有求于我，祈求我降福于他们呢！"

"别不知天高地厚了，你何德何能敢受此大礼，他们敬的是你身后的观世音菩萨！"香烛听罢顿觉可笑，毫不客气地嘲讽香炉，"别自以为登上了供桌就超凡脱俗，能够心安理得地享用人间烟火。寺院只是用你装潢门面，让你充当信徒们的插香工具而已，有什么好神气的呢？"

香炉这才恍然大悟，虽然沾了观世音菩萨的光，可自己的作用也仅此而已，实在没啥可夸耀的。

# 16　黑猪与白天鹅

黑猪看见白天鹅一身的羽毛洁白无瑕，心里羡慕极了。

"你长得多漂亮呀，像天仙般的迷人，"黑猪对白天鹅由衷地赞美，"瞧你洁白如雪一尘不染，难怪人见人爱，还有诗人'鹅、鹅、鹅'地为你唱颂歌。可我呢，真是羞死人了，浑身黑不溜秋的且不说，还臭味烘烘遭人厌弃让我伤心欲绝。如果我也像你这样一身素洁该多好呀！你能把保持美丽的秘诀告诉我吗？"

"这太简单了，"白天鹅毫无保留地把经验传授给黑猪，"我不外乎是整天泡在河水里竖蜻蜓打跟斗，让清澈如镜的河水时时冲刷身上的污垢，你说，我的羽毛能不洁白吗？"

原来如此！黑猪高兴极了，它对白天鹅的话深信不疑，决心如法炮制，也到河里洗个冷水澡，希望从此能像白天鹅般清洁美丽。

可是遗憾得很，流水没有使黑猪的容貌改观。略识水性的黑猪也算幸运地没被河水冲走，却也未能如愿以偿，黑猪还是黑猪。

"真是一对活宝呀！"正在河边钓鱼的花猫把经过看得一清二楚，它严肃地批评白天鹅，"各人的容貌状态天生如此，并不因外界因素而改观，你怎么能将毫无根据的所谓'经验'随意说教误导别人呢？这是很不负责任的一种表现！"

白天鹅羞得将头埋入水中。

"还有你四肢发达头脑简单，"花猫揶揄黑猪，"你不考虑自身条件，也不明辨是非，只懂得人云亦云刻意模仿。看来人们称呼你为'蠢猪'毫不为过呀。"

黑猪顿觉无地自容，躲进草丛中不敢再露面。

# 17　小松鼠断尾

小松鼠是森林中的弱势群体，每当它到地面上活动时，经常被狐狼等肉食者撵得无处安生，因此平时没事就喜欢待在树上，以避免受到侵害。

但是树上也不安全，会上树的山猫就经常爬到树上来想捕捉小松鼠，有两回小松鼠还差点成为山猫的口中之食，小松鼠的生命安全时时受到威胁，使它每天都生活在胆战心惊之中而又无可奈何。

有一天，小松鼠看见一只壁虎被青蛙盯上了。壁虎仓皇逃窜，青蛙随后跳跃着紧追不舍，眼看无处逃生，壁虎情急之下忍痛自行截弃尾巴。青蛙被继续跳动着的尾巴吸引住了，壁虎则乘机一转身溜之大吉。

小松鼠惊讶不已，顿时深受启发。它觉得这真是个好办法呀，关键时刻舍弃一根尾巴却能保住性命，何乐而不为呢？于是小松鼠精心准备了一把小刀随身携带，心想万一哪天身临绝境了，也学壁虎那样断尾求生化险为夷。

这天小松鼠刚到地面上觅食就遇见了山猫，山猫步步逼近，小松鼠很快就没了退路。情急之下，小松鼠抽出小刀截下一段尾巴丢向山猫，山猫却置断尾于不顾，径自扑向小松鼠抓了个正着，猫爪下的小松鼠忍着伤口的疼痛连声抗议："你不按规律出牌，怎么不去抓尾巴却抓起我来了？"

山猫觉得奇怪，问："我不抓你去抓那根破尾巴干吗？"

小松鼠辩称："壁虎危急时靠断尾求生，我学它的样不也可以躲过一劫？"

山猫一听笑了："壁虎断尾求生，靠的是被断的尾巴还能继续保持跳动，吸引了对手的注意力，让自己有逃生的机会。而你的断尾巴有这种功能吗？你不考虑自身的条件，生搬硬套别人的求生方式，这不是自寻死路吗？"

"我真倒霉呀，早知如此又何必当初呢？"松鼠望着流血不止的尾巴后悔不迭，"落入你手中了迟早都得死，可是我憋屈呀！临死之前还白给自己了一刀，唉，疼死我了……"

# 18　山猫画虎

老虎王年事渐高，精力和体力大不如前，自我感觉到在群兽中的威望日减。它听说山猫是森林王国中首屈一指的名画师，其画风细腻画作逼真且别具创意。于是，老虎王招来山猫，令其绘制一幅《虎王呈威图》，准备张挂于"虎王府"中以震慑群兽。

山猫受宠若惊倍感荣幸。它曲意奉承讨好老虎王，向老虎王大献殷勤："大王呀，您气吞山河威震朝野，是咱森林王国中至高无上的统治者。臣下不才，愿意倾尽全力发挥一技之长为我王效力，臣下要绘制一幅能彰显我王威风霸气的神图，让众臣时时顶礼膜拜，更要让我王从此霸气远播名垂千古。"

老虎王一听满心欢悦连声赞道："好好好，难得你思虑周全忠心可嘉。你就好生替本王画像吧！事成之后定当重重有赏。"

于是山猫喜滋滋地领命回宅，闭门绞尽脑汁精心构思，几天之后终于绘制出了一幅独具特色的《虎王呈威图》，毕恭毕敬地送往虎王府。

老虎王见了此图大为不满，责问道："这画的是本王肖像吗？本王有牛一般大的眼睛、熊一般粗的腰围？有苍鹰样的双翅、蛟龙似的尾巴？此等面目全非的画像如何展示于人，又如何能让本王威震天下？"

"我王息怒，容臣下细细道来。这艺术创意应源自生活而又要高于生活，要能围绕主题勇于创新而不拘泥于细节，方能产生千古不朽的佳作呀，我王且看，"山猫趋身上前对着画像指指点点信口道来，"首先，我王额前的'王'字花纹已经表明我王的身份地位与众不同；其次，臣下为我王画上牛的双眼，方能显示我王'虎视眈眈'目光如炬不怒自威；最后，臣下再为我王画上熊的粗腰，让我王腰粗壮如熊，'虎背熊腰'则名副其实，我王不就更加体形魁伟，令人望而生畏了吗？"

山猫说得头头是道，老虎王听了觉得句句在理，不由得点头称是。

山猫见状更来劲了："再说，鹰乃鸟中之王，臣下为我王配上一副鹰的翅膀，意在让我王'如虎添翼'，我王就更加威风凛凛；而且，这世上别有用心者常常以'虎头蛇尾'来贬损我王的形象，故臣下特意为我王增添一条龙的尾巴，寓意我王高高在上'龙腾虎跃'，从此我王居高临下傲视群雄，就更加霸气十足了！"

"好好好，正合我意，"老虎王听得心花怒放，再一次赞扬山猫，"你引经据典用心良苦，取他人之长补本王之短，尽显本王之威武霸气，实乃千古不朽之佳作，本王当重重奖赏于你！"

于是老虎王堂而皇之地将这幅画像悬挂于虎王府中，还时不时地召集众兽观赏画中尊容，众兽尽管对此幅不伦不类的虎王画像嗤之以鼻，但仍然表现出毕恭毕敬的模样赞不绝口，于是老虎王心灵上一次次地得到了满足。

可是不久老虎王驾鹤西归，这幅被视为珍品的《虎王呈威图》却未能传世，据说被接任的新虎王视为垃圾而抛弃之。所以时至今日，没有谁真正见到过额头上画有"王"字花纹，却配上牛眼、熊腰、鹰翅和龙尾的《虎王呈威图》的原作。

——脱离了现实生活，违背了客观规律，凭丰富的想象力办事，即使成品再有创意也没有实际价值，终究将被世人所唾弃。

# 19　狐狸和乌鸦新寓言二则

## （1）狐狸诳肉

自那回从乌鸦嘴里骗到肉美餐一顿后，狐狸别提有多开心，它佩服自己的智商高，随便几句花言巧语就能哄得乌鸦团团转，不费吹灰之力就将肉骗到了手。于是狐狸有事没事总爱到这棵树下逛逛，希望能有机会故技重施，让乌鸦再上一回当。

而乌鸦对到口的肉被狐狸轻易骗走，让自己蒙羞挨饿这件事耿耿于怀，也想找个机会报复它。

这天，狐狸又来到大树下，看见乌鸦正站立枝头梳理着羽毛，爪子下按着一块肥瘦相间色泽鲜美的五花肉，不觉怦然心动馋涎欲滴。

"你长得多帅气呀！"狐狸像煞有介事地发出一声惊叹，两眼目不转睛地盯着乌鸦看（其实是盯着五花肉看），并用十分柔和的音调赞美着，"瞧你一身黑袍端庄大方，谈吐之间举止文雅，多有绅士风度！"

乌鸦低头瞧了狐狸一眼，似笑非笑地问："我浑身黑不溜秋的从不招人待见，有人还称我是丑八怪哩！怎么在你的眼中居然截然相反呀？"

"谁敢这样说你，老狐我跟它没完，这些乱嚼舌头的家伙，真是气死我了！"狐狸似乎义愤填膺在为乌鸦打抱不平，"其实你不但外表美，身材也恰到好处，如果你能翩翩起舞，必定是鸟界众望所归的舞蹈家，你何不小试牛刀、一显身手呢？"狐狸不断地吹捧怂恿着，满心期望着乌鸦双脚能离开枝头。

"果真如此吗？那我就姑且一试献个丑吧。"乌鸦装出动了心的模样扑扇着翅膀飞到上一个枝头，并顺势松开了爪子，五花肉从树上直落而下。

狐狸见状大喜过望，迫不及待地迎上前去张口就接，只听见"咔嚓"一声，硬得邦邦响的肉块崩掉了它的两颗门牙。狐狸疼得哇哇直叫，泪流满面，定睛一看，这哪里是肉，分明只是一块肉石（肉石也称肉形石，顾名思义就是外观像肉的石头）。

"你这个骗子，竟敢用石头装肉糊弄我，还砸崩了我的两颗门牙，该当何罪？"狐狸擦了擦血流如注的脸，不禁气急败坏地开口谩骂，"你不讲道德良心，下此狠手毁我容貌，让我今后无颜见人，难道不怕遭报应吗？"

乌鸦哈哈大笑讥讽道："我当初口中衔肉时你夸我嗓音美骗我张口，我今天脚下踏'肉'时你又赞我舞姿佳骗我松爪，最终目的都是要骗取我的肉，你说，咱们俩到底谁是骗子呀？"狐狸脸面阵阵发红，竟然无言以对。

"再说，你为了一己之私屡屡行骗时何曾讲过道德良心？我以其人之道还治其人之身，为自己讨个说法又何罪之有呢？"乌鸦严正谴责道，"说到报应，你为了骗取他人财物，不惜以损人开始，却以害己告终，结果付出了两颗门牙的代价，算不算是罪有应得遭到报应了呢？"

狐狸再也没了底气，更觉得无颜面对乌鸦，只好狠狠地踢了一脚地面上的肉形石，捂着流血不止的尖嘴巴灰溜溜地离开了。

## （2）狐狸受辱

狐狸诳肉不成，反被乌鸦以肉形石敲掉了两颗门牙。狐狸遭此奇耻大辱，还被口中的伤痛折磨得死去活来寝食难安。每当想起这件事，狐狸就恨得咬牙切齿，盘算着要找个机会狠狠地加以报复。

这天狐狸又来到树下，抬头看见乌鸦正得意地朝着自己"呱、呱、呱"连声叫唤，似乎还在嘲笑它。狐狸恼羞成怒又对高居树端的乌鸦无从下手，只能急在心中干瞪眼。

但是狐狸毕竟老奸巨猾，眼珠子一转又有了新主意。它想：既然无法用武力教训，何不想法狠狠羞辱乌鸦一番，以稍解自己这心头之恨？

于是狐狸嘲讽乌鸦："瞧你这鸟样毫无羞耻心，长相奇丑无比不说，嗓音又不堪入耳，还敢在众目睽睽之下聒噪，不怕丢人吗？"

乌鸦一听乐了，说："我胸襟坦荡，不做亏心事不搞坑蒙拐骗，长相嗓音天生如此，谈何丢人呢？"

"哼！可别太得意，全鸟界数你最黑，从外黑到内，"狐狸尽情地嘲讽乌鸦，"你不但外表黑、心眼黑，连牙齿也是黑的，不然怎么会有'乌牙鸟'之称呢？"

乌鸦见狐狸竟然用"拆字法"将"鸦"拆解为"牙、鸟"二字，用来羞辱自己，不觉呵呵一笑，说："如此说来你这'狐'字从犬从瓜，是否可以理解为自从上次被敲掉两颗门牙后神经出了问题，如今成为一只'脑瓜错乱'的'丧家之犬'呢?"

狐狸一时间愣住了，它本想在称谓上做文章羞辱乌鸦，不承想乌鸦却以其人之道还治其人之身，用同样的方式羞辱了自己。

——与人相处应当相互尊重。当你在羞辱别人的时候，有可能将会受到别人的反羞辱。

# 20　狐狸升官记

狐狸担任虎王贴身秘书多年，极尽曲意奉承、溜须拍马之能事，深得虎王的欢心。于是虎王外放它到一个殷富的小镇上任地方长官。狐狸喜不自胜，耀武扬威地走马上任去了。

这狐狸一贯贪婪成性，如今依仗虎威，任职期间更是有恃无恐，只要有利可图则无所不用其极。因此上任未满两年就捞得盆满钵满，成为富甲一方的权势长官。辖民们不堪忍受其重利盘剥，一时间群情激愤怨声载道，纷纷向狐狸的顶头上司黑熊控告狐狸的罪状，强烈要求将其绳之以法。

黑熊办事一向雷厉风行，马上派人实地调查，发现辖民们所控的俱为事实，不禁勃然大怒，于是立即将狐狸捉拿归案准备依法严惩；而狐狸自知罪孽深重，心想这次在劫难逃，也就心灰意冷地等待着受惩处。

黑熊的助手山豹见了在一旁提醒说："大人请三思，这狐狸此前曾经当过虎王的秘书。"

"那又能怎样？常言道'王子犯法，与庶民同罪'，它区区一个小秘书犯了罪，难道还想逃避法网吗？"黑熊言语铿锵掷地有声，表现出公正执法的决心。

"果然不畏权势执法如山，实在令人敬佩之至！"山豹不由自主地赞美黑熊。

常言道"无巧不成书"。这天，虎王一时兴起，带领一班随从前呼后拥地来到黑熊辖区视察民情。黑熊诚惶诚恐，鞍前马后地忙个不停，并向虎王禀报辖区内之国计民生，虎王听了频频点头，休息期间随口问道："那位跟随我多年的狐秘书，不知近况如何？"

黑熊心想坏事了，虎王一定是听到了什么风声，才兴师动众上门替狐狸讨说法来了。黑熊不敢明言，只好说了违心话："禀报陛下，狐秘书自上任以来廉洁自律，工作上尽职尽责政绩斐然，深得众辖民的爱戴呀！"

虎王感觉很欣慰，说："这狐秘书追随我多年，头脑灵活办事点子多，也算是个人才呀。"

"正是，正是，"黑熊忙不迭声地点头称是，同时干脆来个顺水推舟，借着赞扬狐狸吹捧起虎王来，"这狐秘书与众不同，办事能力就是强，这都得益于多年来陛下的言传身教呀。"

黑熊的马屁拍得恰到好处，虎王听了浑身舒畅，夸奖了黑熊一通后，心满意足地带领随从打道回府了。

虎王走后，黑熊绞尽脑汁揣测虎王此行的目的及谈话内容，似乎明白了：虎王询问狐秘书的近况，是在暗示它时时关注此案，虎王称赞狐秘书是个人才，不正是要自己重用它吗？于是黑熊当即决定：狐狸在任期间之作为既往不咎，官升一级易地任职。

助手山豹看了一头雾水，向黑熊提出疑问："大人之前刚正不阿，为何在虎王召见后就判若两人，此等处理结果何以服众呀？"

"自己先服了吧，老弟！其他的也顾不上了，"黑熊有口难言，对山豹说，"虎王都亲自登门过问了，你还敢违背虎旨吗？就算我有熊心你有豹胆，也不敢虎口拔牙触犯虎威呀。"

于是狐狸绝处逢生，它莫名其妙地被无罪释放，又糊里糊涂地官升一级，再次易地走马上任去了。


# 21　小猴的经验


路旁的一棵桃树上结了许多桃子还未成熟，性急的小猴已经按捺不住了。它早就听说桃子的滋味美，想好好品尝一番，于是心急火燎地攀爬上树，摘了一颗大的青桃就往嘴里塞，迫不及待地一口咬了下去。

意想不到的是，又苦又涩且略带酸味的桃汁流了满口。小猴猝不及防，在桃树上龇牙咧嘴又蹦又跳地狂吐口水，一边还破口大骂："哪位缺德鬼编造谎言，害人不浅哪，这桃味明明又酸又涩，却胡诌什么香甜可口，让我上当吃亏！我发誓这辈子再也不碰桃子了。"说着将手中的青桃往地上一扔跳下树来，猴急猴急地找水源漱口去了。

过了一段时间，小猴又从桃树下经过，看见几个猴兄在树上摘桃吃得正欢，不禁摇头嘲笑它们："这群馋猴，什么样的垃圾水果都能咽得下口，还吃得津津有味，真是不可思议！"

猴兄们见了小猴，热情地打招呼："小猴快上来，咱们一起吃桃，这桃子的滋味又香又甜！"

"你们别想再忽悠我，这回我不会轻易上当了。"小猴一听笑了，"这桃汁苦、涩、酸三味俱全，简直不堪入口，你们以为我真傻，不懂啊？"

"你别胡说，不信尝一口看看，这味道真的又香又甜呀！"猴兄们手捧着紫里透红的熟桃纠正小猴的话。

"你们才胡说哩，这桃味是我尝剩下了的，现在才轮到你们尝！它就是苦、涩、酸三味俱全嘛！"小猴满脸得意相，理直气壮地反驳着，"既然你们这么喜欢，那就尽情地享用吧，反正我这辈子再也不碰桃了！"说罢扬长而去。

猴兄们手捧熟桃，望着小猴离去的背影面面相觑，百思不得其解：一向馋嘴的小猴今天怎么了？这熟桃的滋味分明是香甜诱人的嘛！

于是，小猴终究没能吃上成熟的桃子，也始终没品尝到熟桃真正的美味。

# 22　公鸡与雄鹰

人们对雄鹰的高度评价与赞扬，使一向自大的公鸡既羡慕又嫉妒，它想：雄鹰果真值得如此称颂吗？

正巧，在空中盘旋的雄鹰飞落到鸡棚顶立足歇息，地面上的公鸡很幸运地近距离端详了雄鹰的仪容。

"什么？这就是人们传说中的英雄？真是平庸至极毫无惊人之处。"公鸡大失所望，它顿时神气十足地对着雄鹰揶揄道，"你的英雄气质表现在哪里呀？相比之下，我并不比你逊色。"

"你想和我比什么呢？"雄鹰听了不禁一笑，"我能一飞冲天，在广袤的天空任意翱翔，迎接暴风雨的考验；而你又能飞多高呢？你的活动场所除了鸡棚、垃圾场外还有哪里呢？真看不出你不比我逊色体现在哪里。"

"哼！你别太得意，我也有你所不及之处。"公鸡有点气馁了，但仍不服输，它自我安慰说，"我这身羽衣五彩斑斓光鲜亮丽，你有吗？"

"这的确为我所不及，但你听明白了，"雄鹰严肃地对公鸡说，"被你引以为傲的这套外衣，正是我视之为一文不值的东西！你不想法充实自己的内在，而靠这身装饰来自我陶醉哗众取宠，能有大作为吗？"

雄鹰不屑再与公鸡多费口舌，它展翅高飞冲向蓝天，留下无所适从的公鸡呆呆地望着远去的雄鹰，再也神气不起来了。

# 23　狐狸的交友之道

黄鼠狼和狐狸交上了朋友，它诚心邀请狐狸到自己家中做客。这天，狐狸上门拜访，一眼就看中了黄鼠狼苦心经营精心建造在大槐树下的这个窝，于是眼珠子一转动起了坏心思。

"哎呀呀好兄弟，你怎么能把家安在这个地方呢？太不安全了！"狐狸表现出满脸惊讶，十分关切地对黄鼠狼说，"你看这周围危机四伏：对面山洞里住着恶狼，猫头鹰又把窝安在树顶端，这棵槐树还临近小道，凶狠的猎人时常路过，这些都是无形的杀手啊！你听我一句劝，快搬离这是非之地——此处万万不可久居！"

黄鼠狼听了胆战心惊，觉得狐狸的话句句在理。它很感激朋友的及时提醒，决定按照狐狸的建议，把家搬到僻远的山坳里去。搬家的时候狐狸更是表现得异常热心，自始至终忙前忙后的。黄鼠狼看在眼里，庆幸自己交上了这个好哥们。

来回奔波几回，终于搬家完毕。这时，狐狸又踱着方步悠闲地出现在黄鼠狼旧居。它端详着周围优美的环境，越看越满意，禁不住高声赞叹。

"这住处实在是太好了，我费心劳神寻找的许多地方都不如它！"狐狸对黄鼠狼说，"反正现在你已经搬走，这个洞窝也没啥用途了，那就干脆让给我住吧——我正好差一个像样的家呢！"

"什么，什么？这就是你劝我搬家的目的？"黄鼠狼一听气晕了，"我诚心待你，把你当至交，你却如此算计我，良心何在？"

"这又能怪谁呢？谁让你和我交朋友呀？"狐狸面无愧色，它心安理得地回答，"咱狐族历来以自我为中心，交友之道就是见利忘义唯利是图，这下你该明白了吧？"

黄鼠狼悔之莫及。它责怪自己没眼力，怎么会交上这样一位奸诈狡猾，只知损人利己的坏朋友呢？

# 24　一匹千里马

有人从马群中发现了一匹千里马，它身材高大步履稳健，背负重物日行百里而毫不费劲，谁见了都会竖起拇指交口称赞："多么好的一匹千里马呀！"

于是千里马得到主人的重用，有事主人首先就想到它。主人要出远门就用它当坐骑，要品尝野味就骑着它四处打猎。平日里有啥事也都由它来干，耕田、驾车、驮米、拉面样样不落，使得千里马连一点喘息的机会都没有。

许多人为千里马感到痛惜，更为它愤愤不平，纷纷劝说主人："你怎么能这样无节制地使用千里马呢？要好好爱护它让它劳逸结合才是，不然会把它累坏的。"

"什么？会累坏它？真是笑话！你们以为它是普通的马吗？这是一匹千里马！"主人不为众人的劝说所动，反而斥责劝说的人，"我是在重用它懂吗？我今后还要继续叫它做更多的事，给它更多的锻炼机会，让它发挥更大的作用呢！"

果然，千里马的处境不但没有丝毫改观，而且主人反而让它干更多各种繁重的活儿。

没多长时间，这匹千里马的身体就被累垮了。现在它什么事情也干不了，甚至连一匹普通的劣马也不如了。

——不但要善于发现人才，更要善于使用和爱护人才。如果对人才只知道一味地使用而不加以爱护，那么，发现了人才也就意味着要摧残人才，这就是教训。

# 25　声誉的价值

狐狸遇见黄鼠狼相邀结伴而行，经过一间鸡舍时见到一群鸡在空地上觅食。狐狸起了不良之心，向黄鼠狼建议道："趁现在无人之际，咱何不去捉一只来解解馋？"

黄鼠狼连声反对："这可使不得，我以前虽然偷过一回鸡，但那是因为饥饿难忍迫不得已，而且后悔至今。从此后我金盆洗手改邪归正，再也不干这坏事了。咱们还是洁身自好，快点离开这是非之地，免得瓜田李下让人猜疑。"

狐狸却顾不了许多，它迫不及待地扑上前去逮住了一只鸡。群鸡受到袭击顿时炸开了锅，"咯、咯、咯"地惊叫着四散奔逃，狐爪下的鸡也趁机强行挣脱逃走，地面上留下一摊血迹。

主人闻讯带着猎狗赶到，将黄鼠狼和狐狸逮了个正着。

"好啊，你这个贼眉鼠眼的家伙果然是恶性难改，前回偷鸡旧账未算，今天又上门作案，看我这回怎么收拾你！"主人见到黄鼠狼恨得直咬牙，目标直接对准了它。

"千万别误会，今天这件事不是我干的……"黄鼠狼吓得语无伦次，忙不迭地为自己做辩解。

"哼！看你做贼心虚的模样，你不干这种缺德事还有谁会干呀？"主人不依不饶，一口咬定是黄鼠狼干的。

"主人果然明察秋毫。您也知道，我老狐是正人君子，从不干这种伤天害理的事，"一旁的狐狸连忙上前不断恭维主人，同时为自己洗白，还指着地上的血迹信誓旦旦地指证，"黄鼠狼今天就是想来偷鸡，还下手了呢！它不是早就臭名昭著了吗？'黄鼠狼给鸡拜年——没安好心'，说的就是它嘛。"

黄鼠狼惊呆了。它想不到狐狸为了逃避罪责竟然如此栽赃陷害自己。然而主人却更加相信了。

"看见了吧，我办事历来重证据，不会随便冤枉好人的，"主人表现得挺自信，"常言道'捉贼捉赃'，今天你被抓了个正着，而且还有证人在现场指证，更重要的是你有作案前科！你还有啥可狡辩的呢？"

"我冤枉呀，主人！"黄鼠狼连声叫屈，"我要求找受害鸡和它的伙伴们前来还原事情经过，还我清白！"

"你就别枉费心机了，你有案底还会有清白吗？"狐狸得意扬扬地嘲讽黄鼠狼，"再说了，那些鸡受你惊吓早就逃得无影无踪了，到哪里去找呀？"

黄鼠狼彻底绝望了。它百口莫辩，只能眼睁睁地看着狐狸大摇大摆地离去，而自己却成为主人的阶下囚。

"咳，悔不当初呀，因为做错了一件事而从此落下坏名声，"黄鼠狼痛心疾首地忏悔着，"我现在才知道声誉的价值，它比生命更重要呀！"

# 26　鹦鹉的求宠术

鹦鹉得到了主人的宠爱。主人特制了个金丝细柳鸟笼让它居住，每日里用上等鸟食喂养，还时常带它散步逛街出入各种场所。鹦鹉出尽了风头，觉得自己的身份与众不同，于是忘乎所以，时不时地讥笑众禽鸟。

它看见公鸡每天凌晨定时为主人报晓，不禁嘲笑说："真是天生傻瓜一个，讲什么忠于职守，晚上守夜没有休息，主人高兴了也只赏你一把秕谷；可是我从不熬夜加班，吃得却比你高档得多。"

见到飞鸽为主人远道传书，鹦鹉忍不住大声奚落："真是个笨蛋，脑瓜不开窍，你千里跋涉风雨兼程，吃苦受累不说还危机四伏，主人满意了顶多犒劳你几颗大豆；哪像我足不出户，日子还过得无忧无虑多么滋润呀。"

傍晚时分，鱼鹰收工回来，鹦鹉见了更是大加挖苦："欢迎凯旋的勇士，又为主人创造了财富。你的敬业精神可嘉，酬劳却只有几条小鱼！看你呆头呆脑样也只能命该如此。"

公鸡、飞鸽和鱼鹰见到鹦鹉处境如此优越都非常羡慕，于是结伴而来向它请教何以能得宠于主人。

"哈哈，服我了是吧？我无须吃苦受累更不必做啥事，却能享受到特殊待遇。想知道我得宠的诀窍吗？"鹦鹉无不得意地炫耀说，"我有你们谁也不具备，也都学不会的独特本领，那就是——主人说什么，我也跟着学说什么！"

"这就是你的'求宠术'，未免也太掉价了吧？"公鸡、飞鸽和鱼鹰听罢纷纷嗤之以鼻，它们异口同声地说，"我们宁可凭本事吃饭，以求心安理得！也不愿像你这样无所事事，为了求宠而放弃尊严，充当人云亦云的寄生虫，这样活着有意义吗？"

# 27  猴王戴枷

武松景阳冈打虎令猴子欣喜若狂。它梦寐以求"山中无老虎，猴子称大王"的愿望终于要实现了。于是猴子急不可待地直奔虎王府，换上了准备已久的"猴王府"新牌，宣告登基称王。

猴子称王后霸气十足，唯我独尊，不顺从者格杀勿论，有异议者严惩不贷，让兽国臣民们既恨又怕，久而久之，阿谀奉承歌功颂德之声充斥其耳，这"猴王"就越发自命不凡了。

且说武松回到阳谷县当上都头，因替兄长武大郎报仇杀了西门庆、潘金莲而获罪被判充军。这天，两公差押解武松途经景阳冈，"猴王"看见武松脖子上戴着木枷感觉挺新奇。它想，武松威武神勇，佩戴的必定是高级饰物。于是也赶时髦弄来一副套在脖子上，并立即召见群兽，想让它们开开眼界。

"猴王"开口问道："你们都瞧好了，本王我戴上这宝物是否也更加显得威风凛凛呀？"群兽见了个个目瞪口呆，尽管人人心中有数，可是谁也不敢明言。

"啧啧，太霸气了，这是帝王的象征啊，"善于溜须拍马的狐狸知道"猴王"刚愎自用，容不得别人有不同见解，于是干脆投其所好，"在咱兽国中，只有大王您才有资格佩戴这种高档饰品呀！"

"猴王"得意极了，它指着兔子问："你这长耳朵短尾巴的家伙，感觉如何呀？"

"美，美，真是太美了，"兔子一向胆小怕事更加不敢妄言，它接着狐狸的话音曲意逢迎，"人类中也只有像武松这样干了大事的英雄才有资格佩戴。大王您戴上它不但英俊威武，还显得文质彬彬，真正体现出我王的文武双全啊!"其他兽类也争相阿谀奉承,以求博得"猴王"的欢心。

"猴王"更加得意非凡,它完全相信了戴上木枷是何等荣耀。一抬头,却看见松鼠正蹲坐在树枝上朝自己发笑,不禁勃然大怒:"大胆鼠辈你笑什么?难道我不配戴木枷吗?"

"不,这贵重的饰物非大王您莫属!"松鼠连忙申辩着,"人类中也只能是'有功之臣'才有资格佩戴木枷,而且是'功劳'越大佩戴的木枷就越重。我看大王的这副重木枷是最大号的,它让所有人都懂得大王'功德'无量,这是一件多么荣耀的事情呀!"

"猴王"听了越发高兴,觉得浑身舒畅。从此以后,"猴王"对这副木枷珍爱有加,平时舍不得使用,只有到了盛大节日或接见来宾时,才拿出来佩戴炫耀。

而每当此时,它的臣子们总要交头接耳窃窃私语:"瞧,狂妄无知自取其辱,姑且当它又在忏悔赎罪吧……"

# 28　乌鸦嘲黑猪

黑猪悠闲自得地躺在墙旮旯处闭目养神,飞来一只乌鸦落在黑猪背上。

"哇!"乌鸦大惊小怪的一声尖叫,"真想不到竟是一只黑八怪!"

黑猪甩甩耳朵,闭着眼睛不加理会。

"唉!你怎么长得这么黑呀,"乌鸦装腔作势地感叹着,"难道你不知道这黑颜色是最难看的吗?远远看见我还以为是一坨牛粪呢,哪里会料到你会比牛粪还要黑?唉,真让我感到遗憾。"

黑猪动动嘴唇,依然闭着眼睛一声不吭。

"唉!"乌鸦得意起来了,"凭你这黑不溜秋的丑相,肯定不受主人喜欢,就是你的伙伴也不愿意和你交朋友,看你现在这种孤单的样子,我都为你感到难过。"

黑猪摆摆尾巴,照样闭着眼睛不加理睬。

乌鸦更加得意起来了:"哎,丑家伙,你没听说吗?一家制革厂专门收购黑猪皮加工皮衣、皮包、皮鞋皮制用品,一旦哪一天你的主人将你出卖了,那你的归宿就惨了。唉，越说越使我为你伤心！"

黑猪实在忍不住了，它睁开眼正想开口，猛回头一看竟然是乌鸦停在自己背上，禁不住也学着乌鸦的腔调一声惊叫："哇！我还以为是哪一位美丽的天使大驾光临，却原来是和我一样颜色的丑黑怪在这里瞎折腾，唉！真让我为你感到脸红。"

乌鸦这才想起自身的黑颜色，想到原先对黑猪尖酸刻薄的冷嘲热讽，竟然也适用于自己，顿觉自讨没趣，连忙扑扇着双翅飞走，再也顾不上和黑猪打招呼了。

——别老盯着别人看，关键是应有自知之明。当你信口开河批评别人缺点时，应当要先正视自己是否也存在类似的不足，否则只能自讨没趣，丢人现眼。

# 29　路灯与萤火虫

夜幕降临天色渐暗，萤火虫在田野里闪烁着微光，和几个儿童相互嬉戏追逐着玩得正欢。蓦然间，道边的路灯亮了，给黑暗中带来了光明。

"你真了不起呀，因为有了你，大地恢复了生机；也因为有了你，过往行人才能畅通无阻。你不辞辛苦默默无闻地做贡献，与你相比，我们显得多么渺小呀。"萤火虫对路灯由衷地赞美着，同时深感自愧不如。

"这没什么，我只不过尽职尽责为行人照明引路罢了，"路灯自谦着，同时安慰萤火虫，"其实你也无须自惭形秽，你不是跟我一样也在发光吗？"

萤火虫更加局促不安了："你这么一说我就更加无地自容了。我这星星点点的萤火之光上不了台面，而在你照耀下就是光明一片，我哪敢与你相提并论呢？"

"你虽然星点小，却是大地上一道亮丽的风景线，也给孩童带来了欢乐，"路灯也赞美萤火虫，"何况'囊萤映雪'的成语典故中，'囊萤'二字即出自你的家族，你要引以为荣才是哩！"

正说话间，月亮渐渐升起，一片清辉洒向大地。路灯指着天空对萤火虫说："如果你与我相比感到无地自容，那么我和月亮相比不是也要无地自容吗？而月亮是借助了太阳的光辉，如此说来，它和太阳相比，岂不是更要无地自容了？"

萤火虫听了默不作声，它正细细品味着路灯的话。

"其实，世间万物各具特色，大可不必与他人论长短比高低，从而让自己心高气傲或相形见绌，"路灯意深味长地对萤火虫说，"咱们只要恪守本分，充分发挥自己的能量为社会增添光彩，又何必要自卑自惭呢？"

萤火虫顿时心花怒放恢复了自信，它对路灯高声赞叹着："说得太好了！你的一席话驱除了我心中的雾霾，你真是名副其实的指路明灯啊！"

# 30 油灯和飞蛾

夏天的夜晚，稻田里矗立着一盏油灯，在黑暗中发出醒目的光亮。油灯引来了一只飞蛾围绕着它不停地旋转。

"你真是光明磊落的典范呀，谁也比不上你！"飞蛾一边飞转一边不断地对油灯大加恭维，"在这死一般沉寂的夜晚、墨一般漆黑的大地，谁会相信有生命的存在呢？那一向以光明使者自诩的月亮，如今到哪里能寻觅到它的影子啊？那靠尾部闪着丁点微光就傲气十足的萤火虫又躲到哪里去了呢？这些没骨气的家伙早就臣服于黑暗的淫威之下了。"

油灯一声不吭，听凭飞蛾喋喋不休地嗡嗡作响。

"而只有你才敢向黑暗挑战，当世的英雄非你莫属！"飞蛾继续飞转着对油灯高声赞美，"你燃烧自身照亮一方，给远行的游人指引方向，给迷途的归客送去光明；你点燃人们的希望之火，送给大地无限温暖，你是多么伟大呀！"

油灯冷眼观望飞蛾的举动，并不理会飞蛾的溜须拍马。

"你是光明的使者荣耀的象征，我对你怀着无限崇敬，我要投入你的怀抱、永远追随着你不再分离，我要让人们改变对我的偏见，我飞蛾也一贯追求光明，绝不是害人虫。"

飞蛾越说越忘情，绕着油灯旋转的速度也越快，终于一头撞进了灯火，顷刻间翅膀被火焰无情地吞噬。飞蛾落到地面上，满心的指望化为泡影，它挣扎着眼看活不成了。

"可怜虫，我只是一盏普通的油灯，何劳你如此吹捧呢？"望着奄奄一息的飞蛾，油灯平静地说，"我的作用无非是为民除害，我要让许多像你一样趋炎附势的家伙玩火自焚得到应有的下场。我的'伟大'之处仅仅体现于此，该不会让你失望了吧？"

# 31  麻雀与猫头鹰

旭日东升，麻雀在阳光下尽情玩耍。一抬头看见猫头鹰伫立枝头，不觉得神气起来。

"瞧这只呆鸟多可笑，傻乎乎地蹲在树头上动也不敢动，"麻雀嘲讽猫头鹰，"上天真眷顾你，让你当睁眼瞎，光天化日下无法领略这锦绣河山的千姿百态，在你眼中除了一片白茫茫，就是白茫茫一片，如果有小孩用石子竹竿欺负你，连自卫能力都没有，多可怜呀。"猫头鹰自顾闭目养神，对麻雀不加理会。

麻雀更加神气了，对着猫头鹰自我吹嘘："可我与你相比真是天壤之别，上天对我关爱有加，让我有一双好眼睛，大自然风光尽收我眼底，枝头上草丛中任我自由玩耍，我日子过得多惬意呀！"

一天的时间很快就过去了，太阳落山后夜幕笼罩大地。麻雀那双引以为傲的眼睛顿时失去作用，它呆立在枝头上一动不动。这时轮到猫头鹰嘲笑它了。

"喂，上天的宠儿，你怎么也当呆鸟了呢？"猫头鹰学着麻雀的口吻揶揄它，"上天果然眷顾你呀，给你配上夜盲眼。这明媚月影下的远树近水、湖光山色果然美呀，可是你又能看到什么呢？除了漆黑一团，就是一团漆黑。如果有人用光罩住想捉你，你敢扑腾几下吗？"麻雀气馁了，龟缩在叶丛中，一声也不敢吭。

猫头鹰轻快地展翅飞翔一圈后，毫无声息地再次出现在麻雀跟前，霸气十足地说："看见了吧，我在黑夜中目光犀利洞察一切，捕鼠除害，人类视我为朋友，这样的待遇你是嫉妒还是羡慕呀？"麻雀无言以对，只能耷拉着脑袋任凭猫头鹰无情嘲笑。

"别以为自己某方面强就瞧不起人。要明白谁都有自身的特点，也各有长短处。"猫头鹰正告麻雀说，"因此，当你嘲笑别人的不足时，必须同时做好准备，那就是，你要随时等待着让别人来挖苦你的弱点！"

# 32　小猕猴学艺

小猕猴渐渐长大，好奇心也与日俱增，见到了什么都想学。

这天，它看见几匹骏马在草地上追逐着相互嬉戏十分羡慕，心想：自己整天生活在树林中枯燥无味，而且还要上攀下爬多累呀，如果学会了奔跑技术，今后也可以像骏马一样无拘无束地在地面上生活，还会让猴兄猴弟们刮目相看，那才潇洒呢！于是，它决定向骏马学习奔跑。

老猕猴见了劝阻它："你别想入非非了，咱们猴族的活动空间在树上，不适合在地面上生存，更不适宜学习什么奔跑。你还是干点正经事，抓紧时间练习咱祖传的上树本领吧。"

小猕猴不以为然，说："在地面上生活的草食族、肉食族多了去了，凭什么咱猴族只能蹲枝头？再说，多学门技术多条路又有啥不好呢？"小猕猴自以为是，信心满满地找骏马学奔跑术。

不承想才两天小猕猴就吃尽了苦头。它前肢两掌的手皮磨破了，鲜血淋淋疼得直龇牙。小猕猴大失所望，技艺没学成却落下两手伤，只好垂头丧气地重新回到树上。

但是小猕猴并不吸取这血的教训，好奇之心有增无减。它看到一群天鹅在河中游玩，顿时思路大开："真是一门好技术啊！学会游泳在水中如履平地，夏天还可以除垢、消暑一举两得哩！"于是决定向天鹅学习游泳。

"别异想天开专做不着边际的事情了，"老猕猴见了批评它，"这水中乐园是禽类的天堂，与我们兽类是无缘的。"

"你的说法没道理，那鸡族也是禽类怎么不会游泳呢？这水牛是兽类却水上功夫了得，"小猕猴像逮住了理，得意扬扬地反驳着，"况且艺多不压身，学会游泳技能今后总会有用处的。"说着径自找天鹅学游泳去了。

可是一下水小猕猴才发现，不管天鹅如何指导，自己跟着如何扑腾，总是身不由己地往下沉，根本无法浮在水面上。折腾了老半天，还呛了几口凉水，幸好一旁的水牛出手相救，否则后果不堪设想。小猕猴终于放弃了学游泳的念头，再次铩羽而归，灰溜溜地回到树上。

"这下明白了吧？不是啥本领你都能学得到，关键是要考虑自己的条件是否适合，"老猕猴语重心长地教导小猕猴，"再说，艺在精而不在多，你还是专心致志地将咱猴族这上树的看家本领发扬光大，这才是正道，明白吗？"

小猕猴幡然醒悟，从此求真务实不再好高骛远，一心一意地勤学苦练，果然不久成了猴族中首屈一指的攀缘高手。

# 33　谁是冠军

森林王国举行一场别开生面的运动会，比赛项目独一无二，那就是要比比谁的上树本领高强。德高望重的大象当裁判。

消息传开，群兽跃跃欲试，上树技能强的、差的甚至一窍不通的都纷纷前来报名参赛，都想碰碰运气。

比赛在紧张地进行，技能差的先后败下阵来，最后上场的长臂猿猴技高一筹，只见它身手敏捷轻松自如，还能凭借树枝的弹力从这棵树飞到另一棵树上，所有观众都被征服了。比赛结束，大象裁判宣布：长臂猿猴夺得该项目冠军。

全场报以热烈的掌声。然而头一轮就被淘汰的梅花鹿却大不服气，它愤愤不平地找大象裁判评理。

"不公平，一点也不公平！凭猴头那难看的长相和没风度的行姿哪有资格当冠军！"梅花鹿对众人大发牢骚，"你们看我哪点不如它？我头上树枝般的鹿角结实美观又值钱，猴头它有吗？我四肢矫健灵活疾跑如飞，猴头它有吗？单凭这两点就比猴头强百倍，我怎么不能当冠军？"

"你的优点和技能长臂猿猴的确望尘莫及，但今天的冠军却非长臂猿猴莫属，"望着梅花鹿一脸不服气，大象裁判笑了，它回答说，"要明白，今天比赛的项目是上树，其他方面的技能即使再优越也是枉然。耐心等待吧年轻人，等有选美或比奔速时再来争个高低，或许那时还有你夺冠的希望呢！"

——关键是跟谁比、比什么。如果人人都这样以己之长比他人之短，那这世界上谁都可以在各个领域里当上冠军。

# 34　航标灯的追求

苍茫大海中的礁石上屹立着一座航标灯，它在漆黑的夜晚不断地放射出耀眼的光芒，在遥远的地方就能看得见。变幻莫测的海面上时时风起浪涌，朝航标灯扑面袭来，一次次将它吞没，航标灯无所畏惧，一次次勇敢地冲出海面，坚守在自己的岗位上。

远处游来一只海豚，对航标灯的处境表现出深深的同情："你真可怜，没人与你聊天做伴。你长期远离海岸，独自置身于海浪的包围中，就不觉得寂寞无奈吗？"

航标灯乐观地回答："没什么，习惯成自然。我的岗位性质决定了我必须独当一面担当此重任，我的伙伴们也都是这样的。"

海豚对航标灯的执着感到不解，说："你周边环境如此恶劣，那惊涛骇浪时时向你劈面扑来，倘若再刮飓风，那一定会吹得你晕头转向，它们千方百计地要置你于死地而后快，你孤军奋战，难道你不怕哪一天坚持不住葬身海底吗？"

"不！人类是我的坚强后盾，他们定期为我维修加固。我扎根于礁石上坚不可摧，任何人都无法撼动我！"航标灯毫不畏惧地回答。

海豚被航标灯的坚强意志所震撼，它不忍心看着航标灯受苦受累，时时迎接风浪的挑战，还想继续劝它："你何必死守在这个讨厌的地方呢？它有什么可值得你如此依恋的呢？你还是离开这里吧，到城市站马路当照明灯，生活也过得安静舒适轻松自在，你何乐而不为呢？"

"不！我重任在肩，决不会离开这个岗位！"航标灯闪着明亮的目光深情地眺望着远方说，"我要为那些航行在夜海中的过往商船、渔轮指明航向，引导它们避开暗礁险滩，为它们提供安全保障；我还给受困于海浪中的人们送去希望和力量。航海人需要我，我能放弃他们吗？"

海豚问："难道你愿意一辈子厮守于此，就这样默默无闻地放射光亮？"

"这正是我的追求。"航标灯坚定地回答，"生命不息，导航不止。只要一息尚存，我就要忠于职守直到永远！"

"你真是个无名英雄！我终于明白了，"海豚由衷地发出赞叹，"正因为有无数像你这样胸怀高尚的伙伴，在平凡的岗位上无私做奉献，这个社会才会如此和谐美丽。"

# 35　黑猪的自豪

水牛吃苦耐劳兢兢业业地耕耘土地，为森林王国创造了大量财富。终于，它的表现得到了王国公民们众口一词的高度赞誉，经过推荐评选，水牛当上了年度"劳模先进"。

消息传到黑猪耳里，黑猪扬扬得意，觉得脸上格外有光。它想自己和水牛同居一室，水牛得到的荣誉也就是自己的荣誉。于是它颠着大肚皮兴冲冲地四处传播这一重大消息。

"哈哈，你们都听到了吧，和我同室的水牛当上咱森林王国的'劳模先进'了，"黑猪逢人便夸耀，"多么了不起多么不容易呀，全森林王国仅评它一个！嗬，你们还不知道吧，水牛是我最最亲密的朋友，我们俩同吃同住形影不离，平时的关系铁着呢！"

黑猪手舞足蹈越说越带劲，似乎评上"劳模先进"的是它自己。旁边的一只公鸡看了咯咯大笑。

"你这是在夸水牛呢还是夸自己呀？"公鸡看着黑猪得意忘形的样子嘲讽它，"水牛任劳任怨有目共睹，当上'劳模先进'是它的光荣，与你何干呢？你贪吃贪睡，懒惰倒是出名，即使再起劲地用水牛的荣耀往自己脸上贴金也是徒劳——人们不会改变对你的看法，你也别想能从中沾到一点点的光！"

黑猪气馁了。它明白不管如何使劲地和水牛套近乎也无济于事——水牛是水牛，自己还是黑猪！

# 36  评谁当先进

年终到了，主人要在狗、猫、公鸡和猪之间评选一名德才兼备的年度工作先进，特别强调首先要有"德"，然后再评"才"。并捧出一盘香卤肉，称谁评上了就奖赏给谁。

看着面前这盘香喷喷的卤肉，狗、猫、公鸡和猪个个眼睛发亮馋涎欲滴，谁都渴望能幸运评上从而得到这丰厚赏品。

公鸡首先迫不及待地跳出来"咯、咯、咯"地抢着表功："这先进应当评我。我每天夜里为主人守时打鸣从不误点，长年累月没睡过一次安稳觉，我的工作最辛苦呀！"

猫也不甘示后，连忙紧跟着"呜喵、呜喵"地叫着对公鸡表示反对："你只是三更天时才开始啼鸣，前半夜不都在睡觉吗？哪像我整晚睁大眼睛一眨不眨地蹲守着，随时准备出击擒拿作案的鼠贼。你不觉得这段时间已难觅老鼠的踪迹？这都是我的功劳！所以我更辛苦，这先进应当评我！"

猫的话音刚落，狗冲着猫"汪、汪、汪"地嚷开了："你有什么辛苦，不就是抓了几只老鼠吗？可你白天都在睡觉，晚上说不准还打盹补眠呢！哪见我一天到晚不停地巡逻防贼，打从我守门起这家里就没失窃过，这都是我的功劳，你们谁还有我辛苦，所以这先进应当非我莫属。"

看着它们几个争相摆功，猪觉得自己平时除了吃喝玩睡啥事也没干，所以养得肥头大耳。它自忖实在没资格与公鸡、猫、狗相提并论，于是识趣地躲在墙角边，耷拉着脑袋一言不发。

公鸡、猫和狗各不相让，吵得不可开交，都认为自己的功劳最大应当评先进。一旁的主人越听越不耐烦，沉下脸来大声斥责。

"看看你们都成何体统，怎能为了评先进自吹自擂、相互揭短，毫无谦虚礼让之情？"主人一本正经地教训它们，"先进应当'德才兼备'，而'德'更重要。也就是说，工作要做好，更要心灵美。而你们虽然都有点才能，工作也有些成绩但却无德行，怎么能当先进？"

见到主人发怒了，公鸡、猫和狗吓得停止了争论。主人继续说："你们看，就数猪的品格高尚最有德，从不出风头与你们争荣誉，今年的先进就评猪了。以后你们都学着点！"

主人一锤定音。于是，猪呆头呆脑地当上了年度先进。公鸡、猫和狗面面相觑无言以对，只好眼睁睁看着猪捧着那盆人见人馋的香卤肉回到猪圈里，心安理得地独自享用去了。可是，它们真弄不明白，主人让大家都要向猪学习，以后又该向猪学些什么呢？

# 37 笨公鸡占窝

一只花公鸡外表靓丽却智商低下，它反应迟钝行动笨拙，在同伴中很不合群。每天黎明时分，公鸡们纷纷引颈长鸣，歌声此起彼伏，让人听了赏心悦目。花公鸡也不甘人后，时常跟着有一声没一声地瞎嚷嚷，拙劣而不成腔调的声音掺杂其间实在大煞风景。因此伙伴们都戏称它为"笨公鸡"。

这天，"笨公鸡"发现母鸡每天都到鸡窝里蹲上一阵子，然后出来"咯、咯、咯"地叫唤几声，主人就会赏给它一把谷子，"笨公鸡"感到新奇。它想，这不是件轻而易举的事情吗？我何不仿效母鸡蹲一回窝，也让主人奖赏两把谷子解解馋。

打定主意，第二天一早，"笨公鸡"赶在母鸡前头抢先钻入鸡窝占位。它学着母鸡的模样趴在窝里，还像煞有介事地半眯着眼睛，似乎在专心致志地干某件事，心中却暗自得意地嘲笑伙伴们："哼！还一个个说我笨，这么简单得奖赏的事情都想不出来，到底谁笨呀？"

母鸡想进窝下蛋，看见"笨公鸡"一动不动地趴在窝里，觉得挺好奇，问："你不去户外活动，大白天的蹲在窝里干什么呀？"

"笨公鸡"白了母鸡一眼说："这不是明知故问吗？你每天都蹲在窝里干什么，我也干什么。"

母鸡一听乐了："别逗了，快让我进窝里去吧，这窝不是你蹲的地方！"

"笨公鸡"两眼一瞪："胡说！这窝你能蹲得，为什么我就蹲不得？"

母鸡说："我每天蹲窝是要下蛋，你蹲窝又是为了什么呀？"

"笨公鸡"理直气壮地说："我也是要下蛋呀。"

母鸡听了不觉大笑："快别出洋相了，下蛋是鸡娘们的专利活，你一个大老爷们趴啥窝、下啥蛋呀？快出来让我进窝里去吧。"

"笨公鸡"说："你别忽悠我，我可精着呢！这一趴窝就会下蛋，一下蛋主人就会给奖赏，你不都是这样做的吗？"

"咳，你先出来让我进去了再说吧，我都快憋不住了！"母鸡觉得"笨公鸡"不可理喻，自己又急着要下蛋，就一个劲地催它快让窝。

"急什么呢，凡事总要讲个先来后到吧？""笨公鸡"慢条斯理地说，"我还没找到下蛋的感觉哩，你就再耐心等着吧。"

母鸡急得"咯、咯、咯"地大叫不止惊动了主人。主人看见了感到莫名其妙，一把将"笨公鸡"给拎了出来："搞什么名堂，光天化日之下占着鸡窝瞎胡闹，你让母鸡到哪里去下蛋呀？"

"笨公鸡"不断挣扎着向主人发出抗议："我这是在向母鸡取经呀。我也要蹲窝下蛋，然后向主人讨赏，这有错吗？"

"母鸡蹲窝下蛋，是它具备下蛋的功能，你有吗？"主人哭笑不得，连声呵斥道，"你只看到事情的表象，而不去认识它的实质，并且自以为是地将表象当实质，不觉得可笑吗？你今天上演了一幕现代版的'东施效颦'闹剧，证明你果然是一只名副其实的'笨公鸡'呀！"

# 38　家猫的本事

金秋时节，田野里的稻子已经成熟，农民们准备开镰收割，田鼠的活动也更加猖獗了。它们三五成群地出现在稻田里，肆无忌惮地和人们争享丰收的成果，除了一饱口福，争相往窝里搬运稻谷储藏过冬粮食，还肆意践踏毫不心疼。

猫头鹰闻讯赶到，每天夜里蹲守田间，警惕地关注着田鼠的一举一动，对于乘夜出行掠夺稻谷的鼠辈们痛下杀手。几天下来战果辉煌，擒获的百来只田鼠在田头堆成了小山。死里逃生的鼠兄鼠弟们闻风丧胆，个个龟缩在洞穴中再也不敢轻举妄动，稻田顿时安静了许多。农民们对猫头鹰的壮举赞不绝口，称它是人类的好助手，是灭鼠除害保丰收的功臣。

家猫听见了大不服气，对猫头鹰得到农民们的赞赏既眼红又嫉妒，逢人便发泄不满："真是大惊小怪，几天捉百来只田鼠有啥稀奇，这谁都能办到，况且还会得到如此高的荣誉。我可比猫头鹰强多了，你们都等着，今晚我就去捉几只让你们开开眼界。"

说到做到。当天晚上，家猫一改偷懒睡觉的习性，精神抖擞地躲藏在墙角处等待着，果然不负所望，一只老鼠乘夜出洞觅食被它逮了个正着。家猫高兴极了，第二天拎着老鼠四处炫耀，似乎自己很了不起。

"大家都看看吧，我捉到一只老鼠了，"家猫神气活现地描述捉鼠经过，"这家伙狡猾无比身手敏捷，�上我是它倒霉，换成别人肯定抓不到！再看看吧，猫头鹰抓获的田鼠哪一只个头有它大？而且猫头鹰只能晚上捕鼠，我白天黑夜照捕不误，你们说，猫头鹰的本事有我大吗？"

——常常有这种人，别人的成绩再大，他也要吹毛求疵找不足；而自己干了一点事，小芝麻也会被吹成大西瓜。除此之外，再无其他能耐了。

# 39　小叫驴学唱歌

小叫驴天生好叫，嗓音高亢洪亮，老叫驴认为它有音乐天赋，有心要将小叫驴培养成一名歌坛高手以便出人头地。听说鸟类中夜莺的歌声独具特色，是森林王国中一流的歌唱家，老叫驴就请求夜莺教小叫驴学唱歌，夜莺很乐意地答应了。

于是，夜莺每天都不厌其烦地认真施教，小叫驴更是兴致勃勃，一招一式地学得挺认真，老叫驴看在眼里暗自欢喜，心想，俗话说"名师出高徒"，有出类拔萃的夜莺当名师，还怕教不出小叫驴这样的高徒来？

可是事与愿违，一个月过去了，又一个月过去了，夜莺使出浑身解数教唱，小叫驴的歌唱技能却毫无长进，一张口除了嗓门高，只会"嗯昂、嗯昂"地乱叫一通外，什么也没学会。夜莺大失所望深感无奈，只能把小叫驴给送了回去。

"你还是另请高明吧，我才疏学浅实难当此大任，"夜莺对老叫驴说，"两个月来，我倾注了十倍的热情、百倍的功夫、千倍的努力，却得到了万分的遗憾，你宝贝儿子的叫声依旧很难调教。你还是面对现实，训练让它干些拉车磨面的体力活吧，看来只有这样才算专业对口，才能充分发挥它的特长了。"

不具备某方面的成才因素，即使自身兴趣再高再努力也是徒劳。因此，有了名师未必就能出高徒。

# 40　狐狸藏食

饥饿的狐狸好不容易捕获到一只小羊羔，躲在僻静树荫下的草丛中尽情地饱餐一顿后，还剩下半只。狐狸美滋滋地寻思着，这猎物来之不易，所剩半只足够明日再享受一顿，应当把它藏好了。于是它左顾右盼，见四周无人，就在树旁刨了个坑，将半只羊放进坑内，并在表面盖上了一层土，收拾好后离开了。

没走多远，狐狸的多疑症犯了。它回头张望了一会儿，暗自寻思着："那是块香喷喷的羊肉呀，该不会有人觊觎，趁我不在时将这块羊肉偷走吧？"狐狸想想不放心，于是折返身来，挖开表土取出羊肉看了又看，见羊肉完好如初，这才又将羊肉放入坑内盖上土并做好伪装，然后才放心地走开。

可是没走多远，狐狸又起了疑心。它想："现在社会不太平，包藏祸心的人无处不在，如果有人也惦记这块肉暗中算计我，趁我不在时前来行窃呢？"狐狸越想越不放心，于是又折返身来，取出羊肉端详再三，确认羊肉毫发无损，这才放心地再次将羊肉放入坑内埋藏好，然后一步三回头地离开了。

就这样，狐狸三番两次地来回折腾。终于，一只在空中盘旋的鹰发现了狐狸可疑的举动，也发现了狐狸埋藏在坑里的羊肉。于是鹰悄无声息地慢慢接近，当狐狸再一次返回挖出羊肉时，鹰以迅雷不及掩耳之势俯冲直下，双爪抓起羊肉腾空而去。

狐狸措手不及，眼睁睁地看着鹰从自己的眼皮底下抢走羊肉而一筹莫展。

望着远去的鹰，狐狸捶胸顿足追悔莫及，它自嘲着："教训哪，都怪自己多疑不自信，办事优柔寡断无主见，以至于到口的美味让空中飞贼钻空子捡了便宜。唉！看来明天又要饿肚子了……"

# 41  田鼠之厌

田鼠遇见青蛙，一开口就表现出对猫头鹰极大的厌恶。

"在这世上，最惹我讨厌的莫过于猫头鹰了！"田鼠说。

"猫头鹰，它不是人类的忠诚朋友吗？"青蛙奇怪了。

"正因为如此，我才对它倍加反感，"田鼠仇恨之情溢于言表，"先说相貌吧：说是猫科族却多了一副翅膀，说是鸟类嘛又长了个猫脸，这种两不像的怪物谁见谁败兴，谁会喜欢它呢？"

"总不能以长相论人品吧？这样失之偏颇可不太好。"青蛙表示异议。

"当然，长相不能说明问题，"田鼠连忙随声附和，表现出通情达理，"更让人讨厌的是它那一副哑嗓门也敢开口，半夜三更听得让人毛骨悚然。说实在的，我常常为它害羞脸红，可是它却无自知之明，自以为是世界上第一流的歌唱家。人们常说不知羞耻的人不会有美德，你说像猫头鹰这样能有美德吗？"

"就算嗓门哑也不该使你厌恶到如此地步吧，乌鸦的长相嗓门比猫头鹰好不了多少，你怎么不讨厌它呢？"青蛙反问道。

"你说得很有道理，以貌取人很不理智。关键是人们追求光明，视光明为真理的象征，可猫头鹰呢？"田鼠表现出对猫头鹰的不屑一顾，"它白天不见踪影，夜间却专门与我辈作对，干些伤天害理的勾当！它害怕光明意味着害怕真理，害怕真理证明心中有鬼，经我步步推理，终于认识到它的肮脏本质，因而成为我厌恶的对象。"

"哦，我明白了，"青蛙恍然大悟，"那如果从现在起猫头鹰再不杀生，还戒荤腥改素食并与你和睦相处成为好朋友，你该不会讨厌它了吧？"

"如果那样我又怎么会讨厌它呢？"田鼠肯定地说，"既然成了我的朋友，在我们鼠族的眼里，它就是一个美丽的天使、森林鸟国一流的歌唱家！以上的缺点也都成为优点了。"

# 42　主人种竹

主人偏爱竹子，在庭院四周种上了一圈名贵的圣音竹，庭院中还种有几棵梨树。圣音竹长成后棵棵青翠挺拔，微风吹来枝叶婆娑，令人心旷神怡。

邻居见了劝他说："这样种竹不行，它会影响院里几棵梨树成长的。"

"它们各长各的，怎么会影响到呢？你看这圣音竹长势多好呀，和结满雪梨的梨树相映成趣，别有一番滋味哩！"主人并不以为然反而觉得超凡脱俗，说，"况且自古以来大凡风雅墨客都喜欢种竹。还有痴迷者甚至'宁可食无肉，不可居无竹'哩！我又怎么能不种竹呀？"

圣音竹听了沾沾自喜，生长得更加茂盛，两三年后，它发达的竹根不断地向着四周蔓延开来，很快就覆盖了离这株梨树最近的表面土层。

梨树感受到压力越来越大，向圣音竹提意见："你占据了我生活的空间，吸收去大量水分给养，还让我的呼吸产生困难，再这样发展下去，你让我该怎么生存啊？"

圣音竹不高兴了，说："我高风亮节，'岁寒三友'中也有我一席之地。自古以来文人学士对我族的赞美之声不绝于耳，称羡我族'未出土时先有节，及凌霄处尚虚心'，并以此作为处世之楷模，这是多高的荣誉呀！而你却无端贬损我指责我，是何道理！"

它们俩争论不休各说各的理。时光荏苒，很快又到了丰收的季节。主人来到庭院采摘雪梨时感觉到诧异。他发现，其他几棵梨树结出的雪梨和往年一样，个个水灵灵的果实饱满，而与圣音竹靠近的这棵梨树结出的梨子明显个小表面也粗糙，这才想起邻居的话。他仔细观察地面，见到竹根长到梨树地面上。主人找来镬头刨开泥土，才发现竹根在这棵梨树周围盘根错节，抑制了梨树的生长。于是主人大刀阔斧地将蔓延的竹根除掉，并围上石条，将圣音竹圈在了一定范围内。

圣音竹大为不满，向主人连声抗议："我圣音竹是竹类中的上品，有极高的观赏价值，是植物中虚心有节、堂堂正正的真君子，你这样对我刨根挖底让我伤筋动骨，还把我围困住，究竟意在何为呀？"

"你品种名贵没错，好名声在外也不假，且越是这样就越应当洁身自好规范言行才是，怎么能为了一己之私而随心所欲侵占别人的空间，损害他人的利益呢？"主人说，"现在我斩断你膨胀的私欲，再为你筑上一道防线，约束你的行为，也都是为了让你能保持名节，这难道有错吗？"

圣音竹默默无言。它从此循规蹈矩，在石条圈内生根成长，再也没听到有谁非议它；而相邻的梨树也恢复了生长的环境，重新焕发生机，来年又结出了人见人爱的雪梨。

# 43  自命不凡的荆棘

后花园里种植着许多名贵花卉，为了防止禽兽们入园践踏，主人在花园的四周种上一排荆棘做围篱加以保护。

春天到来百花盛开，后花园里万紫千红争奇斗艳，吸引了众多的游客来园中观赏。望着络绎不绝的行人，荆棘们兴奋极了，它们个个心花怒放，争着把身子站得笔直，等待着人们前来赏识。

"快别出丑了，人们可不是为你们而来的，"旁边一棵小草见了禁不住提醒荆棘，"你们都看见了，他们都一个劲地围观花儿们赞不绝口，谁会来瞧你们一眼呢？"

"可是鲜花又有什么了不起呀？"不服气的荆棘们愤愤不平，纷纷嚷了起来，"它们只不过颜色鲜艳些，善于哗众取宠罢了，如果没有我们在四面八方为它们遮风挡雨，阻止禽兽们入侵，它们能成长起来吗？能开出如此艳丽的花吗？论理说，真正的功劳在我们，难道说我们所起的作用不比鲜花更重要，人们不应当来欣赏我们吗？"

"如果这样认为那你们就太可悲了，"荆棘的牢骚让主人听见了，主人毫不客气数落它们，"你们为鲜花的成长起到了保护性作用固然重要，但更重要的是要摆正自己的位置，而不可反客为主！你们想过没有，如果不是为了鲜花，我又何必种植你们呢？"

荆棘们沉默了。它们终于明白，自己的工作虽然重要，但终极目标是为了保护鲜花。如果因此而喧宾夺主，那就太荒谬了！

# 44　蚱蜢与蚂蚁

蚱蜢在夏天里东蹦西跳尽情地游玩，累了在草丛中树荫下休息，渴了喝些清泉晨露，饿了食物随处可得，日子过得称心如意无忧无虑。

可是好景不长，转瞬间秋去冬来，蚱蜢觉得日子越来越难过了，特别是食物难寻时常忍饥挨饿。现在连玩的心情也没有，当务之急是找些吃的充饥填腹。

它看见把窝做在土坡上的蚂蚁一只只悠然自得地在阳光下嬉戏玩耍着，禁不住羡慕起来。

"你们真幸福呀，守着一窝的食物不愁吃喝，舒舒服服地过寒冬，哪像我这么狼狈，"蚱蜢触景生情，不由得自怨自艾，对蚁主大倒苦水，"我把时间都花在寻找食物上了，不可谓不勤劳，还只是有上顿没下顿地勉强维持个半饱，这老天爷怎么就这么作践我而眷顾你们呢？"

"可别怪老天爷，它对芸芸众生一视同仁，关键还是靠自己，"蚁主同情蚱蜢的处境又反对它的说法，"我们是趁夏天食物充足时把握机遇不辞辛苦地积聚，解除后顾之忧，以备严冬的不时之需，正所谓有付出就有回报，如今的日子才安闲自在。只不知整个夏天的大好时光里，你又干什么去了呢？"

蚱蜢无言以对。回想起自己虚度时光，把精力花费在寻欢作乐上图一时的舒服享受，如今一事无成，不觉得懊悔不已。它对蚁主说："我终于明白了没有劳动就别想有收获这个道理。来年我一定以你们为榜样好好过日子。"

可是对于蚱蜢而言，此生还有来年吗？

# 45　虎与狗的区别

狗见到不远的山岗上蹲坐着一只稚气未脱的小虎，再瞧瞧自己健硕的体态，相形之下觉得比小虎威风许多，不禁神气起来。它用傲慢的口吻对树上的大眼猴说："看见了吧，这就是人们所称道的'山中之王'，和我相比并没有啥区别呀！"

"别出丑了！就凭你这德行也有资格和虎族相提并论？"大眼猴一听笑出声来，它嘲讽狗，"幼虎藏锋敛锐自有王者风范；而你却色厉内荏，除了恃强凌弱，狗眼看人低的本性外，还有啥可自夸的呢？"

狗觉得脸上无光，它大声嚷叫着想挽回一些面子："你别长它的志气灭我的威风。论外表它有我高大吗？论叫声它有我洪亮吗？我敢说，它根本就不如我！"

"真是不知天高地厚的家伙，"大眼猴毫不客气地告诫狗，"实话实说，你的气质、秉性与小虎相比实在是天壤之别。你还是有点自知之明吧，免得自取其辱！"

狗顿时恼羞成怒。它想自己个头大，小虎见了一定害怕，如果能战胜小虎，将来定能扬名动物界，也让树上这泼猴对自己另眼相看。于是它抬头信心十足地对大眼猴说："你这才叫作'猴眼看狗低'呢，我好歹也算是狗族中的精英懂吗？你瞧好了，看我今天怎么教训这'山中之王'，也让你开眼界长见识！"说罢气势汹汹地朝小虎扑去。

蹲坐着休息的小虎见狗无端前来挑衅很是愤怒，它虽然个小，但仍然毫不怯弱地勇敢上前迎战。狗和小虎撕咬在一起。

狗仗着体壮力大，趁机咬了小虎背部一口，鲜血直流；小虎毫不退缩，一声怒吼坚持战斗回咬了狗的后腿一口。狗一受伤就败下阵来，夹紧尾巴一路哀号着逃回树下。它望着流血的伤口再看看树上的大眼猴连声吠叫，似乎在乞求怜悯。

而小虎则从容不迫地退回草丛中，一声不吭地自舔着伤口。

同样是受伤流血，表现却截然不同，令大眼猴大发感慨。

"看清楚了，这就是于细微处见精神！"大眼猴俯视着狗的狼狈相，轻蔑地调侃它，"仅此一点，足以说明勇士和懦夫的不同，也是虎与狗的区别！这下该头脑清醒了吧？"

狗无地自容，蜷缩在树荫下一副可怜相，再也不敢吭声了。

# 46　乌鸦的评论

乌鸦报名上了几天音乐培训班，混到了一张结业文凭，顿时底气大增。它拿着文凭四处炫耀，宣称自己是资深音乐人，因此在大庭广众之下总爱对群鸟的歌声指手画脚评头论足，出尽了风头。群鸟也被乌鸦的气势给镇住了，以为它真的很了不起。

年终岁末，森林鸟国举办夜莺、百灵鸟的专场演唱会。乌鸦自我推荐挤进评论组，和孔雀等评论员一起神气活现地端坐在评论席上观看夜莺、百灵鸟的演唱。

夜莺和百灵鸟先后登台献艺，时而独唱时而合唱，歌声千啼百啭抑扬顿挫，赢得了群鸟众口一词的赞誉，各位评论员也纷纷竖起拇指对夜莺、百灵鸟的演唱技艺给予了充分的肯定。

轮到乌鸦发表评论。乌鸦故作内行信口开河："夜莺、百灵的演唱技艺虽有特色，但美中不足的是如果能虚心向我等专业高手请教并学以致用，日后必将一鸣惊人名震歌坛。"

乌鸦说罢环顾四周，见群鸟个个伸长脖子认真倾听，不觉得有些飘飘然忘乎所以了。

"先说夜莺吧，虽然歌技尚可但装扮见俗，"乌鸦挺了挺胸脯装模作样地说，"如果能披件黑色风衣再配一副墨镜，必然风度翩翩显得庄重大方，比如像我一样就更具有绅士风度了。"

群鸟面面相觑，它们还真看不出乌鸦的绅士风度体现在何处。

乌鸦更加来劲了，继续高谈阔论："再说百灵，歌声尚显单调，如果能博采众长兼收并蓄，将公鸡的'喔喔'声、鸽子的'咕咕'声，以及老鸦我的'呱呱'声糅合其中，则内容丰富多彩歌声婉转多变，必将更令人百听不厌了。"

乌鸦话音未落台下一片哗然。群鸟交头接耳议论纷纷，对乌鸦的信口胡诌表示不满。

乌鸦却不管不顾越说越忘形，它正为自己大胆创新能发表独特的见解而沾沾自喜，"当然，如果它们俩都冠以'乌'姓，当报幕员向观众介绍称：现在由表演者'乌'夜莺、'乌'百灵上场为众鸟演唱，那就更加精彩绝伦了……"

"别出丑了！你一个门外汉既无音乐知识又无演唱技能，也敢在此口出狂言妄加评论，不怕让人笑话！"资深评论员孔雀实在听不下去了，打断乌鸦的话讽刺说，"如果依你所愿处处体现'乌'的本性，那么整个森林音乐界岂不是从此要'乌'七八糟、'乌'烟瘴气、'乌'黑一团？"

群鸟哄堂大笑，乌鸦顿时窘迫自觉颜面无存。它顾不得再做评论，仓皇地扑扇着翅膀夺路飞离而去，再也不敢抛头露面了。

# 47　乌鸦救火

传说远古时代，乌鸦本名叫金鹊。它羽毛艳丽、舞步翩翩，可与孔雀相媲美；嗓门圆润歌声婉转，能和夜莺比声乐；还因为它心地善良乐于助人，因此成为森林鸟族中的佼佼者，备受众鸟的尊敬和喜爱。

不幸的是在一个更深人静的夜晚，森林失火了。众鸟还都在酣睡中。随着火势蔓延，一场毁灭性的灾难眼看成为现实，情况万分危急。

警觉的金鹊首先惊醒，它顾不得自己逃生，而是放开嗓门连声叫喊："森林着火了，大家快起来救火呀……"同时奋勇冲进火海，扑扇着翅膀全力灭火。

凄厉的叫喊声惊醒了全森林的鸟类，金鹊的以身作则为鸟儿们树立了好的榜样，它们也个个争先参加灭火。鸟儿们齐心协力的精神感动了上天，上天降下及时雨把烈火扑灭了。

森林和鸟族得救了，金鹊立了大功。众鸟对金鹊的无私行为大加赞赏，对救命之恩感激不尽。善良的金鹊也为此付出了惨重的代价，它的嗓门因叫喊而变沙哑，美丽的羽毛也在灭火中被烧成了焦黑。

随着时光的推移，金鹊的救火行为也渐渐被鸟儿们所淡忘。它因一身漆黑的羽毛和沙哑难听的叫声，成了森林鸟族中最不起眼和最不受欢迎的角色，众鸟越来越厌恶它，视它为不祥物，再也不叫它的本名，而叫它"乌鸦"，甚至有的鸟儿还吐唾沫咒骂它。

金鹊伤心极了，更感到失望，它悲愤地对众鸟说："你们都怎么了？我当年舍命拯救森林、鸟族，毁了自己才变成今天这模样，没功劳也有苦劳，如今你们却把这些都忘得一干二净了——这样的鸟国还有希望吗？"

# 48　猫与捕鼠夹

捕鼠夹"啪"的一声，夹住一只老鼠。猫在一旁见了，惊讶地睁大眼睛。

"好家伙，这是啥神器呀？"猫啧啧称赞，"我抓老鼠还要折腾老半天，你这么干净利索地就把老鼠给逮住了？"

"你好，我是捕鼠夹。"捕鼠夹很友善地和猫打招呼。

"捕鼠夹？怪新鲜的名字，你是干什么的？"猫感到十分好奇。

"我的用途嘛——"捕鼠夹不紧不慢地解释，"就是专门捕捉老鼠的。"

"胡说！"猫一听跳了起来，"捕鼠自古以来就是由我老猫独家经营，你算什么东西也敢来凑热闹，快滚一边去！"

"可是，这不明明捕到老鼠了吗？"捕鼠夹指着被夹住的老鼠大惑不解，"你捕鼠我也捕鼠，咱俩目标一致，齐心协力为人类除害不是挺好的吗？"

"你好我可不好！就算你能夹住一两只老鼠，也不是正牌货！"猫盛气凌人横加制止，"今后不准你再捕捉老鼠了！"

"你太霸道了，还讲不讲理呀？"捕鼠夹愤愤不平地责问。

"谁说我不讲理呀？是你不识趣！"猫盯着捕鼠夹振振有词，"你去查查历史档案，从古至今有哪一本书上还记载了除我猫族外涉足捕鼠业的？那看门狗偶尔抓了一两只老鼠，人类就群起而攻之，斥之为'狗拿耗子——多管闲事'，更何况你呢？再说了，只有我老猫捕鼠，主人才会倚重我，如今你对我的祖传生意垂涎三尺，想来抢我的饭碗，那我以后还靠啥营生？"

不容分说，猫一口衔起捕鼠夹，要将它扔进深水沟里。

"慢着，你怎么能够这样独断专行呀，"公鸡在一旁见了上前制止，为捕鼠夹鸣不平，"捕鼠除害人人有责，并不是你的所谓专利。那蛇族、猫头鹰等鼠类天敌长年累月也在捕鼠，人类还在不断地发明制造出名目繁多的各种灭鼠工具，除了捕鼠夹，还有捕鼠笼、捕鼠罐以及灭鼠药等，如果以你的混账逻辑，也都要把它们扔进深水沟里去，那众多的老鼠你能捕得完吗？"

猫一时愣住了，不知如何回答。它觉得公鸡的说辞似乎有些道理。

"再说了，为人处世应胸怀坦荡以大局为重，而不是事事都为自己考虑，"公鸡继续说道，"如果各个行业都像你这样心胸狭隘搞垄断，不容他人涉足，这个社会能进步吗？"

猫终于醒悟过来，连忙放下捕鼠夹。它明白了一个道理，自己的捕鼠能力毕竟有限，仅凭自己是根本无法消除鼠患的。

从此以后，猫和捕鼠夹和睦相处密切配合，共同为人类的捕鼠除害事业做贡献。

# 49　分　肉

老虎、狐狸、狼与羊共同得到上天赏赐的一筐肥肉。

这筐肥肉该如何分享呢？依照上天旨意，不能强取豪夺，也不能均分，而应当论功行赏。功劳大者多享受，反之，就少享受或者不享受。

作为百兽之王，老虎主持分享肥肉的商讨会。四双眼睛都盯着这筐肥肉。虽然山羊是素食者，但因为是上天赐予，能得到也是一种殊荣，因此也希望见者有份。老虎首先开口。

"诸位，对于上天赏赐的这筐肥肉应该如何分享，请都大胆发表见解。"老虎威严的目光扫过在座的各位。

话音刚落，狐狸争先发言："我说王呀，论功劳您最大也最辛苦，您为咱动物界的繁荣任劳任怨不计报酬；倘若没有大王您的保护，咱各大家族命运将永远和危机连在一起。因此我提议，大王应当首先多享用。"

没有异议全数通过，老虎舒服极了，半筐肥肉名正言顺地归它所有。

还剩下半筐肥肉，狐狸、狼和羊的眼睛盯得更紧了。

又轮到老虎开口："我说狐狸的功劳也不小，它勇于发表个人见解，说明有非凡的胆略；又能帮我出谋献策，是它机智的表现，像这种有胆有识的精英，咱动物界里实难寻觅。因此我提议，这肥肉狐狸应当享有一份。"

谁也不敢对虎王的提议说"不"字，也算全数通过。狐狸受宠若惊，于是四分之一的肥肉顺理成章地落入狐狸口中。

还余下四分之一，该由谁享受呢？狼不甘示弱抢着表白。

"这余下的部分应当归我享用，道理很明白，"狼对羊说话直接干脆，"咱俩彼此心照不宣，我天生是荤食者，而你从来只吃素；更主要的是，在平时甭说这一小块肉，就连你整只羊我也照吃不误！今天我放弃眼前真正的肥肉，只要求享受上天的一点赏赐，已经得不偿失，你还有理由与我相争吗？"

言之有理，同样不见异议，也算全数通过。于是狼心安理得地享受这余下的四分之一的肥肉。

这样的分享皆大欢喜。或许羊暗中会愤愤不平？但据说没有。因为它正庆幸不曾落入狼口，又岂敢再存有其他非分之想呢？

# 50　蜜蜂的胸襟

马蜂看见蜜蜂们正忙碌地采花酿蜜，从蜂房里飘出的蜜香味格外诱人，于是想进入蜂房去吃蜂蜜，不料却被守卫蜂房的工蜂给拦住了。

"站住！蜂房重地，外人不得进入。"工蜂尽职尽责，上前加以阻止。

"你说这话好不靠谱，我咋就成外人了呢？"马蜂故作惊讶，上前套近乎，"你蜜蜂、我马蜂，都是属于蜂类——咱们是一家人呀。"

"虽说同是蜂类，但你我不同族。"工蜂不为所动，"咱蜜蜂以辛勤劳动著称，用汗水换回甜蜜造福人类；而你们呢，整日里游手好闲无所事事，有谁无意间触动了你的马蜂窝，你就凶相毕露穷追不舍，必欲置人于死地而后快。咱们道不同不相为谋，你还是另寻高就去吧！"

马蜂并不死心，继续花言巧语，想用常情打动工蜂："你真是不知人情世故，不懂得待客之道。我诚心登门拜访，想与你们共叙友情，不料你却如此傲慢，将贵客拒之于门外而不让进，是何道理？"

"你就不必再鼓唇摇舌蛊惑人心了。大道理冠冕堂皇，但我们都心中有数，"工蜂毫不通融，一针见血，"你包藏祸心，根本就是冲着蜂蜜而来。今天我接待了你，岂不就是开门揖盗纵容你作恶？"

"你这讨厌鬼，我今天就是要进去强吃蜂蜜，你又能奈我何！"见到阴谋被揭穿，马蜂顿时恼羞成怒原形毕露，摆出一副无赖的模样，"你个头有我大吗？尾针有我粗吗？快给我识相些滚到一边去，再敢阻挡，看我不一针蜇死你！"说罢，就要往蜂房里硬窜。

"请你马上离开，否则后果自负！"守门的工蜂毫不畏惧挺身而出，拦住马蜂的去路，并发出严正警告，"虽然我的个头不及你的三分之一，尾刺力度也小，但我正义在身，我和伙伴们将会不惜一战，誓死捍卫自己的家园，你的强盗企图休想得逞！"

附近的蜜蜂发现敌情也纷纷赶回来。它们将蜂房团团围住，同心协力，严阵以待。马蜂被蜜蜂们大无畏的气势给镇住了，它自知作为一名入侵者既理亏又失去道义，角色极不光彩。于是不敢再恃强逞威，一声不吭地夹紧尾巴灰溜溜地逃走了。蜂房又恢复了正常秩序。

在不远处织网捕蚊的蜘蛛见了迷惑不解，问工蜂："你真了不起。面对强敌却敢于奋起抗争，难道就没有性命之虞？"

工蜂坚定地回答："邪不压正自古同理，况且还有伙伴们做坚强后盾，我何惧之有！再说，为了捍卫家族的整体利益而抵御外侵，微不足道的个人小命又何足挂齿！"

"果然是真正的勇士！"蜘蛛由衷地对蜜蜂大声赞叹着，"你们胸怀博大无私无畏，为了家族的整体利益勇于舍生忘死，真不愧是咱昆虫界的精英呀！"

# 51  章鱼和珠贝

章鱼厌倦了在海底岩石洞穴中的单调生活，它想：海洋世界如此之大，何不出去尽情游玩，也增长些知识呢？它看见邻居珠贝总是静静地待在岩石旁，偶尔微开细缝吐泡换气，于是想相邀珠贝一同出游。

"喂，老邻居，你一天到晚总是守着一个地方不觉得枯燥无味吗？咱何不结伴周游世界，好好领略大自然的风光呢？"章鱼对珠贝说。

珠贝吐了口气泡说："能出去走走玩玩自然好，有时我也很向往但又不敢有此奢望，我只好面对现实安于现状，平心静气去做我该做的事情。"

章鱼听了不禁说道："你呀，太过单纯了，这脑瓜子为何不开窍呢？像你这样胸无大志，只知道墨守成规打发无聊的日子，这辈子还想有大作为吗？"于是章鱼不再理会珠贝，自顾自等待出游的机会。

这时一艘货轮从不远处驶来，章鱼立刻迎上前去张开大腕，用吸盘紧紧吸附在货轮底部，随着货轮的航行在海上玩了个够后，又回到了原住处。它看见珠贝模样依旧，顿时神气起来。

"哎呀呀老邻居，一别数月咋不见你有啥改变呀，想必还是孤陋寡闻吧？你再看看我，前后是判若两人哪！"章鱼得意扬扬地炫耀着，"我走过的地方多，经历的事情也多，如今是阅历丰富见多识广了。"

"你真的很了不起，让我羡慕不已，"珠贝望着章鱼真诚地说，"但是我虽然没啥能耐，却也没虚度时光，我只是静下心来执着地追求着，专心致志地把落入体内的沙石哺育成一颗颗珍珠而已。"

"我今天总算重新认识了你，可真要对你刮目相看呀！"珠贝的一番话让章鱼不由得对自己先前浅薄自大的表现而感到羞惭，同时也由衷地敬佩珠贝，"我把时光浪费在玩乐上，终究一事无成；而你虽然外表朴实无华，实则心怀珍宝，你能耐得住寂寞，为了实现永恒的追求而不懈努力。真正了不起的应该是你呀！"

# 52　比尾巴

水牛、松鼠和老虎碰到一起，互相炫耀起自己的尾巴来。

"我的尾巴用途大着呢，"水牛悠然自得地甩动着长尾巴得意扬扬地说，"别看它像一根长绳毫不起眼，关键时能起大作用，当我奔跑时竖起尾巴能平衡身体；在平时还能当'苍蝇拍'，那些想乘我不备讨我便宜的蚊蝇虻虫，经它左抛右甩，个个颜面扫地落荒而逃。"

"这有啥了不起，哪有我的尾巴作用大，"松鼠摆动着蓬松的大长尾表现得挺自豪，"它是天然的'降落伞'，当我从高处跳下时，它可以为我减缓降落速度，使我安全着陆；它还有更神奇的作用呢，冬天睡觉时，我用它当棉被盖在身上御寒，也可以偎在它旁边取暖，这些功能你有吗？"

"就凭这些小伎俩也敢在这里显摆，你们知道我尾巴的厉害吗?"老虎毫不客气地嘲笑起水牛、松鼠来，"我的尾巴似钢鞭，可以当武器能抽能打，谁惹恼了我，单凭这根尾巴，就能把它抽打得晕头转向。这才叫作尾巴! 你们那尾巴算什么玩意儿!"

它们仨各不相让，争得面红耳赤，都认为自己的尾巴比别人强。一旁的壁虎听不下去了。

"都别丢人现眼了，你们几个的破尾巴还都不如我的呢，也敢在这里自吹自擂，"壁虎故意翘起自己那根短小而不起眼的尾巴，在它们面前晃来晃去，"你们知道我这根尾巴有多值钱吗?"

水牛、松鼠和老虎被激怒了，个个急得直翻白眼:"混账东西竟敢小瞧人，先称称自己几斤几两再说吧，你这根没分量的臭尾巴还能值多少钱——简直就是一文不值!"

"孤陋寡闻狂妄自大，你们除了自吹自擂自我欣赏外，还能知道些什么呢?"壁虎神气十足地夸耀起自己的尾巴来，"别看我的尾巴细小没人瞧得上眼，它不是'平衡器''苍蝇拍'，也不是'降落伞''取暖被'，更不能当作武器威震敌手;但是这根尾巴却是我的'护身符'，我可以用它来自救，当遇到危险落入敌手时，我可以自断尾巴迷惑对方而得以逃命，但不久又可以再长出一条新尾巴来。这样的尾巴功能你们有吗?"

水牛、松鼠和老虎个个听呆了，想不到壁虎的小小尾巴竟然有这么大的作用!

"所以，要懂得全面看问题，而不该站在自己的角度去衡量周围的事物，"见到它们仨在认真倾听，壁虎继续说，"就以尾巴为例，诸位虽然各有特点和用途，但却不具备别人的长处，咱怎么能以偏概全，看别人一无是处，总认为自己的比别人强，对吧?"

壁虎的一番话让水牛、松鼠和老虎心服口服。它们都认识到了自己目光短浅，也懂得了"尺有所短，寸有所长"的道理，从此以后再也不炫耀自己的尾巴了。

# 53　蚯蚓和蜜蜂

蚯蚓问蜜蜂："你真让我纳闷，见到你总是忙碌地来回奔波，片刻也不舍得歇息，这是何苦呢？那蝴蝶、蜻蜓每日嬉戏于花海里草丛间，它们游山玩水风度翩翩活得多潇洒。而且它们还嘲讽你俗不可耐，不懂得打扮不知道享受生活乐趣呢！"

蜜蜂说："我也感到奇怪，很少看见你钻出地面，你每天总躲在土里都干些啥呢？你看那蟋蟀、蚱蜢四处蹦跶神气十足。它们也笑话你土里土气土得掉渣，毫无生活情趣哩！"

"让它们说三道四去吧，我可不在乎，"蚯蚓坦然自若，"我在菜园里整天忙于松土增肥，尽菲薄之力服务于人类，得到人类的赞扬，日子过得挺充实；我反而觉得蟋蟀、蚱蜢它们可怜，每天只知道玩乐，这种没有目标的生活有什么意义呀？"

"我哪有时间去理会那些无聊的冷嘲热讽，"蜜蜂深有同感，说，"我每天忙于寻找花源采粉酿蜜造福于人类，成为人类的朋友，这是多么荣幸的呀；而那蝴蝶、蜻蜓表面看似风光无限实则内心空空，整日里无所事事浪费时光，到头来又能得到什么呢？"

蚯蚓和蜜蜂都为重新认识了对方而感到高兴。它们互相勉励着，决不像蝴蝶、蜻蜓、蟋蟀、蚱蜢那样虚度年华，今后要继续任劳任怨，为人类做更多的贡献。

# 54　富商养鹅

有个商人经商有方赚了不少钱，回到村中大兴土木建盖楼房，还在后花园中央造了个大鱼池喂养了各种观赏鱼，鱼池边有一片坪地绿草如茵，景色宜人，但商人总认为虽然环境优美，但还缺少些雅趣。他想起"初唐四杰"中的骆宾王七岁时曾写过一首《咏鹅》诗："鹅鹅鹅，曲项向天歌。白毛浮绿水，红掌拨清波。"觉得很有诗情画意，不禁对鹅情有独钟，于是也想附庸风雅，买回几只大白鹅交给仆人饲养，然后外出经商去了。

过了几天，商人回来来到后花园，看见几只大白鹅被圈养在墙角的鹅棚中，正伸长脖子你一声长我一声短"嘎、嘎、嘎"地叫个不停，似乎在提出抗议。商人满心不悦沉下脸来责备仆人："你怎么能这样养鹅，这不是将它们当成囚犯了？如果也把你一天到晚都关在里面动弹不得，你能受得了吗？快点放了它们，让它们自由生活！"仆人连忙上前打开棚门，把大白鹅都放了出来。

被关了几天的大白鹅霎时间恢复了自由，一只只高兴地扑扇着翅膀在草坪上相互追逐着，有的还跳入鱼池中游泳嬉戏，与游鱼相映成趣（因为鹅是素食者）。商人放下心来，回头叮嘱仆人说："记住了，今后不许再将它们圈养起来，应当要放养，要给它们充分的自由活动空间。"仆人唯唯诺诺，不敢有半点不从。

商人再次外出经商，几天后一回到家中就直奔后园，看见几只鹅正在草坪中尽情玩耍，时不时还啄食一两口草皮。再仔细一看，不禁怒火中烧大声责骂仆人："你这是怎么养鹅的？怎么能让它们如此放任自由！你看看，好端端的草坪被几只鹅糟蹋成什么样子了！还有这鹅粪便东一泡西一泡地遍地开花，简直是惨不忍睹！快把它们都给我关起来。"

仆人委屈极了，说："这怎么能怪罪于我呢？当初我圈养大白鹅，主人责备我将它们当囚犯，要给它们自由；如今我按照你的盼咐办了，主人你又责骂我放任它们自由破坏了草坪，又要将它们关起来。主人呀，你现在到底是要我对这几只大白鹅实施圈养呢还是放养呀？"

"这我管不了，总之你既要让白鹅自由活动，也要让草坪整洁干净，你自己看着办吧！"商人不假思索地回答后，扭头转身离开。

望着商人离去的背影，仆人无语了。他对主人自相矛盾的养鹅方式无所适从。问题是，主人让自己看着办，今后自己又该怎么办呢？

# 55　李逵学绣花

　　"黑旋风"李逵是水浒梁山上一百单八将中首屈一指的"鲁蛮汉"。他身材粗壮、性情暴躁、四肢发达、头脑简单，行事莽撞全凭"快活"二字，因此经常闯祸，惹下麻烦。"天巧星"浪子燕青是梁山上少有的机巧之人，倒与李逵谈得来，闲暇之余常会训导他："你这个黑炭头恁脑笨，似此野蛮粗俗有勇无谋，如何能成大事！你何不学学鲁提辖智勇双全、粗中有细，如此方能显出英雄本色。"

　　李逵琢磨着燕青的话觉得不无道理，于是决心要磨炼一下急性子，改掉这种坏毛病。他想：这平日里干绣花活最细腻，如果学会了这门手艺，众人必当刮目相看，也让他们知道俺这个粗俗人也能干精细活。

　　说干就干，于是李逵向绣娘讨要了一盒绣花针及绘有图案的绣花布料等用品，将两把板斧倚放在桌边，然后端坐于桌前有模有样地在绣花布上绣起花来。

　　可是没绣两下只听得"咔"的一声，原来李逵初次用针抓得过紧，绣花针被捏断了。李逵并不气馁，他换了一根针接着绣，可是没绣两针又听见"咔"的一声，这回是过于用力，把绣花针给折断了。如此反复几次断了几根针，李逵也用起心来，总算绣了几针没出差错，正得意间稍不留神一针下去，将手指扎了个孔，鲜血直流，疼得李逵直龇牙。

　　李逵一时性发，腾地站立起来骂道："好你个小尖头竟敢扎俺，难道俺还怕你不成？想当初俺老黑沂岭杀四虎，眼睛都不曾眨一下，莫非你会比那四虎还神气？"说罢，操起板斧对着绣花针盒一阵乱砍，顷刻之间一盒绣花针支离破碎散落满地，就连绣花布料也未能幸免，几乎成了烂布条。

　　李逵松了口气，大大咧咧地说道："俺老黑大老粗一个也不侍候你了，这绣花的精细活就留给娘们干去吧。"

　　所以说，江山易改，禀性难移。"黑旋风"李逵终其一生总是以"鲁蛮汉"的面目展示于人前，"精细"二字与他无缘，更别说与他沾上半点边了。

# 56　癞蛤蟆的追求

几只白天鹅在湖中嬉戏玩耍，蹲坐在荷叶上的癞蛤蟆瞪起一对大眼目不转睛地看着出神，一滴滴馋涎从那半张开的口里不由自主地滴落到了水中。

一只乌龟游过来见了觉得好笑，故意揶揄道："又开始想入非非了，你这只癞蛤蟆莫非还真想着吃那天鹅肉不成？"

癞蛤蟆回过神来，咽了下口水对乌龟说："都说这天鹅肉味道上佳，品尝一口回味无穷，经常享用延年益寿，还能飘飘欲仙遨游天际，你说我能不想吗？"说着，眼神里还流露出无限的向往。

"哈哈，就凭你的这副嘴脸还想着吃天鹅肉？别白日做梦了，"乌龟不觉呵呵一笑，不客气地嘲讽道，"劝你还是现实点，捕捉些蛾蚁蚊蝇立马就能得到享受，这不比看得见摸不着的天鹅肉强百倍？"

"你怎么能如此低看我，"癞蛤蟆顿时涨红了脸，它气呼呼地对乌龟说，"你瞧好了，只要我坚定信念锲而不舍地追求，终有一天会吃到天鹅肉的！"

"你就多点自知之明，别再想入非非了，"乌龟正告癞蛤蟆，"脱离了实际的信念和追求虽然冠冕堂皇，终究难成现实。你还是有多少能力就干多少实在活吧，无论如何也比当个空想家好许多！"

虽然癞蛤蟆每时每刻想着吃天鹅肉，但据史书记载，还没发现有哪一只癞蛤蟆实现了梦想。所以，没本事却雄心勃勃想干大事的，结果只能是留下话柄贻笑后人。

# 57　求长寿

偏僻乡村里有位富人家财万贯，日子虽然过得称心如意，可还总觉得美中不足。他记得有句俗语说"七十三、八十四，阎王不请自己去"，连孔、孟圣人都难迈过这道坎，想到自己年逾六旬，担心寿命不永，为此常常愁眉苦脸、忧心忡忡。

有朋友告诉他，想养生求长寿，心态乐观至关重要，再注重合理的膳食、充足的睡眠以及适量的运动，只要四方面统筹兼顾，身体健康了，寿命自然延长。

可富人对朋友的建议置若罔闻。他想，人们常说"谋事在人，成事在天"，看来应寄希望于上天的庇佑了。他听说离这儿不远的山中有座永福寺，寺中供奉着一尊菩萨，常有乡民前往烧香祈福。于是富人也备下一份厚礼来到寺中求愿。

泥塑菩萨端坐于供桌前，尽管身上刷的金漆已经有些脱落。供上厚礼点烛上香后，富人跪在泥塑菩萨面前一个劲地磕头，虔诚地祈求起来。

"请保佑我吧，大慈大悲的菩萨，请满足我的唯一心愿，"富人口中念念有词，"我不奢望太多的享福，也不祈求升官发财，只希望能得到长寿，最好能长生不死，或者活到一万岁，一千岁也行，哦，就算活一百岁吧，能达到这最短的长寿期也可以……啊，保佑我吧，菩萨，请保佑我能长寿……长寿……"

富人不断地祷告，使泥塑菩萨过意不去，它终于显灵了。

"回去吧，蠢货，回去过你的舒心日子吧，"泥塑菩萨回答，"你的愿望是不会实现的。"

"啊，为什么呢，难道我的供奉不够虔诚吗？难道我注定要短命吗？"富人心慌了，"求求菩萨保佑我，让我长寿，我宁愿拿更多的供品让您时时享用。"

"你求我没用，供品再多也无济于事——你求错对象了，你难道没看见我的处境吗？"泥塑菩萨回答，"这寺院年久失修破烂不堪，四处漏雨八面透风，我只是个泥塑菩萨，就是在这样的凄风苦雨中苟且度日朝不保夕。我连自己还能生存多久尚且不知，又怎能保你长寿，这不是天大的笑话吗？"

"唉，我真是个蠢货，"泥塑菩萨的一席话，让富人幡然醒悟，他自嘲着，"看来有时谋事在人，成事却未必在天，我何必再自欺欺人地求这尊泥塑菩萨保佑呢？常言道'求人不如求己'，我还是按照朋友的说法去求健康长寿吧！"

# 58　纸钞与硬币

一阵大风，将桌面上的百元纸钞与一元硬币同时刮起。

纸钞随风飞舞被吹到墙角边，硬币也掉落到地面，接连滚动后挨着纸钞停了下来。

见到纸钞蜷缩在墙角并不起眼，硬币禁不住嘲笑起它来："你何以如此窝囊，软绵绵的毫无气节可言，一阵风就把你吹瘫在地，幸亏有这堵墙挡住救了你，不然成了流浪儿四处飘荡，那将是颜面尽失呀。"

纸钞一言不发，不理会硬币对自己的说长道短。

硬币得意起来了，它一边傲气十足地自我吹嘘，一边继续贬损着纸钞："可我却与你不同，顶天立地硬汉一个，铮铮铁骨掷地有声，论颜值比你耐磨损，论分量也不知重你多少倍。相比之下，你不觉得自卑吗？"

纸钞听不下去了，它觉得硬币实在太张狂，有必要对这不知天高地厚的小同行泼些冷水，让它认清自己。

"就凭这些也敢在我面前炫耀，难道你真的认为会比我尊贵吗？"纸钞不卑不亢地回应硬币，"首先你要明白，在金融界，钱币不以其质的硬度、量的轻重或声音的大小定身份，关键是体现在它的使用价值上。我面值百元，你充其量只是一元硬币的使用价值，单凭这点，你有资格在我面前张扬摆谱吗？"

硬币沉默了，它顿时觉得在百元纸钞面前，自己显得是那么渺小而无足轻重。

"其次你要明白，真正在社会上有能耐的，均不是夸夸其谈之流，越是内涵丰富有作为的，往往越卑谦内敛，默默无闻地做奉献。"见到硬币在认真倾听，纸钞继续着它的说教，"反而是那些不值几个钱又目空一切的无名小辈，最会自吹自擂响声也最大，以为'老子天下第一'。如此相比，你说我有必要'自卑'吗？"

纸钞的一番话，让硬币羞愧满面，它才觉得真正要"自卑"的应该是自己。但它从心底感谢纸钞，因为纸钞让它明白了许多处世的哲理。

从此，硬币再也不出风头也不自夸了。它收敛自己，总是待在钱包的角落处。只有当主人需要时，它才现身发挥自己的作用。

# 59 水牛当管家

水牛老实厚道、办事任劳任怨，深得主人的信赖。

这天，主人要出远门，让水牛担任临时管家管理家中事务，并嘱咐狗、猫和鸡不可任性，要配合水牛共同做好工作。

水牛自感重任在肩丝毫不敢懈怠，于是召集狗、猫、鸡重新分配任务。

"你们都听好了，主人让我临时管理，你们都不要耍小心眼，"水牛瓮声瓮气地说，"从今天开始全部随我下农田干活去。"狗、猫、鸡听了纷纷表示异议。

"那可不行，我早晚要看门防贼。"狗首先反对。

"是啊，我也要捕鼠保粮。"猫随声附和。

公鸡不甘示后跟着嚷嚷："我每天要定时啼鸣报晓。"

母鸡也跟着发牢骚："我还要抱窝下蛋哩！"

"你们都给我住嘴，现在是我当家，凡事都由我说了算！"水牛沉下脸来瞪起一双牛眼大声斥责，"如今正值春耕季节，农事繁忙是当务之急。至于你们那些杂七杂八可有可无的事都丢一边去。你们哪个不听从安排误了农时，小心家法伺候！"

狗、猫、鸡都被震住了，只好一个个哭丧着脸，心不甘情不愿地随水牛下地干农活去了。

几天以后主人回到家中，看见水牛待在一旁垂头丧气，狗、猫、鸡耷拉着脑袋蜷缩在墙角边，不觉感到奇怪。他仔细查看，发现屋内一片狼藉，不但财物被盗，箱柜被褥也被老鼠啃坏了。

主人了解了事情真相，一时气愤不过，他取来鞭子要对水牛实施惩罚。水牛连声叫屈："我冤枉，我这是为了大局着想。当前春耕是首要任务，我让它们都放下私活共同来完成，完全是出于公心呀！"

"这正是你闯祸的原因，"主人毫不客气地批评水牛，"你没有全局观念，一切以自我为中心。殊不知各种行业自有其重要性，谁都无法取而代之！如今可好，正是由于你的'公心'，从而形成'狗不防贼、猫不捉鼠、公鸡不打鸣、母鸡不下蛋'的局面而让财产受损，不惩罚你又该惩罚谁呢？"

水牛无言以对。它明白自己铸成了大错，于是心服口服地接受了主人的惩罚。

# 60 身份高贵的牛虻

饥饿的牛虻在野外觅食，见到水牛耕作之余在田头休憩，心中一阵狂喜。它悄无声息地飞来停在牛背上迫不及待地拼命吸血。

水牛发现了开口指责："快给我滚远些，你这令人讨厌的家伙，整日里无所事事，专干这种损人利己的缺德事。"

牛虻顾不得理会，继续抓紧吸它的血。

水牛有些着急了："你怎么这么恬不知耻，被人驱赶还赖着不走，再不滚开我可就不客气了！"水牛再次下了逐客令。

牛虻依然不加理会，继续贪婪地吸着，终于吸饱了一肚子的血。

水牛忍无可忍，一甩尾巴毫不留情地将牛虻扫落在地。水牛轻蔑地斥责说，"真是个敬酒不吃吃罚酒的无赖，你何以如此下贱呢？"

"哼，别以为自己很了不起，谁会稀罕你呀，"牛虻摸着滚圆的肚皮爬起来，它拂去身上的土尘，边飞边发着牢骚，"其实呀，我才看不上你呢，你那厚厚的皮毛腥臭肮脏、毫无特色的血液淡而无味——快留着慢慢自我欣赏吧，我常常喝的虎血可比你高级得多了！"

——既要坑人，又要责备被坑的对象无价值，似乎自己很尊贵。现实生活中这样的事例并不少见。

# 61　三个吃河豚的人

　　垂钓者很幸运地钓到一条大河豚，他如获至宝地带回家中剥洗煮熟后，请了两位好友前来尝鲜。三人围着争相品食，对河豚的美味赞不绝口。

　　垂钓者的邻居闻到香味好奇前来探询究竟。垂钓者热情招呼他："你来得正巧，我钓到的大河豚实属罕见，味道鲜美极了，难得有此机会，你也快来尝尝。"

　　"谢谢好意，但千万小心呀，"邻居善意提醒说，"这河豚味虽鲜美但含有剧毒，鱼皮、内脏等均含毒素，还是慎吃为宜。"

　　"不碍事，不碍事，这吃河豚的知识我已请教过了，"垂钓者十分自信地指着旁边杂物，"你看，这鱼皮、内脏我都洗除干净了。"

　　邻居仍然不放心，继续劝说："千万不可大意，这吃河豚出人命的事故屡见不鲜，不是有句俗话叫'拼死吃河豚'吗？就是有人因经不起这美味的诱惑而贪食，最终连命也搭上了。所以请诸位还是尽量少吃，适可而止，我看吃一两片尝尝鲜也就是了，万一出了意外也好补救。"

　　两个朋友正吃得津津有味，听了觉得刺耳："你这个乌鸦嘴，傻乎乎地净说丧气话！你不吃别来打扰，我们还嫌吃不够呢！"

　　邻居听了无言以对，只得摇头离去。留下三人尽情享用，大盆河豚汤肉一扫而光。

　　不幸的事终于发生了。第二天传来消息，三人过量食用河豚中毒，命悬一线危在旦夕，正送往医院紧急抢救中——原来，垂钓者除净了河豚的鱼皮、内脏，但鱼肚内的血腺毒却忘了清理。

　　邻居闻讯连声叹息："唉，真是欲壑难填哪，人生的最大悲哀！当时如果听进劝言少量食用或可逃过一劫——这贪欲就像是一罐毒药，喝得越多，就会越快断送性命！"

# 62　猫头鹰与田鼠

猫头鹰是田鼠的天敌。每当夜幕降临、田鼠活动猖獗之时，也正是猫头鹰大显身手之机，田鼠因此吃尽了苦头，对猫头鹰既恨且惧却又奈何不得。田鼠心有不甘，小眼睛一转想出个主意来，于是就四处造谣中伤，专说猫头鹰的坏话。

"大家且听听它的称谓，就知道不是善良之辈，"田鼠一本正经地数落着猫头鹰，"这魔头既姓'猫'又名'鹰'，说它是飞禽却长了一副猫脸，说它是走兽又多了一双翅膀，像这种非禽非兽两不像的家伙能有好德行吗？"

"还有哩，"田鼠越说越起劲，"它的叫声令人毛骨悚然，还因为做了亏心事白天羞于见人，只能等黑夜才敢出来活动，如今已经成了半盲人。如果它继续滥杀无辜不多做善事，等着瞧吧，将来必定受报应眼睛全瞎掉！"田鼠恶狠狠地诅咒着。

一时间流言蜚语满天飞，很快也传到了猫头鹰耳中。猫头鹰一笑了之不当一回事，每天夜里照样忙碌着，捕捉伺机危害农作物的田鼠。

与猫头鹰同居一棵树上的松鼠前来相劝："我说鹰哥呀，你办事何必太认真呢？睁一眼闭一眼算了，就给田鼠一条生路吧，免得它处处毁谤你。"

"如果因为几句话就放弃灭鼠，岂不是正好中了它们的诡计？"猫头鹰不以为然，严肃地回答说，"常言道'清者自清，浊者自浊'，世间自有公论在。只要我光明磊落为民除害，又何惧鼠辈们说三道四！"

猫头鹰捕鼠更加勤快了，田鼠的阴谋终于落空。当丰收来临时，农民们纷纷赞美猫头鹰灭鼠保粮的功劳，称它为人类的好朋友。

# 63　狐狸的生意经（八则）

## （1）狐眼看熊高

狐狸和白狗商量好同去开店，做苹果买卖赚钱。于是各自租了间店面，两间店面相毗邻。

店面开张后，狐狸和白狗商定了苹果出售的价格。白狗将"苹果每公斤三元"的价格表写好摆放在店面明眼处，不管谁来买都一视同仁按该价格出售，生意挺火红；狐狸则不然，它不用价格表，有谁来询问苹果价格，总是见机行事口头告知。

这天，兔子来到狐狸店里询问苹果价格，狐狸瞄了兔子一眼，说："每公斤三元钱。"兔子不还价买走了两公斤苹果。

兔子刚走，山羊跟着来到狐狸店里询问苹果价格，狐狸打量了一下山羊，说："每公斤四元钱。"山羊没说二话，也买了两公斤苹果。

山羊提着苹果刚离开店面，黑熊走了进来，向狐狸询问苹果价格，狐狸瞧了瞧黑熊，说："每公斤五元钱。"黑熊眼睛眨都不眨，干脆利索地买了两公斤苹果离去。

白狗见了大惑不解，问狐狸："我说伙伴，定好的苹果售价每公斤三元钱，不管谁到我店里买价格都一样，你怎么不同顾客不同价格，这不是不讲诚信吗？"

"你懂什么！我这是灵活销售因人而异，"狐狸瞅了白狗一眼，道理说得天花乱坠，"你看兔子一副穷酸样，我不欺穷，更不'狗眼看人低'，苹果按基本价出售总没错吧？那山羊属于中产阶级，它买苹果自然价格要高些；而黑熊是典型的暴发户，口袋里有钱，苹果自然要高价卖给它，这不是理所应当的吗？"

白狗听了不以为然："做生意要以诚信为本，商品应当明码标价，售货更要童叟无欺，这才是正理。可你卖给黑熊苹果的价格几乎翻番，这赚的难道不是昧心钱?"

"你真是榆木脑瓜不开窍,档次低见识也低,我可和你不一样,"狐狸讥笑白狗,"在我眼里,黑熊身份高身价自然也高,我卖给它的苹果价格当然也要高。这就叫'狐眼看熊高',懂吗?"

"佩服佩服!你这'狐眼看熊高'的理论,是你居心不良故意贬损我'狗眼看人低'谬论的翻版吧?想不到你能发挥得淋漓尽致!"白狗不禁嘲讽狐狸,"你把这歪门邪道用在生意场上,既赚得不义之财,又为自己的奸商行为做辩解,可谓一举两得,果真是老奸巨猾,名不虚传呀。"

## (2) 狐狸开美容店

狐狸听说当下的时髦是美容养颜,便与松鼠合伙也在闹区处挂牌开了间"时尚专业美容店",狐狸自任美容师。

该店自开张以来生意清淡,很少有顾客光临,眼看就要关门大吉了。松鼠忧心忡忡地找狐狸商量对策。

狐狸眼珠子一转有了主意。它找来纸笔草拟了一份开业广告张贴于店门前:"本店特聘高级美容师狐博士坐镇服务,开业三天内让利酬宾免费美容,体验旧貌换新颜之乐趣。机不可失,欢迎惠顾。"狐狸还亲自立于美容店前大张旗鼓地做宣传招揽顾客。

这时,它看见小母猴从店前路过,急忙趋上前去曲意奉承:"哇,小美女,看你天生丽质楚楚动人,大有沉鱼落雁之容、闭月羞花之貌,平时追你的猴爷们一定不少吧?"

小母猴想起自己在猴族的确是貌美如花首屈一指,诸多崇拜者众星捧月般地争相跪倒在自己的石榴裙下,自己都不屑一顾。今天听得狐狸一夸奖,禁不住喜上眉梢。

"小美女呀,可惜你平时缺少装扮,使得芳颜未能得以展示,真是暴殄天物呀!"狐狸连连替小母猴惋惜,"如果让我帮你做了美容,你肯定赛过那月中嫦娥——你何不进店来体验一番呢?"

"我喜欢自然美,整容养颜什么的不感兴趣。"小母猴婉言谢绝转身想离开。

"你不加以尝试怎么知道结果呢?"狐狸继续甜言蜜语,"况且今天是免费美容机会难得,快来体验一下美容的惊喜吧!"说罢连拖带拽地将小母猴哄入店中。小母猴经不住诱惑,听凭狐狸为自己做美容。

　　狐狸先为小母猴做了半边脸的美容，然后取出一面镜子让小母猴一睹芳颜。小母猴看了，觉得做过美容的半边脸自然光鲜靓丽些。狐狸趁机要求小母猴办张会员优惠卡，半年美容6次费用800元。

　　小母猴一听直摇头："这么贵呀，我可做不起。"

　　狐狸也不勉强，说："那好吧，你今天的美容体验就到此为止，你可以走了。"

　　小母猴奇怪地问："还有另一半的脸没美容呀？"

　　狐狸一本正经地说："只有办卡成为本店的会员，才能继续另一半脸的美容。"

　　小母猴一听愣住了，说："那我没办会员卡，另半边脸就不给我美容，你让我这张阴阳脸如何走得出去，又如何见人呀？"

　　"那没办法，本店只承诺免费体验美容，这半边脸美容不是已经达到目的了？"狐狸口中振振有词。

　　达到了什么目的呢？看来只有狐狸心中最明白。小母猴吃了哑巴亏，为了继续另半边脸的美容，免得出门丢人现眼，只好心不甘情不愿地交款办了张会员卡。

　　就这样，狐狸故技重演，没几天店里办会员卡的人数暴增，狐狸每天都喜笑颜开地数钱数到手抽筋。

　　松鼠看不下去了，问狐狸："你这不是挖陷阱诓人赚昧心钱吗？难道不怕人家背地里诅咒你？"

　　狐狸表现得心安理得："这我可管不了，有钱先捞了再说。"

　　松鼠听了直摇头，说："咱们的合伙协议就此终止，这家美容店今后就你独自经营吧。"

　　"你怎么了？难道还嫌这钱赚得不够多吗？"狐狸觉得奇怪，不禁发问。

　　"恰恰相反。俗话说'生财有道'，可你为了赚钱不择手段，满门心思总想着算计人，这钱赚得也太容易了，"松鼠望着"时尚专业美容店"的招牌说，"这样的缺德钱赚多了，我怕总有一天会遭报应的！"

　　狐狸愣住了，不知该说什么好。

## （3）狐狸发红包

　　狐狸在森林王国成立了一家私营企业，专门加工生产高端产品，深受市场欢迎，产品销量连年攀升，狐狸因此成了知名人士，每年都有很好的经济效益。

　　但狐狸并不以此为满足，它想着要更加提高知名度，进一步拓展业务，以便赚取更多的利润。老谋深算的狐狸眼珠子一转，想出了个主意来。

　　第二天，狐狸在朋友的微信圈里发了条"公司庆典盛宴邀请函"，信息内容如下：为庆祝本公司产品、业绩荣登各企业品牌榜首，兹定于己亥年庚午月乙巳日酉时在"豪华酒楼"举办酒宴酬宾，欢迎诸君不吝光临。邀请函中还派发现金红包（点中即可提现）。

　　红包内还写着大大的一个字——"开"。

　　接到微信信息的猴、羊、兔、牛等聚到一起，个个跃跃欲试兴奋不已，恨不得立即可以领到现金红包。

　　"这天上不会无故掉馅饼吧？"兔子高兴之余冷静一想，不禁疑云丛生，"那狐狸虽然暴富了，但平时挺抠门，这次如此慷慨大方，莫非其中有诈？"

　　猴、牛面面相觑，觉得兔子的怀疑不无道理，都把眼光投向老山羊，因为老山羊德高望重见多识广，想听听老山羊的意见。

　　老山羊捋着长胡子沉思了片刻，说："这狐狸如今有身份有地位，应当说话会算数。咱们宁可信其有不可信其无。况且不管真假也不吃亏，何妨一试？"

　　众人连连称是。猴子说："大家看，这微信里提示现金红包一点击'开'即可提现，咱就点击看看。"说罢点击了"开"字。

　　只见微信上出现文字："本次派发红包10000份，恭喜您成为第85名幸运者，获得了现金红包60元。现从下列两项中选择出正确答案即可领取：本公司成立于（1）1985年；（2）2019年。"

　　只有智障者会选错。猴子不假思索地选择了（1）。

　　微信上接着出现了文字："此次活动的宗旨是提高本公司的知名度。恭喜您获得了现金红包60元。现点击右上角分享到微信群即可领取。"

　　猴子随即将信息发送到草食群。微信上又出现了文字："恭喜您获得了现金红包60元。现点击右上角，再分享到两个微信群即可领取。"

　　猴子轻车熟路，又接连将信息发送到肉食群、飞禽群。微信上再次出现了文字："您已经完成操作程序。恭喜您成功取得了60元现金红包，即时到账。"

　　猴、羊、兔、牛大喜过望，盯着微信眼巴巴地等着红包到账。可是左等右等，半天时间过去了，现金红包不见踪影。在场者大失所望空欢喜一场。

　　"这不就是在要猴吗？想不到这狐狸精为了出名使出如此下三烂的骗人手

段。"猴子气愤不已大发牢骚，"看来名气越大的脸皮越厚，耍起骗术来越容易让人上当。这社会还真的不能轻信任何人呀！"

于是，森林王国的居民们都傻乎乎地替狐狸做了一回免费宣传，分文未得；而狐狸从此名声大震家喻户晓，企业经济效益更是突飞猛进，这一年又赚了个盆满钵满。

## （4）狐狸卖鸡蛋

狐狸逛商场，发现人们都在追求物质生活的质量。特别是土豪、暴发户等有钱人很喜欢原生态食品。它看见市场里一般的鸡蛋都比较便宜，而标有"土鸡蛋"的价格贵了三倍还极为畅销，常常是供不应求。狐狸脑袋瓜一转，顿时有了赚钱的门道。它想：既然人们都爱"土"，当然是越"土"越值钱，咱何不投其所好，借"土"的招牌，做笔"土"生意狠赚他一把，也当一回真"土"豪呢？

打定主意，狐狸决定办个土鸡养殖场生产土鸡蛋。它到乡村承包了一大块土地，四周砌上围墙，墙内盖了几间鸡舍，养了几十只母鸡和同等数量的公鸡。还特地聘请了黑熊守门巡视，以防止外人入内。

黑熊见了大惑不解，问："别人办养鸡场，都养了成千上万只母鸡产蛋，可你却只养这区区几十只，一天能下几个蛋呀？况且公鸡又不生蛋，你也养这么多，岂不是浪费食料。莫非你还想指望着公鸡也帮忙下蛋不成？"

狐狸胸有成竹地诡谲一笑，表现出高深莫测，说："这你不懂，山人自有妙计，天机不可泄露。你就等着帮忙数钱吧。"黑熊听了连连摇头，心中窃笑狐狸不可理喻。

此后，每天黎明时分，几十只公鸡纷纷引吭高歌争先报晓，"喔喔"声此起彼伏远近皆闻，场面蔚为壮观。附近人家好奇心重，接踵而至打听观望，得知是狐狸新办的土鸡养殖场，专门饲养土鸡生产土鸡蛋。

此举果然奏效，狐狸的宣传效果如愿以偿。消息一经传播路人皆知，大家都说该养殖场规模宏大，土鸡数量可观。试想想，连公鸡都养了几十只，这下蛋的母鸡岂不是不可胜数？

接着，狐狸找厂家加工定制大量精美的装蛋盒，美其名曰"老狐土鸡蛋"，盒面上印有广告：优质鸡种安全健康、天然饲料科学喂养、无抗生素无农残药。同时，白天让人到各大超市、农贸市场收购价格便宜的鸡蛋，天黑时偷偷运回，然后发动狐子狐孙们齐动手，连夜加班装盒。第二天一早，再将"老狐土鸡蛋"送往各市场销售。

就这样，经狐狸这一精心策划，原本价格低廉的普通鸡蛋，摇身一变成了人见人爱的"土鸡蛋"，身份改变了价钱自然飙升。狐狸赚了大钱，不长时间果然成了"土"豪。

狐狸的生财之道让黑熊大开眼界，不禁连声感叹道："果然诡计多端老谋深算，不愧是坑蒙拐骗的高手。你这偷梁换柱的手法玩得炉火纯青天衣无缝，可真是一本万利的好买卖呀！"

狐狸得意地说："你就跟着老狐我多学些吧！现在生意圈里绞尽脑汁不择手段昧着良心赚黑钱的岂止我老狐。只要不怕遭报应，发家致富当土豪还是易如反掌的嘛。"

## （5）狐狸卖服装

狐狸和山猫合伙开了间服装店，以每件50元的成本价进了一批服装，然后标价100元出售。开业一段时间了，服装店门可罗雀无人问津，服装一件都没卖成。

望着仓库里的大包小包，山猫有些待不住了，它向狐狸建议说："狐兄啊，这批服装定价太高了难以出售，再这样下去，恐怕就要蚀本关门了。咱何不降低售价每件卖七八十元，来个薄利多销，好歹也能赚到点钱。"

狐狸不以为然，慢悠悠地说："你真是缺心眼，怎么不想些其他办法呢？都像你这样做生意能赚多少钱，啥时候才能发家致富呀？看我的！"

说罢，狐狸拿来纸笔写了一份"让利酬宾"的广告张贴于店门前："好消息，好消息。本店新到时尚服装，质优款新价格优惠，每件仅售价120元。为答谢新老顾客对本店的厚爱与支持，现决定让利酬宾：凡一次性购买服装五件以上者赠送一件以表心意。数量有限，欲购从速！"

消息传出后，上门选购者络绎不绝，先到的买五件拿了六件都认为赚大了，喜笑颜开地离去，不长时间服装基本上就卖完了，后到的想买没了货，个个懊悔不及，直埋怨自己来晚了一步。

狐狸喜滋滋地忙着点钞票，山猫跑来告诉说："狐兄呀，经过清点只剩下一件了，干脆降价处理掉算了。"

狐狸白了山猫一眼说："你呀，除了降价还懂得什么？咱老狐做生意历来讲究分文必赚，而且还要利润最大化。你就再看我的吧。"

狐狸说完又拿出纸笔写了一份"抽奖酬宾活动"的广告张贴于店门上：

"为馈谢新老客户积极参与本店的'让利酬宾'活动，也为了活跃商业气氛，本店决定再次'让利酬宾'，进行一次抽奖活动。活动规则为：本店提供价值120元高档服装一件作为奖品，出售面值10元的抽奖券12张，凡购券者均可参加抽奖，中奖者凭券领取奖品。"

现场者见了争相购买抽奖券参加抽奖。它们都想：只花10元钱，一旦能中奖，奖品价值120元不就赚大了？碰碰运气吧！于是，狐狸不费吹灰之力，剩下的一件服装也顺利脱手了，而且还多赚了20元。

山猫对狐狸诡诈的经销手段钦佩有加，连连称赞。狐狸得意地说："在商场上混，如果不充分利用有人爱贪小便宜、有人抱有赌徒式的侥幸心态，不跟它们玩些小聪明耍点小滑头，做生意还想赚钱？你就等着天上掉馅饼吧！"

## （6）狐狸办加油站

狐狸投巨资在交通流密集的公路十字路口旁占地建了座加油站。这里南来北往车辆多，前来加油的车主也多，狐狸每天都能赚到不少钱，但也忙得团团转。于是它雇请好友黑熊前来帮忙，负责加油、收款等事宜。

黑熊干了几天活，目睹加油站生意兴隆收入颇丰，不禁怦然心动。它想，如果能成为加油站的股东，不就能很快发家致富了？于是向狐狸提议："我说狐老弟呀，你倾囊建了加油站，一定承受了巨大的经济压力，熊哥我看在眼里疼在心里，我想出资入股帮你经营加油站，为你减轻些负担如何？"

狐狸听了暗中冷笑：这熊样的看见加油站效益高，想加入分一杯羹却不直说，还要装腔作势的似乎在帮人。于是它也装模作样地连声感谢，并婉言加以拒绝："熊哥呀，我怎么能为了自己减压而增加你的负担呢？但是熊哥的深情厚谊老狐我铭记在心，日后有机会定当厚报。"

加油站没开多长时间，担任路面交通管理员的松鼠悄悄向狐狸透露消息："狐哥呀，权威部门确定你的这家加油站，一没有审批手续属于违章建筑，二没有注册登记属于违法经营，必须在半月内无条件拆除，你可要尽早做准备呀。"

就像晴天霹雳一声响，狐狸顿时傻了眼。面临即将到来的血本无归，它眼珠子一转，想出个减少损失的办法来，于是心急火燎地跑去找黑熊。

"熊哥呀，加油站的经济效益很好，前景可期，有人建议扩大规模，它们也投资参股，但我没同意。"狐狸油嘴滑舌地鼓动着，"我想熊哥是我最知心的朋友，有肥水也不能流到外人田。熊哥如果有兴趣，不如多多投资成为大股东，今后咱俩共同创业，有钱同赚有责同当，何乐而不为呢？"

此话正中下怀，黑熊大喜过望总算如愿以偿。它心怀感激直夸狐狸够朋友讲义气。经过协商，狐狸慷慨大方地出让一半股份给黑熊，黑熊则承诺三日内资金到位，于是黑熊成了加油站里与狐狸平起平坐的大股东。

黑熊果然不食言，它雷厉风行倾尽家底还四处筹借，总算如期凑足了投资款。于是黑熊开始时时沉浸在喜悦之中，等待着发家致富那一天的到来。

可是好景不长，黑熊等来了"拆除通知书"，接着拆迁队进驻加油站，不长工夫就将站内的主要设施尽数拆除。

面对加油站的一片狼藉，黑熊欲哭无泪捶胸顿足："谁来可怜可怜我，我现在不但倾家荡产，还欠了一屁股的债，今后日子该怎么过呀！"

狐狸暗自庆幸总算捞回了一半的成本，却还假惺惺地上前安慰说："唉！熊哥看开点吧，投资有风险哪能包赚不赔呢？咱俩真是难兄难弟呀，我不也赔了和你一样多，咱就认命了吧。"

松鼠了解到黑熊投资参股赔本的过程，禁不住喟然长叹："教训哪，交友不慎的恶果！这老狐心术不正坑友没商量，为了减少自己的损失，却将风险转嫁他人，真不是个东西！"

## （7）狐狸开诊所

狐狸学了点医学常识就自诩医术高明，邀请有治病经验的猴子当助手，一起到乡村开了间诊所，墙上挂着"家传秘方包治百病"的横匾，用以招揽生意。

猴子对狐狸知根知底，不禁发问："就凭你那两把刷子也敢开诊所，难道不怕治出人命来？"

狐狸白了猴子一眼，哈哈一笑说："你懂得啥，现在当医生最赚钱也最没风险，况且我还有独门绝技在身，你就等着慢慢领教吧。"

这天水牛瘸着脚艰难地上门求医，称其几天前耕作时碰破前腿，现伤口化脓肿胀疼痛难忍。狐狸装模作样地检查后紧皱双眉连连摇头称："太严重，太严重了！这动手术除脓血要承担很大的风险，一旦伤口感染，轻则截肢重则危及生命，这可能产生的后果我都预先告知了，你要有心理准备呀！"

水牛一听慌了神，连声向狐狸恳求着："狐医生你行行好，我是家里的顶梁柱，你一定要保住我的这条腿，更要保住我的命，我宁可多出钱！你不是有家传秘方包治百病吗?"

"是呀,问题是你这伤情太严重了,我不敢打包票,尽力而为吧!"狐狸用刀割破脓包、放出脓血、敷上消炎止痛药。

几天后水牛兴冲冲地上门言谢:"狐医生呀,你真是华佗再世神医下凡,华佗为关公刮骨疗伤,你为我除脓消肿,你们俩异曲同工,果然都医术高明呀!"

于是狐狸沾沾自喜,四处宣扬自己如何让水牛起死回生,众人信以为真,莫不对狐狸刮目相看。

山羊闻讯也上门求医,它因伤风感冒咳嗽不止,有时还咯出一点血丝。狐狸听完病情不知所措,它明知是一般小感冒,但咳嗽出血却没治过。于是故作姿态沉思半晌,然后神色凝重地说:"你这病极为少见,我虽有家传秘方包治百病,但因为你的肺部受损严重已病入膏肓!你服用我开的药能否见效,就只能看你的造化了。"山羊一听两腿发软,接过狐狸的药离去,没两天连惊带吓不治身亡。

消息传出,众人对狐狸更加钦佩,纷纷称赞其医术高超料病如神。

猴子一头雾水,不禁问狐狸:"我真弄不明白,那水牛伤口化脓、山羊伤风咳嗽,这都是一般小病不难治愈,怎么到你这里都变成了大病重病,还治出羊命来了呢?"

"这你就不懂了吧?"狐狸哈哈一笑,环顾四周无人,于是压低声音说,"我就是要想方设法地把小病说成大病、轻病说成重病。这样,病治好了就是我的功劳,治不好病是它们的自身责任,我不就稳操胜券了吗?"

猴子一听恍然大悟,禁不住嘲讽狐狸:"这就是你的'祖传秘方'?还果然能'包治百病'哩!"

## (8) 狐狸借鸡生蛋

狐狸嗜鸡如命,尽管平时经常四处偷鸡,总是无法一饱口福,还时常被人发现,落下一个"偷鸡贼"的坏名声。它想,长此以往终归不是办法,不如自己办个养鸡场,到时候想吃鸡随心所欲,多养母鸡又有蛋吃,还能将鸡出售赚钱,一举三得何乐而不为呢?

可是创业需要成本,狐狸囊中羞涩缺少启动资金。好在狐狸脑瓜子灵歪点子多,很快就想出个办法来——何不来个借鸡生蛋呢?狐狸心中暗自思忖着。

打定主意，于是狐狸四处游说广做宣传，声称要筹办一个大型的"狐先生养鸡场"，引入先进的科学养鸡技术，成本小获益大见效快，欢迎有志者参股，并明言投资方式不限，有鸡者携鸡入股，没鸡者筹款投资，大家携手创业共同富裕。

此举果然奏效，时不时就有抱鸡或携款者前来要求入股，狐狸都热忱接待来者不拒。黑熊是散养大户更是按捺不住激情，携带饲养的百只母鸡前来参股，满心期望有朝一日能发大财登上富人榜。

"狐先生养鸡场"开张了，狐狸安排狐子狐孙们参加管理，并谢绝外来人参观，声称科学养殖每天都要进行消毒以防止病菌入侵，因此养鸡基地内部情况外界一无所知。

到了年底，狐狸高调向外宣布：经过一年努力，养鸡场收益颇丰，拟按各投股份额 20% 的比例分红，但是为了扩大再生产，决定将分红款转为投资款。各股东皆很欢喜，黑熊更是喜出望外，它始料未及在短短时间内竟然有如此好的经济效益。

转眼间又过去一年。年终时狐狸如法炮制再次高调宣布：经过新一年的努力，养鸡场收益再创新高，这次将按各投股份额 50% 的比例分红，但是为了扩大办场规模，争取更好的效益，让大小股东尽早脱贫致富，决定再次将分红款转为投资款。

可是好景不长，没过多久，狐狸张贴广告向外界宣布重大消息："近日由于鸡瘟肆虐，鸡宝宝们均未能幸免，先后沾染瘟疫离世，损失惨重血本无归。'狐先生养鸡场'无力继续经营，现以沉痛的心情宣告破产，望各股东见谅。"

消息传出舆论哗然，投资者们纷纷涌向"狐先生养鸡场"一探究竟，但见场门大开场内空空如也，狐狸和它的狐子狐孙们也早已不见了踪影。各大小股东如梦初醒，方知上了狐狸的当。

"坑人呀，这缺德的狐狸精把我们都害惨了，"黑熊捶胸顿足欲哭无泪，"悔不该轻信它的花言巧语，本来也想借鸡生蛋，不料却是鸡飞蛋打。如今成了穷光蛋，今后该怎么混日子呀！"

而此时狐狸却早已携持大量不义之财，带着红光满面的狐子狐孙们举族迁往遥远的山中，谋划着如何故技重演，筹办一个更大型的"狐先生养鸡场"哩。

# 64　小百灵鸟学唱歌

小百灵鸟渐渐长大，虽然羽翼未丰还不会飞行，却十分向往唱歌。它看见森林鸟国中鸟儿们都在鸣唱，也情不自禁地在鸟巢中张口跟着学。

麻雀听见了嘲笑它："你这是在唱歌吗？比哭还难听，快闭上你的嘴巴，免得丢人现眼。"

乌鸦听了在一旁幸灾乐祸："哈哈，总算有伴了，以后再也不会单独被人耻笑了。我的嗓门沙哑难听，可你的唱音更不堪入耳。百灵家族有你这样的低能儿，看以后在歌坛上还能神气什么。"

一些小鸟听了也跟着凑热闹瞎起哄，七嘴八舌地奚落挖苦小百灵鸟。

小百灵鸟顿时气馁了，它赶紧闭口，垂头丧气地躲进鸟巢不敢露面。

老百灵鸟觅食归来，见一向活泼好动的小百灵鸟蜷缩在角落一声不吭，不觉感到奇怪，上前询问原因。

"唉，看来我天生不是唱歌的料，"小百灵鸟十分沮丧地回答，"我开口学唱歌，鸟们都嘲笑我，就连毫无音乐细胞的麻雀、乌鸦也羞辱我。我还是放弃学唱歌吧，免得咱百灵家族因为我而出丑蒙羞。"

"孩子，你怎么能轻言'放弃'二字呢，这是没出息的表现。"老百灵鸟严肃地批评并开导小百灵鸟，"咱百灵家族历来不缺少优秀歌手，往往在鸟国的歌咏比赛中夺冠，因此敬佩者有之，羡慕者有之，当然也有一些小心眼的嫉妒者。关键是摆正心态，正确认识自己。"

小百灵鸟抬头认真倾听着老百灵鸟的教诲，似乎看到了自己的希望和未来。

"孩子，你要明白，咱百灵家族有唱歌的天赋条件，也离不开后天的刻苦训练，更需要的是'自信'二字，"老百灵鸟继续开导小百灵鸟，"别人说啥并不重要，重要的是自己要看得起自己。如果因为有人嚼舌头说三道四，就轻易放弃自己的追求，你最终将会一事无成沦为平庸者，那才是低能儿，懂了吗？"

老百灵鸟的一番话让小百灵鸟茅塞顿开。它高兴地站起来，扑扇着翅膀大声说："我自信一定能成为优秀歌手的！"

看着小百灵鸟找回了自信，老百灵鸟十分欣慰。它再次鼓励小百灵鸟："孩子，无论何时都要坚持自己的信念并为之而努力。记住这句话——走自己的路，让别人说去吧！"

老百灵鸟的话极大地鼓舞了小百灵鸟。从此以后，小百灵鸟不再理会别人的冷嘲热讽，信心十足地勤加练习，努力提高歌唱技能。不久，在森林鸟国举办的演唱会中一举夺得"优秀歌手"的荣誉称号。

# 65  自取其辱的猴子

猴子自恃头脑灵活，因此瞧不起森林中的群兽，就连德高望重的大象也不放在眼里；而群兽则认为猴子不懂得尊重他人，故也同样瞧不起它。这使得猴子愤恨不已，认为自尊心受到了伤害。

这天，猴子爬上高高的大树的顶端俯身下望，感觉地面上活动着的群兽都显得那么不起眼。那狐狸、野猪、山羊之类个个只有老鼠大小，就连大象这样的庞然大物，也比野兔大不了多少。与自己的个头相比，猴子不觉神气起来。

"喂，你们看，我爬得多高呀，你们都在我的脚底下呢。"猴子对着地面上的群兽大声炫耀着。

群兽抬头冷眼观望猴子一脸的得意相，没人多加理睬。

"哼，别看你们一个个道貌岸然对我爱搭不理的，我可不把你们放在眼里。"受到冷落的猴子心理更加不平衡，对着群兽大发牢骚，"你们哪个能比得上我，地位有我高吗？头脑有我灵吗？在我的眼里，你们这群没素质的家伙，一个个都显得那么渺小！"

见到猴子如此张狂，大象觉得应当给它点教训，好让它长点记性。

"你的地位高吗？没这棵大树你又高在哪里！你的头脑灵吗？瞧不起别人的头脑再灵，也没人买你的账。"大象抬头嘲讽猴子，"别以为你爬高了点就很了不起，错了！一切都是对等的！当距离一样时，你看所有的人有多渺小，你在所有人的眼里同样也有多渺小。这么简单的道理也弄不明白，莫非你这猴颈上长的是个猪脑瓜？"

群兽哄堂大笑，猴子顿时面红耳赤，躲进叶丛中无颜以对。它明白了一个道理，不尊重别人的最终结局往往就是自取其辱。从此以后，猴子再也不敢狂妄自大了。

# 66　啄木鸟治病

啄木鸟是一名称职的森林医生。它成天忙碌于丛林中，这里啄啄那里敲敲地为每棵树巡诊。一旦发现害虫，不管它隐藏得多深都能手到擒来。

这天，啄木鸟见到有棵梨树无精打采，一些叶子开始枯黄。它知道梨树病了，必须在病树身上找出害虫。于是用它那长长的尖嘴在梨树身上四处敲打寻找病根。

"哎呀呀，疼死我了，你到底要干什么呀，在我身上瞎折腾。"梨树有气无力地呻吟着责备啄木鸟。

"我在帮你看病呀，"啄木鸟边寻找害虫边解释，"你看这春风得意的季节里，你周围的树木弟兄们个个生机盎然，唯有你面黄肌瘦弱不禁风，说明你体内正遭受虫害的严重侵扰，如不及时诊治延误时间，你将会病入膏肓无药可救的。"

"你别危言耸听，我的身体有啥大毛病？不过是几只小虫在作怪，顶多让它吸去一些树汁而已，一挺就过去了，"梨树不为所动，继续指责说，"可谁让你多管闲事了？你那尖嘴在我身上胡敲乱嗑，留下这许多新伤，增加我许多痛苦。相比之下，你对我身体造成的伤害比小虫对我的危害不知还要严重多少倍。"

"你真不明事理，再讳疾忌医后悔就来不及了，"啄木鸟严肃地正告梨树，"我在治病时，虽然给你留下一些新伤，但这只是伤在皮肤，无关紧要，过两天很快可以痊愈；而隐藏在你内心深处的害虫则是致命的，不根除将后患无穷。两相比较，你愿意要哪一种结果呢？"

啄木鸟不再理会梨树的埋怨与牢骚，专心致志地履行着自己的职责，果然没多长时间，就将躲藏在梨树内心深处吸取精华的一窝害虫全数抓获。

除去内患的梨树恢复了生机茁壮成长。春去秋来，树上结满累累的硕果，而当时治病除害时留下的伤痕也早已不复存在了。

梨树从心里感激啄木鸟。它从治病过程中悟到一个道理：当正确的理念尚未让人认识接受时，往往被看作是荒谬的而遭排斥；有时为了实现一个目标，必须做出相应的牺牲，若不舍得，将有可能因小失大酿成严重后果。

# 67　母猴溺子

小猴精灵乖巧，母猴疼爱有加。打从小猴出生以后，母猴就在丛林中搭了间猴窝搬回地面居住，生怕生活在树上会对小猴造成闪失。平日里对小猴的照顾更是无微不至，啥事也不肯让小猴干。

小猴天性好动，它看见同龄的猴兄猴弟时常聚在一起嬉戏打闹开心玩耍，心里很是向往，也想参与其中。母猴见了总是加以制止："可千万不能顽皮，你看打打闹闹的多危险，万一你失手伤了别人或者别人伤着了你该怎么办？还是乖乖地待在我身边吧。"

小猴只好沮丧地退到一旁，孤零零地瞪着双眼，羡慕地看着猴族弟兄们一个个玩得兴高采烈。

小猴渐渐长大，看见众小猴兄弟个个身手敏捷，三天两头在树丛中爬上爬下地练习攀缘。小猴按捺不住内心的好奇，跃跃欲试也想参加。母猴更是加以阻止："别跟着这群疯猴子瞎胡闹，乖乖地一旁待着最安全。你看它们这样上蹿下跳的多危险呀，万一失手摔伤了可怎么办呢？"

小猴又只好孤独地待在一旁，眼睁睁地看着猴族弟兄们的上树本领日胜一日，而自己却无所事事一无所能，心里感到特别难受。

这天，母猴到不远的桃树上摘桃，留下小猴独自待在猴窝前，一只狐狸见了朝小猴扑面而来，小猴吓得转身就逃连喊"救命"，树上的群猴见了个个无动于衷，你望我我望你无人相助。情急之下小猴笨手笨脚地往树上爬，没爬多高就被狐狸赶上一口咬断了尾巴，小猴摔到了地面上，幸好母猴及时赶回，从狐口中救下了小猴，将它紧紧地搂在怀里。

望着小猴不断流血的伤口，听着小猴痛苦的哭叫声，母猴心疼不已，更是悔之莫及，它深深地自责道："平时真不该对你过分溺爱，使你离群索居而没有朋友，出了事情无人相帮；更不该因担心安全而约束你学习本领，从而自废看家本领丧失求生的技能。常言道'溺子如弒子'，它让你成了只没尾猴，这血的教训我一定要牢记呀！"

# 68  燕子垒窝

麻雀在老房子的瓦缝间找了个栖身之处安下家来。

它看见燕子正忙碌着往返于田野衔回泥来在房子屋檐角垒窝，感到十分不解，说："你这不是自讨苦吃吗？干吗要费心劳神地胡乱瞎折腾。这大千世界可容身之处多了去了，你何不像我一样，随便找个现成的小洞凑合着住呢？"

燕子连连摇头说："那可不行，我要自己建造一个环境优美经久耐用的巢，那样住着才舒服；反而是你目前的窝，阴暗潮湿还不通风透气，那种地方怎么能适合居住呢？你还是做长远打算，也找个好地方去造个窝吧。"

"我才不做那傻事呢，干这种活多累呀，我不如把这时间花在玩耍上，那样生活才有滋味。"麻雀不以为然，反而觉得燕子不可理喻，"再说了，你来回地奔波，每次也只能衔回一根草或一口泥，以你这样的效率筑巢，要干到猴年马月才能完成呀？你还是放弃了吧。"

燕子满怀信心地回答："定下的目标怎么能轻言放弃呢？只要不畏艰难、不怕吃苦，持之以恒地不断努力，总有一天我会成功的！"麻雀见劝说无效也就作罢，自顾玩耍去了。

就这样，每天一到黎明，麻雀就急不可待地飞出去找伙伴四处玩耍，到天黑才回窝，日子过得称心如意；燕子则心无旁骛每日里早出晚归，一口口衔回泥来精心筑造自己的窝。

这天一早，麻雀醒来正想飞出去觅食玩耍，却看见燕子在新筑成的巢上高兴地跳来跳去，嘴里还"叽叽啾啾"地唱个不停，不禁大感惊讶，说："这就是你一口泥一根草地衔回来垒成的巢？真是太不可思议了！"

"其实没有什么，有志者事竟成嘛！"燕子平淡地回答说，"只要不安于现状，将胸中宏图付诸实践，经过不懈的努力，终究能'聚沙成塔，集腋成裘'的！"

麻雀低头不语了，它才发现和燕子相比，自己显得多么浅薄。

所以时至今日，燕子居住在自己精心垒筑的巢里高端大气，而麻雀每天夜里则只能蜷缩在墙隙瓦缝中期盼着天亮。

# 69　黑蚂蚁登泰山

生活在广袤草原上的一只黑蚂蚁成天就知道玩。蚁族中的长辈们都劝它应珍惜时光多学习积累知识，以便将来少出丑。黑蚂蚁却不以为然，依旧玩得挺开心。

这天，伙伴们在议论说遥远的地方有一座泰山，气象万千、宏伟壮观，乃著名的旅游胜地，前往泰山的游客不可胜数。黑蚂蚁听了怦然心动。它想，自己长这么大还没出过远门，更没见过大山是啥样，何不趁此机会出去闯荡闯荡，也好开开眼界增长见识，于是决定出行到泰山一游。

它认定方向不辞劳苦，经过几天长途跋涉，忽然见一庞然大物横亘于眼前挡住了去路。蚂蚁止步仰头细加观察，觉得此物石质结构，既高且大，心中一阵狂喜。它相信已经到了泰山脚下，于是一鼓作气爬了上去。

"啊哈，真是不虚此行，我总算登上泰山了！"蚂蚁无比兴奋地大发感慨，"这山山相连，沟壑起伏，只有泰山才有这样的气派——我那一马平川的草原上哪有如此壮观的景色呀！"

地上的一只蜗牛听了不觉哈哈大笑："别高兴得太早了，还是好好认识你脚下这所谓的'泰山'再做评论吧！"

"难道这不是泰山？我可从来没见过这么高大宏伟的山！"黑蚂蚁大不服气，挺自信地说，"你看我登上这山顶，那真是'一览众山小'呀，远近景物尽收眼底，我的蚁族兄弟在山下爬行就像沙粒在蠕动；这风也比平地上大多了，吹得我直发毛；就说老兄你，个头也比平时小了许多，这就是距离产生的效应，懂吗？"

"别再出丑了，真正的泰山还远在天边呢，它比你脚下的这座'泰山'大過何止千万倍，"蜗牛揶揄它，"你孤陋寡闻就别假充内行。还是睁大眼睛再仔细瞧瞧，你登上的哪是什么山，充其量就是草原游牧民搬家时弃置于路边的一副大石磨。"

黑蚂蚁顿时气馁了，它一屁股坐在了石磨上连声叹息："唉，怨我平时不学习少了见识，才把石磨当泰山！如果传出去，这丑可就出大了。"

"你不回头，出大丑的还在后面呢。你知道此去泰山有多远吗？就凭你这速度，走上一百年也难到达，"蜗牛继续揶揄着黑蚂蚁，"今天你将石磨当'泰山'，只是出一时之丑；如果异想天开凭你的脚力去泰山，那就等着出一辈子的丑吧！"

黑蚂蚁终于醒悟过来了，它由衷地对蜗牛说："我总算明白知识的重要性了。看来我泰山去不成了，还是及早回头，去重新学习增长见识，免得今后再出丑。"

# 70  良马与鞭子

良马每日跟随主人上山打猎，下地干活，有时还拉车送货推磨碾面，样样事情都干得很出色，因此深得主人的欢心，时常受到主人的赞扬。

可是时间久了，良马心里却不是滋味，这天，趁着歇息的时候，它朝主人发起牢骚来。

"主人啊，我历来对你忠心耿耿尽心尽责，你待我却不公平，你能不能对我好点呀？"良马满脸委屈。

"怎么了，难道我平时没有善待你吗？"主人听了大感意外，他惊讶地问，"我每日用上好的食料喂养你，从没亏待过你；让你干活量力而行从不超重，更没虐待过你；还特意盖了间宽畅的厩房供你休息，让你住着干净舒适。我如此对你悉心照料关爱有加，怎么还说对你不公平呢？"

"可是你能不能待我客气点啊？"良马抱怨说，"我干活一贯任劳任怨勤勤恳恳，你干吗还要时不时地拿着鞭子吓唬我，让我整天都生活得胆战心惊，既窝囊又不自在。再说了，别人看了还以为我懈怠偷懒，你让我情何以堪。"

"你误会了。就为这点芝麻小事耿耿于怀，也太小心眼了吧，"主人一听不觉乐了，"你干出成绩我心中有数，不也常常褒奖你了？而且我平时手中虽然提着鞭子，但并没有真正落到你的身上，难道你没感觉吗？"

良马细细思量的确如此，自己还真没尝过挨鞭子的滋味哩。

"可是你曾想过我这么做的用意吗？"看着良马迷茫的眼神，主人继续解释着，"你要明白，不管谁都会有惰性，都需要有人时时提醒督促，特别是干活中取得一定成就时。我之所以常提着鞭子并不是想惩罚你，而是要经常鞭策警示你，让你不要骄傲自满保持上进心，从而产生动力不断进取，这样的做法有啥不对呢？"

良马这才恍然大悟，它明白了主人的良苦用心，从此不再对主人持鞭在手的做法产生怨言，同时更加努力地干好每一件事，也更加得到了主人的信赖和赞赏。

# 71　鼠、猫和鱼

老鼠好不容易从主人眼皮底下偷来一条鱼，正暗自庆幸运气好，打算美美地饱餐一顿时，猫突然出现在它眼前。

"好呀，你这可恶的家伙，大胆的毛贼，"猫怒气冲冲地厉声责骂，"你竟敢在光天化日之下干这种见不得人的偷窃勾当，今天非要狠狠教训你一顿不可。"

"请别发怒，这里只有你我，咱们认真商量一个分配方案可好？"老鼠见四周无人，低声下气地对猫说，"您看这样行吗，这条鱼我们共同享用——当然，虽然是我冒险出力偷的，但我不敢贪功，也没有资格和您平分秋色，您就拿大头分四分之三，我托您的福，只分四分之一如何？"

"住口，果然鼠胆包天，死到临头了还敢行贿，更是罪加一等，"猫表现得大义凛然，它义正词严地对老鼠大声喝道，"睁大你这贼眉鼠眼瞧仔细啰，咱老猫历来办事公正，不徇私枉法，更不会与窃贼同流合污！你就收起这套鬼把戏，随我投案认罚去吧。"

老鼠被镇住了，它想，这不吃腥的猫还是头一回见到，看来今天在劫难逃，还是保命要紧。于是趁着猫眼盯鱼分神之际，老鼠扭头逃往墙角躲进了鼠洞里。

洞外只剩下一只猫和一条鱼。洞内的老鼠心有不甘，它想，这猫肯定会拖着鱼上主人那里请功去的。

可是出乎意料。它看见猫围着鱼转了两圈，终于经受不住鱼鲜味的诱惑，贪婪地一扑向前，叼起鱼一溜烟似的躲进猫窝里尽情地享受去了。没一会儿，猫和鱼融为一体，它挺着滚圆的肚皮剔着牙缝，若无其事地又出现在大庭广众之下。

一切都看在眼里，老鼠目瞪口呆，它一下子明白过来：原来老猫不肯拿大头，是为了吃独食；这老猫貌似一身正气冠冕堂皇，胃口却比小偷小摸的鼠辈大得多！

可明摆的事实是：老鼠偷鱼猫享受，老鼠无疑是小偷，可猫又该算什么呢？

老鼠百思不得其解，这回它终于彻底犯糊涂了。


# 72　刺猬和松鼠


路边一棵枣树上结满了红枣。晚秋时节，一阵大风刮过，将成熟的枣子吹落满地，一片鲜红煞是惹人注目。

红枣吸引了将窝筑在附近山坡松树上的松鼠，也吸引了居住在松树底下洞穴里的刺猬。它们争相跑到枣树下尽情地享受熟枣的美味。一顿饱餐后，又忙着想捡些回去贮藏，以供将来过冬需要。

只见松鼠叼起一颗红枣步履轻盈地跑回松树下，敏捷攀爬上树将枣放入窝中，很快又回到枣树下，再叼起一颗红枣送回窝中，如此不断地来回反复着。

刺猬在一旁见了不禁嘲笑它："你这笨脑瓜子真不开窍，一次只叼一颗红枣来回奔波，效率也太低了吧。都像你这样，就算跑断了腿又能拿回几颗枣呢？我从不干这傻事，你瞧我的！"

说罢，刺猬竖起身上的刺，在满是红枣的地面上来回滚动了几遍，直到刺上都扎满了红枣，才迈着笨重的脚步，将红枣送回窝中。

"怎么样，我比你聪明得多吧？"见到松鼠还在一颗一颗地往回叼红枣，刺猬露出满脸得意相，"我只要取一回，就够你折腾半天，这就叫事半功倍，懂吗？"

"你别耍小聪明，这样做太危险了，"松鼠好心劝告它，"你要明白，这四周环境复杂天敌又多，时时潜藏着危机。我一次叼一颗红枣行动快速自如，而你每次都这么贪心背负重物，万一遇到危急情况躲避都来不及，还是谨慎为妙，凡事适可而止。"

"哼，别在这里危言耸听，你这是嫉妒我。"刺猬毫不理会松鼠的劝说，"你自己没这能耐也就罢了，还要找出种种理由吓唬我，我才不会上你的当呢。"

刺猬自以为得计，它并不理会松鼠的规劝依然我行我素，让背上张开的刺扎满红枣。正当它想往回送时，猛听到松鼠急促的提醒声："快逃呀，黄鼠狼来了……"

话音刚落，就见松鼠迅速躲离现场，一溜烟似的逃回松树上去了。

刺猬回头一看，黄鼠狼正从身后朝自己步步逼近。它顿时惊慌失措迈步想逃，却因为背负过多红枣而无法加快速度，没走两步，就被追上的黄鼠狼轻而易举地给逮住了。

"唉，悔不该不听忠言，这下我死定了，"刺猬追悔莫及，它绝望地抬头看着树上的松鼠悲哀地说，"我耍小聪明却自以为是真聪明，如今是聪明反被聪明误。我每次为什么要背那么多的枣呢？这贪欲果然是害人不浅哪……"

# 73　虎王治病

威震山林的虎王病了，它痛苦地躺在病榻上呻吟着。群兽闻讯不敢怠慢，一个个诚惶诚恐地前往虎王府请安，山羊、狐狸和黑熊三位御医也奉旨前来为虎王诊病。

"你们都说说，我得的是啥病，该如何对症下药？"病榻上的虎王有气无力地问三位御医和群兽。

"哎呀呀我的王，您的病情严重危在旦夕，"山羊御医心直口快，它根据虎王的病情实话实说，"这种病难治啊，倘若及早治疗尚有一线生机，一旦延误，恐怕性命难保。"

"混账东西，一派胡言，竟敢当面诅咒我！"虎王一听顿时沉下脸来。但凡病重者都忌讳听这种丧气话，而不识时务的山羊御医竟然一语道破天机，这还了得！虎王勃然大怒："你是盼我早点死是吧？那我就遂了你的心愿，让你死在我之前——来人呀，把这头上长角的家伙推出去砍了！"

"大王息怒，我对大王的忠心天地可鉴！常言道忠言逆耳、良药苦口……"山羊御医还想为自己辩解。

可是虎王的御前侍卫们却从来吃荤不吃素，它们听得虎王一声令下，个个迫不及待地冲上前去。山羊御医的话音未落，就已被拿下推出殿外，其下场不言而喻。在场的群兽面面相觑目瞪口呆，它们惶惶不安人人自危，唯恐一言不合招来横祸，让厄运降临到自己的头上来。

"啊，大王但请宽心，您哪有啥大病呢，一般的伤风感冒而已。那山羊御医居心叵测，危言耸听，可恶至极，实在是死有余辜。"狐狸御医摸透了虎王的心思，便一味地曲意奉承，"大王啊，请放一百个心，大王只是小病无大碍，过几天自会痊愈的。"

黑熊御医见状，连忙跟着讨好："是呀大王，狐狸御医医术高明，句句言实。大王看似病情严重其实不然，根本无须治疗，顶多痛苦几天，以后就永远快乐了。"

"大王啊，两位御医果然是神医。再说了，大王洪福齐天吉星高照，哪个病魔敢近身呀？"群兽也一个个小心谨慎地同声附和，极力奉承着。

尽管虎王病痛不断加剧，但听了一大堆奉承话却满心舒服。它想，人人都说这是小病无须医治，那就熬几天让它自愈吧。

可是几天后，群兽发现，虎王不知何时已经在病榻上死去了。

虎王至死未曾弄明白，狐、熊两位御医均明言此为小病不治自愈，群兽也如是说，怎么都看走眼了？而山羊御医的"咒语"却被不幸言中——这究竟是什么原因呢？

# 74　酒香也怕巷子深

　　一位酿酒师在僻远的家乡开办了一家酿酒厂。酿酒师秉承祖传酿酒技艺，精选上乘糯米、酒曲、山泉水，配以独家秘方，精心酿造的米酒味醇香浓，深得众乡邻喜爱。为了让该酒与身份相符，酿造师将它取名为"醉武松"，言下之意，即使是海量的武松一旦喝了此酒也会欲罢不能而最终一醉方休。因此时常有近邻乡亲前来购买，但毕竟销量有限，日积月累，仓库里竟然积压了大量"醉武松"成品酒。

　　酿酒师有位搞销售的朋友见了提出建议："你这'醉武松'酒确属上品，凡品尝过的都会爱不释手。只是这偏僻乡村信息不畅人员有限，你不做些宣传广告，这酒怎么能卖得出去呢？"

　　酿酒师一听笑了，自信满满地说："我这'醉武松'美酒还需要做宣传吗？你没看见来买酒的都是回头客！俗话说'酒香不怕巷子深'，你就等着瞧吧，不用多久，我那库存的酒就会一售而空的。"

　　朋友听罢摇摇头走了。

　　一段时间过去，"醉武松"酒依然滞销，仓库已经快存储不下了，酿酒师有些着急，连忙找来朋友商量推销事宜。

　　"你总算开窍了。这'醉武松'酒虽是极品，但藏于深闺无人知晓，谁会上门购买呀？你没听到大街小巷做买卖的吆喝声，那王婆卖瓜还要自卖自夸哩，他们所追求的就是宣传效应。"朋友数落酿酒师，同时模仿酿酒师的口吻说，"你就等着瞧吧，有我帮你做宣传，不用多久，你那库存的酒就会一售而空的。"

　　于是朋友在城市里联系各大酒家，并送"醉武松"酒样上门，用以接待八方来客，同时在酒楼张贴广告为"醉武松"酒大做宣传。此举果然奏效。喝了"醉武松"酒的食客对该酒赞不绝口，以至前来酒楼的宾客喝酒必喝"醉武松"，不长时间"醉武松"酒就名声在外有口皆碑，库存滞销的酒果然一售而空，而且供不应求。

　　酿酒师心服口服。他深有感触地对朋友说："我终于明白了这道理，如果不做宣传推广无人知晓，再好的珍品也会被弃之一旁而成为俗品。看来这'酒香也怕巷子深'呀！"

# 75　改邪归正的蛇

刚蜕去皮的蛇饥饿难忍，在草丛中四处穿梭着寻找食物，不远山坡上正在吃草的小兔进入它的视野。蛇心中一阵狂喜，于是悄无声息地慢慢向小兔靠拢。

机警的小兔发现了异常正想逃离，蛇连忙打招呼："别害怕呀，美丽的小天使，我是一条善良的蛇，决不会伤害你的。"

涉世未深的小兔用惊疑的目光看着蛇，感觉蛇并无恶意。

"请相信我，我以前干过坏事，所以给人留下恶毒的印象。但现在我已经改邪归正走向新生了，"蛇边说边慢慢接近小兔，语言也更加温柔，"你看，我经受了撕心裂肺般的炼狱，蜕下这身罪恶的皮，已经完全脱胎换骨。你见过那些天上飞的地上跑的禽兽家族中，哪一个有我这样的决心和意志与以往的罪恶决裂的……"

小兔渐渐对蛇放松了警惕，蛇也趁机一步步接近小兔，并继续用甜言蜜语游说着："而且我不但弃恶从善，还用我的实际行动来赎罪——我将蛇蜕贡献给人类，人类用它制造药物治疗疾病；我也不再用蛇毒害人了，人类将它变害为宝，利用蛇毒制成高价值的药品，听说还能治疗癌症哩。你说，我这种为了造福人类而勇于牺牲自我的品德是多么高尚啊。"

蛇的一番自我表白深深感动了小兔，它完全相信这真是一条心地善良的蛇，于是彻底解除了对蛇的戒心。而此时蛇已游到小兔跟前，趁着小兔毫无戒备之机，一张口就咬住了小兔，顷刻间蛇毒注入体内，小兔尚未做出反应就已失去了知觉。

"可爱的小精灵，你一定要相信我，我真的已经改邪归正了，"蛇一边吞食小兔，一边还不忘自我辩解，"只是我饥饿难忍，为了活命才迫不得已用你充饥。你就以我为榜样，也奉献一下爱心，做一回自我牺牲吧！"

——蛇蝎心肠本性难改。善良的人们切不可轻易相信它的甜言蜜语，更不可被表面的一两件善举所迷惑。倘若失去戒心而上当将祸患无穷。

# 76  充气金狮和水牛

黑熊的"森林大酒楼"挂牌开业举行典礼仪式，盛邀昔日的狐朋狼友们前来捧场助兴。为了营造气氛，以增加知名度、扩大影响力，黑熊将大酒楼内部布置得富丽堂皇，酒楼前花团锦簇张灯结彩，还在大门两侧石阶上摆放了两尊充气金狮。

充气金狮果然气派，在石阶上一蹲坐，更使酒楼锦上添花。来宾们见了纷纷赞叹："好威武的两只金狮，瞧这通身金气逼人熠熠生辉，显得何等雍容华贵。"

充气金狮听了飘飘然忘乎所以，它趾高气扬地傲视着进进出出的宾客们，觉得自己与众不同。

傍晚时分，水牛收工从酒楼前经过，充气金狮装腔作势地大声驱逐着："快离我远点，此处不准逗留！"

水牛站住了，望着充气金狮的模样觉得可笑，反问说："好大的口气，凭什么我要离你远点，又凭什么我不能在此逗留呀？"

"哼，不看看你是谁我是谁！"充气金狮俨然以狮子身份自居，"我金碧辉煌高踞其上，你浑身土气地位卑贱，你我天差地别，难道不应当对我敬而远之？再说，进出这高档大酒楼的都是有身份有地位的主，就凭你这种打工仔的模样有资格在此逗留吗？"

"你果然身份显赫，我自愧不如。但能让我不自卑且能引以为豪的是，我脚踏实地地干活，从不想哗众取宠；我肚里有货，吃进去的是草挤出来的是奶。可你呢？"水牛面色坦然，不卑不亢地说，"你外表光鲜亮丽却毫无内在实物，除了靠腹内一股浊气支撑着，打肿脸充胖子，借此替人装饰门面，逞一时之威风外，还有哪些值得你骄傲之处呢？"

水牛的一番话让充气金狮顿时气馁，不敢再盛气凌人，似乎在水牛面前倒有些相形见绌了。

"森林大酒楼"的开业典礼仪式一结束，很快就步入了正常营业。石阶上的充气金狮碍手碍脚，成了多余的摆设。熊老板指使酒楼员工拔掉气塞，充气金狮开始泄气松软渐渐干瘪，最终瘫倒在地面上。酒楼员工将它卷成一团丢弃在角落，充气金狮再也神气不起来了。

而水牛照样每日里兢兢业业埋头干活，尽管貌不出众却为社会创造了财富，成为人们学习的榜样。

# 77　小猴卖桃子

果园中的水蜜桃熟了，母猴摘下一篮子让小猴拿到市场上去卖。

小猴将桃子摆放在市场路边等人来买，可是人来人往的总是无人问津。

馋嘴的小猴却对水蜜桃动起了心思。它想，这桃味一定不错，何不拿一颗尝尝鲜呢？反正一篮的桃子也不缺一个。于是它拿起一颗桃子咬了一口，感觉味道挺美，就三口两口地吃完了。

猴子搔搔脑门觉得不过瘾，它左瞧右瞧，还是不见有人来买桃，眼睛又盯着篮子想，就再吃一颗吧，一篮的桃子也不在乎这一个。于是又拿了一颗，没几口又吃完了。

就这样，小猴越吃越想吃，干脆旁若无人地一颗连着一颗吃起来。没见到有人来买桃，围观小猴吃桃的人倒多了起来。小猴脚边的桃核渐渐增多，篮里的桃子慢慢变少。

傍晚，小猴提着空篮子回家，母猴见了满心欢喜，问："乖孩子，桃子全都卖了？"

"一颗都没卖出去哩。"小猴摇晃着脑袋说。

"那桃子呢？"母猴奇怪地问。

"喏，都装在这儿了！"小猴打着饱嗝，拍拍胀大的肚皮，轻松地说。

"天哪，你怎么能把桃子都吃了呢？"母猴见了大吃一惊。

"咳，这桃子的味道真是美极了，实在挡不住它的诱惑呀。"小猴说。

"怎么能这样办事，难道你不觉得做错事了吗？"母猴感到有必要对小猴进行教育，让它懂些道理。

"我没做错呀，反正桃子没人买，吃了倒省心，免得再提回来多麻烦。"

小猴满不在乎地辩解着。

"孩子，别看这是一件小事，但透过现象看事情的本质，你就会认识到自己的劣根性。"母猴严肃地批评小猴，"如果养成这样的不良习惯，将会影响你的人生！这可不是危言耸听！"

小猴听了不觉一愣，它想，难道事情真有这么严重？

"首先，做每件事都要尽力而为努力去完成，不能因为一时不顺，就束手无策听之任之，缺少办事的恒心；"母猴耐心地开导小猴，"其次，桃没卖出去你却全给吃了，这是不负责任的表现。如果都这样既没恒心又缺乏责任心，啥事你能办成功呢？"

小猴眨巴着双眼听着母猴的说教，觉得似乎有些道理。

"而比这更严重的错误你知道吗？"见到小猴一脸茫然，母猴语重心长地继续开导，"现实中物欲横流，各种诱惑无所不在，关键是要能把握住，而不能丧失自我。而你呢，连桃子的诱惑力都抵挡不住，将来何以自立？更何况，受到诱惑吃一颗解馋，适可而止也就罢了，你却把全篮桃子一扫而光，如此贪婪终究会毁了自己的！"

母猴的一番话让小猴深受启发，它羞愧地对母猴说："我明白了，以后做事要有恒心、责任心，还不该有贪婪之心，时时要能坚持原则经受住诱惑，对吗？"

"你终于开窍了。如果以后办事都能记住这些，那么，今天这篮桃子你也算没白吃了！"母猴欣慰地说。

# 78　玫瑰与茉莉

玫瑰与茉莉一同生长在花园中。初夏时节，它们同时开花了，玫瑰红花与茉莉白花相映成趣，煞是好看。

"你长得多帅气呀，植株高大，亭亭玉立，"茉莉对玫瑰赞不绝口，"特别是红花盛开时端庄大气，芳香四溢。那真是赏心悦目，令人陶醉其中。"

"你太过奖了，你才让我一见倾心仰慕不已，"玫瑰自谦着，却对茉莉倍加赞赏，"你婀娜多姿叶色翠绿，花开时洁白无瑕清香淡雅，群芳誉你为香花之首，这才是众望所归呀！"

它们彼此倾慕，相互赞赏着。

"可是我时时为你感到惋惜，你为什么在身上要长出刺来呢？这真是玉璧微瑕、美中不足，"茉莉诚心地对玫瑰说，"虽然我们花的大小、颜色不同，却各具特色同样美丽，让前来观赏者流连忘返，这样我们多有面子呀！而你身上却长了些刺，似乎有伤大雅。你就听我一句劝，以后别再长刺了。"

"不长点刺咋行呢？你看现实生活这等残酷，环境如此复杂，我只有长点刺，用它作为自卫的武器，才能更好地保护自己，免受或少受自然界中鸟兽与其他方面的侵害，"玫瑰转而规劝茉莉，"倒是你太温柔了，那是很容易吃亏的，你为什么不学我也长点刺以自保呢？"

茉莉对玫瑰的劝说不以为然："那可不行，我要做心灵美的使者，我要把最美好的一面无私地奉献出来。"

它们俩各持己见，谁也说服不了谁。于是，玫瑰继续身上长刺；而茉莉却把全部精力用来培育花朵，身上始终不肯长出一点小刺。

这天，主人来到了花园，他想折一束花插在花瓶中放置于书桌上。虽然茉莉和玫瑰的花开得同样艳丽也都香气袭人，但是主人还是看中了茉莉，因为它不扎手。于是主人将含苞待放的茉莉连枝带花蕾一并折了下来。

玫瑰因为身上长了些刺，躲过一劫。

——现实中，过分的软弱往往给强暴以可乘之机，而让自己受伤害。心灵美固然重要，但有时保持自己的个性，长点棱角借以自卫，也是很有必要的。

# 79　黑鼠信佛

黑鼠是鼠族中的老大，它常常目睹家族成员遭花猫捕食而忧心忡忡，担心哪一天会有灭门之灾。它看见大千世界中的芸芸众生个个对佛祖顶礼膜拜，顿时来了灵感。于是趁着夜色溜进佛寺，盗走一本佛经还偷了一挂佛珠，逢人便自称已经皈依佛门。

这天黑鼠端坐于窗台上，看见花猫正在追赶本家兄弟，连忙大声招呼着：

"阿弥陀佛，花猫大哥请手下留情，老黑我有话说。"

花猫不由自主地停止了脚步，看着窗台上的黑鼠正襟危坐，左手抱着经书右手捻着佛珠，口中还一本正经地念念有词，模样滑稽可笑。

"花猫大哥请听我的肺腑之言，我家兄弟并无大过，它只是偷吃些谷粮，那也是为了填腹，"黑鼠拍拍佛经振振有词，"上天有好生之德，佛祖教诲我辈应当慈悲为怀，你总不能为满足个人私欲逆天而动，随意剥夺别人的生存权利吧？"

"你这鼠贼好不知耻，竟敢妄用佛理为自己开脱罪责。"花猫冷冷一笑道，"你们这个家族劣迹斑斑，无恶不作，偷盗食品、啃坏箱柜衣物，甚至还传播瘟疫危害众生，谁不恨之入骨！不然怎会有'老鼠过街，人人喊打'之说呢？"黑鼠张口结舌，一时不知该说什么好。

"虽说佛法慈悲普度众生，但能施展霹雳手段，方显菩萨心肠，岂不闻菩萨慈眉，还有金刚怒目哩！"花猫瞅了黑鼠一眼，表现出正气凛然，"今天我为民除害保一方安宁，又何错之有呢？"

"但是佛祖宽厚仁慈大肚能容，得饶人处且饶人，你又何必较真而对我辈赶尽杀绝呢？"黑鼠眼珠子一转又有了新说辞，"何况我的家族成员个个是未来之佛，你竟敢妄开杀戒，肆意屠戮，罪莫大焉，难道不怕上天惩罚？"

花猫听得一头雾水："真是越说越邪门，你们这群鼠辈作恶多端，怎么就成为'未来之佛'了？"

"你这就不懂了吧？"黑鼠得意扬扬信口道来，"佛经有言'放下屠刀，立地成佛'。哪一天我的鼠兄鼠弟们改邪归正弃恶从善了，就相当于'放下屠刀'，不就'立地成佛'了吗？"

"你这家伙真是可恶至极，竟然如此曲解亵渎佛义！"花猫恨得直咬牙，"你身披佛衣满口佛言，看似虔心向佛，实则以此来为自己的罪恶行径做辩解，比你那些作恶多端的鼠兄鼠弟更加可恶！那今天我就只能在你未'放下屠刀，立地成佛'之前先动手为民除恶，以杜绝后患了！"

花猫说罢扑向窗台，张口就将尚在装腔作势，一手抱佛经一手持念珠的黑鼠的脖子给咬断了。

# 80　慧兔脱险

狼逮住兔子，张口就想把它吃掉。

"别、别，先别动手，让我把话说完了再吃行吗？"狼爪下的兔子看着无法逃脱，眼珠子一转有了主意。它立刻装出惊恐万状的样子对狼哀求着。

"你都大难临头了，还想耍花招，死了这条心吧。"狼得意扬扬地说。

"我哪敢呢，在我眼里，您就是我生命的主宰，是我的十八代祖宗；再说了，在强大的您面前，难道我还能逃得了吗？"兔子继续装出一副可怜相，低声下气地向狼讨好，让狼听了飘飘然的，感觉挺舒服。

"哼，谅你也没这个胆量。在这座山头我就是老大！别说你，胜你千百倍的强者、智者比比皆是，在我眼里都是小菜一碟。"狼趾高气扬表现得不可一世，"那黑马够剽悍吧，奔跑速度无人可及，那天恃强追赶我，我故意引它到悬崖边，一个收步不及摔下山谷，害得我吃了几天的马肉；那爱耍小心眼的狐狸够狡猾吧，布了酒局想算计我，反被我灌醉，成了我的醒酒菜。哈哈，在这世界上，真正英雄舍我其谁！"

"您真了不起，令人钦佩之至，"兔子越发显得谦卑，继续恭维着，"只是我的个头瘦小，实在不够您塞牙缝。如果您能饶我性命，我宁可出卖我的好友山羊，它的家在一个非常隐秘的山洞里，那一家族的山羊肉够你吃一辈子呀。"

"真的吗？该没骗我吧！"狼一听，两眼都发光了，想起那味道美极的山羊肉，真是馋涎欲滴，恨不能马上就尝上一两口。

"我怎敢骗您，这不是找死吗？如果您愿意相信我，我马上就带您去，您一定会非常满意的。"兔子信誓旦旦地保证着。狼信以为真，它想，反正兔子在自己手中，不怕它耍花招。于是就一口答应了兔子的请求。

于是兔子前头带路，引着狼绕过村庄跨过小溪，往山坡上走去，走着走着，经过一片草地时，只听见"扑通"一声，跟在身后的狼掉到陷阱里去了。

"你这个兔崽子，竟敢算计我，真后悔当初没一口吞了你！"狼发现上当了，直恨得咬牙切齿，它瞪着一双阴森而又绝望的眼睛朝兔子咆哮着。

"哈哈，你这个笨家伙，就这种智商还敢大言不惭目中无人？"兔子对着陷阱中的狼轻松地说，"你以为我真的会出卖朋友吗？别说没山羊，就是有，我也不会带你去的。你现在就安心待在陷阱里多多回味山羊肉的鲜美，等着猎人来收拾你吧。"

原来，兔子知道猎人几天前在这里挖了陷阱想捉狼，也知道自己身轻不会掉入陷阱，所以临危不乱，用花言巧语哄诱狼，狼果然上当，自己也转危为安了。

——有时要办成一件事，示弱比逞强更容易实现，智慧比蛮干更显得重要。从聪明的兔子身上，似乎可以领悟到这样的道理。

# 81　绵羊选助手

象王偏爱绵羊，委派他担任森林王国运输部总管事。绵羊生性孱弱管理能力差，又刚愎自用听不进善言，更何况业务陌生，根本无法胜任"外行管理内行"的领导工作；而马、牛、驴等个个是运输能手，完全不将绵羊放在眼里，更不服从它的管教指派。绵羊对此一筹莫展，整个森林王国运输行业被搞得一团糟，几乎处于瘫痪的境地。

群兽议论纷纷，强烈请求象王从大局出发，重新考虑合适的人选换下绵羊。

这让象王左右为难：它始料未及的是绵羊如此不争气，继续让它担任总管事似有不妥；可自己偏对绵羊钟爱有加，撤换它的职务又实在于心不忍。象王考虑再三，终于想出一个两全其美的办法：给绵羊配备一名得力助手，协助绵羊做好各部门的管理事务。

可是让谁担此重任呢？象王决定征求绵羊的意见。

绵羊思前想后左右权衡，提出让山兔担任此职。

象王大感意外，问："运输部门的马、牛、驴中优秀人才比比皆是，你不从中挑选，怎么会选中胆小如鼠、遇事无主见、办事无能力的山兔当助手呢？"

"大王有所不知，山兔虽有诸多不如意之处，但也优点明显，它顺从听话能协助我办事，这就足够了，"绵羊油嘴滑舌地替山兔做辩解，"那马、牛、驴虽然优秀能力强，但个个自命不凡，以为'老子天下第一'，如果选了它们当助手，万一不配合我工作，事事掣肘与我较真，运输部门这摊子我还能撑得下去吗？"

象王想想也有道理，于是一锤定音，山兔即日走马上任，担任森林运输部总管事副职。

森林王国中谁都嘲笑绵羊配备了山兔这个窝囊废当助手，私下里议论纷纷：想让山兔协助扭转局面？一旁做美梦去吧！但绵羊心中有数：要配助手就要配一个比自己能力更差的。不然，配上一个能力强过自己的，以后谁听谁的，又谁驾驭谁呀？

果然不出众人所料，山兔当上总管事副手后，整个森林运输工作不但毫无进展，而且比原先表现得更差。但是绵羊心灵上却得到了极大的安慰：工作有无成效可以放在一边，虽然在运输部门管不了别人，却能管得了山兔，也总算有一个能服从管教、对自己言听计从的部下了。

# 82　真坏人与假好人

黑狼出外寻食，看见松鼠在树上摘松果，不由得心中一阵狂喜，也更加感觉到饥饿难忍。它蹲在树下眼睁睁地盯着松鼠，巴望着松鼠能失手从树上跌落下来好让自己充饥，但未能如其所愿。

黑狼终于等不及了，它凶相毕露大声咆哮着："你这鼠崽子一直待在树上干吗，还要让我再等多久呀？快识趣些给我滚下来，不然别怪我不客气了！"

松鼠被吓得躲到树叶丛中，惊恐地看着黑狼一动也不敢动。它可怜兮兮地对黑狼说："你就饶了我吧，瞧你那凶相谁还敢下树，这不是自投罗网自取灭亡吗？"

黑狼不会上树，围着大树转了几圈实在无计可施，只好咽着口水恨恨地离开，另往别处寻找食物。

松鼠松了一口气正要继续摘松果，却看见一只狐狸也来到树下，吓得又愣住了。狐狸也发现了松鼠，它眯起眼睛思量着怎样才能抓到松鼠。

"多可爱的小精灵呀，长相俊俏活泼乖巧讨人喜欢。"狐狸装出一副慈善面孔，和颜悦色地夸奖松鼠，"你看那小猕猴也生活在树上，怎么就长得那么丑呢？跟你相比那可真是丑小鸭遇上了白天鹅。"

松鼠听到赞美声真有点受宠若惊的感觉，它看着狐狸慈眉善目、和蔼可亲的模样，亲切感油然而生。

狐狸绞尽脑汁算计着怎样才能把松鼠诓骗下树来，只见它眼珠子一转，又有了主意，说："小精灵呀，你怎么会摘这棵树上的松果吃呢？这松果颗粒小口感差，就连小鸟也看不上眼的，你看有小鸟光临这棵树吗？我在对面山头种了棵松树，那树上结的松果才叫好吃哩，你何不随我同去摘些下来品尝品尝？"

狐狸的话让松鼠倍感温馨，它觉得跟黑狼相比，狐狸才是个大好人，于是接受了狐狸的邀请，爬下树来准备与狐狸一道前往。

狐狸趁机扑上前去，一口咬住了松鼠的尾巴。松鼠惊慌失措极力挣扎总算逃脱重新回到了树上，但半截尾巴却留在了狐狸的口中。

"唉，劫后余生，不幸中的大幸哪！"松鼠回望着血淋淋的伤口自我安慰着，也更加懊悔莫及，"我总算明白了，有时候包藏祸心的'假好人'比凶神恶煞的'真坏人'更加可怕！'真坏人'会让我们心存戒备；而'假好人'则让我们丧失警惕，最终上当受骗。这是我用半截尾巴换来的血的教训，不可不谨记在心呀！"

# 83　虎王的恩赐

松鼠有幸成为虎王的贴身侍从，引来森林中群兽羡慕至极的目光。谁都知道时时伴随君侧，一旦博得虎王的欢心，那么，得到赏赐的机会肯定就少不了。

松鼠更是受宠若惊，对虎王的提携铭记于心，因此平时尽心侍候虎王，不敢有半点懈怠。虎王对松鼠的工作也满意之至，时常鼓励它："好，好好干，以后我会奖赏给你许多好吃的。"

对于出自虎王口中的许诺，松鼠以为今后肯定能兑现。于是，松鼠就像是真正得到了赏赐一样，心满意足，从而也更加小心翼翼地侍候着虎王。

仁慈的虎王也从来不会亏待自己的部属，松鼠时不时就能从虎王的口中听到这样的称赞和赏赐：

"好，好好干，以后我赏赐你一处果园……"

"好，好好干，以后我赏赐你一座楼房……"

"好，好好干，以后我赏赐你一个美女……"

"好，好好干，以后我赏赐你天上的月亮……"

诸如此类的许诺越听越多，几乎每天都有新花样，松鼠实在记不清虎王已经许诺过自己多少东西了，甚至连虎王自己也很难记清究竟许诺赏赐给松鼠哪些东西了。然而几年过去了，松鼠从虎王信口开河的许诺赏赐中却实实在在的是什么都没得到。

终于有一天，松鼠向虎王提出辞呈，它愿意重新回到森林当个普通良民，过平凡的生活。

"什么？你不愿意待在我身边了？听你说这话，如果谁不认为你是疯子，那它本身就是疯子。"虎王面带怒容吃惊不小，它几乎不敢相信此言出自松鼠之口，"你要明白，有多少人对这职位梦寐以求垂涎三尺？况且我平时也待你不薄，许诺奖赏你的物品不可胜数，难道还嫌少？你也太贪得无厌了！"

"大王息怒，容小人禀报实情，"松鼠小心谨慎地对虎王说，"大王的垂青照顾和慷慨大度的赏赐，小人感激不尽，更是时刻铭记在心，终生难忘哪。"

虎王听了面有喜色，觉得挺受用，场面气氛顿时缓和了许多。

"可是大王呀您有所不知，您过于大方的赏赐，让福薄的我岂能受用得起呀，"松鼠不卑不亢地继续说道，"大王不但肯把现在有的东西奖赏给小人，更可贵的是能把您所没有的，甚至根本无法有的东西拿来做奖赏。尽管小人从未真正得到过大王奖赏，但我已经心领了。"

虎王听了不觉一愣，似乎感觉到了什么。

"大王请多谅解，小人之所以要辞职，实在还是为大王考虑。"松鼠表现得一本正经，"试想想，万一大王较起真来，把曾经许诺过的恩赐都落到实处，岂不让大王您为难？不过请大王放心，今后这让人羡慕的职位恐怕再也没人敢谋取了——因为大家都害怕大王过分的恩赏。"

虎王泄气了。它终于明白，由于自己的言而无信，平日里诸多的许诺均无一兑现，因此在群兽中已经产生了信任危机，连平时最信赖的松鼠也要离自己而去。今后有谁还会再相信自己，自己还有多少威信可言呢？

# 84 母鸡孵小鸭

母鸡在草丛中捡到一颗蛋，甭提有多欣喜，它捧着蛋左端详右端详越看越爱不释手。

"是哪个冒失鬼把蛋生在这儿了呢？"母鸡动起心思来，"多好的一颗蛋呀，圆润而且光滑，比自己下的蛋大多了，我要把它带回家去孵化，这样就不用自己再生蛋了，真是美事一桩。"

母鸡越想越高兴，喜滋滋地将蛋带回窝中。树上的喜鹊见到了连忙劝母鸡："快把它还给失主吧，谁家丢失了这宝贝蛋都会着急的。况且这贪小便宜的事传扬出去，终究是不体面的呀！"

"你别说得好听，如果是你捡到，肯定就不会说这话了，"母鸡不为所动，反而嘲讽喜鹊，"再说，这蛋我不偷不抢，光明正大地捡回来，有什么体面不体面的呢？"

"就算是捡的，也要尽量找到失主归还呀，怎么能一声不吭地占为己有，明明是想贪小便宜嘛！"喜鹊指责母鸡的做法。

母鸡却不再理会喜鹊的劝说，自顾自把蛋放入窝内，然后专心致志地趴在窝里孵起蛋来。

果然功夫不负有心人，经过一番孵化，小生命终于破壳而出。母鸡一看却傻了眼，这小家伙嘴扁、脚掌带蹼，张口还"啾、啾、啾"地唤个不停——天哪，这哪里是小鸡，分明是只丑小鸭嘛！

母鸡捡到一颗蛋孵出小鸭的丑闻很快就传遍了禽鸟界。水鸭听说了找上门来讨要小鸭，并责备母鸡："你怎么能干这种缺德事呢？那天我下完蛋出去寻些吃的，一眨眼工夫蛋就没了，害得我几天寝食难安，原来是被你偷走的，你羞不羞啊？"

母鸡哑口无言懊悔不及。它本想捡颗蛋贪点小便宜，不料却是瞎忙白辛苦，换来一场空欢喜。如今不但没有占到小便宜，还颜面尽失饱受羞辱，这回算是吃了大亏了。

# 85　黑熊赴宴

　　山羊乔迁之喜，在酒楼订了间包厢，邀请牛、狗、猫等旧邻居晚上同来相聚庆贺，也请了刚当上治安队长的老友黑熊。大家都很高兴，纷纷表示一定准时赴约。

　　傍晚时分，牛、狗、猫先后来到酒楼包厢，左等右等总不见黑熊的身影。黑熊去哪儿了呢？谁都感觉有些奇怪。

　　而此时黑熊却在家中漫不经心地喝茶消磨时光。它想，自己好歹也是个治安队长了，有身份有地位，应当迟点到，才能有面子。

　　一个时辰过去了，窗外天色已晚，还不见黑熊到来，大家都有些等不及了。山羊见状连忙劝说："诸位少安毋躁，想来这黑熊刚当上治安队长事务繁忙，咱们就再等一会儿吧。"

　　"哼！瞧它那熊样，一天到晚东溜西逛无所事事，能有多忙呀？"牛揶揄说。

　　"忙却未必，就凭它那德行，借机摆谱装酷倒有可能。"狗不留情面一语道破。猫听了也深有同感，随声附和着。山羊无可奈何地直摇头。

　　又过去了一个时辰，仍然不见黑熊的踪影。牛、狗、猫不耐烦了，纷纷起身想离开，这时外面传来黑熊的声音："呵呵，对不起我来晚了，请各位见谅……"说话间，黑熊大大咧咧地走进包厢。见到大家都站着，黑熊满心高兴，猜想着一定是大家知道自己来了，事先做好了欢迎准备。

　　不料，牛，狗、猫正眼都不瞧黑熊一眼，径自向山羊作揖告辞：

　　"真对不起，我明早要耕田送货，熬夜不得先行告退。"牛说。

　　"实在抱歉，我今晚要值班守夜，缺席不得恕不奉陪。"狗说。

　　"不好意思，我夜间要捕鼠保粮，耽搁不得请多包涵。"猫说。

　　山羊苦留不住，只好尴尬地不断解释着将三位送出门外。

　　受到冷落的黑熊大为不满，它对山羊连声抱怨："这几个家伙真没素质，见了面一声招呼也不打就早退，太不尊重人了！"

　　"你无缘无故迟到两个时辰，让人家饿着肚子白等，这算是尊重人吗？"

看到一场喜事被黑熊搅得不欢而散，山羊气得吹胡子瞪眼，它毫不客气地指责黑熊，"再说了，接受邀请了就应当守信，准时到位，如果都像你这样磨磨蹭蹭，装腔作势地摆架子，将来还会有人理你吗？今天你姗姗来迟，想必是工作太劳累了，大家心疼你，这桌盛宴大家都舍不得动筷，权当留着犒劳你，你就慢慢独自享用吧！"

山羊说罢理也不理黑熊转身离去，留下黑熊愣在那里不知所措。

垂头丧气的黑熊懊恼极了，它总算明白：要想得到别人的尊重，自己应当懂得先尊重别人。今天本想借这个机会露露脸，岂料反而弄巧成拙颜面尽失，回想起来真是悔不当初啊。

# 86　用拳头说话

老人在后园里种植了几棵桃树，树上结出了许多桃子。桃子渐渐长大，有的已经青里带红，再过几天就可以采摘了。

不远处山坡上的猴子看在眼中馋在心里，真恨不得马上就能尝到新桃的美味，于是在围墙外找了个低矮处翻墙进入园内，敏捷地爬到一棵树上，摘下桃子张口就咬，才吃两口觉得没成熟顺手一扔，又去摘另一个桃子。

老人看见了感到可惜上前劝阻："你这猴头好不晓事，怎么能随便进别人家的园里来摘桃吃呢？再说这桃子摘下来吃也就罢了，你这样半吃半扔的岂不浪费？"

猴子漫不经心地瞧了老人一眼，口中振振有词："你这老头也忒小气，满树的桃子哪在乎我吃几个丢几个呢？况且未熟透的桃子味道不甜，你让我怎么吃呀？"说罢依然故我，从这棵树到那棵树地寻找较熟的桃子，也不管老人苦口婆心地相劝，直到吃饱玩够，才心满意足地扬长而去。

此后一连两天猴子故技重演，来到园中爬到树上摘下桃子半吃半扔，老人磨破嘴皮好言劝说，猴子都当成耳边风。老人望着散落满地的残桃、桃核心疼不已又奈何不得。

老人的邻居知道了数落老人："你也太善良了，怎么能容忍这种泼猴胡作非为，你要狠狠地教训它才是。"

老人摇头叹息："唉，我好话说尽极力相劝，奈何它我行我素半句也听不进，我也拿它没辙了。"

邻居说："既然如此，明天就由我来劝说它试试。"说罢告别而去。

第二天一早，猴子又翻墙上树，当它旁若无人地摘桃吃得正欢时，邻居出其不意地现身树下，手持长棍朝猴子捅去。猴子大吃一惊丢掉桃子左躲右闪，在几棵桃树间晃荡着，邻居紧追不舍，惊慌失措的猴子终于体力不支摔落下来，邻居上前一把按在地上连揍几拳，猴子疼得吱吱作响，连声求饶。

邻居住手开始教训它："你这刁猴恣意妄为损人利己，好说歹说你不听！今天先让你尝尝拳头的滋味，以后就长点记性吧！"说罢放开手，猴子连滚带爬地抱头鼠窜而去。

邻居转身对老人说："看见了吧，跟这种禽兽之流讲道理，就要使用它能听得懂的语言交流才能见效，那就是——学会用你的拳头说话！"

果然从此以后，再也看不到这只猴子来园中捣乱。桃子直至成熟，也再没有受到外来的侵害了。

# 87　同心而不协力的老鼠

三只老鼠在阴暗的墙角相遇，它们个个惊魂未定，相互诉说着各自的不幸。

"咳，我的命苦呀，"鼠甲表情分外沮丧，"那只该死的猫三天两头追杀我，逼得我走投无路，若不是我溜得快早就没命了。害得我平时不敢出洞，幸好还有存粮，否则早就饿死了。"

"你起码没饿肚子，我的命才算苦哩，"鼠乙一副可怜相几乎流下眼泪，"那恶猫专门与我作对，时不时蹲在洞外守候，还自吹是向人类学习，美其名曰'守洞待鼠'，我就这样被困在洞里动弹不得，已经几天没进食了。"

"比起两位仁兄，我更惨不忍睹，这恶猫天生与我有仇啊，"鼠丙悲恸欲绝，"那天我外出觅食，刚出洞口就被盯上，它二话不说朝我猛扑过来，幸好我反应快扭头逃回洞里，总算捡回一条命，但我那可怜的尾巴来不及缩回被它啃去一半，至今伤口还隐隐作痛。奇耻大辱啊，这让我今后怎么在鼠界里混呀?"鼠丙边说边伤心地展露出那剩余的半截尾巴。

三鼠同病相怜,都为自己今后的命运担忧。

"诸位,唉声叹气不是办法,共同振作起来吧。"鼠甲为两个同伴打气,"咱鼠族之所以如此狼狈,都因为平时太自私、各管各的,才让恶猫有机可乘各个击破。如果咱们能抱成团同心协力对付它,区区一只猫又有何惧?"

"说得好极了,咱们人多势众,只要团结一致,猫肯定会怕咱们的!"鼠乙受到鼓舞,信心大增,连声附和着。

"这恐怕做不到,咱们还是面对现实,各管各的吧。"一向了解同类秉性的鼠丙对鼠甲"同心协力"的倡议不抱有希望。

"怎么专说丧气话呢?现在咱们目标一致,都有对付猫的意愿,这不是已经同心了吗?只要再……"

话音未落,门外传来猫叫声。"哎呀,不好了,死对头来了。"鼠乙惊叫起来。

"都别怕,只要咱们通力合作一致抗猫……"鼠甲故作镇定,还想着为自己及两个同类壮胆。

这时,又传来猫叫声打断了鼠甲的话。鼠乙更加惊恐万状,连声催促:"快逃吧,再晚就没命了。"说罢掉头就往对面墙洞里钻。

鼠甲也慌了,忙对鼠丙说:"还是保命要紧,这次就算了吧。下一次开始咱们再同心协力对付这恶猫。"说罢,紧随鼠乙溜进洞内,鼠丙见状也连忙跟着逃进洞里。

"你们都怎么了,刚才不是还说要团结一致同心协力吗?一到紧要关头就各自逃命去了。"望着鼠甲、鼠乙失魂落魄的样子,鼠丙连声叹息,悲哀地说,"都像这样同心而不协力,今后轮到咱们成为猫的下酒菜那是迟早的事了!"

# 88　两颗门牙的收获

一只小雌猴活泼乖巧且模样俊俏,猴族中喜欢者有之,羡慕者有之。当然也有一些嫉妒者,这些小心眼猴满心希望小雌猴平时能出点洋相,好让它们开开心。

机会说来就来。这天小雌猴雨天上树，没攀紧湿滑的树枝从高处跌下，磕掉了两颗门牙疼得直跺脚。那些嫉妒猴见了纷纷围上前来手舞足蹈地唱着："妹呀妹，妹呀妹……"

小雌猴被羞得满脸通红，躲到高树丛中几天不敢露面。见到小雌猴神情如此沮丧，邻居松鼠深表同情前来劝它说："不就是缺了两颗门牙嘛，什么大不了的事。再说你的几位猴伙伴不是还一直在'妹呀妹……'地安慰你吗？"

"它们哪里是安慰，那是在幸灾乐祸嘲笑我哩，"小雌猴非常伤心，说，"它们看我掉了两颗门牙，讥讽我是'没牙妹'，见我没了门牙形象欠佳，故意夸我是'美呀妹'，这让我的面子往哪儿搁——我这辈子算是毁在这两颗门牙上了！"

松鼠一听笑了，说："这几个猴崽子还真会损人，但你也不必因此而一蹶不振呀，让它们说去，我们以平常心对待即可。再说，你何不找猴牙医看看，让它帮你修补缺失的门牙呢？"松鼠向小雌猴建议说。

"对呀，我怎么一伤心就犯糊涂，把这关键的补救措施给忘了呢？"小雌猴如梦初醒，高兴地谢过松鼠，急不可待地找猴牙医看牙去了。

猴牙医果然医术不凡，经过几天的处理，给小雌猴镶补了两颗几可乱真的瓷门牙，让小雌猴恢复了原先俊俏靓丽的模样。

喜欢、羡慕小雌猴的猴兄猴弟们见了纷纷上前，兴高采烈地围着小雌猴又跳又唱："有牙妹，有牙妹……"

松鼠也随着前来祝贺："'有牙妹'，多好听的歌曲呀，其实它们是唱'优雅妹，优雅妹'，这是在赞美你的举止'端庄优雅'哩。"

"谢谢诸位的厚爱。我很幸运有机会磕掉两颗门牙吃了一番苦头，让我得到上天送给我的两件宝贝礼物，我要加倍珍惜。"小雌猴红光满面，开心地说。

松鼠及在场的猴族弟兄们情不自禁地停下身来呆望着小雌猴，不知其所云何意。

小雌猴呵呵一笑说："我从中悟出了两个道理：其一，在生命的长河中不可能总是一帆风顺，灾难挫折在所难免，但不能失去信念，勇于面对并战胜它们，前途一定是光明的；其二，身处低谷时，别去理会那些落井下石，恨不得让你出丑想看你笑话的小人的冷嘲热讽，只要心存淡定，做自己该做的事，就一定能走出低谷、扫除阴霾，迎来美好的明天！你们说，上天让我用两颗门牙的代价，去领悟到人生中的真谛，这不是对我生命的格外眷顾吗？"

群猴恍然大悟，纷纷点头称是。松鼠更是对小雌猴赞不绝口："你果然聪明伶俐，从两颗门牙中能总结出这两大宝贵经验来。这回你是吃小亏赚了个大便宜，收获还真不小呀！"

# 89　布谷鸟与燕子

耕忙季节，农民们在田野中辛勤劳作。从不远的小山间传来阵阵"布谷、布谷"的鸟鸣声回荡在大地上，格外惹人关注。原来是布谷鸟在小山丛林中跳来跳去叫得正欢。这时，它看见燕子从远处飞来，矫健的身姿时不时地从地面一掠而过，显得轻松自在，不禁开口指责。

"瞧你这轻浮样，农民们个个在田头挥汗如雨争分夺秒赶农时，你却游手好闲不干实事，整日里东飞西逛的就懂得嬉戏玩耍，好意思吗？"布谷鸟表现得毫不客气。

"谁说我游手好闲，谁说我是在嬉戏玩耍了？"听到布谷鸟信口胡言，燕子很不服气，"我每日里巡飞于田野中，不辞辛苦地替农民们捕捉害虫，为粮食丰收尽自己菲薄之力，难道说这不是在干实事？"

"哼，说得好听，谁会相信？你尽管为自己涂脂抹粉吧！"布谷鸟嘲讽燕子，"如此看来你还真是高风亮节呀，做了好事而不张扬，农民们一定对你感恩戴德了！"

"办事凭良心，何必要大张旗鼓地宣扬让路人皆知呢？"燕子反驳布谷鸟，"照你的逻辑推理，我一声不吭，就是没干实事；你整日里'布谷、布谷'地嚷得震天响，就一定是在为农民们办大实事了？"

"正是如此啊，你也都听见了，"布谷鸟一听不觉得意起来，感到挺自豪，"我一天到晚不停地嚷叫，催促农民们不误农时春耕播种，为他们立下汗马功劳，他们为了感激我，才亲切地称我为'布谷鸟'哩。"

"别出丑了，谁不知道你本名'杜鹃'，因为鸣叫声似'布谷'而得名。而且农民们耕作自会掌握时令，也并不因为你的催唤才安排农事，你何必自我表功呢？"燕子反唇相讥，"再说，你平时除了'布谷、布谷'地叫个不停，只知做足表面文章外，又真真切切地为农民们做了哪一件实事呢？"

"哼，不管怎么说，反正我问心无愧，若没有我不厌其烦起劲地催耕，说不准这群只知耕种而不知天时的智障者早就误了农事哩。"说罢，布谷鸟又跳到一边继续高声嚷叫起来。

燕子不屑再理会布谷鸟，觉得实在没必要再跟它理论什么，因为自己还要继续忙碌着捕虫除害呢。

——现实生活中，把时间花在正事上的实干家们往往沉默寡言；而那些一天到晚只知扯着嗓门夸夸其谈如布谷鸟者，却通常是一件实事也不干的主儿。

# 90　黑狗的炫耀

主人宴请宾客，宴厅内高朋满座觥筹交错，场面热闹非凡。从宴厅里飘出来的阵阵肉香味，让看守家门的黑狗垂涎三尺，于是趁着没人注意偷偷溜了进来。

它在客人宴桌下穿梭，贪婪地寻找被丢弃的鱼肉骨头以饱口福。有客人见了厌恶地踢它驱赶它，它也不在意，转身又到另一桌下继续寻食。就这样，居然也让它吃了个饱，末了还叼了根猪蹄骨头心满意足地回到大门口继续啃。一抬头，看见对面邻家守门的白狗正吃着简单的晚餐，不觉得有些同情。

"咳，老邻居，你太可怜了，你啬啬的主人怎么这么刻薄，总让你吃残羹剩饭呢？长此以往谁能受得了啊！喏，我家主人的宴席还在进行，你何不也趁机进去享受一番？"黑狗对白狗说。

"那地方我可不去，嗟来之食再丰盛我也不稀罕。"白狗不为所动，表现得很淡定，"主人待我不薄，一日三餐不缺，我很满足了。再说，我还要为主人守门呢！"

"你真傻呀，有福不懂得享受，"黑狗连连摇头，不能理解白狗的行为，"你看我刚从宴厅出来，在里面受到很好的礼遇，宾客们争相和我套近乎，高级食物任我享用，临走时还送我一根带肉骨头做点心，这味道美极了。你说，我是多么幸运呀！"

黑狗越说越得意，它举起肉骨头对白狗炫耀着，似乎自己的身份与宴厅里的宾客们没啥两样。

白狗暗自窃笑。它曾看见黑狗钻桌底寻食遭客人白眼驱赶时的丑态，没想到黑狗还敢自我吹嘘大言不惭，令白狗从心底鄙视它。

"真羡慕你交上好运了，可惜你受到高等待遇的精彩场面我无缘目睹，"白狗不卑不亢地对黑狗说，"那一刻我刚好打了个盹，却做了个匪夷所思的梦。"

"什么梦，能否说来让我听听？"黑狗感到十分好奇。

"你可记得曾经在这一带乞讨的那位壮年人吗？"白狗问黑狗。

"记得，记得，那印象太深刻了！"提起那壮汉，黑狗脸上露出鄙夷不屑的神色，"在我记忆中一年到头总见他是衣衫褴褛可怜相十足，为了得到路人的施舍，不惜放弃尊严、毫无气节可言——这真是一个不顾脸面不知羞耻的主啊！"

"可我却梦见他穿金戴银衣冠楚楚地出入高级场所，手里还拿着大把钞票在那儿炫富。他在人前形象光鲜靓丽，似乎身份地位非同一般，又有谁知道，人后的他人格却这般低贱，行为如此下作呢？"白狗望着黑狗继续说，"更为可笑的是，在我梦醒之后，这位丐帮精英还在那儿恬不知耻地装阔充大款哩。你说可悲不可悲呀？"

黑狗愣住了，它知道白狗话中有话。两相比较，这才发现自己的德行和乞讨者何其相似！黑狗颜面丢尽，连忙用前肢遮羞。原先津津乐道的肉骨头，如今在嘴里竟然变得索然寡味，当然，更没有勇气和资格再在白狗面前炫耀了。

# 91  山猫复仇记

山猫把窝安置在岩石底下的洞穴中，黑鹰将巢筑在对面山林中一棵大树上。每当山猫外出觅食活动时，一旦让黑鹰盯上了总是被又追又攥的，幸好山猫身手敏捷，每次都化险为夷鹰口脱险。

山猫的邻居刺猬见了于心不忍劝诫黑鹰："你天上飞，山猫地面走，本可以井水不犯河水，各行其道相安无事，你又何必步步进逼，欲置人于死地而后快呢?"

"快躲一边去别来当说客，如果不是你满身长刺让我无从下口，你还有机会如此淡定地与我对话吗?"黑鹰目空一切盛气凌人地回答道，"那山猫算什么玩意儿? 在我的眼中它百无一用，哪一点都不如我! 你等着瞧，它迟早会成为我的口中之食!"

刺猬哑口无言，只能悻悻离去。

不久，黑鹰下了一窝鸟蛋精心孵化着。山猫也生下了一窝小猫崽，每日里精心呵护，盼望着小猫崽快点长大。这天山猫外出觅食归来，见黑鹰趁机前来掏窝，山猫痛心疾首又无能为力，只能眼睁睁地看着一只只小猫崽被残害。

"你这恶魔，我总有一天要报复你!"山猫躲在不远处的草丛中朝黑鹰吼叫着。

黑鹰听见了冷冷一笑道:"就凭你? 一旁做梦去吧! 我能直捣你的老窝将猫崽当点心，你又能奈我何!"

"你别太狂妄，就等着遭报应吧!"山猫恨恨地发誓道。它静下心来比较分析，终于发现了黑鹰的弱点，它的眼睛白日里目光锐利视野广阔，一到夜晚则视力不佳难以活动。于是策划出了复仇的方式。

夕阳西下，夜幕降临。百鸟归林，大地寂然无声，黑鹰也在树端的巢中进入梦乡。山猫凭借夜色悄无声息地攀爬上树接近鸟巢，突然间向黑鹰的巢发起进攻。

黑鹰梦中惊醒猝不及防，本能地张开翅膀扑扇着想飞离，不料双眼根本无法辨明东西，一头撞上了旁边的一棵大树，眼冒金星还折断了翅膀，倒栽葱摔到地面半天喘不过气来。山猫趁势冲向鹰巢，将巢和巢内的一窝鹰蛋一股脑儿拱翻，鹰巢散落在地，鹰蛋也纷纷掉落在黑鹰身旁摔得粉碎。

天亮了，望着眼前的一副惨状，黑鹰痛心疾首，欲哭无泪。

"现在称心如意了吧，在你的眼中我百无一用，可就是眼睛的视力我在夜间强过你，"山猫学着黑鹰的口吻反唇相讥，"我在黑夜中凭借这双锐眼辨明方向盯准目标，端了你的老巢，还将你的宝贝鹰蛋当球踢，你又能奈我何呀?"

黑鹰悔之莫及无言以对。它心里明白，由于自己的狂妄自大，一贯以残忍手段对待山猫及猫崽，如今山猫以其人之道还治其人之身，让自己落得个巢倾蛋毁的可悲结局，这就是报应呀!

# 92  黄蜂与蜜蜂

黄蜂看到蜜蜂被养蜂人待为上宾，羡慕妒忌之心油然而生。这天，黄蜂在田野中遇见蜜蜂在忙碌，禁不住发起牢骚来。

"你我同属于蜂类，长相也相似，何以命运大相径庭？"

黄蜂愤愤不平地对蜜蜂说："凭什么人类对你关爱有加，而对我族类却恨之入骨呢？他们精心制作蜂箱让你们舒服住着，有时还用白糖对你们人工饲喂；而我们辛辛苦苦筑个巢，他们却发现一个捅掉一个，有时还要来个一窝端，必欲置我等于死地而后快。这样的待遇怎能不让我痛心疾首呀！"

"你不必怨天尤人，还是查找自身的原因吧。"蜜蜂回应黄蜂，"我每天采粉酿蜜造福于人类，自然得到人类的青睐。可你们呢？除了制造恐怖，威胁他人的安全以外，实实在在地为人类做了哪些有益的事呢？"

黄蜂不服气了，说："你是嘲讽我尾部有刺威胁到人类的安全？那你的尾部不是也有刺吗？你怎么就不会威胁到他们的安全呢？这不是用有色眼镜观人吗？"

"你我岂能同日而语？我的尾刺从不伤害无辜，它只用来自卫和惩戒那些心怀叵测、图谋不轨的盗蜜贼，而你们呢？"蜜蜂正色道，"你们依仗尾刺耀武扬威，有谁误入你们的地盘，就不分青红皂白地用它肆意蜇人。你我同样有尾刺，作用却截然不同，你不觉得羞愧吗？"黄蜂一时无言以对。

"同时你要明白一个道理：要想人家善待你，首先你要懂得善待人家，这是对等关系；"蜜蜂望着黄蜂严肃地说，"而你平时丝毫无益于他人，又时时威胁人家的安全或对他们造成伤害，却反而希望别人能诚心待你，你觉得有这种可能吗？"

黄蜂气馁了。它实在无颜面对蜜蜂，从此以后也再不敢嫉妒蜜蜂，更不敢在蜜蜂面前发牢骚了。

# 93　明察秋毫的虎王听证会

黑狼被任命为羊族总管走马上任没几天，虎王就收到几封来自羊们的控告信，信中举报黑狼贪赃枉法，为非作歹，还指控黑狼凶残成性，滥杀无辜，一致要求虎王对黑狼绳之以法，严厉制裁。

为了防止"偏听则暗"，贤明的虎王决定召开听证会议，所有兽族的管事都被邀请参加——当然，也包括受黑狼管辖的羊族派出的代表。

作为被告发者，黑狼首先喊冤叫屈。

"这是旷世奇冤呀，大王！"黑狼满脸无辜叫屈连天，"自打我上任后，从来是废寝忘食恪尽职守，何曾敢偷半点懒！为了使可恶的羊们改邪归正，我执行严厉的管理制度，对犯罪的首恶分子打击从严，为维护羊族的正常秩序呕心沥血尽心尽力，难道这都成了我的罪过？恳请大王明察秋毫为我主持公道。"

"尊贵的大王，我从没听见谁说过黑狼的坏话。"狐狸首先站出来为黑狼做证，"黑狼公正无私、富有爱心、乐善好施，时常馈赠我等食物，在我狐族中有口皆碑。因此我认为，黑狼不应当受惩罚，反而要予以奖赏，以资鼓励。"

"我完全赞同狐狸的意见！"熊也为黑狼鸣不平，因为它家中还剩有黑狼前天送的半只肥羊，"黑狼是森林王国中的道德典范，它情操高尚有目共睹。如今有人别有用心，对黑狼毁谤陷害，我熊族弟兄岂能容忍！请求大王对那些捏造事实的家伙严加惩处！"

"在座诸位尽可发表看法，我要广开言路查明真相，决不会冤枉好人，更不会放走坏人！"虎王和颜悦色地鼓励众听证者。

看着温和而不失威严的虎王、叫屈连天而面目狰狞的黑狼以及为黑狼申辩时满脸杀气的狐狸和熊，各兽族管事人人自危，恐惧感油然而生。它们不敢多言，都纷纷附和狐、熊的建议，点头称是。

虎王坚信"兼听则明"，它还要倾听参加听证会的羊代表的意见。

"你们就高抬贵手饶了我吧，尊敬的大王、在座的各位大叔大爷，"羊代表吓得面如土色，忙不迭地向众参会者磕头作揖，"我平时什么事都不管，能知道什么呢？我唯一的祈求就是能让我的生命多延续几天而已！"

看来黑狼真是无辜的，而且工作成绩显著。这是一向尊重事实的虎王从听证会中得出的结论，因为没听见有谁说黑狼的坏话，包括羊在内。于是虎王抚慰了黑狼一番，鼓励它继续努力，并奖赏了黑狼。

群兽私下议论：虎王为什么不真心倾听羊代表的意见呢？

虎王听说了勃然大怒："什么？羊代表有意见？在听证会上怎不见它哼一声呢？"

嗬！精明的大王，这可是您忽略了，当时黑狼也在场啊！瞧，那一双恐怖的闪着幽光的眼睛！

# 94　猫蚤争功

张家大院鼠患成灾，猖獗的老鼠在院内穿墙打洞繁衍生息，白日里跟鸡争食与鸭抢道，夜间则窃物啃箱嬉戏打闹。主人不胜其烦，花重金购回一只猫，决心对这群害人精严加惩处。

猫果然不辱使命，接连几天对鼠辈们痛下杀手，很快便清除鼠患，大院内恢复了宁静。主人很满意，对猫赞不绝口，称它为"捕鼠能手"，并奖赏猫一条黄瓜鱼。

猫尚未享用，一个声音传来："喂，伙计，论功行赏该有我的一份，你可不能吃独食啊。"

"你是谁呀？我怎么没看见你？"猫奇怪地抬起头来四处张望。

"哈哈，我是你荣辱与共的战友，在你脑门上安营扎寨的猫蚤呀。"

"哼，原来是个吸血鬼，你一只跳蚤何德何能敢和我共享成果？"猫一听来气了，恨恨地问。

"你怎么能这样抹杀我的功劳呢？"猫蚤大言不惭，"几天来，我陪你废寝忘食，与你并肩作战，你追东我决不去西，你赶南我决不往北。正是因为咱们俩同心同德共同努力才根除了鼠患呀。"

"真是恬不知耻，你我啥时并肩作战过，你啥时帮我捉过鼠了？"猫简直气昏了。

"你别不认账，实言相告，离开我你将一事无成！"猫蚤底气十足，言之凿凿，根本没将猫放在眼里，"扪心自问，没有我坐镇指挥，你能准确无误地捕捉到一只只大老鼠？你有天大的本事，先抓我试试看？"

猫一听傻了眼，捉老鼠可是得心应手，可要捉住一只比针眼大些的跳蚤还真是无能为力。可是，难道捉住了老鼠果真是猫蚤指挥有方吗？

"所以嘛，人贵有自知之明，有功劳不该独占而应当共享。"猫蚤得意扬扬又显得挺大度，"但你尽管放心，我一不跟你争荣誉，'捕鼠能手'你照当，对我心存感激就行；二不跟你争奖赏，黄瓜鱼你照吃，我点滴不取。只是平时偶尔叮你一两口，吸点血解渴充饥时，不要大惊小怪就行，这点要求不过分吧？"

猫无话可说。不同意又能怎样？这吸血鬼平时不是照喝不误，从不打招呼吗？可是让猫愤愤不平的是，既巧立名目喝了别人的血，又要让人心存感激，这厚脸皮的家伙还真拿它没辙。

于是，猫蚤助猫灭鼠的功绩列入史册，光宗耀祖。

于是，猫蚤吸猫血顺理成章，再也没有人指责它了。


# 95　笼鹰的启示


大人带小孩逛鸟园，铁笼中的一只大鸟吸引住了小孩。

"这是只什么鸟呀？"小孩好奇地问。

"孩子，这就是雄鹰。"

"雄鹰，就是能在广阔天空中自由翱翔的雄鹰吗？"

"是的。别看它貌不惊人，但人们都仰慕它，视它为英雄的象征。"大人对鹰称赞不已，"它敏锐的目光洞察事物，苍劲的翅膀搏击风云；它傲视群雄勇于拼搏，时时接受暴风雨的洗礼，真不愧是鸟中之王呀！"

"可是，我怎么看不出它的与众不同呢？"小孩说，"你看它一声不吭，只会傻呆地和游客相视，偶尔跳上跳下也毫无生机，哪有英雄气概可言？看它那副模样跟凡鸟没啥区别，甚至还不如麻雀有活力——它为什么不一飞冲天施展自己的才能呢？"

"这正是它的悲哀之处呀，孩子。"大人望着雄鹰若有所思，"如今它身陷囹圄，让别人禁锢了思想、束缚了行为，连自由都没有，如何施展才能？纵然它有再强大的本领、再高超的飞行技能、再远大的志向也是徒劳的——它是英雄无用武之地呀。"小孩眼中流露出无限的同情。

这时，鸟园管理员过来打开了铁笼门准备喂食，笼鹰乘管理员不备挣脱铁笼，一声长鸣扑扇着翅膀冲向蓝天，不久就消失在天空中难觅踪影。

"孩子，现实何曾不是这样呢？"大人望着远去的雄鹰启示小孩，"在人生的道路上谁都有可能遭遇笼鹰的不幸，但是无论身处何种逆境，我们都要胸怀不坠青云之志，一旦有机会就要努力冲破樊笼奋斗不息。只有这样，才有广阔的空间施展才华、演绎精彩的人生，从而实现远大的宏伟目标。明白吗？"

小孩若有所思，点头回味着大人的教诲，从中领悟到人生奋斗的真谛。

# 96　燕子和猫头鹰

燕子与猫头鹰都是人类的好朋友，它们捉虫捕鼠各司其职，在不同的岗位上为农业丰收做奉献。因此，农民们亲切地称呼它们为"除害能手"。

燕子却大不满意，找农民评理："我一天从早忙到晚巡田除虫，毫无半点懈怠，为了让粮食丰收尽心尽力，称我为'除害能手'名副其实。可猫头鹰呢？没见它做啥事，就懂得整天呆立枝头打盹养精神——它哪有资格当'除害能手'！"

猫头鹰更是愤愤不平，也找农民评理："我每晚通宵达旦警惕地守护着稻田，捕捉趁夜作案践踏农作物的鼠辈们，真正是为民除害，称我为'除害能手'实至名归。可燕子呢？整晚啥事也不干躲在窝里睡懒觉享清福，田鼠闹翻了天都视而不见——它怎么能与我相提并论，也当'除害能手'呢？"

燕子和猫头鹰各不服气相互诋毁，吵得不可开交。

"你们都别闹了，人们为什么称呼你俩为'除害能手'，了解其中的原因吗？"农民问。

燕子和猫头鹰不由得停止了争论，好奇地望着农民，都想知道对方凭什么也能当上"除害能手"。

农民先问燕子："你只见猫头鹰白天里蹲枝头啥事也没干，可你知道它晚上在做什么吗？"燕子摇头一脸茫然，不知如何回答。

农民转而又问猫头鹰："你只看见燕子整晚在窝里睡觉不管事，而它白天里干了哪些事情你了解吗？"猫头鹰更是一头雾水，望着农民发愣。

"这就是你们俩的不对了，"农民数落它们，"燕子你白天捉虫晚上休息，怎么可能知道猫头鹰晚间如何捕鼠呢？同理，猫头鹰你晚上捕鼠白天休息，又怎么可能看到燕子日间捉虫的情况呢？"

燕子和猫头鹰顿时恍然大悟，原来对方为民除害的时间与自己截然相反，看来自己是误解对方了。

"所以嘛，你们的共性都是为民除害，个性是除害的时间不同。因此不能以自己的个性来否定别人的共性，不能以自身的特点来衡量要求对方，这样往往会产生偏见而做出错误的判断；同时，更不能在不了解对方的情况下，想当然地横加指责，这是缺乏修养的表现，明白吗？"

燕子和猫头鹰对农民的批评心悦诚服。它们从中领悟到看待事物的正确方法，从而认识到自己的不足，也由衷地认为对方能评上"除害能手"，那是当之无愧的！

# 97　黑山羊和白山羊

黑、白两只山羊在菜农收成后的菜地上拣食菜叶。黑山羊抬头看见不远的菜地边遗留有一棵大白菜，高兴地说："我找到一棵大白菜了。"说罢抬腿朝大白菜跑去。

白山羊也看见了，抢先一步跑过去拾起了大白菜。

黑山羊见了说："这棵大白菜是我的，你快还给我。"

白山羊抬头白了黑山羊一眼说："这棵大白菜是我的，凭啥要给你！"

"是我先看见的，当然属于我。"黑山羊坚持己见。

"是我先拾到的，应该属于我！"白山羊毫不相让。

两只山羊为了一棵大白菜唇枪舌剑，你一言我一语地吵得不可开交，直至双方羊角相对大打出手，各自落得个头破血流，而那棵大白菜却不知何时被何人趁机顺手捡了个便宜。

水牛见了上前劝道："不就是一棵大白菜嘛，有必要如此大动干戈吗？"

黑山羊理直气壮地说道："它抢了我的大白菜，我能咽下这口气吗？"

白山羊也气愤难平地反驳："明明是我拿着大白菜它来抢夺，我能善罢甘休吗？"

"都别吵了，你们都在没理找理，不觉得格局狭小吗？"水牛再次制止了它们的争吵，批评黑山羊道，"先说你吧，大白菜是你先看见了就要属于你，照此逻辑，这大自然的山山水水万物生灵如果你都先看见了，难道也都属于你了吗？"

黑山羊听了无言以对，白山羊却在一旁沾沾自喜。

"再说你吧，"水牛转而指责白山羊，"黑山羊发现了大白菜想前去拾捡，你得知后却捷足先登将大白菜占为己有，情理何在？"

白山羊自觉理亏，也闭口无言了。

"同样为了一棵大白菜，用三种不同的处理方式，能得出三种不同的结果，你们会喜欢哪一种呢？"水牛望着黑山羊和白山羊严肃地说道，"第一种情况就如目前的状况，黑山羊看到了大白菜，白山羊抢先拾到大白菜，各认为大白菜属于自己互不相让，从而引起争斗最终两败俱伤，从此反目成仇，而大白菜也落入了他人之手，这样的结果你们满意吗？"

黑山羊和白山羊面面相觑，同时摇头齐声说道："不满意，不满意。"

"这就对了。"水牛接着说道，"第二种情况，黑山羊看到了大白菜，白山羊抢先拾到大白菜后占为己有独自享用，而黑山羊虽不与白山羊争斗，却从心眼里鄙视并从此绝交形同陌路，这样的结果你们满意吗？"

黑山羊直截了当地说道："这样的结果我不满意。"白山羊红着脸嗫嚅道："如果是这样的结果，那我肯定也不满意。"

"那好，再说第三种情况，"水牛继续说道，"黑山羊看到了大白菜，白山羊先下手捡到了大白菜，两者不争不吵互相谦让，共同享受大白菜的美味，从此以后互帮互助相处更加和谐，这样的结果你们满意吗？"

黑山羊和白山羊异口同声地说道："这样的结果太让我们满意，我们求之不得呀！""既然如此，你们都应当懂得今后将该如何待人处事了吧？"

水牛语重心长地告诫它们。黑山羊和白山羊默默地低下了头。它们细细品味着水牛的教诲，为之前各自的拙劣行为而倍感羞愧。

# 98　岩石下的松子

一粒松子被压在悬崖旁的一块岩石下。它见不到阳光，接触不到大自然的和风细雨，周围的环境沉闷得令人窒息。

"你好，你压得我好难受，能否稍微挪挪位置或减轻些压力让我喘口气呀？"松子礼貌地对岩石说。

"怎么，我个小体轻，充其量也只有百来斤重，就压得你受不了了？"岩石趾高气扬地嘲讽松子，"可你的前辈们个个不可一世，被吹得神乎其神，在世人眼中有多牛啊！墨客们以'岁寒三友'赞美之，还有名人撰文《松树的风格》为它们树碑立传——你怎么也不跟着牛一回呢？"

"人们对我前辈们的褒奖并无不当啊，它们不畏严寒酷暑勇于斗霜傲雪，而且要求于人的甚少，给予人的甚多，自然成为众人的楷模。"松子毫不自卑并且感到自豪，"至于我自当别论，因为目前我还只是颗种子，有朝一日成才了，我的前辈就是我的榜样！"

"哼，瞧你貌不惊人，口气倒不小！可是今天你不是也有求于我了吗？"岩石轻蔑地望着松子，傲气十足地说，"算了，看你一副可怜相，我就不和你耍贫嘴了，只要你今天肯屈服于我向我求饶，我就放你一马如何？"

一旁的小草同情松子的处境，连忙轻声相劝："你就别再逞能，这家伙太强势了。俗话说识时务者为俊杰，咱好汉不吃眼前亏，你就认命屈从了吧。"

"不！这不是咱松树的风格！"松子挺起胸脯坚定地回答，"咱松族成员个个铮铮铁骨，再恶劣的环境也只懂得抗争拼搏，决不会屈服于任何淫威之下！"

"你这不识好歹的东西，死到临头还敢嘴硬，真是不见棺材不落泪！"岩石被激怒了，它恶狠狠地对松子说，"既然如此，你就在我的强压之下好好抗争拼搏去吧，我要让你永世不得翻身！"说罢，又将身板往下压得更沉实了些。

松子沉默了，它知道，和这愚顽无知的岩石无须多费口舌。要想改变命运，只能靠自己了。于是，松子在岩石下努力地吸收着土壤中的水分，忍辱负重积蓄能量。随着时间的推移，松子长出了细根，细根不断地朝地底的深处延伸；又冒出了小芽，小芽顺着岩石的边沿终于破土而出。

岩石惊呆了，它想不到松子有如此顽强的生命力，心有不甘的岩石用力挤压着，想把刚出土的小松苗挤下山崖。然而，回到大自然怀抱的小松树，在阳光雨露的滋润下，生机勃勃，茁壮成长，几年时间长成大树，它的腰杆越来越粗壮，越来越发达的根部紧紧裹住岩石让它动弹不得。岩石终于屈服，拜倒在松树脚下，再也神气不起来了。

"你真了不起呀！人们对你们的高度评价是当之无愧的。"一旁的小草由衷地发出赞叹。

"这没什么，在生活的道路上，身处恶劣环境、遭遇重大挫折、经受难以想象的压力那是在所难免的。但是，"松树望着远方深沉地回答，"只要我们有坚定的信念、永不言败的抗争精神和顽强的努力精神，就一定能冲破重重压力，战胜各种艰难险阻，到达胜利的彼岸，你说是吗？"

小草对松树更加信服了。

# 99　鹰与风筝

鹰翱翔在空中，风筝从地面扶摇直上，随风越飘越高，超越了鹰的高度。

"哈哈，我可飞得比你高多了！"风筝俯视着身下的鹰，不禁得意扬扬，"告诉你吧，只要愿意，我还能飞得更高哩！"

鹰自顾飞翔，对风筝并不加理会，风筝不服气了。

"哼！看你神气活现的模样，有啥了不起。我真搞不明白，人们怎么会对你如此推崇备至，将你视为英雄的象征？"风筝露出轻蔑的冷笑，"可是你哪点比得上我呢？就用我这套华丽的服饰与你那丑陋的躯体、笨重的翅膀相比，难道你不觉得相形见绌吗？"

鹰听了微微一笑："你也懂得美的含义吗？我的外表虽然朴实无华不引人注目，但能经受暴风雨的考验；而你呢，尽管装扮艳丽却别无他用，只能在风平浪静中作为玩物博人眼球，有意义吗？"

"可是，你飞得有我高吗？我现在就在你之上——我想飞多高就能有多高，只要绳子许可，你行吗？"风筝不愿甘拜下风，仍然神气十足。

"就你这也叫飞？"鹰听罢哑然失笑，"知道我是如何飞的吗？我一飞冲天叱咤风云，广袤天际任我遨游；而你被一根细绳羁束了手足，除了供人驱使赏玩外毫无自由——你真正懂得飞的意义吗？"

风筝有些气馁了，但它还是心有不甘："哼，说你在暴风雨中经受考验，瞧好了，我也是借助了风力顺势而起，可惜今天没暴雨，不然也让你开开眼界，看我哪点会输你。"

事有凑巧。风筝的话音刚落，一场暴风雨迎面袭来。风筝手足无措原形毕露，华丽的外衣刹那间被打烂；接着一阵大风吹过刮断细绳，风筝顿时失去控制，随风飘往远方而杳无踪迹。

而鹰则神气自若、傲视苍穹、搏击长空，勇敢地迎接暴风雨的洗礼。

——现实中，大凡胸怀大志勇于拼搏，成就一番事业者，往往藏锋敛锐、恬悃无华；而那些华而不实、目空一切，只知夸夸其谈者，终究难成大器。

# 100　正胎与备胎

越野车在凹凸不平的山路上艰难地行进着，一只前轮不慎陷入坑中，虽然前后四轮共同努力，但还是无法让越野车脱离困境。

越野车好不心烦，回头看见挂在尾门上的备胎不禁气愤难平，斥责道："你这家伙好不晓事，看看你的伙伴们，它们个个砥砺奋进负重前行，而你却高高在上袖手旁观，整日里无所事事，真不是个东西！"

车轮们也纷纷抱怨说："我们无时无刻不在运转，保证车辆滚滚向前，你可倒好，游手好闲、逍遥自在，一路看风景不说，还给我们增加额外负担，好意思吗？"

备胎深感委屈，自我辩解说："这怎么能怪我呢？我这个备胎的身份，决定了我的作用是作为后备力量使用。我的任务是平日里养精蓄锐，你们之间有哪一位正胎兄弟报废了，我随时准备着接班替代，这难道有错吗？"

越野车嘲讽道："别说得那么好听，什么'备胎'，充其量就是'背胎'一个，无非就是叫我们背上个无用之胎，让你周游世界享清福罢了。"

车轮们也不高兴了，同声指责说："你这不是在诅咒我们吗？我们兄弟个个身强体健结实抗磨，怎么会轮到我们'报废'？"

备胎倍感沮丧，它没料到越野车和车轮们对自己的成见如此之深，只好闭口沉默不语。

车轮们更来劲了，一边嘲讽备胎，一边又炫耀自己："你这个窝囊废还不服气？那就看我们几个兄弟如何同心协力摆脱困境吧！"说罢，前后车轮快速转动着，终于将陷入坑里的那只前轮推离土坑，越野车滑动着准备继续行驶。

不料刚脱离土坑的前轮不慎被路边废弃的钢钉刺破，一阵"嗞嗞"响声过后，轮胎瘪气紧贴在地面上，越野车也跑不动了。

这时候主人走下车来，看了一眼泄了气的前轮自言自语道："幸好我有备用轮胎，要不然今天回不了家可就惨了。"说着拿起工具卸下受损的轮胎，换上从尾门处取下的备胎。备胎正式加入车轮的行列，共同推动越野车滚滚向前。

"现在我算什么'东西'呢？起码不是'窝囊废'吧？"备胎揶揄越野车和几个车轮，"不能不分青红皂白地对别人求全责备，因为各人的使命不同，只要他们能坚守自己的岗位做好本职工作，那么就都是'好东西'，你们说呢？"

越野车和车轮们对自己之前的过激言行感到羞愧，同时也对备胎的作用更加理解了。

# 101　一只刚愎自用的鹰

鹰把巢筑在山崖边的一棵松树上，刺猬见了好心上前劝阻："鹰哥呀，你可不能在这棵树上筑巢，住着不安全哪。"

"胡说，这棵松树杆粗根深枝繁叶茂，正适合我安家，怎么会不安全？"鹰打从心底里瞧不起刺猬，瞪起眼睛斥责道。

"鹰哥呀，你有所不知，我的洞窝就安在松树底下，对这棵树由里到外是知根知底的。"刺猬连忙加以解释，"这棵松树貌似庞大却危机四伏，几年来经暴雨的多次冲刷，表土流失严重，山崖边的根部大量裸露，如果再遇到一场大的暴风雨，这危树随时都有可能倾覆，你说在上端筑巢能安全吗？"

"哼！别在这里危言耸听，我办事历来随心所欲我行我素，既然决定在这里筑巢，谁也别想改变我的主意！"鹰傲气十足，根本没将刺猬的话当回事。

刺猬不忍心看到鹰居住危树上可能会遭遇不测，于是继续不厌其烦地加以提醒："鹰哥呀，你要学会虚心倾听别人的意见，善于采纳合理的建议为己所用。如果都这样一意孤行自以为是，迟早你会吃大亏的。"

"放肆，你这满身带刺的家伙有啥资格来教训我？"鹰勃然大怒，仿佛自己的权威受到了侵犯，"既然说不安全，那你怎么敢在这危树下居住？哼！你是别有用心，认为我住树上对你有所妨害，想把我吓走是吧？"

"我好心提醒你，不听也就罢了，怎能以小人之心度君子之腹，如此对我妄加猜测呢？"刺猬生气了，"实话告诉你吧，我敢居住在这棵松树下，是已经做好了防患准备。我在洞里已经打通了另外一个出口，有了险情随时都可以撤离。而你呢，到时候退路在哪里？我的话已经说得够明白了，既然你不听忠言，执意要在这棵树上居住，那就好自为之吧！"

刺猬说罢不再理会鹰，一扭头转身离去。

鹰可不在乎刺猬所言，它在新巢里住得挺舒畅，而且暗暗佩服自己办事有主见，不受外界干扰。它心想，幸亏当初没有听信刺猬的蛊惑，不然，去哪里找这么好的居所呀。

可是好景不长，连续几天突如其来的暴风雨，终于将松树彻底摧毁了，连同鹰巢和巢里的蛋一起被山洪冲到崖底。鹰见势危急连忙飞开，总算躲过一劫。

暴风雨过后，刺猬闻讯前来慰问。面对刺猬，鹰悔恨交加自责不已："我真不该刚愎自用目空一切，以为老子天下第一；更不该瞧不起人、听不进忠言相告。如今是覆巢之下无完卵，落得孤家寡人一个，真是自作自受活该遭报应哪！"

# 102　斑马和斑马线

斑马来到城市里，惊奇地看见道路上每到紧要处总会画几条宽窄一致相互平行的粗白线，形似自己身上的条纹。有人告诉它这叫"斑马线"，也称"人行横道线"，作用是引导人们安全过马路。

斑马大感惊讶，它意想不到城里人竟然如此倚重自己，用"斑马"来命名"人行横道线"。而更让它感到惊喜的是，它看到行人们对"斑马线"似乎都敬畏有加，随着红绿灯的变换，行人或者驻足于"斑马线"前不敢逾越半步，或者循规蹈矩地在"斑马线"上行走有序，而此时过往车辆也毕恭毕敬地自觉停留在"斑马线"一侧静心等待。斑马恍然大悟，原来"斑马线"如此显赫，它规范了人们的举止言行。

斑马顿时觉得身价倍增，兴冲冲地回到了森林。它看见牛、马、羊等在坡地上食草，相形之下，自己身上黑白相间的斑纹更显得漂亮雅致而与众不同，于是扬扬自得地显摆起在城里的所见所闻。

"你们知道城里人对我斑马是如何推崇的吗？"斑马一本正经地自我表白，"他们的'人行横道线'以本人的大名命名曰'斑马线'，他们的行走要以"斑马线"为准则；而且他们还佩服我足智多谋，用歇后语夸奖我'斑马的脑袋——头头是道'，可知我斑马在人类眼中是何等举足轻重！"

牛、马、羊等初次听说城里还有这等事，觉得挺好奇，都不由自主地驻足，想听听还有哪些新鲜事。

斑马更加得意了："你们说，人类是智慧的高等动物，既然他们肯定了我身上的斑纹既漂亮又实用，我们不是要借鉴人类的先进经验吗？大家今后都学着我，也都绘上这种白条纹，保证让你们个个出人头地名垂青史。"

群兽都乐了，它们对斑马自信的指指点点觉得可笑。

"别一个个嬉皮笑脸的，成何体统，都给我严肃点！"斑马沉下脸教训起群兽来，"从今往后我就是你们的精神领袖，你们的一切举止言行也都要以我为准则，步调一致方能显示我们森林兽国的国民素质，听明白了吗？"

群兽又是一阵哄堂大笑，它们对斑马的狂妄无知感觉不可思议。

"你就别再出丑了，重新认识一下自己吧。"离斑马最近的水牛忍住笑揶揄说，"如果认为将'人行横道'称为'斑马线'，是城里人对你'推崇备至'，那么，'斑马线'置于众人脚底下被任意踩踏，更让车辆肆意碾压，你是不是就颜面无存了呢？"斑马一时愣住了。

水牛继续说道："给你一缕阳光你就无限灿烂，吸了几口空气你就自我膨胀，还想将自己的意愿强加于别人身上。如此不知天高地厚，岂不是可笑之至！"

# 103　叫驴与狮比威严

狮子抓住叫驴，想吃了它。叫驴挣扎着连声抗议道："你怎么敢吃我？你没资格吃我呀！"

狮子一听笑了："好狂妄的家伙，我敢吃遍全森林禽兽，吃你更是绰绰有余、小菜一碟，怎么会说我没资格呢？"

"哼，别说大话了，你有威严吗？"叫驴装腔作势，高昂着脑袋似乎底气十足，"我论嗓门比你高、论叫声比你洪亮，自然就比你有威严。如果说今天有威严的我让没威严的你给吃了，这不是反了天了？"

"就凭你这嗓门能叫出威严来？你也太高抬自己了吧。"狮子更是忍俊不禁，"既然今天你有勇气说出这样的话，那我就给你个机会，如果你能证明比我有威严，我就放你一条生路，否则，就别怪我手下不留情了。"

"此话当真？"叫驴惊喜地问，仿佛看到了生存的希望。

"一言九鼎，决不食言！"狮子回答得十分干脆，"你看见了吧，不远山坡下有群梅花鹿在食草，现在我们分别试试看它们怕谁，就说明谁有威严，如何？"

"好！那就先看我的！"叫驴急不可待地抢先出头。于是，狮子潜身于树丛中，看叫驴如何表现威严。

只见叫驴信心满满地站在山坡上，冲着鹿群扯起嗓门高声叫唤。群鹿听见了惊慌不已如临大敌，有几只小鹿更是吓得抬腿就想逃跑。

"各位别慌，那是只叫驴，一个没用的家伙，"领头鹿见了连忙安抚鹿群，"这吃货除了嗓门大只会虚张声势外，什么本事都没有，大家尽管放心进食吧。"群鹿安定了下来，任凭叫驴喊哑了嗓门，再也没人去理会它。

"哈哈……这就是你的威严？也太掉价了吧！"狮子摇头嘲笑它，"睁大眼睛瞧好啰，今天我要让你见识什么叫威严！"狮子说罢若无其事地钻出树丛，一声不吭踱着方步不紧不慢地朝鹿群走去。

警觉的领头鹿一下就发现了，惊慌失措的它连忙向群鹿发出警告："各位快逃命呀，狮魔来了……"话音未落，鹿群里已炸开了锅，它们甚至没见到狮子的影子，个个却已吓得魂不附体，争先恐后地逃之唯恐不及，眨眼工夫四散奔逃，山坡下已难寻觅鹿的踪影。

叫驴顿时愣住了，站在那儿不知所措。

"看清楚了吧，此处无声胜有声！这才叫作威严！"狮子得意扬扬，言语中透露出杀气，"真正的威严不在于嗓门大小，而取决于其内在实力——看来你今天是在劫难逃气数已尽。"

叫驴泄气了。它无言以对，只好束手就擒，乖乖成了狮子的口中食。

# 104　猫的疑惑

猫见到青蛙荣誉加身，不禁好奇地发问："你平时都做了哪些了不起的大事呀？为什么人们在公众场合里总经常夸奖你，称你是人类的好帮手？"

青蛙无不得意地说："这是我不懈努力的结果呀，我每日里不遗余力地在田间捕捉害虫，为粮食丰收立下了汗马功劳，人们的夸奖就是对我工作成绩的肯定呀。"

"可是我每天也都勤于捕鼠保粮，现在家里基本上消除了鼠患，按理说我的功劳比你更大，而我的主人怎么从不夸我呀？"猫觉得有些不公平。

青蛙有些意外，说："听你说来，你这灭鼠的功劳的确也很大。可是我平时怎么都没听人提起呢？想必你家的主人肯定也是不知道吧。"

"这怎么可能呢？如果我捕鼠除害这么大动静的事情主人都不知道，那你捕捉害虫这样的小事人们怎么会知道呢？"猫感到有些不可思议。

"这你就不懂了，你没看见我每天晚上'咕呱、咕呱'地鼓噪不休吗？那是我在进行自我宣传提醒人们，我白天捉虫，夜深了还在捉虫，他们能不被我的敬业精神所感动吗？"青蛙顿了顿说，"可是你平时再努力，为主人做再多的事，自己却不吭一声，有谁会注意到你，又有谁会在乎你呢？"

猫更加糊涂了，说："你捕虫我捉鼠，这都是各自分内的事，有必要四处张扬吗？再说我捕鼠除害是无声胜有声，首先要隐蔽好自己才能出奇制胜，如果也像你一样动不动就大喊大叫暴露行踪，还能捉到老鼠吗？"

"你这头脑真不开窍，还是向我学着点吧，"青蛙蛮有经验地开导猫，"你看我平时只要做一点事，就必然大声叫喊将成绩无限扩大，久而久之，不就众所周知名利双收了吗？"

猫彻底傻眼了，它不知道自己今后该如何抉择：如果也学着青蛙自我鼓吹可能会出名，但肯定捉不到鼠；可是再坚持自己的捕鼠方式，就算累死累活战果显赫，又有谁会认可呢？

——我们平时经常见到猫总是半眯着眼睛躲在墙角，似乎在打盹又似乎在发呆。有人说它是在养精蓄锐争取再立新功，其实不然，那是它正绞尽脑汁地在思考着如何破解这棘手的难题哩！

# 105　木鱼之悟

一块上好的梧桐木料由能工巧匠制作成精美的木鱼，摆放在诵经案桌上。随着寺院住持每日早晚念经诵佛声，经槌一下又一下有节奏地敲打在木鱼上。

终于有一天，木鱼急了，气愤地责怪住持："该死的秃和尚，下手轻点好吗？你怎么能够这样对待我！"

住持住手问道："怎么了？我平时待你不薄呀，功课之余都精心呵护着你，帮你擦拭除尘，让你永葆光鲜亮丽。你说，我有哪点亏待过你啊？"

"这就够了吗？凭我的特殊身份就要享受特殊的待遇，现在一天到晚被你敲敲打打的饱受皮肉之苦，这让我情何以堪！"木鱼牢骚满腹。

"不就是木鱼的身份吗？与你的木鱼同伴们没什么两样，待遇就是要经受锤炼嘛。"住持不觉感到奇怪。

"哼！可别忘了我的前生是梧桐木。常言道'种下梧桐树，引得凤凰来'，高贵的凤凰非梧桐树不栖，你说，我的身份不也同凤凰一样高贵？难道你还不应当对我另眼相看手下留情吗？"木鱼说着不禁有些沾沾自喜。

"哦！原来如此。"住持顿时明白了，他对木鱼说，"既然已经制成木鱼了，你就要放下架子履行职责，怎么还在念念不忘出身高贵？再说了，你现在的身份决定了你时常要接受敲打，怎么能够口出怨言呢？"

"话虽这么说，可是我心理不平衡哪，"木鱼深感沮丧，怨气更大了，"你也明白，梧桐木质精良，形成的板材导音共鸣效果好，我的许多伙伴被广泛用于制作各种高级琴类乐器；还因为材质轻韧不变形，纹理美观不易虫蛀等诸多优点，更多的伙伴被制造成桌椅衣橱等高档家具。它们都派上了好用场。就数我运气差，摊上这挨揍的倒霉活——我的命苦呀！"

"如果这样认识那你就错了，怎么能这山望着那山高呢？"住持批评木鱼，"以你的心态，就算像你伙伴们那样你也照样不满足的：将你制成乐器，你会埋怨整日里对你拉拉扯扯不得安宁；将你制成衣橱，你更会埋怨一天到晚橱门开开关关重复单调。这样没有干一行爱一行的精神，怎么能做好本职工作呢？"

看见木鱼在认真倾听，住持继续心平气和地说教："其实，木鱼的身份并没有辱没你。每日在暮鼓晨钟里有幸与佛祖相伴，是你今生的造化，多少人求之不得呀。再说了，你现在为佛祖吃苦受累，将来终有一天修成正果，你又何必有怨言呢？奉劝你一句话：没有敬业精神，不管干哪一行，都不可能成大器的。"

木鱼沉默了。它觉得住持的话句句在理，自己不该如此狂妄自大、浅陋无知。木鱼从此安下心来，认真接受住持每日里的捶捶敲打，不再有其他的非分之想了。

# 106 山兔做客

牛在后园种了许多大白菜，经过精心浇培，大白菜棵棵结实饱满，青翠欲滴。牛看见有的可以采收了，特别邀请好友山兔和羊前来同享。

山兔和羊都很高兴，在菜园里吃得挺开心。不一会儿羊就吃饱停了下来；山兔也放开肚皮尽情享用，恨不得把满园大白菜都给吃光，无奈食量就那么点，半棵大白菜没吃完就撑了。兔子望着园地里的大白菜心有不甘，向牛要求说："牛哥呀，这大白菜味道好极了，让我带些回去当点心吧！"牛慷慨大方，很干脆地答应了。

山兔喜出望外，动手拔了几棵觉得不过瘾，转身看见旁边有部小推车，就将大白菜装入小推车里接着拔，小推车里的大白菜渐渐增多。羊见了过意不去，婉转地规劝山兔："有些大白菜还可以再长大些，过几天后再拔吧？"

"不碍事，不碍事，嫩些吃味道更美。再说，这些大白菜再过几天拔就太老了。"山兔若无其事地边说边拔边装车，直到将小推车装满。

"今天真有收获，谢谢牛哥送我这么多大白菜。"山兔大大咧咧地说着，心满意足地推着整车大白菜扬长而去。

"唉，怎么能如此贪婪，真是不可理喻！"羊看着山兔离去的背影直摇头。憨厚的牛看在眼里，只是笑笑而已。

没过几天，山兔又想进园中吃大白菜。牛婉言谢绝："不好意思，大白菜还小着呢，等长大些再说吧。"

"别蒙我，几天前不是都可以吃了？"山兔有些不高兴，"而且我看见你每天都叫羊进园吃菜，怎么就不让我吃些呢？羊吃一顿够我吃十顿哩！"

"是呀，羊吃得再多，也没有你拿得多，"牛白了山兔一眼揶揄它，"你的一车大白菜，够羊吃十天哩。"

兔子无言以对，它听出牛话中有话，感到自讨没趣悻悻离去，迎面碰上羊，于是对羊大发牢骚："哼，太不给面子了！这老牛请你不请我，我屈尊上门讨吃还不让进！同样是朋友，怎么能厚此薄彼不一视同仁呢？"

"你怎么能当手电筒只照别人不照自己呢？"羊批评山兔，"你还是先检讨一下自己吧。"

"我有什么好检讨的，不就是上回老牛请我去它菜园吃大白菜，我顺便带了一小推车回家吗？老牛至今耿耿于怀，真是小气鬼！喏，这些大白菜我还拿出一大半与别人分享呢！"山兔说得理直气壮，似乎所做的事都理所应当。

"你也真不知羞，牛哥辛辛苦苦种的大白菜，看得起咱俩与咱们分享，你却贪得无厌，吃饱了还要强拿，拿多了吃不完还要送人情，你以为是自己种的菜可以随意处置，不觉得过分吗？"羊不讲情面地指责山兔，山兔愣住了。

"这世上少有真傻瓜却多有假聪明人，大家心知肚明，只是不说而已。"羊正色道，"你贪婪成性，占了别人一次大便宜，就再没有第二次机会了；别人吃了一次哑巴亏，也不可能让自己第二次再吃亏，这么简单的道理，你难道也不懂吗？"

山兔自觉理亏，再也无话可说了。

# 107　自作聪明的长臂猴

　　长臂猴臂长体轻、身手敏捷，且自恃脑瓜子灵活，在树上攀缘腾挪得心应手，因此到处惹是生非。松鼠山猫这些树上常客，常被撵得上蹿下逃无处藏身，其他的栖息者更是避之唯恐不及。长臂猴也因此扬扬得意目空一切，自诩是森林中的统治者。

　　然而它发现，生活在地面上的群兽并没有谁会在意自己，不禁有些愤愤不平，觉得很伤自尊心。它想：要给这些家伙一个教训，好让它们臣服于自己。

　　于是它蹲在树上等待机会，恰好大象从树下经过，长臂猴便顺手折下一根树枝，出其不意地抽打了大象一耳光，大象痛得嗷嗷直叫，抬头看见是长臂猴暗中使坏，顿时气得暴跳如雷，它用身体猛撞树身，大树一阵摇晃，长臂猴则顺势攀着树枝荡到了另一棵树上。大象不甘罢休紧追过来，用长鼻子钩住树身要将树连根拔起，长臂猴则如法炮制又荡到另一棵树上去了。就这样折腾好大一会儿，长臂猴在树上轻松自若，而大象却被累得气喘吁吁，终究对长臂猴无可奈何，只得恨恨离去。

　　长臂猴越发得意起来，它觉得戏耍这些不会上树的庞然大物更刺激，真想再找个耍耍。

　　机会又来了，老虎也从树下经过。长臂猴依样画葫芦，手持树枝挑衅老虎，老虎连声长啸扑向长臂猴，但长臂猴一会儿在这棵树上，一会儿又到了另一棵树上，耍得老虎团团转，上不了树的老虎气得口吐白沫，眼睁睁地看着长臂猴在树上逞淫威而无计可施。

　　长臂猴更加不可一世了，它四处炫耀着教训众生灵："都看清楚了，连赫赫有名的大力士、威震山林的兽中王都对我甘拜下风，你们今后都长点记性——我才是森林中的真正强者！"

　　这天，山豹从树下经过，长臂猴又故技重施。不料山豹竟然是上树高手，而且身强体健反应迅捷，如今无辜受辱岂肯善罢甘休！恼羞成怒的山豹对长臂猴紧追不舍，吓得长臂猴六神无主疲于奔命，终于气力不支，没抓紧树枝掉到地上，被山豹逮了个正着。

"咳，今天才知道山外有山！"豹爪下的长臂猴吱吱作响，"我不该高估自己的能力，更不该自作聪明恃强凌弱，如今是聪明反被聪明误，落得这样的下场，真是咎由自取啊！"

# 108  一尊神像

在偏远的乡村有座庙宇历史久远，谁也说不清它始建于何年月，只知道庙宇中供奉着一尊神像，头罩面纱，长年被置放于帷幔后面。传说该神像形态逼真光彩照人，但谁也不曾见识过其尊容，前来求愿者偶尔一两次如愿以偿的巧合，经过信徒们的不断加工口口相传，神像显灵的名声越来越大，越传越神，成为众人心目中有求必应的神灵。烧香磕头求愿问福的善男信女趋之若鹜、络绎不绝，案前香火长年不断、烟雾缭绕，熏得信徒们连气都喘不过来。

一天，信徒们在谈论中对神像产生极大的好奇心。其中有人建议：咱们每天都如此虔心供奉，却从未见过神像真容，如果有人问及不知应答多尴尬。今天趁众人都在，何不将神像请出，让大家一睹尊颜？

众信徒表示赞同。于是，有几人怀着十二分的虔诚之心，恭恭敬敬地将神像抬出大门。出人意料的是，当人们在光天化日之下揭开面纱欲瞻仰顶礼时，才发现神像长年累月经受烟火熏染，早已漆黑一团面目全非，是神是鬼无法辨认。

众信徒大失所望议论纷纷："我们算是受骗了，作为神灵连自己的颜面都无法保护，还奢谈什么庇佑众生，这不是一派胡言吗？看来这神像不值得膜拜，咱们还是另信他神去吧！"说罢，人们纷纷离神像而去。

于是，这尊神像被弃置于庙宇角落。天长日久、风吹雨淋，神像成了一堆土泥团。

如果没有过多烟火的熏染，神像依然熠熠生辉，至今仍端坐高位，不时还享受着忠实信徒们的跪拜和供品哩。

——过分狂热和不切实际的吹捧，往往会适得其反，它会不经意间损坏被吹捧者的形象，从而导致相反的结果。

# 109  麻雀与蝙蝠的对话

麻雀遇见蝙蝠，打从心眼里鄙视它。

"瞧你黑不溜秋的，丑不可耐，不是招人嫌吗?"麻雀嘲笑蝙蝠，同时亮亮翅膀炫耀着，"在鸟族中我虽然相貌平平，可与你一比我就有了自信——我长得还是蛮帅气的嘛!"

蝙蝠并不理会微微一笑:"外表不能说明什么呀，关键要有心灵美。有的人尽管衣冠楚楚，内心却龌龊不堪，那才招人嫌哩!"

麻雀碰了壁却不肯示弱，继续嘲讽蝙蝠:"哼，我生活在光天化日之下，说明我心胸坦荡;可你呢，白天躲在阴暗角落，夜间才敢出来活动。你喜欢黑暗，说明你内心世界同样黑暗，你该不是偷偷摸摸地趁夜干些见不得人的勾当吧?"

蝙蝠反唇相讥:"阳光下干的活并不一定都是光明正大的。不是常有人借助光环，明目张胆地干那些损人利己的缺德事吗? 这样的勾当才见不得人呢!"

麻雀有些气馁，仍然心有不甘:"你别说得好听，平时怎么从不见你喘口气呢? 说明你暗中坏事做多了没了底气，只好躲着不敢吭声;哪像我，虽然叫声一般，出现在哪里就'叽叽喳喳'地响到哪里，让人人皆知我堂堂正正的处世哲学!"

"这正是你做贼心虚的表现呀，因为你心中有鬼，只好借助声音为自己壮胆。"蝙蝠听了冷笑不止，它严正告诫麻雀，"你该懂得'心正无须嗓门高'这个道理吧? 你可曾见过哪个做正事的，有像你这样一天到晚叽叽喳喳喋喋不休，总是想用声音来掩盖自己劣迹的?"

麻雀理屈词穷，但仍不肯善罢甘休，它挖空心思终于想起来:"哼! 我吃的是纯天然食品，比你高级，人类吃什么我也吃什么，稻谷、小米、大麦凭我挑选，你有这样的待遇吗? 你只配躲在阴暗角落吞食些蚊蛾蝇虫聊以充饥，不觉得恶心吗?"

"这正是你的可耻之处，还有脸在这里显摆？"蝙蝠义正词严地斥责麻雀，"我自食其力捕捉害虫，也是为人类做贡献。可你呢，不劳而获与民争食，再高级的享受也总是问心有愧的！"

"可是……"麻雀还想争辩，却被蝙蝠一下打断："别说了，你再冠冕堂皇，为人类做过一件好事吗？我虽不济，至少排泄物（俗称夜明砂）也可入药。你连排泄物都不如，还得意什么！"

"胡说，我也是有益于人类的。"麻雀似乎又有了底气，也有些得意起来，"我通身是宝，肉、血、脑、卵都可作药用，雀肉还是上等补品哩！"

"是呀，你入了药生命也就终结了。"蝙蝠揶揄它，"你这自私自利的家伙一辈子只懂得索取，何曾有过奉献精神呀？"

麻雀无言以对。它本想奚落蝙蝠，不想却被揭了老底，反而自取其辱、颜面尽失，只好夹紧尾巴灰溜溜地飞走了。

# 110 一幅名画

一幅名画被镶放在精雕细琢的玻璃相框中，摆置于画展展厅显要位置的桌面上。前来参加画展的宾客们来到名画前纷纷驻足观赏，他们对名画的艺术水平叹为观止，也对相框的精美工艺赞不绝口。

名画不乐意了。这天晚上闭馆后它指责相框："人们是来观赏我的，你出什么风头敢和我平起平坐？如今可好，竟然与我争宠，分享起我的荣耀来，这不是在喧宾夺主吗？"

相框感到很委屈，说："我哪敢有这些非分之想呀？我心中有数，知道自己不管多精美、多吸引众人的眼球，也只能是你的陪衬——我不是在时时呵护着你，紧紧围绕着你，以你为中心吗？"

"提起这事就更让我愤慨，你凭什么要框着我，不经过我的同意就擅自束缚住我的手脚限制我的自由？"名画气冲冲地责问相框，"我是一幅名画，凭身份地位谁不趋之若鹜？可如今却要受制于你，这不是在羞辱我吗？"

"你好不明事理，怎么能不分青红皂白地随意责怪人！"相框也有些生气了，"正因为你是名画身份不菲，所以我才更加用心地保护你，不让你受到一丝一毫的伤害，这又何错之有呢？"

"你别说得好听，我是名画无须你的保护！你给我滚一边去！"名画忍耐不住了，冲着相框大声咆哮，"我要有更大的活动空间，我要全方位展现我的自身价值！"

这时跑来一只老鼠猛撞到画框上将画框撞落在地，画框上的玻璃被摔碎了，名画显露了出来，它松了口气高兴地说："这下可好，我总算摆脱羁束恢复自由了。"

老鼠也高兴了，说："大家都赞美你这幅画珍贵无比，今天总算有机会让我尝尝你的美味。"说罢毫不客气地对名画东咬一口西啃一口，不长工夫这张名画就支离破碎不成样子。

"咳！什么玩意儿，一点香味都没有还自夸名画，徒有虚名罢了，"老鼠大失所望，边发牢骚边离开，"我到垃圾箱里找些臭鱼烂虾充饥，味道还比你强百倍哩！"

看着地上的名画成了废纸一堆，相框心疼而无奈，它揶揄说："现在该明白了吧，你虽然名贵，但是如果没有我的用心保护，你就有可能危机四伏自身难保，而在鼠辈们的眼里，你充其量也只是废纸一张，还神气什么？"

# 111　处世高调的蟋蟀

一只蟋蟀体健声洪，能鸣善斗，在同类中出类拔萃，因此表现得很张扬，不论出现在哪里，总是叫个不停。

树上的蝉见了劝告它："你不能这么高调，现在正是人类捕捉你们的季节，不收敛些，迟早会惹祸上身的。"

"哼，吓唬那些胆小鬼去吧，看清我是谁了吗？敢来抓我的人还没出世呢！"蟋蟀不把蝉的话当一回事，不但我行我素，反而跳到墙角的土堆上"曜曜曜"地叫得更欢了。

响亮的鸣叫声果然吸引了一位正在野外捕捉蟋蟀的小孩。小孩循声找来，一下子就发现了蟋蟀。于是小孩屏声静气、蹑手蹑脚地慢慢接近蟋蟀，机灵的蟋蟀早就把这些给看在眼里了。就在小孩看准了准备扑上前去捉拿时，蟋蟀却猛地朝前一蹦就跳开了。

小孩毫不气馁紧紧盯住不放，蟋蟀跳到哪里，小孩就追踪到哪里。蟋蟀有心要耍弄小孩，就和小孩玩起捉迷藏来，从土墙，到石阶，到草丛，最后趁着小孩不留神的当儿，蟋蟀看准树下一个不起眼的小洞，迅速跳到里面躲藏了起来。

小孩不肯善罢甘休，仍然坚持不懈地在四周仔细寻找，但总不见蟋蟀的踪迹。蟋蟀看着洞外小孩继续忙碌的身影，想着自己在小孩的眼皮底下竟然能躲藏得如此严密，禁不住又得意忘形地鸣叫起来，似乎在嘲笑小孩的无能，又似乎在炫耀自己的本事。

声音传出洞外，小孩高兴极了。他循声很快就找到了蟋蟀的藏身小洞，轻而易举地将蟋蟀捉住了。

蟋蟀这才领会到蝉劝说的深意——低调处世是何等地重要啊。正因为自己太过狂妄而低估了对手，所以在危机尚未解除时先自行失去警惕而束手被擒，真是悔不当初呀。

可是，现在一切都为时已晚。


# 112　望远镜和显微镜


望远镜遇到显微镜，惊讶地问："你是哪路神仙，身材竟然会比我大这许多。"

"我是显微镜。"显微镜平静地回答。

望远镜一听笑了："你看似庞然大物却名不副实，怎么会起这种小家子气的名字呢？"

显微镜并不气恼，和气地问道："那你又是谁呀？"

"我是望远镜，没听说过吧？"望远镜不由得神气起来，"我能远距离地观察物体，把小目标按一定的倍率放大，使本来用肉眼无法看清楚的事物变得清晰可见。"

显微镜静静地听着，又问："那你一定是英雄大有用武之地了？"

"算让你说对了，"望远镜不由得沾沾自喜，"我平日里无所不在，人们生活中用我观看音乐会、戏剧演出，观赏户外大型场地的足球等体育比赛，观察野外的鸟类，以及月亮、星星的动态；在战场上我更能大显身手，指挥员利用我侦察地形地貌，了解敌情，制订作战方案，为夺取胜利提供保障。你说我厉害吧？"

显微镜点头称赞："你果然名不虚传厉害无比，我可真要对你刮目相看了。"

"厉害的还在后头哩！我的家族老大'天眼望远镜'那才是神通广大人人景仰，"望远镜神采飞扬地对显微镜夸耀着，"它体形庞大，与你相比那是大巫见小巫。它能窥测太空，探索宇宙的奥秘，记录星体运动的变化规律；它还能收集提供太阳形成过程的权威数据，让科学家更好地利用太阳能的资源造福于人类，你说它够牛吗？但不知道你又有什么能耐呢？"望远镜高傲地问。

"你的家族成员个个了不起，我哪敢与你相提并论。"显微镜称赞望远镜，同时谦虚地说，"我只是将肉眼所不能分辨的微小生物比如细菌、病毒，以及构成生物的基本单元细胞放大成像，供人们观察研究而已。"

望远镜惊讶地瞪大了眼睛，它说："原来显微镜还有这等本事，这不相当于能无中生有吗？"

"而我家族里还有本事比我更强的呢，"显微镜平静地说，"我的'光学显微镜'兄弟能把观察物放大千余倍，而我的'电子显微镜'兄弟甚至还能放大到几十万倍。它们帮助人类认识生物体的生命活动规律，为人类开展科学研究工作提供可靠的数据。"

望远镜听呆了，它想不到显微镜竟然有如此神奇的功能，不禁为自己之前的浅陋无知而脸红。

"其实，你放眼宏观世界，我洞察微观领域，咱们俩异曲同工，都是为了认识事物的本质，为人类做贡献，不是更需要互相包容吗？"显微镜平心静气地对望远镜说。

望远镜心服口服了。它由衷地对显微镜发出肺腑之言："想不到你的'心眼'小却肚量大，实在让我敬佩之至。"

从此以后，望远镜和显微镜成了一对好朋友。

# 113　牛蛙和牛

牛耕作之余在树荫下休息，牛蛙蹲在池塘边"咕呱"地叫个不停。

牛不胜其烦，对牛蛙说："能否闭上你的嘴巴让我清静清静，一天到晚总是见你鼓噪不休，有意思吗？"

"我心里烦，只能利用叫声来发泄怨气呀！"牛蛙说。

"你有什么烦恼，你每日不是都过得挺潇洒吗？"牛觉得有些奇怪。

"唉！你有所不知，"牛蛙叹了口气，不由得发起牢骚来，"按理说咱俩同冠以'牛'姓，虽不是同族同类，也算是同宗同源。可是世人对待你我的态度却大相径庭，你说我的心理能平衡吗？"

"哦？这高论有新意，愿闻其详。"牛说。

"那就恕我直言。先说你吧，"牛蛙也不客气，"我弄不明白，你平日里一声不吭，人类何以对你如此关爱有加呢？你只是做了些分内事却能名利双收，诸如'人类的朋友''辛勤的劳动者'的桂冠不时往你头上戴，生活上更是对你无微不至地照顾，除了一天三顿不缺，晚间还要另加草料做点心，哎呀呀，你的命真好啊！"

见牛没做反应，牛蛙倍感委屈："可是我呢，每天不遗余力地叫唤着，没有功劳也有苦劳，总想着为这个世界增加些活力，可总不受善待，反而招人嫌弃。他们甚至想方设法捕捉我辈当下酒菜，欲将我辈赶尽杀绝而后快，这让我情何以堪呀！"牛蛙更加痛心疾首了。

"这又能怪谁呢？还是面对现实扪心自问吧。"牛对牛蛙直言不讳，"常言道，没有付出别想得到回报。我为人类做贡献，勤勤恳恳默默无言；而你除了高谈阔论，耍嘴皮子功夫外，又实实在在地为人类做过哪些有益的事呢？我想，人类用不同的方式对待你我，其根本原因就在于此吧？"

牛蛙沉默了。

# 114  办事低调的猫

猫、公鸡、母鸡和狗同住一个大院内,彼此间相安无事。但猫打心眼里瞧不起这些邻居,总认为它们办事张扬,不如自己淡定。

黎明刚到,公鸡按时啼鸣报晓,洪亮的"喔喔"声将猫从睡梦中惊醒。猫满脸不悦地指责它:"天还没亮这么高调嚷嚷干吗呀,我整夜辛苦捕鼠刚刚睡下,就被你吵得不得安宁!你看我捉老鼠时出过声吗?"公鸡一时不知该说什么。

晌午时分,母鸡下完蛋兴奋地拍拍翅膀"咯咯咯"地叫唤起来。猫见了挖苦它:"不就是生个蛋嘛!又不是金元宝,贪啥功劳,还要大张旗鼓地唯恐天下人不知!我之前还生过一窝猫崽呢,也不曾闹出什么动静。再说了,我捉老鼠功劳比你大得多,你看见我出过声吗?"母鸡受到羞辱脸更红了。

更深人静,小偷光临大院正想行窃,机警的狗发现了立即吠叫起来,吓得小偷抱头鼠窜。猫听见了讥讽狗:"不就是抓个小偷,有必要这么夸张吗?半夜三更闹得满城风雨!你看我抓老鼠何曾有声张过?"狗张口结舌无言以对。

于是,猫得意极了,逢人便自我标榜:"你们也都看清了,那鸡、狗之辈思想境界何其低下,做了点事就哗众取宠处处表功。哪像我夜以继日地捕鼠除害,立下不世之功却毫不声张,如此高风亮节,堪称世之楷模呀!"

牛听了,觉得猫的言辞失之偏颇,善意地对它提出批评。

"你怎么能只根据事物的表面现象,而武断片面地妄下结论呢?这样容易说错话而给人留下笑柄的!"牛严肃地说,"低调做事固然没错,但要具体问题具体分析,不能一概而论:公鸡不按时报晓催醒,早起者能掌握时间吗?母鸡下了蛋不及时提醒主人,能保证蛋不被偷窃吗?狗发现小偷行踪不高声震慑,这大院能安全吗?它们要忠实履行自己的职责,办事就必须'高调',否则就是失职!"

猫一听愣住了,想不到众邻居平时"高调"行事竟有如此深意,自己怎么没意识到呢?

"而你却与它们截然不同，你要完成自己的使命，就必须低调办事，否则将一事无成。试想，如果你也像它们那样一天到晚叫唤不休，你能捉到老鼠吗？"牛继续说，"所以，我们不能将自己的意志强加于别人身上，更不能脱离实际，以自己的处世方式去要求别人。这种做法是极端错误的！"

牛的一番话让猫如梦初醒。它这才认识到，之前由于自己的浅陋无知而错怪了众邻居，也高抬了自己。从此以后，猫再也不敢标榜自己的"低调"办事，也从此不敢再对鸡、狗们的所谓"高调"行为妄加评论了。

# 115　母燕筑巢

母燕把窝垒在居家的屋檐下，每日里和小燕子在田野里捕虫除害忙得不亦乐乎。

这天，小燕子捕虫归来，垂头丧气地向母燕抱怨说："我们还是回到森林里生活去吧，这鬼地方实在待不下去了！"

母燕听了满脸惊愕，问："咱们千辛万苦垒的窝，几辈子都居住得安详快乐，无缘无故的搬什么家呀？"

"唉！群鸟都瞧不起咱，它们嘲笑我们没志气没尊严，只懂得在屋檐下垒窝，一辈子过着寄人篱下的生活。这让咱们多没面子啊！"小燕子表现得很沮丧。

"孩子，这些鸟的话你也当真？那是它们羡慕嫉妒咱，吃不到葡萄反说葡萄酸！"母燕安慰小燕子，"我们在屋檐下垒窝，每天为人类灭虫除害而受到尊重，人类对我们诚心相待视同朋友。看看所有鸟族中谁能享有这样的待遇？那麻雀学我们，想在墙隙里瓦缝中安家，还被撵得无处躲藏呢。你说，咱们没尊严吗？是过寄人篱下的生活吗？"

"可是它们还炫耀说在森林中把巢安在树上，住着宽敞舒适，四周景色尽收眼底，听了都让我羡慕至极。如果我们也像众鸟一样在森林里造窝，过无拘无束、自由自在的生活，不是也很惬意吗？"小燕子仍然有些耿耿于怀。

"孩子，你不能人云亦云，不对事物做具体分析，认为别人怎样咱们也能怎样，这样会出大事的。"母燕批评小燕子，同时语重心长地开导它，"咱们与众鸟不同，解决问题不能一概而论：它们筑巢主要材料用树枝，小风小雨还能抵挡一阵；我们的窝是一口口衔泥垒成的，如果也像它们一样把泥窝造在树上，能经得起风吹雨淋吗？"

小燕子幡然醒悟，原来前辈选择在屋檐下安家竟有如此深意！心中的雾霾不觉一扫而光。

"孩子，不必介意别人说什么，关键是要有自信，把握住自己该干什么，只要能做到问心无愧就好。对外界的那些闲言碎语大可不屑一顾，或改用意大利诗人但丁的名言回敬它足矣——住自己的窝，让鸟们说去吧！"母燕底气十足地鼓励小燕子。

母燕的一番话让小燕子大受鼓舞，它从此不再自卑，也更加热爱垒在屋檐下的这个窝了。

# 116　蝴蝶、蜜蜂与桑蚕

蝴蝶问蜜蜂："你我都爱花，每天穿梭忙碌于花丛中充当护花使者，可是命运却截然不同。人们对你关爱有加，盖蜂房让你居住，落花时节还泡糖水饲喂你，唯恐照料不周，对我却冷眼相待不理不睬，真伤透了我的心。你说这是为什么呢？"

蜜蜂回答："这其中原因我也弄不明白，你何不亲自向人类讨个说法？"

蝴蝶摇头说："我可不敢自投罗网，一旦落入他们手中被制成生物标本可就惨了。你还是把人类喜欢你的独门诀窍告诉我吧，也让我以后学着点。"

"我哪有什么独门诀窍，要说有的话你也未必能学到。"蜜蜂想了想很认真地说，"也许是我平日里勤于采酿，尽微薄之力给人们生活带来了甜蜜。"

蝴蝶心有不服，转而问桑蚕："你的命运怎么也这么好，为什么人类对你如此照顾，让你食住无忧，对我却形同陌路视有若无，让我心寒？你能告诉我为什么吗？"

桑蚕说："这问题太深奥了，我也搞不懂，你还是向人类寻求答案吧。"

蝴蝶摆手道："这可使不得，万一被捉住了，成为儿童的玩物我还有活路吗？干脆你把讨人类喜欢的祖传秘籍传授给我，也好让我跟着学些。"

"我哪有什么祖传秘籍，就是有的话你也学不来。"桑蚕沉思了一下郑重地说，"可能是我平时一心一意地作茧吐丝，默默无闻地把温暖留在了人间。"

蝴蝶无言以对。它终于明白自己和蜜蜂、桑蚕在人类心目中的地位不同，是因为蜜蜂、桑蚕的无私奉献，为人类送来了甜蜜和温暖，受到欢迎和喜爱理所当然；扪心自问，自己又为人类做了哪些有益的事情呢？

# 117　公鸡下蛋

主人养了两只鸡，一只公鸡、一只母鸡。每日里公鸡司晨报晓、母鸡抱窝下蛋，两只鸡各值其岗，各履其职，主人倒也满意。

这天，主人手捧鸡蛋突发奇想：养两只鸡只有一只下蛋，这攒蛋的速度也太慢了，如果两只鸡都能下蛋，攒蛋的效率不就提高一倍了吗？

主人自以为主意不错，兴冲冲地唤来公鸡让它改行。

"你不能再这样游手好闲了，整日里除了吃就是瞎叫唤，什么实事也不干，"主人说，"从现在起，你也跟母鸡一样吃饱了下蛋去吧。"

公鸡一听吃惊不小："主人啊，下蛋是鸡娘们的专利，这活我从没干过；而且，也没听说过公鸡能下蛋的呀。"

"没干过可以虚心向母鸡学习，请它传授下蛋的经验呀。况且你和母鸡同属禽类，下蛋的活母鸡干得了，你怎么就干不了？"主人并不理会公鸡的辩解，"再说了，虽然没听说过公鸡能下蛋，但是事在人为，你要敢为天下先，要勇于改变世俗观念，为你的鸡兄鸡弟们树立典范做表率嘛。"

公鸡面露难色："主人呀，让我下蛋这技术活难度实在太大了，我连想都不敢想哪。"

"难度大怕什么，要敢于知难而上！伟人还说过'世上无难事，只要肯登攀'的名言哩。你看科学家制造卫星难度够大吧？他们想到了不就造成了，莫非你下个蛋会比卫星上天还难？"主人表现得挺轻松，"这世上只有想不到的，没有办不到的；既然能想到了，就一定能办到！"

"唉，真是站着说话不腰疼哪！"公鸡满脸无奈，只好在主人的再三催促下，心不甘情不愿地随同母鸡钻进自己的窝里下蛋去了。

"是嘛，就应当这样。"主人这才满意地点头称赞，临走时还不忘叮嘱一句，"记住了，有志者事竟成，只要充分发挥了主观能动性，什么人间奇迹都有可能出现的！"

一天过去了，主人来到鸡窝前，公鸡苦着脸求主人："主人呀，你就饶了我吧，我经过最大努力，只能下这个了。"说罢挪开身子，窝里除多了几泡鸡粪外，不见蛋的影子。

"真是窝囊废，连个蛋都不会下，分明是偷懒嘛。"主人大为不满，沉下脸来斥责道，"明天再下不出蛋来，我就把你给卖了！"

"咳！你就是把我给宰了也无济于事，我照样是下不出蛋来的呀。"公鸡哭丧着脸对主人说。

——脱离客观实际、违背自然规律的想法越丰富，就越会让人遭罪。在这基础上绘制的蓝图尽管绚丽多姿，也只能博人眼球一阵子，终究是无法实现的。

# 118  枫叶的悲哀

寒冬过后，吹来阵阵春风，唤醒了山岗上一棵沉睡的枫树。枫树恢复了生机，光秃的枝条上陆续长出嫩绿的小芽，小芽渐渐长成片片枫叶，夏天来临时，枫叶已经给枫树披上了绿装。

转眼熬过了酷夏，秋风轻柔地拂过枫叶，让枫叶感受到了前所未有的清爽。

"你们生长得多翠绿呀，真是一道亮丽的风景线。"秋风吹捧着枫叶，"我敢说，这山岗、这枫树都因为你们的存在而生意盎然令人神往，如果没有你们，哪能呈现出这样的勃勃生机呀！"

"这些还要感谢春风哩，是它给我们带来了生命的活力。"枫叶们听了秋风的赞扬心里美滋滋的，倍感自豪，在歌颂春风的同时也对秋风产生了亲切感。

"可惜春风办事不力有始无终，它让你们绿了却没让你们红火起来，终究是憾事一桩哪！知道你们最美的样子是怎样的吗？"秋风说，"想当年唐代诗人杜牧深秋时节登山赏景，见到枫叶被秋霜染过艳比二月春花，一时触景生情，写下了赞美你们的诗篇：'停车坐爱枫林晚，霜叶红于二月花。'啧啧，多美的景色呀！"

枫叶们听了心中一阵向往，深恨自己绿色的叶子为什么都不能变红了呢？

"你们不必失望，春风无力办妥的事我来替它完成，只要你们相信我，我会让你们都火红起来的！"秋风激情地向枫叶招呼着，"就让我紧密地拥抱你们吧！"

枫叶们被深深地感动了，它们纷纷投入了秋风的怀抱，接受着秋风的爱抚。

随着时光的流逝，秋风逐渐凛冽，枫叶们感觉到了一丝丝的寒意。秋风鼓励它们："你们一定要坚持住呀！这正是考验你们的时候。看看你们的颜色是不是渐渐变红了？只要熬过了这阵子，你们就会脱胎换骨彻底红透了！"

枫叶们相互观望着，果然叶子都开始由绿变红，于是对秋风的话更加深信不疑。

终于有一天，一阵秋风沙沙吹过，红透了的枫叶纷纷被刮落到地上。

枫叶们这才醒悟过来，它们对着秋风发出深深的哀叹："真是包藏祸心啊，悔不该听信了你的甜言蜜语！当你别有用心地把我们捧红时，我们的生命也就到了尽头！"

# 119　宝马新车和电动车

宝马牌新车初次上路，奔驰在宽阔的国道上。看着穿梭的车辆身份都不及自己，宝马车不觉沾沾自喜，神气起来。这时，它看见不远处有辆电动车在行驶，更是不起眼，于是提速赶上前去和电动车并行，还刻意将它往路边挤。

"快往路边开，你怎么能开在路中央！"宝马车傲气十足地斥责电动车。

"你怎么能如此霸道不守交规？那么宽的路不走，偏要往我身上挤，怎么回事呀？"电动车边避让着往路边开，边表示不满。

"还不服气？你看我多有气派，通身新装、光鲜靓丽，多有面子。"宝马车傲慢地说，"哪像你，灰头土脸的，没品牌没档次，有啥资格走路中央？"

电动车听了很不服气："我可以走街串巷穿梭于人群中，你顶多只能跑大路，遇到小巷你就寸步难行，有啥好神气的？"

"你还敢跟我顶嘴！"宝马新车被激怒了，"我遮风挡雨保护主人安全，你呢？你让主人风吹日晒危机四伏，还敢这么硬气？看我今天怎么收拾你！"说着，又将身子往电动车身上挤。

电动车想再避让，发现已无处可避，再避让就要掉入阴沟里去了，只好将车头往里拐，只听得"咚"的一声巨响，车头撞到宝马车身上，紧接着"吱溜"一声，电动车将宝马车从头到尾刮擦出一道深痕。两车同时瘫在了路边上。

宝马车傻了眼。它呆望着自己被剐得面目全非的车身，垂头丧气说不出一句话来。

"现在更有面子了吧？别自以为身份高贵就可以瞧不起人甚至欺负人，"电动车哼了一声说，"想在社会上混，最起码要先懂得包容和尊重别人，别人才会同样对待你。看你冠冕堂皇风度翩翩，这么简单的道理也不懂？如今可好，我们就等着一同进修理厂吧！"

# 120　麻雀之狂

大山之巅，生长着一棵老松树，枝繁叶茂，远处飞来一只麻雀停歇在松树顶上。它俯瞰大山脚下顿时心旷神怡，不由得对着松树大发感慨："真是风光无限，让我大开眼界，这远山近水尽收眼底，正应了那句古诗'会当凌绝顶，一览众山小'呀！"

松树听了没做反应，它数十年来生长于此，早已对四周景色司空见惯，倒觉得麻雀少见多怪有些可笑。

见到松树不作声，麻雀得意起来了，开始大放厥词："我今天才发现自己高不可攀竟然如此伟大，我要主宰整个世界，实现我的宏伟愿望！可笑的是还有古人讥讽我'燕雀安知鸿鹄之志哉'，我今天要理直气壮地反讽它们'鸿鹄安知我麻雀之志哉'！"

松树冷眼旁观麻雀的狂妄自大，觉得不屑应答。

麻雀更加目空一切了，它不客气地对松树说："难道你还不服气吗？前人曾言'山登绝顶我为峰'；而如今，你生山之巅，我居你之上。说明白了，你和大山都在我之下，难道你们不应当以我为尊，对我俯首称臣？"

松树微微一笑开口问道："你果然英雄气派，能登临此山之巅放眼世界。但不知是否会感受到这天地之大呀？"

"那是自然的，只有如此广阔的空间才有我的用武之地，才能任凭我施展身手！"麻雀神气十足大言不惭。

"果然是无知者无畏，狂妄者更无畏！你已经狂妄到不知天高地厚了！"松树嘲讽麻雀说，"和广袤的世界相比，你不觉得这天地的空间越大，你就显得越渺小吗？"

# 121　海蟹与小跳鱼

海蟹在沙滩上爬行，遇见者都怕惹祸上身，个个避之唯恐不及，海蟹感到很孤独。这天，它终于在滩涂上碰到自个儿在玩耍的小跳鱼。

"你好，小跳鱼，你寂寞我孤单，咱们结伴同行吧。我相信我们俩玩在一起一定很愉快的。"海蟹亲热地对小跳鱼打招呼。

小跳鱼睁大惊恐的眼睛警惕地盯着海蟹，一声不吭。

"啊，你别害怕，我已经改邪归正了，"海蟹尽量用柔和的声音对小跳鱼说，"我再也不会像以前那样蛮不讲理、欺负、残害弱小的生命了。不信你瞧，入秋以来，我下定决心忍受极端的痛苦，已经彻底脱去那罪恶的旧壳，换上这身漂亮的新装了。"

"是呀，靠这身变化你又可以招摇撞骗了，"小跳鱼边说边跳着向后退却，"但是不管脱去几次旧壳你都本性难改，还是照样横行；而且你脱壳的次数与罪恶的积累成正比，不是吗？你脱壳后最大的变化就是需要更多的小生命来满足你的欲望补充体能，瞧那对强壮可怕的大螯！对不起了，你还是去别处找市场吧，和与你做伴时比较，我孑然一身无疑会安全许多。"

小跳鱼说完，转身快速跳跃着离开了这是非之地，剩下海蟹孤单地留在海滩上独自发愣。

——心术不正的人，无论如何改头换面，也难改变本性；即使再花言巧语，也不易得到他人的信任。

# 122　牵牛花与无花果树

春回大地，牵牛花沿着围栏不断向前攀缘，同时开出一朵朵紫红色的喇叭花，格外惹人注目。过往行人纷纷驻足观赏，由衷称赞："多漂亮的喇叭花啊，果然是神色俱佳，名副其实！"

牵牛花听了顿时心花怒放，不觉有些飘飘然。它环视四周，似乎谁的花都没有自己开得艳丽，而默默伫立在不远处的无花果树更是毫不起眼，除了一身绿叶，见不到花的半点踪影。牵牛花越发得意起来了。

"你也都听见人们是如何赞赏我的了，我艳压群芳，给春天增添了无限色彩，所以才能众望所归，得到人们的青睐。与我相比你是多么卑微呀！"牵牛花不失时机炫耀着自己，同时不忘讥讽无花果树，"你长年累月绿袍加身，除了绿叶还是绿叶，就是结小果了，也不见你开过一次花。你真是个没用的东西，连花也不懂得开，这样活一辈子多窝囊啊！"

无花果树微微一笑，它知道公道自在人心，没必要去理会牵牛花的嘲讽，因此自顾自专注地汲取着养分，精心培育树上的小果。

转眼秋天来临，到了采收的季节，无花果树上的小果已长成熟，颗颗黄中带紫挂满枝头。

这天，主人带小孩前来摘果，小孩问："这是什么树呀？"

"这是棵无花果树，人们称它结的果实为无花果。"

"为什么会这样称呼它呢？"小孩觉得好奇。

"那是因为这树朴实无华不喜张扬，它将花隐于囊状花托内，外观只见果子而不见花，故人们亲切地称它隐花果，也叫无花果。"

"原来是这样。"小孩听罢恍然大悟。

"更难能可贵的是，这树不与人争奇斗艳，低调处世不做表面文章，更不借助花姿哗众取宠夺人眼球，"望着无花果树，主人若有所思，"它不出风头不求回报，也不在乎外界的流言蜚语，而是守住寂寞专心致志地培育果实。这种精神是多么值得我们倡导呀。"

小孩深受教育，不禁对无花果树产生好感。

主人继续说："而且无花果树通身是宝：其果甜美富含营养，也是一味中药，能健胃清肠消肿解毒；此外，其根、叶亦可入药治疗多种疾病。它真正做到了毫不利己无私奉献，这种崇高的思想境界更值得我们学习啊！"

主人的话让无花果树十分欣慰。自己的心血没有白费，得到了人们公正的评价。无花果树依然默不作声，静静看着主人和小孩兴高采烈地采收着果子。

主人的话也让牵牛花羞愧不已。它这才明白，与高风亮节的无花果树相比。自己的言谈举止显得多么浅薄无知！

# 123　两只牧羊犬

主人养了一群羊，每天早上将羊群赶到山坡上吃草，自己下农田干活，等到傍晚收工时再将羊群赶回羊圈里。

过不多久主人发现，这段时间里经常丢失羊。主人经过观察才知道，原来对面山上有只狼三天两头地前来叼羊。于是主人养了一大一小两只牧羊犬用来守护羊群，并分别取名为"大牧"和"小牧"。

此举果然奏效，自从养了牧羊犬以后，狼再也不敢明目张胆地前来骚扰羊群了。

可是没过多久主人又发现，两只牧羊犬秉性大相径庭，"大牧"忠诚履职，每天都警惕地守护着羊群从不离开半步，只要发现狼的身影，"大牧"就会及时出击将狼撵走；而"小牧"则不然，护羊的事似乎与它无关，每天只顾贪玩，时常不见踪迹。主人虽然多次告诫，但"小牧"过后又依然故我不当一回事，这让主人很伤脑筋。主人思前想后终于想出个主意来，他找来一根两三米长的绳子，一头系在"大牧"的腰间，另一头系在"小牧"的颈部。

"这下好了，看你不干正事还怎么再到处乱跑，"主人得意扬扬地对"小牧"说，"好好跟着'大牧'学些真本事吧，关键时刻也能帮上手。"还特别叮嘱"大牧"说，"将它给我盯紧点，别再让它四处撒野。"说罢放心地干农活去了。

"小牧"还真的没法乱跑了，绳子约束了它的行动自由，也只能老老实实地趴在一旁，无精打采地望着羊群发呆。主人看见了心中高兴不已，还暗自佩服自己能想出这么一种管住"小牧"的好办法。

这天主人收工了到山坡上准备赶羊回圈，却惊讶地看见"大牧"神情疲惫地喘着粗气，"小牧"满身伤痕瘫软在地上站不起来。主人连忙清点一下羊群，发现又少了一只羊。

主人恼羞成怒，责骂起"大牧"来："你这没用的蠢货，我费尽心机拴住'小牧'，让它跟着你长见识，好歹也算给你添个帮手，这下可好，你反而让狼把羊给叼走了，觉得窝囊吗？"

"主人呀，你把我和'小牧'系在一根绳子上，这哪里是给我添帮手，分明是给我增加累赘，束缚我的手脚嘛。""大牧"倍感委屈，很无奈地说，"那狼来偷袭羊，我奋起驱赶，不料身后多了个'小牧'，我要往东它却要往西，互相掣肘，我想加快速度它却跟不上步伐，就这样，一路上让我给拖着，磕磕碰碰，摔得遍体鳞伤不说，要命的是严重阻碍了我驱狼护羊的行动，眼睁睁地看着狼叼起羊在我眼皮底下扬长而去——我已经尽心尽力而实在是无能为力了！"

主人听了不由一愣，这才意识到是自己错误的决策才酿成今日的后果，不禁深感自责，他苦笑着对"大牧"说："这还真不是你的责任，是我错怪你了。看来我才是名副其实的蠢货，会想出这么个馊主意来。"


# 124  落水猴救羊


一江隔离了两岸，生活在南岸的猴族与生活在北岸的羊族均不谙水性，因此两族平时只能隔江相望，彼此间无法交往。

这天，一只猴子独自在江边玩耍，不慎失足掉入水中。水性欠佳的猴子被呛了几口凉水后惊慌失措，它一边扑腾一边呼救，可惜四野空旷无人。猴子时沉时浮，顺着江水漂流而下。总算运气好，上游漂来一块木板，猴子绝望中抓住木板，借助浮力，竟然被冲到江对岸，猴子抛弃了木板爬上岸来。

生活在北岸的群羊蓦然见到水里钻出只猴子来个个惊讶不已。这是它们有生以来首次发现不怕水的猴，觉得既新鲜好奇又敬畏崇拜，于是纷纷围上前来对着"落水猴"奉承讨好。

"哎呀呀，你可真了不起啊。咱羊、猴两族天生与水无缘，平时避之唯恐不及，只有你敢驾驭河流，涉江水如履平地，你真是猴界中的精英呀！"一只老羊怀着十分敬佩的心情吹捧"落水猴"，众羊也纷纷随声附和。

"莫非你是上天派来拯救我们的猴仙吗？"另一只大羊迫不及待接口道，"咱羊族畏水如虎，虽时时小心却难免有落水者，我们都无法出手相救，只能眼睁睁看着伙伴们落难，说来令人痛心疾首呀！现在可好，今后我们有救了。"众羊个个点头称是，就像盼来了救星一般。

就这样，群羊围着"落水猴"你一言我一语地争相赞赏，各种恭维之声不绝于耳，几乎把"落水猴"捧上了天。

"落水猴"听了挺受用，不觉飘飘然有些忘乎所以，俨然自己天生精通水性，干起水中活来自然不在话下。

这时只听见"扑通"一声，一只羊随之惊叫起来："不好了，小母羊被挤到水里去了！大家快来相救呀。"众羊循声望去，见到小母羊在水中挣扎着，眼看就要沉没了。

群羊个个心急如焚却都束手无策，不约而同地都把目光投向"落水猴"，同声请求："这里只有你通水性，只有你有能力救小母羊，你是我们羊族的救命天使，快出手相救吧。"

"落水猴"听了顿时热血沸腾，它什么也不想了，二话不说就纵身跳入水中，想来个"英雄救美"。

结果不言而喻。"落水猴"一进入水中原形毕露，没扑腾几下就随同小母羊一起沉入江底，再也不见浮起。

群羊都看呆了，它们不明白，这只能安然过江的猴头，今天刚一进入水中，怎么说沉没就沉没了呢？

——阿谀奉承是颗糖衣炮弹，它会在无形中让人丧失自我；阿谀奉承更是把软刀子，在一定条件下也是能杀人的！

# 125　猕猴卖桃

在诸多食物中，猕猴独喜吃桃，特别是猕猴桃，更是爱不释手百吃不厌。它想：猕猴桃如此美味肯定人人喜欢，何不去做猕猴桃的买卖生意赚钱呢？于是，猕猴在闹市开了家"猕猴桃专卖店"，购进一批猕猴桃，摆在店面内出售。

可是出乎意料的是，生意都开张几天了却少有人问津。眼看着猕猴桃渐渐不新鲜了，猕猴心里不免暗暗着急起来。

猕猴看见猫从店面经过，连忙上前招呼："猫哥，新上市的猕猴桃味道鲜美，你不买些尝尝？"猫瞅了店里的猕猴桃一眼，对猕猴说："就那破玩意儿？它哪有鱼的味道好，白送给我也不要。"边说边脚不停步地离开了。

猕猴正觉得扫兴，狗从对面走来。猕猴赶紧迎上前，边往店里引，边推销它的猕猴桃："狗哥呀，这猕猴桃营养价值高，美味又可口，况且价廉物美，机遇难求，不买些品尝可惜呀。"

"既然这么好，就留着自己慢慢享用吧，我可不稀罕，"狗不为所动，连店面也不看一眼就走开了，"你那猕猴桃哪有肉的味道美，看了都令人恶心！我宁可啃骨头，也不愿意舔这烂东西一口！"

猕猴感到很沮丧。这时它看见羊从店面路过，顿时一阵高兴，就像遇见了知音："羊哥呀，那猫、狗真是有眼无珠不识真货，这么好的猕猴桃竟然被贬得一文不值！咱俩都是素食者，肯定有共同语言，想必这猕猴桃你也一定喜欢，带些回去当夜宵如何？"

羊听了直摇头，说："虽然我素食，但猕猴桃我不喜欢，它的味道远没有大白菜好，我觉得，就是吃青草也比这个强。"说着头也不回地离开了。

猕猴完全泄气了，它垂头丧气地找老邻居公鸡诉苦："唉！我真搞不懂，这猕猴桃味道如此鲜美，它们不知享受还要百般挑剔，让我生意血本无归，你说它们傻不傻、我冤不冤呀？"

"这怎么能怪别人，看来傻的并不是它们呀。"公鸡对猕猴直言相告，"别以为你喜欢的东西别人也都会喜欢，正所谓萝卜青菜各有所爱。就比如猫狗嗜鱼和肉，羊喜欢吃青草白菜，而这些东西你却都视之为弃物，其中道理是一样的。你说，你能埋怨谁呢？"

狝猴一听顿时醒悟过来，它苦笑着自嘲说："唉！看来傻的不是别人而是我自己。我背离现实，凭主观臆断把个人的意志和嗜好强加于人，这是多么愚蠢可笑的呀！"

# 126　彩虹和大山

雷雨过后，山边出现圆弧般的彩虹高挂空中，在夕阳余晖里格外引人注目。行人纷纷驻足观望、赞不绝口："多么美丽的彩虹，就像神话中通向仙界的天桥，令人向往啊。"

彩虹听了有些飘飘然，它环视四周，没发现谁能和自己相媲美，再俯视身下朴实无华的大山，更加得意起来了。

"瞧你多么丑陋，看似庞然大物，实则毫无姿色，与我相比，简直是俗不可耐！"彩虹肆意贬损大山，同时不忘抬高自己，"你看我，地位比你高、外貌比你美、人气比你旺，那些凡夫俗子争相拜倒在我的脚下，溢美之词不绝于耳。还有呢，当代伟人曾经赋诗'赤橙黄绿青蓝紫，谁持彩练当空舞'，赞的就是我——我是多么地高贵啊！"

大山微微一笑，平静地回答："我丑陋也好低俗也罢，世人自有公论，自觉内心踏实即可，却不劳你费心。反而是你，除此之外还有哪些可供吹嘘的资本呢？"

看着彩虹仍然不知醒悟，一副高高在上的模样，大山也不再客气了，它讽喻彩虹一针见血："你可知自己的来历吗？那是雨后的水汽造就了你，落日的余晖成全了你，让你有幸缤纷灿烂出尽风头。但是，没有充实的内涵，仅靠那华而不实的虚幻外表，只能是哗众取宠，一旦没了阳光，你还能有多少的生命力呢？"

大山的话很快得到了应验。随着夕阳的隐没，天色渐暗，失去光照的彩虹很快黯然失色，不知不觉地消失在人们的视野中。

新的一天来临，大山兀自屹立，而狂妄一时的彩虹再也难以寻觅它的踪迹。

# 127　杜鹃评美

　　年终到了，森林鸟国一年一度的"评美"活动拉开了帷幕。经过众鸟推荐投票、评委们最终评定，由主持人猫头鹰公布评选结果：孔雀、夜莺与一向名不见经传的乌鸦均榜上有名。

　　"这不合理，这样的'评美'有失公允，难以服众！"看到评选结果，杜鹃大为不满，怒气冲冲地找猫头鹰讨说法。

　　"怎么会不公平合理呢？这是由众鸟共同推荐评定，能上榜的算是众望所归吧。"历来以公正无私著称的猫头鹰望着杜鹃气急败坏的模样，觉得有些可笑。

　　"孔雀服饰靓丽、夜莺嗓音甜润，它们俩与'美'结缘无可非议，可乌鸦何德何能也称之为'美'呢？"提起乌鸦，杜鹃满脸不屑，它气呼呼地责问猫头鹰，愤怒溢于言表，"你看乌鸦貌丑声哑，一年到头黑不溜秋的难看死了，它能评上'美'，我就更有资格了——你们为什么都不评我呀？"

　　"就凭你也敢和乌鸦相提并论？知道乌鸦为什么能评上吗？"猫头鹰一听笑了，它数落杜鹃，"尽管乌鸦貌不出众不能吸人眼球，但'羊跪乳鸦反哺'的美誉你也应有所闻吧？乌鸦一片孝心知恩图报，连人类都夸奖它，将它作为正面的榜样教育后人，也为咱鸟族撑足了面子。你说，乌鸦心灵如此美，如果'评美'评不上，谁还能有资格评上呢？"

　　"可是我也不差呀，人类同样认可我的'美'，"杜鹃仍然心有不甘，口中振振有词，"你看那映山红的花开得多艳丽，人们喜欢它的'美'但更喜欢我，故而借用我的大名称它为'杜鹃花'，这是人类对我'美'的肯定。而你们评'美'却对此视而不见，岂不是有负众望？"

　　"别自作多情了，你虽与此花同名，但却风马牛不相及。你的德行众人皆知，还是有自知之明些吧！"猫头鹰再也忍不住了，不客气地揭它的底，"你平日里满心思地算计别人，自己不做窝，却将蛋生在别人的鸟巢里，让它们代你孵化喂养后代；更可恶的是你的幼鸟不知报恩，为了争宠，竟然狠心将'养父母'的子女挤出巢外摔死。你的家族心灵都如此丑陋，纵使再涂脂抹粉，外表装扮得再光鲜靓丽也是徒劳，有谁会认可你的'美'呢？"

猫头鹰的一席话让杜鹃倍感羞愧，它这才明白，外表美，只能悦人耳目；只有心灵美，才是真正的美，才能赢得众人的心！

# 128　老人、年轻人、饿狗和打狗棒

兵荒马乱时期，村头出现一老一年轻两位逃荒人，他们衣衫褴褛、面有饥色，想进村讨点残羹剩饭充饥。

这时，从路旁蹿出一只饿狗挡住去路，并朝着两人大声吠叫。年轻人生气地举起棍子，被老人一把拦下。老人心生怜悯，对年轻人说："还是息事宁人为好，咱不跟畜生一般见识。而且看它瘪着肚子，一定是饿坏了，咱就给它些吃的吧。"说着从破挎篮里掏出半块剩馍丢给饿狗。

饿狗贪婪地扑上前去，三两口把剩馍给吞食后，继续朝两人狂吠不止。老人犹豫了片刻，又从篮里找出另外半块剩馍丢给了饿狗。

年轻人心疼不已，说："这两半块剩馍是我乞讨了许多家才得到的，是想给你留着以备不时之需的。我们舍不得吃，你怎么就都给它了呢？太亏了！"

"给就给了吧，我们吃亏些没关系，以后可以再乞讨。"老人瞅了饿狗一眼宽容地说，"现在我们逃荒在外处境艰难，但愿这家伙得到好处后能接受善意让开道，不再继续难为我们就好。"

不料饿狗吃了另外半块剩馍后不但不肯离开，反而盯住老人叫得更凶了。老人束手无策，只好将空篮翻转过来对饿狗好言相求："看清楚了吗？能给的都给你了，如今实在没东西相送，你就体谅些，让我们过去如何？"

饿狗全然不顾，反而变本加厉，它龇起门牙凶相毕露，竟然朝老人扑面而来。老人被惊呆了，一时间不知所措。旁边的年轻人忍无可忍，举起木棍朝饿狗打去，只听见一声惨叫，饿狗的一只前腿被击中了。它惊恐地看着年轻人和他手上的木棍，吓得接连倒退两步，随后瘸着受伤的前腿转身就逃，都不敢回头看一眼。

老人回过神来数落年轻人："干吗要和它较真呢？躲着它就是了。"

"你太善良了，能躲得开吗？这种狗，你再诚心相待它也不会领情，反而会觉得你软弱可欺而得寸进尺，"年轻人掂了掂手中的木棍对老人说，"当遇到这种不知感恩的狗渣躲无可躲时，最好的办法就是用这根打狗棒教训它！这不，现在道路畅通无阻了吧？"

# 129　猕猴的发财梦

猕猴在果园里移植了一棵桃树，不久就长出了小桃。号称"万事通"的黑熊见了连连贺喜。猕猴一时莫名其妙，不知喜从何来。

"猴兄啊，你有所不知，这是当年太上老君在王母娘娘的蟠桃会上品尝仙桃后遗落的桃核，经日月精华孕育而成的稀世珍品，人世间仅此一棵呀！"黑熊像煞有介事地说。

看见猕猴露出满脸的惊讶，黑熊更加信口胡诌，将这棵桃树吹得神乎其神："此树所结的果子乃是仙桃，那可是价值连城的宝物，凡人吃它一个即可成仙长生不老。猴兄你发大财了，将来定当富可敌国，真是可喜可贺呀！"

猕猴听了大喜过望。它意想不到天上果真会掉馅饼，原来发财竟然这么容易！从此猕猴诸事不管，满门心思侍弄着这棵桃树，指望着靠它发财。

好友公鸡跑来提醒它："猴哥呀，这几天阴雨连绵，你那储藏室漏水严重，趁这雨过天晴，快把那许多储存的食物拿出来晾晒晾晒吧，以免发霉变质。"

"就让它发霉变质去吧，那些烂东西我早就吃腻了，"猕猴满不在乎，"你就等着瞧吧，这仙桃一旦成熟我就发财了，到时候吃香的喝辣的还不是随心所欲？"

邻居山兔也跑来提醒它："猴哥呀，你那房屋倾斜严重，赶快去修缮吧，不然再下一场雨就倒塌了。"

"那破房屋早就该倒塌了，谁会去稀罕它，"猕猴更加漫不经心，"你瞧好了，等我发了财，那些洋房别墅高楼大厦还不是任我住个够？"

果然没几天，受雨水淋泡的储存食物腐烂了，房屋也在一场风雨中倒塌。猕猴却毫不可惜，它正在描绘着自己发财后的蓝图哩。

总算熬到桃子成熟了。猕猴满怀希望地摘下桃子，一看却傻了眼，这哪是什么仙桃呀，只是一般的山桃而已，根本就不值几个钱——猕猴的发财美梦破灭了。

"咳！这熊样的可真把我给害惨了，"猕猴跌坐在地上懊悔莫及，"我不该轻信这家伙的胡言乱语，更不该盲目追求虚妄之物，而轻易放弃自己曾经拥有的。如今是身无寸物居无定所，这深刻的教训真让人痛心疾首呀！"

# 130  狼和松鼠

狼逮住松鼠，正想吃了它，不料被松鼠强行挣脱，一溜烟似的逃回松树上。当狼赶到时，松鼠正惊恐地躲在树叶丛中喘气。狼不会上树，奈何松鼠不得，只好咽着唾液干瞪眼。

劫后余生的松鼠惊魂初定，看看自己已经脱离了危险，顿时神气起来。

"哼！你这个流氓无赖真不是个东西，平日里无恶不作，尽干些打家劫舍拦路抢劫的缺德事，你就等着遭报应吧！"躲在松树上的松鼠有恃无恐，尽情地用恶毒语言攻击狼。

狼气急败坏、咬牙切齿，只能围着松树团团转，恨不得立即将松鼠碎尸万段，但又无计可施。

松鼠更加得意了，继续肆无忌惮地羞辱狼："你这个欺善怕恶的孬种全森林最无能，只好躲在树荫下自讨没趣。有种你也到树上来呀，看我不揍得你跪地求饶才怪哩！"

狼被骂得脸色青一阵红一阵的好不尴尬，它窝着一肚子的气但又无法发作，因为对躲在树上的松鼠实在没辙。于是它干笑着自我解嘲："你看这小宝贝多乖呀，安静地待在树上循规蹈矩一声不吭，更没听见它对我胡言乱语说三道四过，倒是这棵该死的老松树可恶至极，我听到的咒骂声，都是从它身上发出来的！"

# 131 一把骄狂自傲的刀

肉摊前，主人娴熟地挥刀切肉，刀刀利索，没多久工夫就将整片猪肉连皮带肉切成条块，摆列在摊桌上待售，买客们见了个个夸奖主人身手不凡。

"其实没啥，熟能生巧而已，关键是我有这把好刀，它可发挥了大作用哩。"主人一边自谦着，一边将手中的刀展示在众人眼前，自豪地说，"你们看，这刀在阳光下熠熠生辉寒气逼人，它刀体厚重、刀刃锐利，切肉如纸、砍骨如泥——这可是刀中的极品呀！"

人们争相围上前来观看，交口称赞："果然名不虚传，真是把好刀啊！"

刀听了得意忘形，顿时觉得自己身价倍增。它高傲地对主人说："你都听到了，有多少人夸我捧我，当然也包括你，说明我是如此与众不同！可以说，是我成就了你的事业，离开了我，你将一事无成。"

"你怎么能贪天之功占为己有呢？夸你几句就不知天高地厚了！"刀的话让主人很反感，"你的能力卓尔不群是真，让我使用起来得心应手也是事实。但你可曾想到，你得到荣誉时，都有谁在暗中支持你吗？没有刀石磨损自己为你献身，你能经常保持锋利吗？没有砧板为你垫底忍受刀刀的切肤之痛，你的优势能得以发挥吗？如果没有它们，一事无成的又将是谁呢？"

刀无言以对，主人的话让它感到羞愧，也发现自己如此浅薄无知。它终于明白，当你功成名就时别独占风光，留些给背后默默无闻为自己做奉献的无名英雄共享，这才是高尚的表现。

刀从此不再骄狂自傲了。

# 132 露珠和太阳

夏天的清晨，露珠凝结在小草的叶片上。在初生朝阳微弱光线的反照下，它正闪耀着晶莹的亮光。

"瞧呀，多么优美的环境，静谧而又温馨。这远山近树还有那蓝天白云，真是一幅绝美的天然图画，"刚刚降临世界不久的小露珠，见到周围的一切都觉得那么好奇，它不由自主地对身下的小草自我炫耀，"再加上我这洁白无瑕珍珠般的身躯，又给这世界增添了多少灿烂迷人的色彩啊！"

看着陶醉在大自然景色中的露珠，小草心中有些不忍。

"啊，那太阳多么伟大，有多少人崇敬它，"见到太阳渐渐升起、脸庞红润，露珠情不自禁地高声赞颂，"没有它的光辉普照，天底下永远是一片黑暗；没有它不断散发热量送来温暖，世界将成为一个冰窟；再说了，没了阳光和热量，这世上就没有生命的存在和万物的成长。就说我吧，没有太阳光线的照射，我怎能这样晶莹剔透引人注目呢？啊，太阳，我赞美你，我一时一刻也离不开你！"

"少说两句吧可怜的小东西，太阳的伟大众所周知，别人无论如何赞美它都不过分，唯独你不可以。你还是识时务些避开它，趁早回归大地吧！"小草善意地劝告露珠，"我几乎每天都能看到类似的情形，你的前辈们也都有过像你一样的经历，可它们的结局如何你懂吗？"

"为什么不能赞美它？太阳有什么不好？我就是需要它，我就要做它忠实的追随者！"露珠不服气极了，它几乎要对小草大发脾气。

小草摇着头不再说什么。

太阳不断升起，它照射出越来越强烈的光芒，大地的温度渐渐升高。光线照射在露珠上，露珠渐渐忍受不住，它热得不断地蒸发着水分，不长时间，就蒸发干净，在小草叶片上除了隐约可见的一点斑痕外，什么也找不着了。

——不要盲目跟风地崇拜，有时候对你并不合适。露珠向往太阳的光辉，太阳却给露珠带来了毁灭。


# 133　狼的逻辑


饥饿的狼逮到一只小羊，想用它来果腹充饥，不料狼爪下的小羊拼命抗争，使狼一时无从下手，累得直喘气。狼气急败坏地责骂小羊："你这小羊崽可真多事，我饿了几天，好不容易才逮住你，你就干脆些，让我吃了，岂不是双方都省心，何必要垂死挣扎，这不是成心折腾我吗？"

小羊可怜巴巴地对狼请求着："常言道上天有好生之德，你就行行好，发善心放我一条生路吧。"

"你怎么能这么自私，光顾自己，为啥不设身处地为我考虑呢？"狼理直气壮，口中振振有词，"我饿得前胸贴后背，都快没命了，给了你生路，就要断了我的活路。再说了，正因为上天有'好生之德'，不忍心看我饿死，才让我捉住你充饥。我若放了你就违背了天意，恐遭天谴，你就权当献爱心舍己救我吧！"说完乘小羊不备，狼一口咬断小羊脖子，连撕带扯，不一会儿工夫就把小羊塞进了肚子。

狼拍拍滚圆的肚皮，心满意足地正想离开，一转身，却被老虎给逮住了。老虎满脸得意："哈哈，真是天无绝人之路，我正愁晚餐无着落，你就自动送上门来了。"

狼吓得浑身发抖，一边讨好老虎一边哀求着："大王啊，你的菩萨心肠有口皆碑，你就发善心放了我吧。"

"你无须奉承我，菩萨心肠我可不敢担，"老虎回答得很轻松，"我也饿了许多天了，你也要设身处地为我着想。小羊不是为你献爱心了吗？现在轮到你为我献爱心，你就别再推三阻四了。"

狼绝望了，哭丧着脸说："大王呀，你可不能恃强凌弱，不能乱开杀戒，不能为了满足个人私欲而将痛苦强加于别人，这样做事不道德，要遭报应的！"

老虎听了哈哈大笑，说："我只是以其人之道还治其人之身，没啥不道德的呀？你在吃小羊时怎么不说这些冠冕堂皇的话约束自己呢？说到报应倒是事实，你吃了羊我再吃了你，就是你做坏事得到的现报，你就认命了吧！"说完不等狼再做反应，老虎一扑上前，干净利落地结束了狼的性命。

老虎边吞食狼肉边数落着："你这卑鄙无耻的家伙，干坏事时有千百种理由为自己开脱，遭到厄运了又会充当正义的化身谴责他人，这种强盗逻辑能得逞吗？"

老虎说着，很快就把狼给吞食了。

# 134　山蚊治虎

老虎卧在树荫下午睡，水牛、山羊、野兔等兽类纷纷躲进草丛中远远观望着，连气也不敢出，更不敢靠近一步了。

一只山蚊飞来见了好生奇怪，问："你们平日里个个野性十足，今天怎么循规蹈矩地假装斯文呀？"

"嘘！可不敢声张，那魔头又出现了，"野兔连忙轻声制止，"你这样一惊一乍的，万一将它闹醒发现了我们，不知道又要轮到谁遭殃了。"

山蚊明白过来，不觉哈哈大笑，它轻蔑地说："原来是那只窝囊虎呀，看你们个个谈虎色变都吓成啥模样了，真没出息。"

"咳！你不知道它的厉害！它是山中之王，凶狠残暴，想吃谁就逮谁，逮住谁就吃谁，谁都无法抗拒，我的几个兄弟先后都成为它的口中之食了。"山羊心有余悸，压低嗓门边说边朝老虎的方向瞧，生怕将它吵醒。

"岂有此理，欺人太甚，这混账东西竟敢如此胡作非为！今天我要惩治它替你们讨回公道！"山蚊胸有成竹口出大言，"我要让这家伙自我掌脸认罪，亲口向你们忏悔道歉，哦，我还要叫它乖乖地滚，还你们自由活动的空间。你们都随我一同前往做个见证如何？"

群兽面面相觑，吓得躲得更紧了。水牛瓮声瓮气地说："我们可不想去送死。我头上长角的见了它都害怕，你这人人看不上眼的小蚊虫莫非活腻了？"

山蚊也不计较，说："既然你们都害怕，那就躲远点，睁大眼睛，看我怎么收拾它！也看看这倒霉蛋怎么表演这三部曲吧！"说着径自飞向老虎，群兽把心提到了嗓子眼，暗想这不知天高地厚的小飞虫今天死定了。

山蚊飞到老虎身边，围着转了几圈，见老虎睡得正酣，于是瞅准机会，朝着老虎鼻尖处狠狠地叮了一口后飞走了；老虎被惊醒，觉得又疼又痒，情不自禁地举起巴掌朝自己的脸部打去，口里发出沉闷的吼叫声。

躲在远处观望的群兽看不见山蚊的举动，却见到老虎自甩巴掌发出叫声，不由得大为惊讶。山蚊并不善罢甘休，更加肆无忌惮地围着虎脑袋快速地飞转，在老虎耳边嗡嗡作响。老虎不胜其烦，看着山蚊在眼前耀武扬威却无计可施，又害怕被再叮一口，只得恨恨起身离开这是非之地。

看着老虎果然演绎了如山蚊所描述的"一拍、二叫、三离开"的闹剧，牛、羊、兔等不禁都对山蚊佩服得五体投地，而将山蚊视之为心目中的英雄。

事后有人问山蚊："老虎一向横行霸道，怎么遇见你就服服帖帖地甘拜下风了呢？"

山蚊得意扬扬，一副高深莫测的模样："这叫一物降一物，我是专门治虎的！'知己知彼，百战不殆'的道理你懂得吗？"

也有人问老虎："你称霸山林，再凶悍的劲敌见到你也要退避三舍，怎么会害怕起区区一只山蚊来呢？"

老虎一脸的无奈，自我安慰说："唉！你不懂，似有若无的敌手让你防不胜防，这才是最可怕的。咱惹不起但总还是躲得起的，对吧？"

# 135　白兔种菜

白兔看见邻居山羊每天都到菜园里摘食青菜，心中羡慕不已。它想，自己何不也去种些，这样就能天天吃到新鲜蔬菜了。

于是，白兔在自家后院种上一畦菜苗，并虚心地向山羊请教如何种菜。山羊热心地告诉它："其实种菜没啥技术，除了定期施肥外，关键要勤浇水。"白兔点头记住了山羊的话。

菜苗没种几天，白兔就垂头丧气地找山羊诉苦："唉，这青菜可真难种啊，我种的一畦菜苗全军覆没了！"

山羊觉得奇怪："怎么回事呢？你看，我和你同时种下的菜苗长势良好呀！""你不是说要勤浇水吗？于是我每天都早、中、晚浇三回水，整日里忙得团团转，可是一棵也没活成，冤不冤呀！"白兔倍感沮丧。

"哎呀，哪有你这样浇水的？如果一天也灌你三回水，你受得了吗？"山羊对白兔说，"种菜还要讲究控制水量，以防烂根呀！"白兔又把山羊的话记住了，回家重新补种了菜苗。

可是没过几天，白兔又急匆匆来找山羊诉苦："唉，这青菜果然难种啊，我补种的一畦菜苗又全军覆没了！"

山羊觉得不可思议，说："怎么会这样呢？我种的菜苗都长老高了。"

"你不是说要控制水量防止烂根吗？我现在是三天浇一次水，总不会再烂根了吧？怎么又都活不成了呢？"白兔说得头头是道。

"你这个小兔崽子真是瞎胡闹，控制水量也不能这般控法呀，近日盛夏天气炎热，如果也让你三天才喝一回水，不把你活生生地渴死才怪哩！"山羊听了又气又好笑，对白兔说，"今后你就干脆一天浇一回水吧，这样既能防止菜苗烂根，又不会因缺水而渴死。"白兔觉得挺在理，于是又回家重新补种了菜苗。

按照山羊的浇水法，补种的菜苗果然成活，而且长势喜人。白兔心里美滋滋的，想象着不久就有新鲜蔬菜吃了。

不料下了一场大雨，雨水淹没了菜地。总算雨停了，水也渐渐退去。可是没几天，白兔又哭丧着脸找山羊诉苦："唉，眼看到口的青菜又都死光了，我真背运呀！"

山羊大为惊讶："你又怎么了？我园中的蔬菜都长得好好的，怎么光死你种的菜呢？"

"不都是你说的一天要浇一回水吗？这浇着浇着就把它们都给浇死了！"白兔失望地说。

"唉！你这榆木脑瓜怎么死不开窍呢？"山羊听罢直摇头，"大雨刚过，人们排涝还来不及，你可倒好，反而还往菜地里灌水，这不是成心要将青菜淹死吗？"

"我都是按照你的说法去做的呀，青菜怎么就种不活呢？"白兔满脸无奈，找理由为自己辩解。

"你就别为自己开脱了，还是找找自身的原因吧。"山羊不客气地批评白兔，"我们按原定的计划办事没错，但是事物总是在不断地发生变化，因此，就要根据外因的改变来调整思路、更新方法，这样做事才能成功；而你呢，思维僵化、不知变通、认死理，你又能办得成啥事呢！"

# 136　向日葵、牵牛花、喜鹊和乌鸦

向日葵和牵牛花成了好近邻，彼此间相处甚欢。附近山林里生活着一只喜鹊和一只乌鸦，它们经常飞来在向日葵和牵牛花身上逗留。喜鹊喜欢向日葵讨厌牵牛花；而乌鸦却恰恰相反，喜欢牵牛花而讨厌向日葵。

这天乌鸦飞来，停在牵牛花的藤蔓上，见到牵牛花又长高了许多，禁不住大加赞美："你多有上进心呀，为了开阔视野不畏险阻努力攀登，不达目的决不罢休，同时还携带小喇叭一路传播正能量，你真的太棒了！"说得牵牛花心花怒放。

一转身，乌鸦看见了向日葵，沉下脸来嘲讽道："再看看你，胸无大志、无所事事，满脑子里只想着趋炎附势，为了讨得太阳的欢心，整日里围着它团团转，真没出息！"说罢哼了一声飞走了。

乌鸦前脚刚走，喜鹊飞来了。它站立在向日葵的肩膀上，看着向日葵的脸盘子面对着太阳不断调整着方向，随着太阳的移动而缓慢移动，不由得连声称颂："你的心态多么阳光呀，每天执着地紧紧跟随太阳，你是追求光明的先驱，众生之楷模呀！"

喜鹊回头看了眼牵牛花，一脸鄙视地说："而你呢，为了出人头地满脑子想着阿谀奉承，整天喇叭不离手，遇到高位者，则极尽溜须拍马之能事，以达到往上爬的目的。真丢人。"说罢拍拍翅膀扬长而去。

牵牛花很受委屈，对向日葵诉苦不迭："我没招谁惹谁，那喜鹊怎么对你赞誉有加，却如此诋毁于我呢？"

"这事见怪不怪，何必去较真，"向日葵神情淡然地说，"你忘了那乌鸦此前是如何褒扬你，又是如何贬损我的吗？"牵牛花听了一时有所领悟。

"其实，你我生长方式不同，本来很正常。却偏偏有好事者凭个人主观意愿发挥想象力，于是就有了喜鹊、乌鸦对同一件事情给出的截然相反的评判。"向日葵淡定地对牵牛花说，"但是只要问心无愧，就任他人毁誉褒贬去吧，咱们照样活得坦然潇洒，你说对吗？"

牵牛花终于释怀了。

# 137　黄牛当选"道德模范"以后

狼秉性残忍，狐狸天生狡诈，它们俩经常沆瀣一气，相互勾结猎杀猪、羊、鸡、兔等弱小动物以满足私欲。听说黄牛肉味道鲜美别具特色，这让狼和狐狸垂涎三尺，恨不得能一饱口福，可是又惧怕黄牛头上的那一对锐利的角，故而只能干瞪眼而不敢轻举妄动。

年终岁末，动物王国要评选一名"道德模范"为众兽树立学习榜样。狐狸想机会来了，于是与狼密谋策划后，由狼四处游说积极推荐黄牛入选。

"大家都有目共睹，这老黄牛是咱王国中的最佳劳动者，"狼不遗余力地为黄牛大做宣传，"老黄牛终日在大地上默默耕耘毫无怨言，不管晴天雨天都不肯休息片刻；更为难能可贵的是，它一心想着奉献从不计较报酬，吃的是草挤出来的是奶，真正做到了鞠躬尽瘁，死而后已，这是多么高尚的情操呀！咱动物王国'道德模范'的荣誉称号非老黄牛莫属。"

众兽纷纷被感动，一致投了赞成票，于是黄牛名正言顺地当选为年度"道德模范"。

狐狸见状，紧跟着进行"道德绑架"，它对众兽说："今天真是喜事临门，老黄牛当选'道德模范'乃是众望所归，今后大家都要向榜样学习，让道德精神发扬光大！"众兽点头称是，黄牛也感到重任在肩，盘算着今后该如何当好表率。

"但是我认为，'道德模范'不但应当心灵美，还要外表美，这样才能表里一致，让人心服口服。"狐狸话锋一转，诚恳地向黄牛提建议，"可是你总是头上长角，令人望而生畏，认为你生性凶狠好斗，这有损'道德模范'的公众形象。你还是把这无用的双角抛弃了吧，这样既能轻装上阵，也让你更有亲和力，此乃两全其美之举，何乐而不为呢？"

众兽觉得言之有理，也跟着随声附和。老实巴交的黄牛心想，既然成了"道德模范"，再头顶双角的确有伤大雅，于是听从了狐狸的建议，在众兽热烈欢呼的和谐气氛中，干脆利落地舍弃了双角。

此后几天，黄牛总沉浸在当选"道德模范"的喜悦之中。这天夜里，狼和狐狸不请自来光临牛舍，黄牛深感意外，却见狼凶相毕露，恶狠狠地扑上前来，黄牛慌忙起身低头触狼，才想起双角已不复存在。狼顺势咬住牛脖子，狐狸更迫不及待地冲上前来撕咬吞噬着黄牛肉，黄牛失去了抵抗力，没多大工夫身上已伤痕累累、鲜血淋漓。

黄牛绝望了，它痛苦地哀叹道："我真蠢哪！不该轻信别有用心者的甜言蜜语，更不该好慕虚荣而自行解除武装，如今任人宰割成为阴谋者的口中之食，可悲呀……"

# 138  锁与匙

锁羡慕匙："你多幸运呀，受主人如此关爱，外出时总与你形影不离，还常常带你游山玩水四处享乐；哪见我如此倒霉，长年累月被挂在门上受冷落，饱受孤独之苦不说，更没见主人正眼瞧过我。唉，我的命运不佳呀！"

"你呀！真是身在福中不知福！你才让我羡慕之至呢！"锁的话让匙自鸣不平，"主人对你多照顾啊，让你一天到晚不干事养尊处优，既舒适又清闲，赛过活神仙！哪像我整日里身不由己，不得安宁，饱受颠簸之累，我的命才苦哩！"

锁与匙各自抱怨着，真恨不得自己也能享受到像对方一样的待遇。

这天，锁突发奇想，对匙建议说："既然你我都不满意现状，又彼此羡慕对方，咱俩何不互换岗位？也让我有机会感受一下被主人关爱的滋味。"

匙一听高兴得连声附和："好啊，好啊，我正求之不得哩，那样，我就可以安定轻松地享清福了！"

于是锁和匙结伴找到主人，同声要求互相调换位置。

主人一听笑了，问："你们懂得各自的职责所在吗？"锁和匙一脸茫然，不知所答。

主人又问："你们可知道，如果互换了岗位，结果将会如何呢？"锁和匙更是一头雾水。

"那就先说你吧，"主人把目光投向锁，"你的职责是守住大门防盗防贼，不可离开半步。如果我也时时把你带在身边，你还有存在的价值吗？"锁恍然大悟。

"还有你，让你接替锁的位置挂在门上，你能拒盗防贼吗？"主人对匙说，"负责开锁是你的职责所在，谁都可以利用你轻而易举地登门入户。我不把你时时带在身边防止丢失能行吗？"匙茅塞顿开。

"你们记住了，关键要有自知之明，时时摆正自己的位置，"主人严肃地告诫它们，"锁守门匙开锁，自古以来永恒不变，也是你们各自的职责所在，决不可以相互替换！如果你们脱离现实、这山望着那山高，从而产生非分之想，终究会一事无成，后果将不堪设想!"

主人一席话让锁和匙心悦诚服。它们从此安守本分，配合更加默契，共同完成守门的重任。

# 139　黑面猴照镜

黑面猴性情暴躁、心胸狭隘，在猴族中尽人皆知。它常常为了一些小事与同伴们争执，恶语相加，甚至出手伤人，引起斗殴。同伴们不堪忍受纷纷离它而去，久而久之，再也没人肯理会它了。

黑面猴觉得很孤单，窝着一肚子的火，找到森林中的智者猩猩倾诉怨言："这帮猴头太没素质不讲道理，个个与我过不去合伙欺负我，你说我能咽得下这口气吗?"见到猩猩，黑面猴就大发牢骚。

猩猩心平气和地问它："为什么大家都这样待你，你有找过原因吗?"

"哼，都是些小心眼的家伙，没一个好东西，"黑面猴气哼哼地说，"它们事事和我针锋相对，毫无谦让之心;如今又串通一气故意远离我，让我孤独无伴，你说气不气人?"

猩猩摇摇头不做表示，顺手递给黑面猴一面镜子，说："你照照镜子，看看镜子里面有什么?"黑面猴接过镜子瞧了一眼说："这镜里照的不就是我吗?"

"不，这只是虚拟的，而不是真实的你，"猩猩对黑面猴说，"你且面对着镜子扮个鬼脸瞧瞧。"黑面猴不解地望了猩猩一眼，然后对着镜子扮鬼脸，看见镜子里的"黑面猴"也正朝着自己扮鬼脸。

"你再举起拳头凶恶地对镜子瞪一眼瞧瞧。"猩猩又对黑面猴说。黑面猴照着猩猩的说法去做，看见镜子里的"黑面猴"也正握着拳头凶神恶煞地对自己瞪眼睛。

"好了，现在你朝着镜子面带微笑，看看镜子里又有些什么?"猩猩继续说着。黑面猴听从猩猩的说法又照着去做，看见镜子里的"黑面猴"也正面带微笑地对着自己。

"现在领悟到其中的道理了吗?"猩猩语重心长地对黑面猴说，"这面镜子就是现实社会的缩影，反映了人际交往关系：你平时如何待人，别人也将如何待你，道理就这么简单，懂了吗？"

黑面猴幡然醒悟：原来伙伴们与自己不相容，竟然错在自己平时没有善待它们。

从此，黑面猴一改往日恶习，宽厚待人，与伙伴们之间的关系渐渐融洽起来，它们终于又和睦相处在一起了。

# 140  心灵美与外表美

蚯蚓在菜园里忙着松土，飞来一只金龟子停在菜叶上。它看看蚯蚓朴素无华，再打量一下自己通身金亮，禁不住大发慷慨："我今天才发现，那些自诩为高等动物的人类原来目光短浅、愚蠢之至。"

蚯蚓停下手中的活，为人类抱不平："你怎么能如此贬损人类，不觉得太过分吗？"

"事实如此，我只是实话实说而已，"金龟子居高临下地望着蚯蚓，用傲慢的语气嘲讽说，"先看看你，土里土气的土包子一个，貌不惊人才不出众，除了啃泥松土外别无所长，可那些所谓高智商的人类却对你赞不绝口，岂不是愚不可及？"

蚯蚓并不理会金龟子刻薄的言语，神情淡定地说："我土里土气有何妨，但求问心无愧，人类喜欢我也与你无关，就不劳你瞎操心了。"

"可是我心中不平总要讨个说法，人类待我不公啊，"金龟子并不罢休，发起牢骚来，"我相貌堂堂一表人才，身披金甲雍容华贵，可是人类却用极端的手段对待我，一旦被发现必死无疑。这人类美丑不分，说他们愚蠢不会过分吧？"

"你说错了！不以外表分善恶、不被华丽的外衣所迷惑，这正体现了人类的智慧！你受到人类的唾弃，扪心自问是否做了亏心事？"蚯蚓也不再客气了，直揭金龟子的老底，"你的家族是害人虫，从幼虫（蛴螬）起就危害植物幼苗根部，使苗木枯黄死亡；成虫后则啃食林木的花蕾以及雌、雄花蕊，导致果树只开花而不结果。如此说来，人类对你痛下杀手也不会过分吧？"

金龟子无言以对。它才明白，只有心灵美，才会得到人们的认可；心灵不美，外表再靓丽也是徒劳，终有一天会被人们所嫌弃。

# 141　沙金与鹅卵石

淘金人在河边用筛子对含有沙金的泥沙进行淘洗，沙子与淤泥渐渐被淘洗干净，筛子底部留下了几粒小米般大的沙金和一颗鹅卵石。

看着身边的几粒沙金，鹅卵石觉得自己身价不菲。它以居高临下的口吻对沙金说："你太可怜了，微不足道的小个儿没人会关注你；可我就不一样，我个大体重，周身光滑，有模有样，人见人爱。你看着吧，我马上就要交好运了。"

这时，淘金人欣喜地捡起几粒沙金，认真地端详了一会儿，然后小心地放入身边的玻璃容器中，并顺手将鹅卵石丢弃在一旁的沙滩上。

"祝你交上好运，但愿沙滩不是你的归宿。"看着鹅卵石一脸的沮丧，沙金不卑不亢地说，"看来身份的高低不在于个头的大小，而在于自身素质的含金量，你说对吗?"

# 142　水牛想改行

水牛厌倦了年复一年枯燥无味的农耕生活，它看见马每天拉着车替主人送货，轻松自由，还能欣赏沿途风光，感觉挺羡慕。于是向主人提出要求改行，也干马的工种拉车送货。

主人一听连连摇头，说："那怎么行呢? 马的活儿你代替不了，也干不了。你还是安心待在田里干你的农活吧。"

"你怎么瞧不起人! 虽然牛马不同宗，但身份并无区别，还不都是为主人你'当牛做马'干活效力?"牛一听来气了，"再说，我的体力并不比马差，耐力也不比马逊色，你却不能一视同仁，让我干索然寡味的田间苦力活，却让马干送货一类的轻松事情，还能乘间游山玩水，你这不是搞'种族歧视'吗？"

不管主人如何解释劝说，水牛就是听不进去，而且还犯起牛脾气来，躺在田头罢工以示抗议。

"你这头犟牛真是一根筋！怎么就听不进善言呢？那好吧，既然你这么自信，就让你干一天马活试试。"主人被折腾得没办法，只好无可奈何地答应了水牛的要求。

水牛这才高兴起来，第二天起了个大早，兴冲冲地代替马送货去了。

傍晚时主人前来验工，看见水牛瘫在地上直喘粗气，旁边还有过半的货物没有送出。

"怎么样？你要改行干马活的愿望实现了，这马一天的送货任务你完成得如何呀？"主人明知故问。

"唉，主人，这马活我还真干不了，你还是让我重操旧业，回田间干农活去吧。"水牛满脸沮丧，对主人大倒苦水。

"你总算头脑清醒了。可为什么从来都是'牛耕田马拉车'，其中的道理你懂吗？"主人对水牛说，"比体力耐力，你和马不分伯仲；论脚力，你却输马一大截。马的行速快，拉车送货是它的专长；你一步一个脚印，适合干田间活。如今让你改行，不就应了'老牛拉破车'这句俗言——你一天又能送出多少货呢？"

看着水牛默不作声，主人继续说："其实你们俩各有所长，只有充分发挥潜在优势，才能不辱使命完成本职工作；如果你忽视了自身特长，一味只知羡慕别人想着改行，结果不是适得其反了？"

主人的话让水牛重新认识了自己。它从此无怨无悔地在田间安心干农活，也再无其他非分之想了。

# 143　一只强词夺理的猫

主人养了一只巧舌如簧、能言善辩的猫。这只猫平时做错了事从来不认错，总要想方设法强词夺理、推卸责任，时常惹得主人又气又恼又对它无可奈何。

这天主人买回一条黄瓜鱼，因为要外出办急事就将猫唤进厨房，指着篮子里的鱼再三叮嘱说："你听清楚了，这段时间老鼠活动猖獗，你要盯紧点，不能离开厨房半步，不能让老鼠把鱼叼走了？"

猫神情严肃，认真倾听着，一本正经地重复着主人的话："是，我都听清楚了，这段时间老鼠活动猖獗，我要盯紧它们，决不离开厨房半步，更不能让老鼠把鱼叼走。"

主人听了很满意，于是放心出门办事去了。

厨房里就剩下一只爱吃腥的猫守着一条新鲜的黄瓜鱼，那滋味可真不好受。猫实在经不起诱惑，终于想出一个吃鱼的理由来。于是它肆无忌惮地扑上前去，贪婪地享受着鲜鱼的美味，一顿饱餐后，篮子里就只剩下鱼头和鱼骨了。

不长时间主人办完事回来，没看见鱼大感惊讶，问："你怎么擅离厨房了？"

"没有呀，"猫很认真地回答，"我听主人的话坚守岗位，从来没有离开过厨房半步。"

"那鱼怎么被老鼠叼走了？"主人继续问。

"怎么会呢？"猫回答得更加认真了，"我牢记主人的话，忠于职责，盯得可紧了，老鼠哪有机会把鱼叼走？"

主人觉得奇怪，又问："你既没离开过厨房，鱼又没被老鼠叼走，那鱼跑哪里去了？"

"在这儿哩，"猫摸了摸滚圆的肚皮若无其事地说，"我才发现将鱼藏在肚子里那是最安全保险的，老鼠想叼鱼连门都没有。"

"天哪，我让你看守鱼，你怎么把鱼给吃了呢？"主人看着篮子里的剩鱼骨大为恼火，决定要狠狠地惩罚猫。

"主人哪，我都是按照你的吩咐去办事，一没离开厨房半步，二没让老鼠把鱼叼走，你怎么还责怪我呢？"猫似乎受到了莫大的委屈，"再说，我将鱼藏在肚子里如果错了，也是你有错在先，你没交代说不能这么做的呀？"

"你……"这回主人终于被气晕了。

——要想强词夺理、乱找借口掩饰自己的过错，那是件很容易的事情。

# 144　狐狸择邻

狐狸相中了松树周围的环境，于是在树根部挖了个洞穴，在洞中安家落户。一抬头，它看见树杈上有个松鼠筑的巢。

"大胆鼠辈，竟敢在老子头上动手垒窝，你不要命了？"狐狸气势汹汹地对巢里的松鼠斥责着。

"这怎么能怪我呀？我家祖祖辈辈都是生活在这棵树上，可你却是今天才在这里打洞安家的呀，"松鼠对狐狸的蛮横无理感到惊讶，分辩说，"凡事总要讲个先来后到是吧？"

"混账东西，还敢和我顶嘴，我今天就是不讲理要后来居上，你又能奈我何？"狐狸恼羞成怒，摆出一副无赖的嘴脸朝着松鼠大声咆哮。

"那咱们就和平共处行吗？"松鼠低声下气地向狐狸请求，"你看，我住树上不妨碍你什么，你住树下也悠然自得，咱们俩井水不犯河水彼此相安无事，不也挺好吗？"

"哼，你好我可不好！我历来喜欢卫生清静，更不喜欢与它人为邻，"狐狸盛气凌人，毫无通融的余地，"可是你在树上随便走动，松枝枯叶落在我家门前，我精神能爽吗？你时不时地'吱吱'尖叫影响我休息，我心里能不烦吗？况且自古有言：卧榻之侧，岂容他人鼾睡？说的就是这个理！你还是识趣些趁早滚蛋，不然有你好受的！"

狐狸恶狠狠地威胁着。松鼠迫于无奈，只得忍气吞声把家搬到别的树上居住去了。

狐狸正暗自高兴不费吹灰之力就占有了一个好住处，却见到老虎迎面走来，狐狸吓得魂不附体，连忙战战兢兢地上前恭迎。

"尊敬的陛下，遇见您真高兴，我是多么希望能有机会为您效劳呀！"狐狸小心翼翼地曲意奉迎着。

"嗯，我就喜欢你的卑下恭顺，更喜欢这里的绿荫环绕清静幽雅，我决定在这里安家，和你做个近邻如何？"老虎傲视着狐狸，眼神里流露出威严。

"哎呀呀，尊敬的陛下，在下求之不得。"狐狸对老虎更加卑躬，"实不相瞒，小人我最怕独处，早就希望有个好伴，今天能与陛下为邻，那是小人三生有幸哪！"

"只是我喜欢长啸，恐怕会让四周不得安宁。"老虎接着说。

"那更是小人梦寐以求的啊，"狐狸忙不迭地继续恭维着，"陛下有所不知，小人我平时最讨厌清静，最喜欢的就是陛下威震山林的王者风范。我多么希望时刻都能聆听到陛下您震耳欲聋的长啸声啊！"

# 145　山兔遇险

接连几天的大风雪，将山兔困在树洞里无法外出觅食。这天风停雪住，饥饿难忍的山兔钻出洞口想找些食物充饥。

山兔天生胆小，也知道外界危机四伏，所以保持高度警惕。它边寻食边小心翼翼地四处张望，一双长而尖的耳朵滴溜溜地转动着，随时准备有情况就溜之大吉。

同样饿了几天的狼也外出觅食，一眼就盯上了山兔。它蹑手蹑脚地慢慢接近山兔，机警的山兔立即发现了，撒开四蹄急忙逃离，狼随后紧追不舍；山兔在丛林间和狼兜圈子，并乘其不备藏进了深草丛中，狼一时失去目标四处搜寻未果，只得放弃山兔，另寻他物充饥。

等到狼远去了，山兔才钻出草丛。它戒备之心未减，边进食边机警地观望着四周。突然，它又发现远处一只狐狸正朝自己追来，山兔急忙转身就逃。当狐狸赶到时，山兔已躲进了洞穴。狐狸望着洞口干瞪眼，自觉束手无策，只好悻悻离去。

"哼！一群低能儿也敢出来混！"山兔钻出洞口望着狐狸远去的背影，不禁有些得意起来，"我听觉灵敏，一有风吹草动就能觉察出来；我身手敏捷，再强大的对手也奈何我不得。就凭你们这本事想抓住我，还差得远哩！"

不知不觉中，山兔思想产生了松懈，它一边寻找食物，一边关注着地面周围是否有危险，却不知死神已经悄然来临。一只饿鹰在空中盘旋已久，敏锐的目光锁定了山兔的踪迹，它悄无声息地迅速向山兔逼近。当山兔发现祸从天降却为时已晚。饿鹰一个俯冲，箭一般地朝山兔扑面而来，山兔未及反应，鹰的利爪已经牢牢地钳住山兔的脖子腾空而起。

看着自己离地面越去越远，山兔悲从中来，它深深地叹息着："唉，真不该如此大意，我有幸逃避了地面上的两次危机，怎么却忽视了来自天空中潜在的威胁呢？"

——有时候，可怕的不是强大的对手，而是自己放松了警惕。

# 146　爬藤的友谊

爬藤生活在地面上。它看见不远处的大棚边有一棵小树正茁壮成长，心中不禁一阵狂喜，于是努力地向小树方向延伸。

"啊，亲爱的小树，见到你真高兴，我多么想和你攀上关系呀，"爬藤表现出极大的热情，"看你孤苦伶仃无人做伴，这滋味一定不好受吧？而我也厌倦了这种形单影只的寂寞生活。不如咱们交个朋友吧，这样彼此之间也有个照应，闲时谈谈心、闷时解忧愁，有事还可以互相帮衬，该多好呀！"

小树听了感到心动，说："爬藤兄弟，你的话说到我心坎里了。我真愿意交上你这样的知心朋友。"

"那太好了，我们心心相印，一定能成为好朋友的！"爬藤信誓旦旦地保证着，一边加快了蔓延的速度向小树靠拢，没几天，它就到了小树的身边。

"让我们握握手吧，亲爱的朋友，这样可以使我们的友谊更加牢不可破。"爬藤一把攀住小树下端的树枝。小树挺乐意地接受了，它为自己交上了这样一位重情重义的朋友而感到荣幸。

几天以后，爬藤又开口了："亲爱的朋友，握手怎么能表达我们之间深厚的情谊呢，还是让我们紧紧拥抱在一起吧。"不由分说，爬藤已经缠住了小树，而且越缠越紧，并逐渐向着树的高处攀缘。

"哎呀呀爬藤兄弟，快松松手，你缠绕得太紧，我连呼吸都有困难了，"时间一长，小树受不了了，向爬藤请求着，"而且你长得太茂密，压得我喘不过气来，也遮住了阳光，这让我怎么生长呀？"

"你别多心，我历来以友情为重。我宁可牺牲自己，也要让你免受风吹日晒雨淋的痛苦，你还要感谢我哩，"爬藤继续对着小树甜言蜜语，"再说了，拥抱得越紧，越能体现你我之间的友谊亲密无间，咱们何乐而不为呢?"

小树无语了，它实在没有更多的理由拒绝接受爬藤的深情厚谊，也已经没有能力摆脱爬藤的纠缠，只能眼睁睁地看着自己在爬藤越缠越紧的拥抱中苟延残喘。

终于有一天，小树听到了爬藤的欢呼声："啊哈! 谢天谢地，我的目标实现了，我终于有发展的空间了!"

小树循声望去，幡然醒悟：原来爬藤早就看中了离小树顶上不远处的大棚。而且利用小树，已经轻而易举地攀到大棚上去了。

小树这才明白爬藤是这样讲友谊的。它真后悔自己有眼无珠交友不慎，竟然与这样一个阴险自私的家伙为朋，如今自食其果——爬藤为了达到个人目的，不惜侵犯小树的权益；而小树的生命却将要断送在爬藤口蜜腹剑、包藏祸心的拥抱之中了。

# 147　黑羊的期望

上天闹旱灾，长时间没下雨，草地上一片枯黄。一群山羊无处觅食，一只只饿得头昏眼花四肢乏力，眼看着死神就要降临。

头羊不甘心自己的族群就此覆灭，于是领着群羊向上帝苦苦请求。

"仁慈的上帝呀，快前来拯救我们吧，"群羊表现出无比的诚意，"我们都是您的子民，对您无比信仰；我们都是素食族的良民，从没干过伤天害理的事；我们更是弱者，全要仰仗您的庇护。请求您慈悲为怀，让灾荒快快结束，原野长出青草来，以解除我等断炊之苦吧!"

群羊不断祈求着，其中有一只黑羊饥饿难忍悄悄溜开，独自去寻找食物。它的运气很好，竟然在一个山洞里发现了一捆干草。黑羊喜出望外，迫不及待地从中抽出一把来细细品尝。它舍不得多吃，心想多留些，今后还要依靠这捆干草度日呢。

而群羊的祈求在继续进行着。它们的虔诚之心终于感动了上帝。上帝让大地重新恢复生机，田野上瞬间长满了青草，群羊欢呼雀跃着奔走相告，尽情享受着青草的美味。

正在嚼食干草充饥的黑羊看见了，不禁捶胸顿足朝天长叹："上帝呀，你为什么要让大地长出青草来呢？我真希望旱灾迟点结束，因为我这里还有一捆别人所没有的干草呀！"

# 148　各有所用

少量的沙金和众多的沙粒混合在一起，年复一年，默默无闻地汇集在河滩上。

时间久了，沙金心里感到越来越憋屈，终于有一天向沙粒倾诉了。

"唉！命运怎么能这样捉弄我呢？"沙金对沙粒唉声叹气，"我本来可以提炼成黄金为人类做更大的贡献，如今却长久被埋没而虚度时光！我什么时候才能实现自己的人生价值呀？"

沙粒对沙金深表同情，它安慰说："你也不要怨天尤人，一定要相信自己——是金子总会发光的！机会迟早会眷顾你。"

沙金深深地感谢沙粒对自己的鼓励，于是静下心来，等待着有心人前来发现、挖掘自己。

终于有一天，几个淘金人来到河滩上，他们盛起半盆混沙，经过河水的不断冲洗，沙金终于现身，在太阳照射下闪烁着金光。

"啊，多好的沙金呀，成色好，含量也多。"淘金人惊喜不已，看着洗出来的沙金爱不释手。于是淘金人运来机器，开足马力，日夜加工，利用水洗法将沙金和沙粒分别开来。分离出来的沙金数量与日俱增，淘洗后的沙粒也在河滩边堆成了一座座小山。

看着沙金神采奕奕容光焕发，将要开始新的生活，沙粒格外羡慕，并且有些沮丧。它对沙金说："你总算盼到了光辉前程，而我是被淘汰的废物毫无用处啊。"

"你千万别妄自菲薄灰心丧气，这世界上没有废物，各种事物都有各自的用途。"沙金反过来安慰沙粒，"你一定能根据自身的特点找到适合自己的岗位，来充分发挥作用的。"

这时，一位建筑师来到河滩上，他捧起一把淘洗过的沙粒看了看，满意地说："真是同类中的上品呀，建筑施工中正大量需要它和水泥调制成砂浆用来盖房、造桥、修公路哩！"

于是沙粒也高兴起来了，它被源源不断地运送到建筑工地上。从此以后，沙粒和沙金在各自的领域里大显身手，用不同的方式为人类做贡献。

# 149　锦鲤惩黑猫

一个偌大的鱼塘里生活着大大小小的众多锦鲤，每当主人前来喂食或者池塘边有个风吹草动，锦鲤们便会前呼后拥地围拢前来，场面很是壮观。

鱼塘也深深吸引了家养的黑猫，它经常光顾鱼塘，望着锦鲤心动不已，心想如果能捞上来一两条尝尝鲜，味道一定是蛮不错的。黑猫仔细观察后发现鱼塘的水位较高，距离池面仅有十多厘米。于是黑猫悄悄接近池塘边，探出脑袋，伸出前爪在水中拨拉了几下；锦鲤们听见有动静，争相围上前来，猫一伸爪子就轻而易举捞上一条来。其他的锦鲤受到惊吓，一时间四下逃散，黑猫则叼起捕到的锦鲤躲到一旁享受去了。

此后黑猫每天都来鱼塘里捞鱼吃，而鱼塘里的锦鲤也都重复着上演前一天的悲剧，每天总有一两条锦鲤成为黑猫口中之食。

一旁树上的松鼠见了告诫黑猫："你的职责是捕鼠除害，之前也尽职尽责有口皆碑。如今怎么一反常态，正事不干，每天只懂得瞒着主人前来偷鱼图个人享受？成何体统！"

"我才发现之前有多傻，今后再也不干这种吃力不讨好的蠢事了，"黑猫不以为然，反而自以为聪明，"你看捕鼠多辛苦，抓鱼太容易了，信手拈来不费吹灰之力；而且老猫我就喜爱吃腥，这鱼鲜味比那鼠肉味香美多了。"说罢得意扬扬地扭头而去。

松鼠见劝说黑猫未果，感到很失望，转而责备众锦鲤："你们怎么不长点记性，难道真的只有七秒钟的记忆吗？你们每天都有伙伴遭遇黑猫的毒手，第二天黑猫光临你们又争先恐后自投罗网，见到伙伴被捉又如一盘散沙各顾各地逃之夭夭——你们怎么不齐心协力来共同惩治黑猫呢？这家贼不除，后患无穷哪！"

一条老锦鲤叹了口气，表现得很无奈："你有所不知，咱锦鲤家族庞大，每天见到黑猫捕食的场面毕竟是少数，所以悲剧才不断重演；而且猫在岸上我们也无能为力，如果它敢到水里来，它就死定了！"

"这容易，我助你们一臂之力，明天让黑猫入水！"松鼠胸有成竹地说。

第二天，黑猫又来到鱼塘边，它故技重演探出脑袋对着水面摇晃，再将猫爪伸入水中拨拉几下引诱锦鲤上钩。躲在一旁等候已久的松鼠突然从黑猫身后跑过，并趁机碰撞了黑猫后背，黑猫正全神贯注地盯着水面，猛然间被惊得一蹦三尺高，往前一跃掉入了水中。

锦鲤们见了，争相围上前来上下扑腾着。黑猫水性本不佳，如今被众多锦鲤压在身下呛了几口水，连浮上水面换气的机会都没有，没多大工夫就断送了性命，沉入水底。

锦鲤们欢呼雀跃着，庆幸除去了一个祸害。松鼠却连声叹息："唉！可惜了，为了满足私欲，如今前功尽弃、落得如此下场，也算是咎由自取，怨不得他人了。"

# 150　狐狸的说话技巧

狼和狐狸各自捕获到一只羊和一只兔子。它们不约而同来到树下，想痛痛快快地饱餐一顿自己的猎物。可是还没吃上两口，却看见虎王迎面走来。

狼一时间吓得六神无主，连忙战战兢兢地迎上前去，对虎王曲意讨好："大王您真有口福呀，臣下刚捉到这只羊，才吃上两口，还没品出滋味来，您就大驾光临了，这剩下的几乎是全头羊就都留给您吃吧。"

虎王一听勃然大怒："大胆奴才竟敢当面羞辱本王，叫本王吃你剩下的东西！你简直不要命了，今天本王就先把你给吃了，以消解这心头之恨！"说罢怒气冲冲地就要朝狼扑去。狼见势不妙，再也顾不上那美味羊肉，慌忙夺路逃之夭夭，眨眼间不见了踪迹。

虎王怒气未消，转身恶狠狠地盯住狐狸就要发威，狐狸见势不妙急忙趋身上前，向虎王叩头下拜。

"大王呀，臣下今天托您的福，很幸运地捉到了这只兔子，本想立即上贡，又恐味道不佳，故斗胆先尝一口以做鉴别。"狐狸卑躬屈膝地对虎王大献殷勤，"如今鉴定完毕，这只肥兔果然味道特佳，故臣下更不敢独享，诚心奉献给大王，请求大王赏脸笑纳。"

虎王顿时觉得浑身舒服。它笑逐颜开地对狐狸赞赏有加："好，好，好！难得你有如此忠心，实在是精神可嘉，那本王就不再客气了。可是本王也要好好犒劳你，这狼剩下的羊肉就权且作为奖品赏赐于你吧。"

狐狸大喜过望，而且心中窃笑不已：自己呈献的兔肉不也是"剩物"吗？是否也算是当面羞辱虎王了呢？可是就凭自己巧舌如簧的一番信口胡诌，不但博得虎王欢心，而且还化险为夷逃过了灭顶之灾，更实惠的是用小兔换大羊捡了个便宜，这可真是一举三得呀。

于是狐狸谢过虎王，得意扬扬地将羊肉带回老窝慢慢享用去了。

# 151　金头苍蝇的结局

金头苍蝇飞累了，停落在虎王脑门上休息，并随着虎王在森林中游逛。突然它惊讶地发现，自己所到之处，群兽个个惊慌失措，奔跑躲避唯恐不及。

金头苍蝇顿时得意起来，它始料未及自己竟然如此神威，于是兴冲冲地离开虎王四处张扬炫耀，想好好领略众生灵对自己的敬畏之心。

猛然间，金头苍蝇看见不远的墙角处有只壁虎正在觅食，于是故意"嗡嗡嗡"地大声嚷叫着，神气活现地在壁虎眼前飞来飞去，不想却被壁虎逮个正着，壁虎张口准备将它吃了。

"混账东西！竟敢吃我，知道我是谁吗？"金头苍蝇毫不怯弱，霸气十足地对壁虎大声喝道。

"你不就是只苍蝇吗，我怎么就不敢吃了？"壁虎觉得好笑，它轻蔑地说，"倒是你的头脑要清醒些，看清楚了我是谁，哪里借的胆，敢在我面前耀武扬威！"

"你不也就是遇到危险只懂得断尾求生的壁虎吗？就你这种德行也敢入籍虎族？"金头苍蝇学着壁虎的口吻反唇相讥，"你看那虎王何等气派，我骑在它头上，它都不敢哼一声；再看群兽，见到我更是个个闻风丧胆，你快识趣些把我给放了，免得遭殃。"

壁虎一听乐了："看你个儿不大口气倒不小，在我眼里，你和你的家族成员并没有多大的区别呀。"

"哼！它们能和我相比吗？"金头苍蝇一听气急败坏，仿佛受到了污辱，"我是声名赫赫的金头苍蝇，是蝇族中万里挑一的佼佼者，你竟敢瞧不起我！"

"哈哈，真是张狂到极点，让我给你这脑袋降降温吧！"壁虎嘲讽金头苍蝇，"首先，你的家族成员历来是我的上等佳肴，当然也包括你；其次，你有幸在虎王脑门上歇歇脚，可惜虎王没感觉到你的存在；最后，群兽畏惧的是虎王，你只是再版的狐假虎威——'蝇假虎威'而已，你还以为有多威风呀？"金头苍蝇霎时气馁了，不知说什么好。

"还有其四呢，"壁虎顿了口气，轻松地揶揄道，"尽管我貌不惊人无足轻重，却历来是你蝇族的克星！你再气派，终究也是我的盘中物，今天我就用你来填腹当午餐，你就到我的肚子里继续张狂去吧！"

壁虎说毕，张开大口就把金头苍蝇给吞食了。

——人生最大的不幸，就在于不能正确认识自己，从而狂妄自傲、目空一切，最终注定要失败。金头苍蝇的结局，正说明了这个道理！

# 152　小猴助人（三则）

## （1）小猴帮猫狗

小猴聪明好动又乐于助人，平时总想着能帮别人做点事。

它看见一群羊在山坡上安静地吃着青草，牧羊犬蹲在一旁守护，警惕注视着周围环境，就热心地上前对牧羊犬说："你太辛苦了，这么多的羊都由你来看护，也没个助手，万一有狐狼前来袭扰，怎么能应付得了呢？还是让我来帮你吧。"

小猴边说边拾起一根竹竿在羊群四周走动，还时不时挥舞着，一副神气十足的模样。群羊受到惊吓，不知道发生了什么事情，个个惊慌失措前拥后挤的，也没心思吃草了。

牧羊犬见了连忙上前阻止："小家伙，你这不是在成心添乱吗？看把羊群吓成啥样子了。你还是到别处玩耍去吧，这里可不需要你帮忙。"

小猴大失所望，想不到自己热心帮人却帮了个倒忙，只得放下竹竿悻悻离开。

它走到河边，看见黑猫正专心致志地在钓鱼，身旁还依次摆放着十多根钓竿。小猴顿时又来了兴头。它对黑猫说："瞧你多忙碌呀，一人看守这许多钓竿，怎么能照顾得过来呢？还是让我来帮帮你吧。"说着就在河沿来回走动，还时不时地动动这根钓竿提提那根钓竿，看看是否有鱼上钩。

黑猫受不了了，干脆下了逐客令："你这小猴崽真是瞎胡闹，你这是在帮我钓鱼呢还是替我驱鱼呀？像你这样闹出动静来，把鱼儿都吓跑了，我还钓什么鱼呢？你还是上别处折腾去吧。"

小猴倍感沮丧，找好友老山羊诉苦："唉！我总想着帮人做好事，却处处不受欢迎。想帮牧羊犬放羊，它说我成心添乱；想帮黑猫钓鱼，又说我瞎胡闹，我怎么就这么窝囊没用呢？以后我就不帮别人做事了。"

老山羊听了鼓励它说："你乐于助人的善举并没错啊，这是一种美德，不但不应当摒弃，反而要发扬光大，因为这是社会的需要，问题是看你怎么帮人。"

看见小猴在认真倾听，老山羊继续开导它："各人有各人的长处，不是所有人的忙你都能帮得上。比如你生性好动，喜欢攀爬又耐不住寂寞，而牧羊、钓鱼都需要有安静的环境，这样的忙适合你帮吗？我看你还是发挥自己的特长，帮助乡邻们田间收瓜、树上摘桃，干些这类活，才算是帮到点子上哩。"

老山羊的话让小猴茅塞顿开。从此它都根据自己的能力专长尽力帮人，而得到众乡邻的交口称赞。

## （2）小猴摘葡萄

自从小猴听了老山羊的教诲后，根据自身的能力特长，选择适合自己干的事情热心帮人，得到了众人的赞美。小猴心里也甜滋滋的，助人为乐的兴头更足了。

它看见松鼠在山中摘核桃，连忙上前帮忙，松鼠递给它一根小木棍。小猴手持木棍敏捷地爬上树击打核桃，成熟的核桃纷纷落地，比起一个个摘取效率提高了许多。松鼠连声夸奖小猴精明能干，小猴也挺高兴，它发现原来还可以用这种先进的方法摘果实呀。

山猫种在坡地里的红枣树已经结枣成熟，小猴闻讯也前往帮忙。山猫给了小猴一根长竹竿，小猴拿着竹竿对着枣树用力敲打，熟枣雨点般地掉落满地，果然是事半功倍。山猫非常满意，对小猴的表现赞不绝口，小猴也更加高兴了，觉得自己又学到了一种提高劳动效率的好办法。

这天，小猴听说刺猬正在采摘葡萄，就兴冲冲地赶去帮忙。它想起帮助松鼠、山猫收获时所采用的方法，觉得挺刺激，而且成效显著，于是也拿了一根竹竿，来到葡萄园内，二话不说，对挂在大棚下的一串串葡萄一阵乱打，葡萄纷纷应声落地，许多都摔成了烂泥。

刺猬大吃一惊，不知道发生了啥事。看着辛苦一年，即将收获的葡萄顷刻间在小猴手中化为乌有，刺猬怒从中来，身上的毛刺一根根竖起。它大声呵斥着："你这个小泼猴，我没招惹你，你跑到我园里来发什么猴疯！快趁早给我滚蛋，不然我用刺刺死你！"

看着刺猬满身披刺气势汹汹，小猴吓得不知所措，慌忙丢下竹竿落荒而逃。小猴越想越窝心，又找老山羊诉苦。

"真是好心没好报哪！我热心帮助刺猬收葡萄，它非但不领情，还恶语相加，威胁用刺刺死我，你说让我多寒心呀！"小猴连声抱怨。

老山羊了解了事情的经过，哭笑不得。它数落小猴："你这小猴崽真是个惹祸的主啊，你哪里是助人为乐，这分明是上门挑衅砸场子的嘛！"小猴听了不觉一愣。

老山羊耐心说教着："你可曾想过，为什么采收核桃、红枣可以用木棍竹竿，而葡萄却不行呢？那是因为核桃、红枣落地不受损，葡萄却相反。可你却不加区分，用一成不变的方法采收葡萄，不是适得其反吗？"小猴恍然大悟。

"所以不能墨守成规、凭经验办事，要具体问题具体分析，采取不同的方式处理各类事情，这样才能办好每一件事，懂了吗？"老山羊说。

老山羊的一席话让小猴受益匪浅，它似乎从中又领悟到了一些为人处世的道理。

## （3）小猴救狐狸

小猴帮人做了不少好事得到赞扬，虽然有时也惹祸帮倒忙受到责备，但小猴助人为乐的初心不改，只要有机会总会主动出手相帮。

这天，一只松鼠不慎落入路边深坑里，坑壁光滑陡峭，松鼠在坑底使出浑身解数不断跳跃着，累得气喘吁吁，始终无法脱险。就在绝望之际，正巧小猴路过，松鼠连忙呼救。小猴见了安慰松鼠说："你千万别着急，我马上想办法救你。"说罢，一转身往回跑去。

回到住处，小猴找来一捆绳子急匆匆地赶到深坑边。它将绳子的一端丢入坑中，自己拉着另一端。松鼠顺着绳子很快就爬了上来。

获救的松鼠感激不尽，对小猴千恩万谢："好小猴棒小猴，今天救我于危难之中，真是功德无量啊。"路人见了，也对小猴热心救松鼠的行为交口称赞。

小猴满心高兴，它收起绳子边往回走边想：以往是帮人做事，今天是救人性命。看来"救人为乐"比"助人为乐"好玩，也刺激得多。

正走间，飞来一只乌鸦"呱呱呱"地叫唤着："小猴快去看看，狐狸掉进那坑里去了！"小猴一听不觉替狐狸担心，急忙朝着乌鸦的指向往前面赶。

原来狐狸想前往鸡舍偷鸡，一失足掉入群鸡设下的陷阱中。狐狸不甘坐以待毙，正穷尽方法想逃离均未能奏效。正当一筹莫展时，一抬头，看见小猴出现在陷阱边。

"小猴快来救我，我掉到陷阱里了。"狐狸像是遇见了天使，忙不迭地向小猴大声呼救。

小猴望着陷阱里的狐狸问："你怎么会掉到里面去呢，肯定是想去偷鸡了吧？"

"唉，别提这些了，先把我救上去再说，我在这里一分钟也待不下去了！"狐狸表现得很着急，向小猴乞求着。

"可是，你……"小猴还在犹疑着，狐狸更加着急了。

"你不是一贯热心助人吗？这对我而言可是性命攸关的大事呀。"狐狸急不可待地一再要求，"常言道：救人一命，胜造七级浮屠。你今天救我，不但是助人做好事，还是积德做善事，何乐而不为呢？"

小猴被说动了，于是不再犹豫。它像救松鼠一样，将绳子的一端抛入陷阱中，将狐狸救了上来。

狐狸绝处逢生，刚喘过气来，却看见一群公鸡手持工具围了上来。原来它们得到报讯称"偷鸡贼"落入陷阱，正想前来捉拿。狐狸见势不妙撒腿就逃，小猴却被围了个正着。

"你怎么能做这种事呢？"公鸡们个个义愤填膺，纷纷指责小猴，"我们好不容易逮住狐狸，你却帮它逃脱，这不是成心拆咱鸡族的台，和我们过不去吗?"

小猴百口莫辩。它不知道自己好心救了狐狸错在哪里,只好垂头丧气地又找老山羊诉苦去了。

"这就是你的不对了。"老山羊了解了事情的原委,严肃地批评小猴说,"这只狐狸作恶多端,三天两头前来偷鸡,今天眼看着要让它遭报应受严惩了,你却帮它逃避罪责,这岂不是'放狐归山',助纣为虐吗?"

小猴顿时醒悟过来,它才发现不是所有人都应当救的。

"你热心助人、救人的初衷没错,错在你善恶不辨、是非不分。"老山羊说,"对坏人讲仁慈就是对好人的残忍,你今天救了一只恶狐,知道日后有多少鸡命将丧生其口吗?所以'良人必救,恶徒当诛'的古训千万要记牢了!"

小猴诚恳地对老山羊说:"我一定从中吸取教训。今后我要真正地'助人为乐',而决不再做'助恶为乐'的傻事了。"


# 153　小猫剪胡须


小猫渐渐长大,老猫教了小猫各种本领,譬如如何登高上树、如何捕捉老鼠;还特别教导小猫如何利用胡须判断洞口的大小:如果胡须不会触及洞沿,说明身体可以通过,等等。小猫都一一记在心上。

这天,小猫看见一只比自己个头略小些的老鼠在偷食物,立刻奋起追捕,老鼠见势不妙拔腿就逃,乘小猫不备之机一转身钻入墙角的洞穴里去了。

小猫随着也想钻入洞里去捉拿,脑门刚入洞,却发现胡须长过洞口,小猫记起老猫的话连忙缩回脑袋,望着洞口干瞪眼。

猛然间小猫灵机一动,心想:不就是胡须长了些吗?把它剪短了不就行了。小猫自以为得计,喜滋滋地找来剪刀对着镜子把胡须剪短了。第二天,躲藏在离墙角不远的大门后静心等待。

果然不出所料,老鼠夜间偷了一块肉,看看周围无动静,正忙着往洞里拖。小猫突然出现,老鼠吓得丢下肉一溜烟似的又钻入洞穴里去了。

小猫大喜过望,心想这回看你往哪儿跑,于是也紧跟着往洞里钻。可是脑袋进了身子却进不去,小猫想退出来,脖子又被洞口卡住,正在进退两难之际，洞里的老鼠趁机冲上前来复仇泄愤，对着小猫又咬又挠。小猫无还手之力，只能任凭老鼠肆意凌辱而惨叫不止。

老猫听见了，赶来将小猫救出。小猫满脸伤痕狼狈不堪，向老猫诉说事情的经过。

"你真是一只呆猫呀！用这种僵化的思维、片面的眼光去看待事物、解决问题，能不碰壁吗？"听完小猫的倾诉老猫哭笑不得，批评开导说，"咱猫须左右的总长度大体上和身躯的宽度等比例。你胡须虽然剪短了，可身躯的宽度并没有改变，你却自作聪明，自以为胡须不碰洞口，身躯就可以通过，这不是自欺欺人吗？"

# 154　乌龟的小算盘

蜗牛遇见乌龟，向乌龟连声抱怨："龟哥呀，我怎么这么倒霉呢？今天见到蝴蝶、蜻蜓在花丛中嬉戏，我和它们打招呼，它们嘲笑我是个白痴，说我轻轻松松的事不干，偏偏背个包袱自讨苦吃。我想了想，准备去掉这个背壳轻装上阵，免得它们今后再胡说八道。"

乌龟心想，自己不也是这样吗？于是伸出细长的脖子，慢悠悠地说："何必跟它们一般见识呢？你除掉背上的壳就上它们的当了，那才成为名副其实的白痴哩。"蜗牛听了觉得新奇，连忙发问想探个究竟。

"这不是明摆着的事情吗？你我都是高智商的物种，上天眷顾我们，所以才与众不同，"乌龟一本正经地说，"别小看你我这背上的壳，它可是我们的护身符呢，既可以避风躲雨还能抵挡外来伤害。蝴蝶、蜻蜓它们因为没有这宝贝所以嫉妒咱们，那是它们吃不到葡萄就说葡萄酸！"

蜗牛听了觉得有些道理，但仍然是一脸愁云，说："唉，我还碰到蚱蜢和蟋蟀，它们蹦蹦跳跳互相追逐，见到我就讥讽我，说我的行走速度慢，是个低能儿，还说我是个爬行主义者，留下话柄让人取笑，当人们形容速度慢，就说是跟蜗牛爬行一样，这让我情何以堪！我想改变这种落后的行走方式，准备跟它们学跳跃去。"

"那你就真成了低能儿了，爬行主义有啥不好呢？这样才有绅士风度嘛！"

乌龟觉得蚱蜢和蟋蟀说蜗牛的话怎么像是在说自己呀？于是像煞有介事地对蜗牛说："你没看见吗？大凡有智慧、有内涵的有识之士，历来处事不惊、办事沉稳、一步一个脚印；反而是那些爱说别人是低能儿如蚱蜢、蟋蟀之流，平时毛毛躁躁、胡蹦乱跳尽想着出风头，到头来不是经常碰壁，有时还碰得头破血流？咱们尽管走自己的路，让它们说三道四嚼舌头去吧！"

蜗牛对乌龟的解说佩服得五体投地，说："你果然有见识，是个高手，经你这么一开导我又找回自信了。"说罢兴冲冲地离开了。

路旁树上的松鼠目睹了事情的经过，疑惑不解地问乌龟："蜗牛的两种想法正确呀，你怎么极力阻挠，还将它说成一无是处了？"

乌龟眨着小眼睛诡秘一笑，说："外界平时也是这么说我时，我好歹还能自我安慰——看，蜗牛不也是这样吗？如果蜗牛真的按它的想法去做了，那我今后不就成为孤家寡人、众矢之的了？"

松鼠恍然大悟，它才明白乌龟打的啥算盘，不禁揶揄道："你这个龟心眼坏透了。说白了，就要找个冤大头做伴，来与你共同分担社会上对你的负面评论，是吗？"

# 155　小猫逞威

老猫外出办事，将刚满月的小猫留在家中，叮嘱它好好待着别惹是生非。小猫点头答应，就独自在墙边打盹晒起太阳来。

这时，鼠老大带着几个兄弟出来觅食，蓦然发现墙角出现猫影，个个惊慌失措，吓得扭头就想逃。机警的小猫发现情况马上做出反应，一个箭步冲上前去堵住老鼠的退路，学着老猫的样子威严地大声喝道："站住不许逃，乖乖地束手就擒吧！"

鼠老大听见这猫声稚气未脱，再看看眼前的小猫尚未成年，顿时放下心来。

"好小猫，咱们往日无冤近日无仇，今天初次见面，就交个朋友吧？"鼠老大卑恭地对小猫说。

"痴心妄想！咱猫族和你鼠辈势同水火，你们历来是我猫族的美味佳肴，我怎么会交你这种下三烂的朋友呢?"小猫打心眼里瞧不起鼠族,一口拒绝。

鼠老大受到羞辱也不生气,继续小心翼翼低声下气地对小猫说:"咱不交朋友也罢,但也无须多结冤仇。今天我鼠行鼠巷你猫走猫路,咱们大道朝天各走一边,来个河水不犯井水如何?"

"想得倒美,咱们今天是冤家路窄,被我碰上了怎么会轻易放过你们?"小猫毫不通融,堵着老鼠的退路不让步。

鼠老大被激怒了,也出言不逊道:"你这个乳臭未干的猫崽子,真不知天高地厚,今天给你面子你却不识抬举。和我们相比,难道你不觉得自己势单力薄,属于弱势群体吗?"

小猫高昂着头对鼠老大不屑一顾:"笑话!我是小猫爷,鼠辈的天敌!对你们而言是当然的强者。民间比喻弱者遇到强者的畏惧之心时,不是有'就像老鼠遇见猫'之说吗?"小猫拍着胸脯表现得挺自豪。

几只老鼠被逼得无路可走,终于忍无可忍,一拥而上围着小猫一阵狂揍,小猫猝不及防,又无还手之能力,没一会儿工夫便被揍得鼻青脸肿,后背还被鼠老大狠咬一口鲜血直流。正在危急时刻,老猫办完事归来,见状一声大吼,群鼠顿时个个魂飞魄散,无暇再顾及小猫,各自四处逃窜,顷刻间不见了踪影。

鼠拳下被解了围的小猫惊魂未定,它抚摸着流血的伤口喃喃自语:"咱猫族是强者,怎么会如此不堪一击,受鼠辈弱者这样欺凌呢?"

"是的,孩子,如果你已经成年,那么你就是强者无疑。但今天你还是幼猫,面对鼠群你就成了弱者,"老猫教导小猫说,"其实在这世上谁也并非天生就是强者,问题是在未成为强者之前,首先记住要学会保护自己,这才是至关重要的,懂吗?"

# 156  笼鸡与野鹤的追求

生活在笼子里的鸡见到停歇在树上的野鹤风餐露宿居无定所,不禁产生同情心。它向野鹤打着招呼:"别再四处奔波了,过来和我一起生活吧。"

野鹤连连摇头说:"我还想劝你哩,莫留恋这样的安逸日子,还是随我一同回归大自然为好。"

鸡惊讶地瞪大一双小眼睛望着野鹤说："你疯了，大自然有啥好！空气新鲜吗？阳光充足吗？我在笼子里同样能得到呀。反而是你长年累月在野外饱受风雨的侵袭，而我的鸡笼就是安乐窝，能遮风挡雨还能当保护伞免受意外侵害，多惬意呀！"

"可是你有自主权吗？这反而让我同情你，"野鹤俯视着笼边的鸡说，"这鸡笼就像囚室，主人任意限制约束你，禁锢了你的行动、羁束了你的自由；而我无羁无绊自由一身，广袤的天际任我飞翔，让我时时领略大自然的风光，这才令人惬意哩！"

"但我生活在这样的小天地里挺好的呀，主人保证三餐饮食，我闲暇时扒扒垃圾，有时还能捉一两条蚯蚓解馋呢。"鸡觉得心满意足，对野鹤说，"可你就享受不到我这样的待遇，整天忙于觅食填腹，还时常忍饥挨饿，多痛苦呀。劝你还是放弃大自然，来和我一起享受生活吧！"

"这你又错了。野外多么美好呀，我不需要谁的恩赐，大自然为我提供了丰富的食源，只要我勤奋不惰。"野鹤转而继续劝说鸡，"倒是我时时为你担心，你似乎生活在危机中。岂不闻一句老话'笼鸡有食汤刀近，野鹤无粮天地宽'，我想主人养你肯定居心不良。你还是早下决心离开这是非之地，同我一起远走高飞，回到大自然的怀抱中去吧。"

鸡不以为然，说："你这是杞人忧天危言耸听。主人待我多好呀，从不让我做事，还将我养得白白胖胖。这么舒服安逸的生活我怎么会舍得放弃呢？"

它们俩各执己见，谁也说服不了谁，只好各奔东西。笼鸡照样过着它那无忧无虑的快乐生活；野鹤也仍然时时经受风雨的洗礼，有时还要挨饿。

年复一年，生活在笼子里的鸡换了一茬又一茬，它们的身影经常出现在食客们的宴席上；而野鹤依然是野鹤，广阔的天地中，时常能寻觅到它那自由飞翔的英姿。

# 157　蛇的借口

初夏的夜晚，青蛙在稻田中捕食蚊虫，游来一条蛇出其不意地一口咬住了它。

"哈哈！今天总算被我擒住了，你这个专门残害弱小生命的坏东西，看我怎么收拾你。"蛇一脸得意，"咝、咝、咝"地吐着毒舌恶狠狠地说。

青蛙一时蒙住了，连忙大声解释："唉，千万别误会，肯定是你记错了。我不是坏东西，是人类的好朋友，是专门帮助人类除害、为他们粮食丰收做贡献的呀。"

"误会？我心知肚明不会受骗，你的底细我一清二楚！"蛇毫不理会青蛙的辩解，继续严词指责，"你们这些可恶的蛙族，为满足个人私欲，残害了多少无辜性命？如今还要强词夺理，标榜什么为人类除害。且问那些小小的飞虫对人类害在何处？你纵然再能涂脂抹粉，也别想为自己开脱罪责了！"

"冤枉呀，我说的都是实话，我确确实实都在为人类做好事呀，"青蛙又惊恐又委屈，继续为自己辩白，"那些蚊虫真的危害稻谷也危害人类，我为人类除害之心苍天可鉴，你还是放了我吧。"

"什么？把你放了，说得倒轻巧！"蛇的眼里露出凶光，恶狠狠地说，"实话告诉你，你除害也好做善事也罢，都与我无关。但是，难道你就没有可恨之处吗？你每天晚上吃饱了闲得无聊就大声鼓噪扰民，搅得社会不得安宁，我今天就主持正义、除暴安良吃了你，还世界一个清静，也算是为人类做一件善事吧！"

"不，不，你可不能……"青蛙还想说什么，蛇却早已失去了耐性，迫不及待地将青蛙一口给吞吃了。

——坏人做坏事总能找到借口。有时候为了达到不可告人的目的，还能找出冠冕堂皇的说辞为自己辩解，以此掩盖其罪恶行径。


# 158　还是白马当冠军


白马是森林马族中的佼佼者。它体态轻盈奔驰如飞，每次竞技比赛中总是一马当先冲向终点，连续几年蝉联冠军，因此人人仰慕。

为了培养更多的后起之秀，马族举办奔跑技能培训班，聘请白马担任总教练。

白马不负众望，精心传授各项技术，学员们也刻苦训练互帮互学，奔跑速度都有了明显的提高。学员中有匹小黑马更是引人注目，它吃苦耐劳、勤奋训练，奔跑速度突飞猛进，很快就脱颖而出，没有谁能超越它了。

一年一度的竞技比赛又来临了，众马都踊跃报名参加，白马教练和小黑马也不例外，谁都希望自己能在竞技中一举夺冠。

比赛在激烈的气氛中进行，参赛者你追我赶奋勇争先，经过一番角逐，小黑马先白马教练一步到达终点。赛场上一片沸腾，众马纷纷祝贺小黑马青出于蓝而胜于蓝，创造佳绩打破了历史纪录。

但是各种不同的议论声也随之而起。

有的说："小黑马年纪轻轻的怎么能当冠军？它当上了冠军，德高望重的白马教练面子该往哪里搁呀？"

也有的说："白马教练培训新人呕心沥血劳苦功高，小黑马要知恩图报敬老尊贤，高姿态拱手相让冠军头衔才是正道。"

还有的说："白马教练渐渐变老，而小黑马青春有为正当年，今后夺冠的机会有的是，因此嘛，就算是论资排辈，也要让白马教练当冠军。"

于是，尽管小黑马在这次比赛中获得了第一名，但是冠军的宝座仍然归白马所有。

# 159　黑狗守桃园

桃园里的桃树上结出许多小桃，引来松鼠、山猴时常光临桃园玩耍，有时还爬上桃树摘下青桃互相投掷嬉戏。主人不胜其烦，让看门的黑狗来守护桃园。

黑狗果然忠于职守，白天在桃园里四处巡视毫不懈怠，晚上更不放松警惕，一有风吹草动就及时出击，让这些捣蛋鬼望而却步，桃园内一下子宁静了下来。

这天，飞来一只山雀歇息在桃树枝头，黑狗见了前去驱赶："快点离开，这里不准停留！"

山雀觉得奇怪，问："今天怎么了？我可是常客呀，飞累了都是来这里歇歇脚的呀。"

"以前可以，现在不准你再来。这园里桃树上正结着桃子哩！你借口来园中分明是居心不良！坦白交代，是不是也像松鼠、山猴一样想来搞破坏？"黑狗理直气壮地责问山雀。

山雀不服气了："你这是血口喷人！我体态轻盈，站立枝头没给桃树增加压力，也根本不影响桃子的生长，怎么搞破坏呀？"

"说得轻巧，就是飞来一只苍蝇叮在树上，也会给树增加压力，何况是你？劝你识趣些趁早飞走，不然别怪我不客气了！"黑狗毫不通融地下起了逐客令。

"真是一派胡言，还讲不讲理呀？"山雀也来气了，"我今天就是要待在这树上，看你能把我怎样！"

黑狗顿时恼羞成怒，气势汹汹地朝着山雀狂吠不止，山雀不为所动。黑狗更加愤怒了，凶猛地朝山雀扑去，无奈枝头太高，未到半空便落到地上。而山雀则若无其事地飞到另一棵树上，看着黑狗疲于奔命，黑狗气急败坏地找来一根长竹竿追着山雀打。就这样，黑狗不断奔波着，山雀没打着，却把树上的青桃打落满地。

主人闻讯赶来，见黑狗正趴在地上喘着粗气，桃园里一片狼藉，不禁心疼不已。他责骂黑狗："你这家伙成事不足败事有余，让你守护桃园，看你都干了些什么！今天非要惩罚你不可！"

黑狗满脸无辜连声叫屈："山雀不请自来，我全力驱赶，为保护桃树不受侵害尽职尽责，没有奖赏也就罢了，如何反要受罚？"

主人气愤难平："你的职责是驱赶真正危害桃园的松鼠、山猴，而鸟雀来园中并不影响桃树成长，还能帮助捉虫。可你却将职责任意发挥，无限上纲小题大做，这是典型的滥用职权，其实就是变相渎职！如今造成严重后果，难道不应该承担责任吗？"

黑狗无言以对。它终于认识到自己犯的错，于是心甘情愿地接受主人的惩罚。

# 160　画笔的遭遇

　　京城来的画师到草原上写生，吸引了众多游客驻足围观。人群中有位自称"画痴"的绘画初学者对画师的精湛画技心悦诚服，更对画师的画作称赞不已。

　　"啧、啧、啧，真是神来之笔呀！""画痴"挤到画作前充作内行边欣赏边大加赞叹，"瞧，这画面上平原广袤绿草如茵、骏马奔腾四蹄生风；那天空辽阔云淡风轻、苍鹰翱翔目光如炬。这笔笔刻画得如此细致入微，真是栩栩如生巧夺天工呀！"游客们纷纷附和着，画师听了顿时浑身舒畅，不觉对"画痴"产生了良好印象。

　　"您真是大师级的画师呀，您的大作前无古人后无来者，必能流传千古。今天得遇大师，实乃在下三生有幸哪！""画痴"继续吹捧画师，令画师更加心花怒放，甚至有些飘飘然，仿佛遇见了知音一般。

　　见到时机成熟，"画痴"话锋一转，向画师提出请求："大师啊，您是我最敬仰的画界前辈，更是我今生唯一崇拜的偶像。您能将这支画笔送给我作为留念吗？我要时时把它带在身边，见到它就让我想起您。"画师被"画痴"的甜言蜜语深深地打动了，他毫不吝啬地将手中的画笔送给了"画痴"。

　　"画痴"如获至宝喜不自胜。他想：那画师就是靠这支笔画图，如今自己有了这支笔，也一定能画出令世人瞩目的不朽大作来。

　　回到家中，"画痴"迫不及待地铺开纸张，满心期望着也能挥笔自如、得心应手地画出好图来。然而他并没有如愿以偿，尽管费了九牛二虎之力，画出来的图与之前所画的并无两样。

　　"画痴"泄气了，他将画笔一摔，大发牢骚："你这是什么破笔！太差劲了，好端端的一张纸，看看被你糟蹋成什么样子！"

　　"这又能怪谁呢？我还是我，与此前并没啥区别呀，"画笔开口了，"如果在高明的画师手中，我可以画出一幅幅天底下最完美的图画；可是到了你这蠢货手里，又怎么能发挥我的特长呢？不使画面一塌糊涂才怪哩，你还想能画出什么好画来呀？"

# 161　聪明人与恶狗

　　一个聪明人外出办事，路遇两只恶狗随后紧追狂吠不止，并张牙舞爪地扑上前来，将聪明人压倒在地狠命撕咬。聪明人猝不及防，一时间被咬得遍体鳞伤。经过长时间的治疗，聪明人体外的创伤基本痊愈，可是留在心里的阴影却始终无法抹去，成为一块挥之不去的心病。

　　于是，在往后的日子里，聪明人对两只恶狗耿耿于怀、恨之入骨，念念不忘，总想着怎样复仇，而且只要一有机会或者遇到熟人，就用各种语言咒骂两只恶狗，以发泄心中的愤恨，而将家中所有该做的正事都弃之不顾了。

　　这天，聪明人又到朋友家找朋友倾诉心中的愤恨，朋友泡了一壶香茶热情款待，并苦口相劝让他忘掉这件事。

　　"怎么可能说忘掉就忘掉呢？我平白无故遭此欺凌，你知道我受了多少苦吗？你看看，"聪明人捋起袖子露出手臂上的累累伤痕，恨恨地说，"身上还远不止这些哩！那两只恶狗凶狠残忍，欲置我于死地，我能咽得下这口气吗？总有一天我非要亲手宰了这两只狗畜生不可！"

　　朋友静静地听着，摇了摇头说："我无意与你争执什么，只想告诉你三句话：第一，与人争锋要旗鼓相当才有意义，会跟智力障碍者较真的人自己也是智力障碍者。那两只恶狗充其量只是人看人贱的癞皮狗而已，你一个聪明人跟两只疯狗计较有意义吗？不觉得掉价吗？"聪明人看着朋友若有所思。

　　"其二，常言道恶人自有恶报，恶狗终究会遭报应的，我们姑且拭目以待，"朋友接着劝导聪明人，"如果你一直沉浸于被恶狗侵犯的事情上不能自拔，不是相当于用两只恶狗的罪恶行为来变相惩罚和折磨自己，做出让仇者快亲者痛的事情来，傻不傻呀？"聪明人听了不觉露出笑容。

　　朋友举起茶杯继续奉劝说："还有，这人生就像是喝茶，要拿得起放得下。如果喝了茶你还一直举着空杯不放下累不累呀？你还能腾出手来干别的事情吗？过去的事情就让它过去吧！你是一个有能力、能办事的聪明人，却把珍贵的时间和精力放在两只疯狗身上，误了自己的正事，不是得不偿失吗？"

聪明人顿时释怀。他自嘲着："咳，我真是被两只疯狗迷了心窍。如果我再继续跟两个畜生较劲，那我成什么了？"

从此聪明人放下心中的纠结，忘记痛苦的往事，一切向前看，每天心中都充满了灿烂的阳光，家里的各件事情也都办得越来越顺利了。

# 162　让羊守门户

牧羊人家中被盗，心里很是懊恼。他看见邻居家养了一只狗看守门户，每天晚上都能高枕无忧，感觉很羡慕。他想：自己何不就地取材，由羊来护院防贼呢？于是决定让领头羊担当此重任。

领头羊一听吃惊不小，说："主人哪，让羊干狗活的事闻所未闻，我也从未干过呀！"

主人不以为然地说："这没什么呀，你开个头，以后就不会有人再像你这么说了。日后说不准还能将你载入史册，成为改革创新的楷模呢！"

领头羊一脸苦相觉得很为难，还想推托："主人呀，我势单力薄，能力有限，这护院防贼责任太重大了，实在无法胜任呀！"

主人一听大为不悦："你怎么能这样推三阻四的毫无担当精神呢？你是领头羊，羊群内数你最强悍，你头上的一对犄角所向无敌，你不担责谁担责？你再看看那邻居家的狗，身不如你高体不如你壮，头上还不长角哩！它都能看家，你不能守门？分明是你好逸恶劳，怕晚间熬夜辛苦吧？"

领头羊无话可说，只好硬着头皮守夜去了。

果然一连几天平安无事，牧羊人也连续睡上了几天安稳觉。牧羊人高兴极了，他得意扬扬地逢人便夸："我的主意不错吧？我让羊看家护院，比养狗守门防贼还更管用哩！"

可是就在当天晚上，小偷再次光顾，趁牧羊人酣然入睡之机，席卷了家中贵重财物，离开时还来了个"顺手牵羊"，把领头羊也一并给带走了。

第二天一早，牧羊人醒来时发现家中被盗，领头羊也不见了踪迹，不禁怒火冲天，把一肚子的火撒在群羊身上："你们这群吃草料的笨货，空有一副好身材，连看门狗都不如，你们怎么这么无用呀？"

"主人呀，我们是笨货没错，可又是谁想出让羊代狗守门防贼这种荒唐的笨主意的呢？"一只年纪较大的老羊听不下去了，愤愤地为群羊鸣不平，"别以为谁都可以胜任任何事，聪明人就应当懂得物尽其用的道理。你养羊的初衷并不是为你守门防贼的，今后看家护院的事还是叫狗们干去吧。"

# 163　伸张正义的狐狸

狐狸抓到一只落单的小山羊，躲进山坡的树丛中尽情享受。黄鼬见了心生羡慕，它想，狐狸光天化日之下抢羊都安然无事，自己若暗中偷只鸡解解馋岂不更没事了？于是，黄鼬趁着夜色潜入鸡舍去偷鸡。

可是时运不佳。当它叼住一只母鸡正想逃脱时，母鸡的反抗和挣扎声惊动了四邻，黄鼬当场被抓。第二天，黄鼬被关进铁笼示众，森林众成员个个义愤填膺，纷纷围上前来谴责黄鼬为满足私欲上门行暴的罪行。

公鸡最为愤怒，"咯、咯、咯"地嚷个不停："你这个偷鸡贼丧尽天良，谋财害命的事也敢干，今天非要狠狠惩罚你不可！"说罢怒发冲冠就要冲上前去与黄鼬拼命。

水鸭跟着"嘎、嘎、嘎"地连声叫唤："我几天前走失了一个兄弟至今未见踪影，肯定也遭你暗算了。我今天要为我冤死的兄弟讨回公道！"水鸭声泪俱下，场面令人动容。

老山羊也"咩、咩、咩"地大声控告："昨天我带小羊到草地里觅食，小羊贪玩，离开我眨眼工夫就失踪了，后来在山坡的树丛中发现残骨和羊皮，一定也是被你害死的，我今天要为我那可怜的小羊报仇！"说着抑制不住内心的愤恨，冲上前去要用犄角顶触黄鼬，黄鼬吓得直躲闪。

这时，狐狸踱着方步不紧不慢地来到了现场。黄鼬看见了狐狸，顿时想起昨天狐狸吃羊的情景，不禁连声叫屈："诸位冤枉呀，昨天晚上我想偷鸡不假，可是水鸭的失踪确实与我无关，那小羊被害更不是我干的，那是……"

话音未落，狐狸立刻上前制止："你这个害人精还敢狡辩，事实明摆着，不是你还有谁会干这种缺德事？"狐狸表现得大义凛然，慷慨陈词，"这家伙贼性难改。不是有一句老话'黄鼠狼给鸡拜年——没安好心'吗？说明它早就臭名远扬了!"大家听了觉得十分在理。

黄鼬不服气,看着狐狸就想反驳:"可是我的确没干过其他坏事呀,就说那小羊吧,个头体重都超过我几倍,只有你……"

"诸位别听它一派胡言,"狐狸连忙再次打断黄鼬的辩解,大声鼓动着,"古人有云'勿以恶小而为之',就是说坏事再小也是不能干的。可是黄鼬连鸡都想偷,可想而知,羊的诱惑力更大,自然就会不顾一切铤而走险了。如今它犯下滔天大罪决不能轻饶!各位还等什么呢?快点有冤申冤,有仇报仇吧!"

狐狸的话点燃了众人的怒火,大家一拥而上纷纷出手。黄鼬百口莫辩,不一会儿工夫就遍体鳞伤,下场可悲。

狐狸脸上露出了得意的笑容,它转身对禽兽们说:"诸位乡邻,老狐我疾恶如仇最喜欢伸张正义,绝不会容忍黄鼬这种败类的存在;同时,老狐我为了维护森林公共秩序历来是不遗余力的。请大家都相信我,今后我就是你们最可靠的保护神!"

狐狸慷慨激昂的一番话深深感动了在场的各位,当然也包括羊在内。于是,狐狸的形象更加高大,众人也对狐狸更加信任了。

# 164  喜鹊与乌鸦

喜鹊看见乌鸦神色沮丧地呆立枝头,不禁问它:"你怎么一大早就哭丧着脸,莫非又遇上什么不顺心的事了?"

"唉,果然是好人难当哪!"乌鸦不禁大倒苦水,"昨天西村有家老人病重了,我有预感,傍晚时赶到那家门口'呱、呱、呱'地叫了几声,想提醒他们要用心看护老人以防不测。不料今早这老人就去世了。"

"他家老人去世跟你并没啥关系呀,何必如此伤心?"喜鹊说。

"我伤心的不是这个,而是这户人家不明事理,"乌鸦更加觉得委屈,"他们怪罪于我,说我是乌鸦嘴、骂我是丧门星,还全家老幼齐上阵,用扫帚竹竿赶我打我,说我给他们家带来厄运!幸好我逃得快,不然也随着那老人家一命呜呼了。"喜鹊听了也不禁对乌鸦的遭遇表示深切同情。

"可是你起早丁吗去呀？好像喜事临门似的。"看着喜鹊兴冲冲的模样，乌鸦好奇地问。

"算让你给猜对了。你没听说过'喜鹊闹喳喳，好运到我家'这句话吗？"喜鹊喜形于色，"今天东村有户人家娶媳妇，我要趁早赶去他们家'喳喳'几声，他们会高兴地认为是我给他们带来了喜讯，我不就成为天使了？"

"他们喜事临门跟你有啥关系，没有你的'喳喳'声人家照样娶亲啊。"乌鸦不解地问。

"这你就不懂了，我虽然没有给他们送喜运的能耐，但人性的虚伪我可了如指掌，"喜鹊老于世故，一本正经地对乌鸦说，"你看这世上哪个人不喜欢听好话，又有几个人愿意听真话？我正是投其所好，说些违心话讨得他们的欢心，这样不就处处受欢迎了？"

乌鸦听了连连摇头："可是我只会实话实说，让我说假话奉承话，这我办不到。"

"你呀你，这脑瓜子怎么不开窍呢？"喜鹊奉劝乌鸦说，"你就学学我吧，只要像我一样学会了油嘴滑舌，事事报喜不报忧，你的命运不就改观了？"

"唉！江山易改，本性难移呀，"乌鸦无可奈何地连声叹息，"愿上天加倍眷顾你吧，看来我这辈子注定是不会受人欢迎了！"

# 165　胆气十足的野兔和叫驴

虎王病重危在旦夕，它目光呆滞浑身乏力，蜷缩在树荫下苟延残喘，静静等待着死神的召唤。

野兔和叫驴从不远处经过，眼前蓦然掠过的虎影，惊吓得它们扭头就想逃，但又觉察到情况似乎有些异常，于是壮起胆子战战兢兢地慢慢靠近，发现虎王已病入膏肓奄奄一息，完全失去了往日的威风。它们俩顿时神气起来。

"咳！今天才发现我以前是多么蠢不可及，"野兔一改平时畏首畏尾的可怜相，转动着两只长耳朵说，"这就是平时传说的威震山林的虎王？完全名不符实嘛，真搞不明白我当时为什么会那么怕它！"

叫驴不甘示后，赶紧摇晃着脑袋表现自己："是呀，我也发现以前的我真是傻瓜透顶！就它这种窝囊相，何德何能也敢称霸山林，它有哪一点值得我去害怕呢？"

野兔神气活现地自我吹嘘："都说这虎王捕猎时迅猛神速，奔跑起来一阵风谁也挡不住，我就不信。常言道眼见为实，今天让它当面跑跑试试，看它能跑得过我吗？"说着还在原地蹦上两蹦，以显示自己善跑。

"就是嘛，还说它一声怒吼山摇地动，纯属谣言！"叫驴更是表现得不可一世，"除非今天当面叫一两声让我亲耳听到，可是他会叫得出声吗？可别小看我，我的叫声虽不能惊天动地，但也比它嗓门洪亮！"它也学着野兔的样，伸长脖子"咴、咴"叫了几声。

野兔、叫驴一唱一和说得起劲，一旁树上的猴子听了直恶心。

"快闭上你们的臭嘴，别丢人现眼了！从前怎么没见过你们有如此足的底气呀？"猴子嘲讽它们俩，"幸亏你们得到了上天的特别关照，之前一个当蠢货一个做傻瓜，才有幸让你们躲躲闪闪地苟活到现在；如果都像今天这样耍小聪明，你们在虎王面前不知要死多少回了，还有机会在这里显摆呀？"

# 166　一只胸怀大志的蝉

一只金蝉立于枝头高声鸣叫着，蚯蚓不胜其烦，钻出地面劝诫它："大家都在忙碌着，唯有你整日里喋喋不休地鼓噪个不停。你为何不也去干些实事呢？"

金蝉低头瞟了蚯蚓一眼，傲气十足地说："我才不屑于干这些下等活呢！你土里土气层次低下，只配和田地打交道；而我风流倜傥志存高远，我要一鸣惊人成为公众人物，我还要重塑形象，让我的家族发扬光大哩！"

蚯蚓一听笑了，嘲讽道："我见少识浅只知埋头干活，但我不虚度时光。却不料你还有如此大志，真让我长见识了。"

"那今天我就让你再多长些见识吧！"金蝉不无得意地说道，"我虽为秋虫却傲骨嶙峋，我只饮甘露而不与世俗同流合污。唐人虞世南还专门赋诗'垂緌饮清露，流响出疏桐。居高声自远，非是藉秋风'，赞我高风亮节哩！这你没听说过吧？"

"果然没听说过，就你这种德行，想不到还真有人为你吟咏赞颂。"蚯蚓望着金蝉得意的模样感觉有些意外。

"那就再说说我显赫的家族史让你开开眼界吧，"金蝉更加得意也倍感自豪了，"我系佛门后裔。我家先祖'金蝉子'乃是释迦牟尼佛的二弟子，想当年转世为真灵东土大唐高僧，前往西天历尽磨难取回真经，修成正果受封'旃檀功德佛'，明人吴承恩著书《西游记》为我家先祖树碑立传，成为佳话流传至今，这你也没听说过吧？"

"这子虚乌有的杜撰之说你也当真，还像煞有介事地想认祖归宗，岂不令人笑掉大牙！"蚯蚓哈哈大笑，正色道，"你别无长技却自命不凡，除了想着攀高枝哗众取宠外，你又能干啥事呢？"

"哼！目光短浅孤陋寡闻，你哪有资格说我，"金蝉受到奚落自感没趣，但仍然大言不惭自吹自擂，"我要高调宣扬自己让万人瞩目，我要一枝独秀引领昆虫世界，你蠕蚓又安知我金蝉之志……"

话音未落，一只黄雀扑面而来，金蝉猝不及防，被一口叼起离枝而去，田野霎时归于宁静。原来蝉鸣声引来了觅食的黄雀，金蝉"轻而易举"地成了黄雀口中之食。

望着渐飞渐远的黄雀，蚯蚓深为金蝉感到惋惜："咳，没本事又不知收敛，还要夸夸其谈、张扬处世、吸人眼球，如今追随黄雀环游世界而去，总算让我领略你这'金蝉之志'了！"

# 167  食具当玩具的猫

主人养了只猫，每天用瓷碗盛放食物喂它。此猫聪明灵活生性好动，除了晚间安心捕鼠外，白日里无所事事就自得其乐，想方设法尽情地玩耍，一刻也安静不下来。

时间一长，猫觉得乏味，这身边一个玩具都没有怎么玩呀？它左顾右盼，一眼盯上了草地墙角边的瓷碗，不觉高兴起来。心想，这不就是个现成的玩具吗，为什么不物尽其用，好好玩它一下呢？

于是猫把瓷碗当玩具，时而将它当皮球踢来踢去，时而拿来做凳子垫屁股下，有时又将它戴在头上当帽子，玩得兴起时就叼起瓷碗抛向空中。总之，只要能想到的玩法都玩个遍，就这样玩得不亦乐乎。

主人见了连忙上前制止："你这个捣蛋鬼，可不能拿瓷碗来当玩具，这东西脆得很，不小心碰碎了咋办？"

猫不以为然，它想："有啥大惊小怪的，不就是个瓷碗吗？除了装食物还能有什么用途呢？"猫将主人的话当成耳边风，只要兴趣一来，照样将瓷碗当玩具。好在草地松软，瓷碗任凭猫如何折腾，总是完好无损。

这天下大雨，草地上积满了雨水。主人喂猫换了个地方，将盛装食物的瓷碗放在厅堂上的石阶旁。猫进食完毕一时兴起，又将瓷碗滚来滚去当皮球踢，没踢几下就听见"哐啷啷"的一阵响声，瓷碗经过几层石阶跌落地上，摔成了碎片。

"唉，你这个败家子，好端端的一个瓷碗怎么就不懂得爱护呢？"闻讯前来的主人拾起碎片看着惋惜，连声责备一旁的猫。

猫依然不当回事，心里反而暗暗嘲笑主人："真是小家子气，不就是一个瓷碗吗，又不值几个钱，何必小题大做。"

然而事情出乎意料。瓷碗破了，平时少了个玩具也就罢了，要命的是，主人喂食缺少盛具成了问题。因为一时找不到合适的碗来替代，主人只好把食物倒在草地上让猫食用。

每当地面上的沙子混进了食物里硌得牙齿疼，或者看着不干净的地面觉得恶心时，猫就会感到后悔："咳，多好的瓷碗呀，我怎么就不懂得珍惜呢？如果这瓷碗还在，那我就不必顿顿活受罪了！"

——现实往往如此，拥有的东西我们不知珍惜。只有当它失去了而又迫切需要时，才会深刻地体会到它的重要性。


# 168　糊涂的养蜂人

一个养蜂人养了数箱蜜蜂，经过精心照料，蜜蜂健康成长。到了春暖花开的季节，小蜜蜂们都不辞辛苦，成群结队地飞往野外四处寻觅花源、采粉酿蜜。因此，养蜂人每年收获的蜂蜜和收入都比同行的邻居多，邻居见了羡慕不已。

这一天，养蜂人在森林中发现一个硕大的马蜂窝，进进出出的马蜂难以计数，不禁大为惊喜。他突发奇想：这种蜂的品种多好啊，看它身长体大，个头是小蜜蜂的两三倍；飞翔迅捷，速度比小蜜蜂快许多，如果饲养这样的蜂种来酿蜜，经济效益不就更高了吗？

养蜂人越想越高兴，风风火火地赶回家准备好工具，想进山把那一大窝马蜂给端回来。

邻居见了连忙劝告他："你可不能干这种不切合实际的傻事，那马蜂可不是善类，它不会采粉酿蜜，而且还会残害小蜜蜂的。"

"一派胡言！蜜蜂、马蜂都属蜂类，蜜蜂能采粉酿蜜，凭什么马蜂就不能干这活？"养蜂人对邻居的话倍加反感，"况且常言道'物以类聚'，蜜蜂、马蜂生活在一起肯定会和睦相处的。"

邻居还想劝说，养蜂人却加以制止："你是看我收入高又找到好的品种，眼红了产生嫉妒心，故意来阻挠我的吧？"邻居见养蜂人不可理喻，摇头转身离去。

于是，养蜂人带了工具趁夜上山，将整个马蜂窝一股脑儿装进袋中带回家放入蜂箱。

第二天一早，养蜂人打开各蜂箱门，指望着马蜂快点飞出去为他采粉酿蜜。

可是事与愿违。从没干过采花酿蜜活的马蜂，莫名其妙地被禁闭了整个晚上，早就窝了一肚子的火，飞出箱时看到养蜂人，纷纷围上前去群起而攻之。养蜂人猝不及防，被叮得身上起包满脸发肿，尖叫着连滚带爬抱头鼠窜而去。

马蜂还不善罢甘休，继续对小蜜蜂发起攻击，小蜜蜂逃跑不及死伤过半。邻居闻讯赶来相助，救起养蜂人回到住处时，马蜂早已扬长而去。

望着地面上的一片狼藉，养蜂人抚摸着身上的伤痛悔不当初："唉，我不该利欲熏心，不听忠言，办事脱离实际，更不该不辨是非、引狼入室。如今伤了自己、毁了事业不说，更害了无辜的小蜜蜂，我真是糊涂透顶愚蠢到家了！"

# 169　小马与大象

主人要建造一栋木屋，让小马和大象到远处山脚下，将一批木料运送到建筑工地去。

这是一项繁重的体力活。第二天一早，小马就驾车来到山脚下，它埋头苦干毫不懈怠，尽管挥汗如雨累得气喘吁吁，还是照样干得很欢，一趟趟地把木料运回工地。

到了晌午时分，大象才慢悠悠地拖着空车前来。它看着小马在卖力地干活，不由得笑出声："哎，你的能力也太差了，起个大早，干了这么久，还累得够呛，就干了这点活？"大象连连摇头，满眼瞧不起小马，嘲笑它，"不是我说大话，你干的这半天活呀，还不够我拉一趟哩！"

小马擦着汗水很谦虚地说："是啊，你是森林界公认的大力士，我怎敢与你相提并论呢？所以只能尽力而为努力干活了。"

大象听了好不得意，它讥讽小马："这烈日当空的，傻瓜才会去受苦受累呢！我要劳逸结合养精蓄锐，等到日头偏西了，拉上一趟都够你一整天干的活了。"说着，到树荫下打盹去了。而小马无暇与大象理论，仍然努力地干着自己的活。

一天时间过去了。日落西山时大象才从睡梦中醒来，看着天色已晚无法再干活了，大象只好拉着空车回到工地。

主人前来验收。小马圆满完成任务得到了奖赏；而大象一根木料也没拉回来，受到了主人的批评。

"哼，小马有啥本事，它个头有我大吗？它力气有我足吗？"大象满脸不服气，还感觉受到了委屈，"不是我吹牛，只要我努力发挥，我拉一天的木料，小马五天也运不完！"

"小马没有你的本事大，但它任劳任怨、埋头苦干，收获了成果，而你呢？"主人再次批评大象，"你虽然条件优越、能力超强，却不发挥潜能，只知陶醉于自我欣赏中而不干正事。像你这样，即使说得再冠冕堂皇，终究也只能一事无成！"

# 170　猴子助马

马要送一车货物去远方，热心的猴子自告奋勇要一同前往，称带上帮手，路上万一有事也好有个照应。马高兴地答应了，于是它们驱车一同上路。

虽然是走小路，路面却平坦，马拉着车倒也不吃力。猴子无所事事，神气活现地坐在车上一路兜风看景色。走了一段路，前面遇到小斜坡，马拉车上坡有点吃力，就跟猴子打招呼："猴哥，帮帮忙！"

"好嘞！"猴子满口答应，顺手拾起旁边的小竹竿站在车上，一边挥舞一边大声嚷嚷着，"一二三加油，一二三加油……"好在坡路不长，马埋头使劲拉车，没一会儿工夫就上坡了，前方又是平坦小路。

猴子装腔作势地说："咳！总算顺利通过，可累死我了。"马听了没说什么，继续拉着车前行。猴子也重新端坐在车上，一边玩耍一边兴致勃勃地观赏沿途风光。

走了一段路，又遇到一个小坡，与之前的相比，坡长路又很陡。小马拉着车走坡路又感到有些费劲，于是回头跟猴子说："猴哥，快来帮帮忙吧。"

"好嘞！"猴子又是满口答应。只见它重复前次动作，拿起小竹竿站立起来，边舞边嚷着，"一二三加油……"嚷得挺带劲。

马拉车继续走了几步，越发觉得吃力了，又对猴子说："猴哥呀，你就下来帮我推推车吧，这样会减少些重量，我拉车也会轻松些。"

"那可不行，你低头拉车看不清前面，我不高高在上谁为你指路呀？再说了，我瘦骨嶙峋，轻飘飘的，哪有什么重量呢？"猴子说得头头是道。

马累得气喘吁吁，看看也快到坡上了，它再次向猴子请求："猴哥呀，我快要支撑不住了，你就下车帮忙推一把吧，好歹也助我一臂之力！"

"我不是一直都在为你出力吗？只是方式不同而已，我这是用精神鼓励法帮你哩！"猴子口中振振有词，"你也都看见了，我并没有偷懒呀，为了给你鼓劲加油，我在车顶上声嘶力竭忙碌不停，也算出了大力。现在眼看就要上坡了，我再为你呐喊助威吧！"说完又挥舞起竹竿，"一二三加油，一二三加油……"地嚷叫起来。

马很失望，它知道凡事只能靠自己了。于是咬紧牙关铆足劲，总算将车拉上坡面。接下来的路也走得顺畅，马终于将货物送到了目的地。

猴子跳下车来好不得意，逢人便吹："都看看吧，我们俩同心协力战胜种种困难才完成送货任务，多不容易呀！"人们听了纷纷赞扬猴子。

一旁的马摇头叹息无话可说。它心里明白：真正的实干家往往是默默无闻；而那些靠耍嘴皮子功夫又不出力干活的人，却常常能成为现实中的利益获得者！

# 171　鹰与蛇

鹰盘旋在海面上空，想找一个歇息处休憩片刻。它发现大海中有一座孤岛，岛上有一棵大树，于是飞过去停在了树枝上。

不幸的事情瞬间发生了。一只隐藏在树叶丛中的蛇，趁鹰立足未稳毫无防备之机，猛扑上来狠狠地咬住了鹰的大腿。一阵麻木的刺痛使鹰明白自己已经中了蛇毒，不要多久就要失去生命了。

鹰气愤不已，它迅猛地抬起另一只爪紧紧地扼住了蛇的颈部，责问它："你这家伙好不讲理，我与你素昧平生无冤无仇，更没有招惹得罪你，你怎能下此狠手置我于死地？"

"你见到我跟谁讲理过？"鹰爪下的蛇"咝咝"作响，"我饿了需要食物填腹，逮着谁就吞了谁这就是道理。今天该你倒霉，你就认命了吧。"

鹰更加怒不可遏："你这个自私自利的家伙，为了满足个人私欲残害无辜，干这种伤天害理的事情，不怕遭报应吗？"

"自私自利又当如何，遭报应又能怎样？只要能满足个人欲望我可以不择手段。"蛇满脸嚣张气焰，恶狠狠地说，"你的死期到了，顺从些让我吞食了吧。"

鹰不再与蛇多费口舌，双爪扼住蛇颈，奋力扑扇着翅膀，飞离大树、冲向蓝天。蛇呆住了，惊恐地瞪大眼睛问："你这是干什么，你要带我去哪里？快把我给放了！"

"再把你放了将会遗患无穷，我的死期到了，你也在劫难逃。"鹰平静地说，"今天我要带你去你想送我去的地方。我要让所有像你这种蛇蝎心肠的家伙都明白一个道理：你们的结局终究要以损人的目的开始，以害己的结果告终！"

鹰声声长鸣，双爪更紧紧地扼住蛇的颈部。它在空中周旋几圈后带着蛇俯身冲向大海。

几天以后，人们在岛滩上发现了一具鹰的躯体，在鹰的身边躺着一条蜷缩成一团的僵硬的蛇。蛇的颈部仍然被紧紧地攥在鹰的利爪中。

# 172　猴子的忠告

路边的一棵桃树上结了许多桃子。桃子渐渐成熟，引来周围的几只松鼠想上树摘桃。

"别动手，不能摘，"一旁守候的猴子急匆匆地跑上前来制止，"这棵树上结的桃子你们不能吃！"小松鼠们愣住了，不知道发生了什么事情。

"为什么不能吃？路边长的桃树又不是你的私人财产，人人都可以摘的。"一只松鼠理直气壮地反驳。其他松鼠纷纷附和表示不满。

"你们误会了，不是这个意思。这树上结的桃子有毒，不能吃的！"猴子一本正经地说。

"完全是无稽之谈，你蒙得了谁呢？"松鼠们笑了，七嘴八舌地说，"这树每年结桃子，我们每年来摘桃吃都平安无事，今年这桃子怎么会变有毒了？"

"唉，你们有所不知，我知道这桃子有毒，是用我兄弟生命的代价换来的惨痛教训呀！"猴子用悲凉的口吻像煞有介事地说，"说来真不幸，前两天我的几个猴兄猴弟经不住色香味的诱惑，摘食了这树上的桃子，不料先后中毒，多吃的先死，少吃的后死，我正好不在现场逃过一劫。为防止悲剧重演，我特意在此守候，想给诸位提个醒呀！"

松鼠们将信将疑，同时个个莫名其妙，窃窃私语："往年的桃子香甜可口，今年这桃子怎么说有毒就有毒了呢？"

猴子见了更加信口胡诌："咳！我原先也不信，再三思量终于悟出道理来，现在自然环境恶化、污染严重，水源、空气都成了污染源，刺激桃树产生变异、结出毒果顺理成章。你们切不可贪一时之口福，而置宝贵生命于不顾呀。"

猴子说得情真意切，解释得头头是道，令松鼠们信以为真。其中一只松鼠说："各位兄弟，这性命攸关的事开不得玩笑，咱们宁可信其有不可信其无，还是找其他的树摘桃吃吧。"于是它们放弃了上树摘桃的念头纷纷离去。

这件事情一传十，十传百，桃树结毒桃、毒桃毒死猴的事件尽人皆知，于是再也没有人敢到这棵桃树上摘桃子吃了。猴子每天守着桃树，没人时就尽情享受香桃的美味。路人纷纷赞美："多好的猴子呀，为了不再有人受这毒桃的危害，它宁可自己受累，也要守着桃树劝诫他人。这猴子真是心灵美呀！"

# 173　蜘蛛与蚂蚁

天空轰隆隆地响起一阵雷声，乌云从远方渐渐笼罩过来。

一群蚂蚁正排着长长的队伍急匆匆地搬着家。它们把大批粮食以及尚未孵化的幼卵井然有序地搬到一个土坡的小洞里去。

在树旁小草上结网的蜘蛛将这些都瞧在眼里，禁不住嘲笑起它们来："何必大惊小怪呢？看你们胆子小得可怜，几声雷鸣就把你们惊得六神无主，如果真来一阵雷雨，岂不吓得你们七窍生烟？还是痛痛快快地再玩一阵吧！你们看，我可从来不像你们这样沉不住气。"

"好邻居，别再说闲话了，你也快点搬家吧，"蚂蚁一边继续搬家一边提醒着蜘蛛，"凭我的经验判断，今天的架势不小，看来非下场大雨不可，还是早做准备吧！"

"有什么可怕的呢？你那是胆小鬼的经验，"蜘蛛仍然在网上悠然自得地荡着秋千，它学着蚂蚁的语气调侃，"凭我的经验判断，今天还是光打雷不下雨，我才不会上当受骗呢。再说了，还没下雨就搬家，如果搬了家又不下雨，那样虚惊一场徒劳无功，我的亏不就吃大了？"

"千万不可抱有侥幸心理，"蚂蚁继续劝说着蜘蛛，"咱们还是早做准备为好，不然，一旦成为事实，后悔可就来不及了。"

蚂蚁的话丝毫没有打动蜘蛛的心，它依然还是无动于衷；蚂蚁见状，只好摇头自己搬家去了。

不出蚂蚁所料，顷刻之间暴雨如注，大地一片汪洋，冲走了蚂蚁原先的巢，也冲垮了蜘蛛的网，包括网上的粮食。蜘蛛藏在树叶下总算躲过一劫。

而蚂蚁却赶在暴雨来临之前搬好家，此刻正安然住在新家中舒适而又自在呢。

——所以，凡事都应当未雨绸缪，以防患于未然；倘若掉以轻心漠然处之，蜘蛛的结局就是前车之鉴。

# 174　狐狸颁奖

森林鸟国评选年度最佳歌手，群鸟踊跃报名参赛。乌鸦头一轮就遭淘汰，夜莺、百灵最终榜上有名。

颁奖大会上，"鸟国音乐协会"顾问鹰王为获奖者颁发奖品奖牌。夜莺、百灵手捧奖牌立于台上风光无限，台下掌声雷动，群鸟对它们俩表示热烈祝贺。

一旁的乌鸦见了，羡慕嫉妒之心油然而生。它想：自己的歌声独具特色，连担任"兽国音乐协会"主席的狐狸先生都对自己的音乐天赋仰慕不已。记得那回刚叼来一块肉停在树上，狐狸就慕名前来，死乞白赖地非要听自己演唱。虽然那回失去了一块肉，但却值得，毕竟自己的美妙歌声得到了兽国乐界名家的喜爱啊。可是，这鸟国的鸟们怎么都不懂得欣赏呢？

乌鸦越想越窝心，于是找狐狸倾吐心中的愤懑。

"果然是曲高和寡知音难觅呀，"乌鸦一见到狐狸就怨声载道大发牢骚，"我的歌声如此动听绝伦，连你都被我倾倒。可是那些鸟有眼无珠，夜莺、百灵那'下里巴人'的俚曲被捧为上品，而我这'阳春白雪'之雅音却无人赏识，这真是鸟国乐界的悲哀呀！"

狐狸哈哈一笑说："这有何难，小事一桩嘛！你不是想评最佳歌手吗？它们不评你，老狐我评你。你不是也想要奖牌吗？它们不颁发由我老狐来颁发，只要你肯出钱——老狐我可是'兽国音乐协会'的主席呀！"

乌鸦一听大喜过望，立刻交了大笔费用。狐狸也信守承诺，精心为乌鸦制作了一面大奖牌，授奖部门为"兽国音乐协会"。

于是，狐狸跟在后面，乌鸦手持奖牌四处炫耀："你们看，我也评上最佳歌手了，这奖牌可比夜莺、百灵它们的更大、更重，也更值钱哩！"

狐狸也在一旁帮腔："大家都来看看，这就是众望所归，乌鸦才是鸟国音乐界的精英呀！"

群鸟纷纷围上前来，一看乌鸦手里捧的是由"兽国音乐协会"颁发的奖牌，不禁哄堂大笑。

乌鸦得意扬扬地说："怎么样，都服了吧？从今往后我就是咱鸟国的最佳歌手了。"

"还真是不服不行啊，'走兽'跨国为'飞鸟'颁发奖牌实乃天下奇闻。你们俩啥时候合二为一禽兽不分了呀？"鹰王闻讯也来到现场，看见乌鸦和狐狸正得意忘形一唱一和，不禁嘲讽道，"这样的奖牌，你们一个敢颁发一个敢接领，虽都属厚颜无耻，但毕竟胆识过人勇气可嘉呀！"

乌鸦顿时大窘，扔下奖牌仓皇飞离而去；狐狸也自觉颜面无存，连忙拍拍屁股夹紧尾巴撒开四腿，跟着乌鸦溜之大吉。

于是，一场走兽为飞鸟颁发奖牌的闹剧落下帷幕，但却因此留下了笑柄，成为众生灵茶余饭后的谈资。

# 175　谁当警卫队长

据说很久以前，森林鸟国要成立空中警卫队，负责保护鸟国的地面安全。为了确保任命的警卫队长能胜任此职，鸟王要求群鸟推荐两名空中强者作为候选人，以便从中确定最优秀的一名来担任此要职。

群鸟知道由谁担任警卫队长事关重大，因此不敢掉以轻心，几经议论商讨，一致认为孔雀和鹰都是飞行高手，它们俩的飞行速度和飞行技能鹰排第一孔雀排第二，堪称群鸟中数一数二的佼佼者。两相比较，群鸟一致向鸟王建议，鹰是担任警卫队长的最佳人选。

不料鸟王听罢一锤定音：决定警卫队长一职由孔雀担任。群鸟大感惊讶，它们面面相觑不得其解，不知道这鸟王葫芦里卖的是啥药。

"诸位不必惊疑，本王自有道理，"鸟王胸有成竹说得头头是道，"虽然说孔雀技术上与鹰相比略逊一筹，但毕竟属于强者。关键是鹰的长相过于一般，羽衣更是土里土气；而孔雀则不然，它风度翩翩一表人才，特别是那长尾羽毛色彩斑斓，开起屏来光艳夺目。像这样有内在实力又有靓丽外衣的鸟中强者，难道不该受重用吗？"

群鸟无话可说纷纷散去；鹰也并不在乎是否当上警卫队长，它依然专注着搏击长空，让自己更加强健。

孔雀出乎意料地当上警卫队长，真有点受宠若惊。它明白自己受重用，关键是靠外表取胜而不是凭真本事。为了能得到鸟王的加倍宠信，孔雀更加注重自己的外表形象了。

于是上任之后，孔雀将主要精力用在了打扮上，它精心保养，更加容光焕发，身上的外衣愈加靓丽，特别是尾羽也越发粗长，开起屏来足以夺人眼球；只是身体越发沉重，飞行功能明显退化。它的卫队成员们也上行下效互相攀比，个个讲究装扮，谁也没有心思为提高自身素质而加强训练了。

这天，鸟王住所受到黄鼠狼侵袭，鸟王急切召唤孔雀队长及卫士们前来救驾，不料孔雀因身体笨重无法起飞，特别是长长的尾羽更成了累赘；卫队成员们见状也个个畏缩不前，任凭黄鼠狼凶神恶煞，大显威风。

正在危急时刻，鹰闻讯赶到，它毫无畏惧地俯冲直下，双爪紧抓黄鼠狼的后背腾空飞起，将黄鼠狼丢下山崖。

鸟王虚惊一场，它才发现过于注重外表而忽视内在的用人之道是何等愚蠢，于是重新任命鹰为警卫队长。至于孔雀则另派用场：你不是爱做表面文章吗？那就拖着沉重的尾巴尽力去表现自己吧。

所以时至今日，鹰依然展翅高飞傲视长空；而孔雀却再也飞不起来，只能在公园里开屏卖弄色相，供人玩赏了。

# 176　谁飞得高

麻雀看见蝴蝶正围着一束绽放的鲜花转悠，不禁嘲笑它。

"你这也叫飞吗？速度慢高度低，难怪只能围着花丛转，"麻雀神气活现地自吹着，"哪像我这样，飞得比你高，速度比你快，还能时时领略到大自然的风光，多惬意呀！"

蝴蝶自知无法与麻雀相比，只好默不作声。

正在树枝上休息的云雀听了麻雀的话止不住笑出声来："你又能飞多高呢？树梢下瓜棚上就是你的活动空间，敢与我相比吗？单凭我冠以'云'姓就知道我的本事，"云雀表现出不可一世的模样对麻雀炫耀着，"我在天空中可高可低，蓝天白云与我为伴，这才叫作'飞'，你能行吗？"麻雀一时语塞，与云雀相比，它顿时相形见绌。

"你们为什么都不能自谦些、不能客观公正地认识自己呢？这'强中自有强中手，一山更比一山高'的道理你们都不懂吗？"盘旋在上空的鹰见到云雀如此不知天高地厚，禁不住开口说，"你虽然飞得高，但一旦来了暴风雨又能如何？真正的'飞'应当像我这样，既可以一飞冲天，又可以自由翱翔，暴风骤雨中更能施展我的才能。就这样我也不敢自夸，因为我知道飞的本事再好，也飞不出蓝天。如此说来，你们还有什么可自傲的呢？"

鹰的一番话让麻雀与云雀羞愧难当。对比鹰的长处，它们才认识到自己的短处。也明白了可能你会比某些人强，但比你强的人会更多。所以当你孤高自傲瞧不起人时，请常常记住这句话——人外有人，天外有天！这样或许才能少出丑。

# 177　乌鸦的高见

乌鸦长相丑陋、声音沙哑，又无一技之长，在森林鸟界中寂寂无名。它看见众鸟都各具特色，时不时地一展才华出尽风头，心里既嫉妒又渴望着也能风光无限。它想：应该找机会好好表现一番，改变自己在公众中的形象。

清晨，森林中群鸟争鸣热闹非凡，特别是百灵鸟，高歌一曲，悦耳动听，格外引人注目，众鸟听得如痴如醉，交口称赞。乌鸦却在一旁摇头晃脑地发表高论："这歌声虽然好听，但音色不够圆润、声调尚欠委婉。咱鸟界歌手辈出，这种水平还是上不了档次的。"

晌午时分，燕子忙碌地捕捉着害虫，轻盈的身影时高时低地掠过田间，群鸟见了赞不绝口，夸奖它是鸟界的飞行高手。乌鸦则充作内行指指点点："其实没什么，算不了高水平，它只是沾了'身轻如燕'的光而已。咱鸟界中的飞行高手不乏其人，它有云雀飞得高吗？有鹰飞得远吗？"

傍晚时刻，孔雀在草地上翩翩起舞，时不时开屏像把大彩扇，形成一道亮丽的风景线，博得了群鸟的阵阵喝彩声。乌鸦不失时机地从中评头论足："这没啥稀奇，咱鸟界能歌善舞者比比皆是，它只是尾羽排列整齐一些罢了。如果和凤凰相比，充其量就是一只丑小鸭。"

就这样，乌鸦成为鸟界的活跃分子，经常出现在各个场合。有谁得到了赞誉，它总要语出惊人妄加评论一番，以显示自己与众不同。此举果然奏效，众鸟都以为乌鸦见多识广而对它刮目相看。于是乌鸦一举成名，摇身一变成为了鸟界的公众人物。

# 178　自作聪明的白猫

主人养了两只猫，一只黑猫一只白猫，共同负责养鸡场里的捕鼠除害工作。黑猫心眼踏实，白猫喜耍小聪明，但它们都忠诚履职，时不时地有老鼠被抓获，主人见了很是满意。

可是养鸡场里食物充裕的消息不胫而走，吸引了周边众多的老鼠蜂拥而至，一时间养鸡场里鼠患成灾。这群鼠辈猖獗至极，白日里明目张胆地与鸡争食，到了夜晚追逐嬉戏更是闹翻了天。黑白两猫不分昼夜见鼠必抓，忙得不可开交，还是不能根除鼠患。主人不堪其扰，从市场里购回数个捕鼠笼，把它安放在老鼠经常出没的地方。

白猫看见了大为恐惧，连忙将这消息告诉黑猫："不好了，大祸就要临头，咱们快点逃离这个地方吧。"

黑猫觉得莫名其妙，禁不住问道："到底发生了什么事情，竟让你如此惊慌失措？"

"你没看见吗？主人在养鸡场四周设置了许多捕鼠笼哩。"白猫神色慌张地说。

"真是大惊小怪的，这不是件好事吗？"黑猫松了口气说，"这段时间我们捕鼠够辛苦了，主人增添帮手是为我们减轻负担，让我们有时间休息，我正求之不得哩！"

"你傻呀，为什么不动脑筋想想，透过现象看本质呢？"白猫摆出一副老于世故的模样数落黑猫，"我们的职责就是捕鼠，现在主人又用了捕鼠笼，这不是多此一举吗？明显是主人对咱们的捕鼠表现不满意，所以想用捕鼠笼取而代之，这样我们的处境就危险了。"

黑猫不以为然地说："你别自作聪明了，正因为老鼠太多，我们难以应付，所以主人才用上捕鼠笼，但是我们还是灭鼠的主力军，使用了捕鼠笼怎么会对我们构成威胁呢？"

"你呀，就是四肢发达头脑简单！怎么就不能像我这样聪明一点呢？"白猫揶揄黑猫说，"那捕鼠笼不用吃食就能捕鼠，主人既能达到灭鼠目的又能节约成本，还养着我们干什么？我可不愿意坐以待毙，咱们还是快点逃走吧，趁现在还来得及。等到主人哪一天将我们卖到'猫肉馆'当下酒菜，那可就惨了！"

黑猫觉得白猫的想法不可思议，直言相劝："你真是脑洞大开聪明过头，完全是无中生有、杞人忧天！且问主人何曾亏待过我们？你就别再胡思乱想，还是安下心来，尽心尽力为主人捕鼠除害才是正道。"

不管黑猫怎么说，白猫一句也听不进去。它觉得大难就要临头，既然黑猫不听善言，白猫就独自急匆匆地离开了。

就这样，白猫过上了居无定所的流浪生活，常常忍饥挨饿受尽苦楚；而黑猫的日子却过得很舒心，它为主人尽心捕鼠，主人也真心实意地待它好，每次捉到老鼠，还能得到主人的奖赏。

——聪明本来是一件好事，但如果聪明过头或者想当然地耍起小聪明来，则可能聪明反被聪明误，最终吃亏的还是自己。


# 179　主人喂鹅


主人养了群白鹅，又围了一块空地做菜园，园内种了大白菜苗和结球甘蓝菜苗（俗称包菜），准备作为白鹅的辅助饲料。

经过主人的细心培植，园里的青菜渐渐长成。于是主人每天都到菜园里收等量的大白菜和结球甘蓝切成细条状搭配着喂白鹅。主人先撒下大白菜，白鹅一拥而上围着争相抢食，不长时间就一扫而光；接着主人再撒下结球甘蓝，白鹅们不乐意了，将结球甘蓝扒拉得满地都是，却一口也不吃，还伸长脖子冲着主人"嘎、嘎、嘎"地叫唤着表示不满。原来大白菜细嫩可口，白鹅喜欢；而结球甘蓝却是叶粗质硬口感差，因此白鹅不愿吃。

主人见状决定改变一下喂食方法。第二天，主人将两种菜切好后混合在一起，然后撒下喂白鹅。白鹅又一拥而上围着抢食，主人松了口气，心想毕竟还是笨鹅好糊弄。可是没一会儿，白鹅们又伸长脖子冲着自己"嘎、嘎、嘎"地叫唤着表示抗议，主人定睛一看又傻了眼。原来白鹅专门挑食大白菜，结球甘蓝又是被扒拉得散落满地。

此后几天，不管主人怎么喂，白鹅总是挑大白菜吃，对结球甘蓝连正眼也不瞧一眼，主人彻底没辙了。

这天，一位朋友来访，看见主人喂完鹅后站在一旁满脸沮丧，周围地面上散落着剩菜一片狼藉。朋友询问原因，主人大倒苦水，诉说几天来的喂鹅过程。朋友听了哈哈大笑说："这不是小事一桩吗？明天由我来投食喂鹅，管叫它们把两种菜都吃得干干净净。"

"别说大话了，你连鹅粪味都没闻过还懂得喂鹅？"主人不信任地嘲笑朋友。朋友则故弄玄虚不做解释，微笑着道别离去。

第二天一早，朋友来到主人家，帮主人将白鹅放出鹅棚，白鹅们饥肠辘辘围上前来"嘎、嘎、嘎"地乱叫着讨食。朋友接过朋友准备好的菜食，先将结球甘蓝撒向鹅群，白鹅们扒拉了几下虽然不喜欢，终究耐不住饥饿，只好不情愿地边发牢骚边进食，没一会儿就把结球甘蓝给吃完了。

接着朋友再将大白菜投喂给白鹅，白鹅们见了都高兴地扑扇着翅膀围上前来争相抢食，不大工夫也将大白菜吃光，然后心满意足地呼朋唤友相邀玩耍去了。

主人大感惊讶，想不到朋友还是喂鹅高手，于是连忙向朋友求教其中原因。

"动物的天性使然，没啥可奇怪的呀，"朋友漫不经心地说，"白菜和结球甘蓝口感差异大，白鹅当然选择喜欢的吃。你的两种喂法，白鹅吃完白菜时已经半饱了，结球甘蓝还有诱惑力吗？而今天则不同，饿了一夜的白鹅求食欲强，结球甘蓝口感再差，别无他物时也不得不吃，所谓的'饥不择食'就是这个道理，懂了吗？"

"原来如此，"主人茅塞顿开，不由得对朋友大加赞赏，"你今天让我受益匪浅，这看似'小事一桩'，却是人生的一大智慧呀！"

# 180  太阳、月亮和老人

一个老人进城办事耽搁了时辰，想返家时已近傍晚。老人急匆匆地往回赶，才到半路夜幕却已降临，天色渐渐黑暗，四周静寂无声。老人心慌意乱，跌跌撞撞地行走在乡间的小路上。

正在六神无主之际，一轮明月从东边冉冉升起，给大地洒下一片清辉，也照亮了老人前行的路。

老人顿时松了口气，他抬头仰望明月，由衷地发出赞美："多清纯靓丽呀，你真是上天的使者。你给我送来了光明，让我心里暖烘烘的，我该怎样才能感谢你呢？"

"其实，真正要感谢的不应当是我，我哪有这种能耐呀？"月亮闪亮着明眸，深情地眺望着远方谦虚地说，"我只是借助太阳的能量，反射了它的光辉。因此，我们都应该感谢太阳。"

太阳听了倍感欣慰，和蔼地做出回应："真好啊，你们都不忘本，都有一颗感恩之心。对于所有知恩图报的人，我都会源源不断地给他们送去光明和温暖的。"

# 181  狐狸的奉承术

小猪崽饱餐后惬意地躺在草堆上闭目养神。一只饥饿的狐狸出现在围栏外。

"多好的美食呀，"盯着小猪崽肥胖的身躯，狐狸两眼发光，愈加饥饿难忍。它围着猪圈转悠，可是除了紧闭的小门以外，再也没有其他可进出的路了。狐狸心有不甘，它挨近围栏趴下，盯着小猪崽动起了歪心思。

"哇，这不是天仙下凡吗，貌美如花、楚楚动人。"突然狐狸一声惊呼，仿佛遇见了稀奇事。小猪崽猛然间被吓醒，不由自主地翻身而起，睁眼看着狐狸，不知道发生了什么事情。

"果然是耳听为虚眼见为实，想不到这弹丸之地还居住着这样一位美丽的小天使，真可谓鸡窝里飞出金凤凰呀！"狐狸故作惊讶，曲意奉承，对小猪崽大加赞美，"瞧你这双媚眼勾人魂魄、一对大耳撩人心扉，还有那不大不小的嘴鼻、不长不短的尾巴，再披上这身黑白相间的皮衣更是锦上添花。哎呀呀，真是大自然的造化，集天下美丽于一身，你真是上天的宠儿呀！"

小猪崽初次听到如此赞美声，不由得心花怒放，兴奋得几乎停止了呼吸。它似乎才明白自己竟然如此绝艳，懊悔自己怎么没早察觉呢？

"可是呀，美丽的小天使，我时时为你蒙受毁谤、遭遇不公而愤愤不平，"狐狸话锋一转，"森林中那些小心眼鬼因羡慕产生嫉妒而处处贬低你。大象说你的五官不如它美，斑马称它的外衣比你靓，甚至连野兔也口出狂言要和你比尾巴！这都是由于它们孤陋寡闻，未曾见识你的尊容才敢如此狂妄。小美人，快离开这禁锢了你美丽的鬼地方，随我回森林中去吧。你的出现，一定会让那些丑家伙个个相形见绌、无地自容的。"

狐狸的一番话让小猪崽怦然心动。它既为重新认识了自己的美貌而欢喜无限，又恼恨竟然有人不知天高地厚敢和自己相媲美。于是听从了狐狸的劝诱，呆头呆脑地打开内锁跨出栏门，要随狐狸一同回森林。

狐狸按捺不住急切的心情，一个猛扑将小猪崽轻易抓获。看着小猪崽一脸傻相不知所措，狐狸乐不可支地说起风凉话来："你果然美丽诱人，至少我不会怀疑，因为我总算有美味填腹了。特别是你缺少智慧的笨脑瓜和人见人爱的胖身材如此相匹配，这是一件多么令人欣慰的事呀！"

话音一落，狐狸就迫不及待地咬断了小猪崽的喉咙，不大工夫就把小猪崽给吞食了。

——不要轻信甜言蜜语，警惕其间包藏有祸心。

# 182 罗汉松与红玫瑰

主人在后花园种植了一棵罗汉松，又在树旁边摆放了一盆红玫瑰。

对于新到来的邻居，罗汉松表示真诚的欢迎，却看到红玫瑰低垂着叶子显得无精打采。罗汉松觉得有些奇怪，问："你怎么如此垂头丧气的，啥事惹你不开心了？"

"咳，还不是因为咱家主人，"红玫瑰满腹牢骚，"你说后花园场地这么大，哪处不能容我安身。可主人却偏偏要将我和你摆放在一起，这不是成心想让我出丑吗？"

罗汉松大感意外，说："你咋会有这种念头，咱俩当邻居不是挺好吗？和我摆放在一起怎么就会让你出丑了呢？"

"唉，这不是明摆的事实？你身份高贵、伟岸挺拔、冬天傲霜斗雪、夏日不惧酷暑，人们对你赞誉有加视为楷模。而我呢？"红玫瑰觉得挺自卑，"只是一盆微不足道的观赏花木，哪有资格与你相提并论，摆放在一起不是更让我相形见绌了吗？"

"原来是这么回事，"罗汉松一听笑了，它和蔼地劝说红玫瑰，"你怎么能如此自轻自贱呢？我还挺羡慕你哩。你花开艳丽香味四溢，蜂蝶围着你团团转，多神气呀。而且从你的花中还可以提取香料造福于人类，这点上与你相比我更自愧不如。"红玫瑰听了心情有些开朗起来。

罗汉松接着开导说："其实人各有所长，也有不及于他人之短，所以万不可以自己之短比别人之长，这样只能产生自卑心态，终究将会一事无成。"

红玫瑰默默聆听着若有所思，罗汉松继续晓之以理："所以务必记住，任何时候都不能失去自信心。而且我们可以成为好邻居，你开花为我当陪衬，我则为你挡风雨，咱们相辅相成相得益彰，不就形成亮丽风景了？"

罗汉松的一番话让红玫瑰心花怒放，顿时恢复了自信。它更加茁壮地成长，时时绽放的花朵香气袭人。人们在盛赞罗汉松高风亮节的同时，也赞美红玫瑰为大自然增添了生机和色彩。

# 183 主人宠猫

庭院里鼠患成灾，主人被搅得家室不得安宁，于是从养猫朋友处要来一只"中华田园猫"，决心狠狠惩治这群可恶的害人精。

"中华田园猫"俗称"土猫"，是猫族中的捕鼠高手。为了使该猫能"虎虎生威"而让鼠辈们闻风丧胆，主人给它起了个响亮的名字——"虎猫"以壮声势。

"虎猫"果然是猫族中的佼佼者，它身手敏捷捕鼠有方，常常趁鼠贼窃食不备之机突袭抓捕使其成为自己的口中食。一段时间后老鼠被捕杀大半，幸存者吓破了鼠胆，争相逃离，另寻别处安生去了。于是整个家院恢复了宁静，"虎猫"也更得主人的宠爱了。

然而"虎猫"并不是完美无瑕的。它在捕杀老鼠的过程中，也耳濡目染地从老鼠身上学到了偷窃的技巧。于是，当庭院里消除了鼠患后，"虎猫"却步老鼠的后尘，也干起了偷鱼窃肉以饱口福的勾当。

主人虽然发现了却从不加以谴责，反而想方设法找理由为"虎猫"开脱责任。

"这也难怪，没处捕捉老鼠充饥，饿了拿些食物填腹也是可以理解的，何必太较真呢？"主人表现得宽容大度，有时这样说。

"唉！这怎么能怪'虎猫'呢？说起来是我的责任，今天忙事忘了喂食，它肚子饿了自然要去找吃的。我们人类也是这样，不然哪会有'饥不择食'这个成语呢？"有时主人如此自责。

但更多的时候主人是这样说的："就让'虎猫'偷吃些鱼肉又何妨呢？人家可是灭鼠的有功之臣。再说了，我宁可被'虎猫'偷窃十回，也绝不容忍让老鼠得逞一次！"

——对于自己所厌恶的，对方的半粒沙子也容纳不下；一旦宠爱了谁，那他纵有再大的缺点也可忽略不计，世人的心态往往就是这样。

# 184　菜农除虫

　　菜农在菜园里种上青菜苗，常常松土除草浇水施肥，经过一段时间的精心培育，棵棵青菜长势良好，叶宽茎壮、绿里带油，菜农看在眼里，喜上眉梢，心想，这种上等品相的青菜收获上市后，肯定能卖出个好价钱来。

　　不久，菜农外出办事数天，回到家中这天一大早就来到菜园里，却看见青菜叶面出现许多洞眼，还有菜虫在爬动，原来青菜上长虫子了。

　　菜农蹲下身子想捉虫，才发现几天没来菜园，菜虫已经泛滥成灾，每棵青菜上都有许多虫子，有的虫子快长成稻秆子粗了，单凭用手一只只捉拿如何能除得干净呢？

　　见到自己辛苦种植长大的青菜眼看着就要收获，如今却让菜虫糟蹋得不成样子，菜农几乎气晕了，恨不得把这些虫子一个个踏成肉泥，可是又能采取什么办法呢？菜农一时束手无策。

　　猛然间，菜农看见菜园外一群家养的公鸡正在刨土觅食，顿时有了主意。他想：这菜虫自古以来就是鸡族的上等佳肴，何不让鸡来捉虫，既可除虫害又能填饱鸡腹，如此一举两得，何乐而不为呢？

　　"哼！看你们这些害人虫还能猖獗几时，我要让你们从菜园里彻底消失！"菜农自以为得计，打开菜园门，将这群公鸡放进菜园里来。看着公鸡们争相啄食着菜虫，菜农总算出了口恶气。他安慰自己："等着瞧吧，让这群尖嘴鬼都痛痛快快地吃个饱，到时候就见不着虫影了。"菜农为能想出这种一劳永逸的除虫方法而沾沾自喜。

　　傍晚时，菜农打开菜园的门，一看却傻了眼：公鸡们一只只都吃饱了躺在树荫下休息，而菜园里却是一片狼藉，棵棵青菜东倒西歪，菜根烂叶散落满地。菜园里的确找不着菜虫的踪影，可是青菜呢？完整的青菜却没剩下几棵。

　　看着眼前的惨象，菜农痛心疾首、追悔莫及："唉，我怎能只顾眼前利益而不计后果呢？我想借公鸡之力除虫害，却忽视了这群尖嘴鬼的破坏力。如今是得不偿失，真是自作自受呀！"

# 185　牧羊犬的职责

　　主人养了十来只羊，每天都将羊赶往南山坡上吃草，自己则去另干他活。

　　该座山上有两只狼，一只黑狼一只灰狼，它们三天两头地前来骚扰群羊，还先后咬死叼走了几只，最后只剩下了两只羊惶恐不安朝不保夕，令主人烦恼不已。

　　为了保护这两只羊，有朋友送主人一只德国牧羊犬，又称"德国狼犬"。它体形高大、外观威猛、行动迅捷，是牧羊的上佳犬种。

　　此举果然奏效，牧羊犬的出现，极大地震慑了这两只恶狼，它们再也不敢轻易接近羊了。两只羊的安全终于有了保障，主人也感到格外放心。

　　这天，主人忙完事情来到南山坡，看见两只羊正安静吃着青草，牧羊犬趴在一旁眯着眼睛养神，再往前看，黑狼和灰狼就在前面不远处一左一右地蹲坐观望着，似乎想伺机行事又不敢轻举妄动。每当哪只狼想接近羊时，牧羊犬就起身在周围巡视，这只狼就会吓得赶紧退回去，牧羊犬也就再趴下原地休息。

　　主人觉得不满意，批评起牧羊犬来："我说老伙计，你可不能疏懒成性，饱食终日而无所事事，不是趴着养神享清福，就是踱着方步赏风景，面对恶狼虎视眈眈蠢蠢欲动你也不当一回事，这可怎么行呢？"

　　牧羊犬既感到委屈又觉得困惑：自己尽心尽职保护羊的安全也算卓有成效，主人没有奖赏也就罢了，怎么反而责怪起自己来了呢？

　　"虽然现在羊的安全有了保障，难道就能满足了？不！这只是治标不治本，"主人并不理会牧羊犬，自顾自继续说着，"只要有狼存在，威胁也就存在，因此你要变被动防守为主动出击，只有根除了狼祸才能使羊安宁。这道理明白了吗？"牧羊犬似懂非懂地点着头。

　　"那你看好了，两只恶狼就在前方，这正是斩草除根的大好机会，"主人鼓励牧羊犬并发出了指令，"快勇敢地冲上去灭了它们吧，再不动手更待何时！"

　　牧羊犬坚决执行主人的命令，它毫不迟疑地置正在吃草的两只羊于不顾，勇敢地朝较近的黑狼猛扑了过去，黑狼见状连忙扭头就逃，牧羊犬随后紧追不舍，渐渐离羊而去。

在不远处的灰狼见状大喜过望，这不相当于是"调虎离山"了吗？于是趁无牧羊犬在场之机肆无忌惮地扑向两只羊。主人吓得躲在树后大气也不敢喘一声，更不敢上前阻止，只能眼睁睁地看着张牙舞爪的灰狼咬死两只羊后，拖着一只羊扬长而去。

主人这才醒悟，牧羊犬的职责是保护羊而不是追杀狼。主人想大声呼唤牧羊犬，可是牧羊犬又在哪儿呢？

——所以，做事情要分清主次和本末，一旦倒置了，后果或将不堪设想。

# 186　乐善好施的田鼠

田鼠在田边一棵大树下打了个洞，洞内又深又宽畅。田鼠在洞中安了家，还建了个粮仓，储备了大量食物以供过冬。

隆冬季节气温骤降，空中飞雪覆盖了整个田野，大地一片白茫茫。田鼠惬意地躲在温暖的洞中，衣食无忧，日子过得舒服而又滋润。

这天，田鼠发现几只山鸡正饿着肚子，在天寒地冻的田野里扒着积雪寻找食物，不觉动了恻隐之心，于是钻出洞外向山鸡们打招呼。

"可怜的鸡族弟妹们，大家受苦了。真难为你们大冷天的还要冒着严寒在雪野里刨食充饥，让我看了有多难受呀。"田鼠一副悲天悯人的样子，似乎心疼得要流出眼泪来，"你们都知道，本人一向心肠软，看见你们这样，我恨不得能取而代之替你们受苦啊。"

田鼠充满人情味的一番话让山鸡们深感意外，个个好奇地瞪圆小眼睛望着田鼠。它们想不明白，这田鼠今天怎么会一反常态发起善心来了呢？

"哦，你们不了解我，这也难怪。但是苍天可鉴，咱鼠族与生俱来就有一副菩萨心肠，"看见山鸡们惊疑的目光，田鼠连忙自我表白，"况且我的秉性慷慨大方、乐善好施，看见你们处境如此窘迫，我多么希望能切切实实地帮你们一把呀。"

田鼠的一番肺腑之言感动了山鸡们，从心理上拉近了它们之间的距离。

"要说啊，今天遇上我是你们的造化。都快过来吧，我洞里食物应有尽有，一定会满足你们的需求。"田鼠热情地向山鸡们发出邀请。

听说有吃的，饿了几天的山鸡们高兴极了，纷纷围上前来，满心企望着能饱餐一顿。

"说吧，你们想吃什么？稻谷、小米、大豆、高粱？我不敢强迫你们要吃什么，你们可以到我的粮库里自己动手，各取所需，数量上更不限制，尽管拿好了，我可丝毫不会吝啬的。"田鼠表现得非常大方。

可是山鸡们想进洞时却个个傻了眼：那比自己身体小得多的洞口，田鼠能进出自如，咱鸡族怎么进得去啊？看着洞里琳琅满目的食物，山鸡们却只能望洋兴叹无福享受。它们失望了，一个个垂头丧气地转身离去。

"别走啊，干吗这么客气呢？都到洞口了也不进去取些满意的食品充饥，多见外呀！"田鼠热情不减，依然冲着山鸡们的背影大声挽留，"而且你们都看到了，我的仁爱之心、慷慨大度无人可及。帮助弱者，咱鼠族历来都是不遗余力的！"

于是，田鼠慈悲为怀、乐善好施的行为在禽兽界传为美谈；而且，尽管山鸡们光临，可洞内的存粮却颗粒未少。田鼠心中窃喜，佩服自己能想出这高招，真可谓名利双收、一举两得啊！


# 187　一个种花人


一个喜欢种花的人，在居家后园中开辟了一块花圃。种花人在花圃中精心种植了各种四季花卉，一年到头都能观赏到盛开的鲜花。种花人引以为豪，美其名曰"百花园"。因此，时常有游客慕名来花圃中赏花。每当听到客人们对艳丽鲜花的赞美，或者听见称赞自己种花好手艺时，种花人就得意非凡，心理上得到极大的满足。

种花人有个小心眼的邻居，见了既羡慕又嫉妒，时常充作内行嘲笑赏花游客："你们真是少见世面，孤陋寡闻。这'百花园'虽然品种繁多，开的花也算艳丽，但哪一种能称得上是名贵花卉呢？总之都是不上档次的，只能免'雅'让俗人共赏了。"说罢还要耸耸肩摊摊手做些肢体动作，以表示自己与众不同，是高雅之人。

声音传到种花人耳中，种花人气愤难平。他想，自己费尽心血营造的"百花园"倾倒多少赏花游客，这邻居竟然还要吹毛求疵，以花卉不名贵为由贬低自己。既然如此，自己一定要种出最名贵的品牌花卉，既可堵住邻居的嘴，也让自己一鸣惊人。

于是种花人四处求教行内的人：百花中哪种花卉最名贵？有人告诉他，洛阳牡丹乃花中之魁，而十大牡丹名花品种中当数姚黄、魏紫最为尊贵，数量也少，因此被誉之为花王、花后。

种花人得知后喜出望外，不惜重金前往洛阳买回姚黄、魏紫二株牡丹，种植于高档花盆中，并将全部的时间和精力都放在培育这两株牡丹花上，平时松土、浇水、上料、整枝，细心照料唯恐有半点疏忽。除了这两株牡丹，他放弃了一切。

有朋友见了奉劝他："你不能为这两株珍贵的牡丹而置花圃中的众多花卉于不顾，如此舍本逐末，岂非得不偿失？"

种花人不以为然，说："你不懂，不是有人称那'百花园'中的众花均是俗品吗？看来只有姚黄、魏紫这二株牡丹是花中之王、王后，这才是绝世珍品。我只要精心照料好它们，一旦培育成功，还有谁敢对我不刮目相看！"朋友觉得种花人已经不可理喻，只能摇头叹息离去。

果然功夫不负有心人，姚黄、魏紫两株牡丹长得苗壮又有姿色，开放的鲜花或淡黄或深紫，朵朵呈皇冠形，和含苞待放的花蕾相映成趣，隐现于绿叶中，真是形态万千、娇媚无比，一时间轰动了整个花坛。前来观赏者络绎不绝，交口称赞，更有许多花迷请求介绍经验传授技艺。众人纷纷称他是一位出色的种花人。

可是遗憾的是，为了培育两株名贵的牡丹花，种花人把整个花园都给荒废了。牡丹花培育成功，种花人誉满花坛，而"百花园"里的众花却已枯萎殆尽。

尽管种花人一举成名，但明白人心中有数：为了两盆牡丹花的培植而抛弃了整个花圃，这样的人不配当种花人，至少有愧于"出色种花人"的称号。

# 188　牛鼻绳和马缰绳

一户人家养了只猴子帮忙放牛。这只猴子极有灵性且善解人意，农忙时，主人下田干活扛着农具走前头，猴子就提着牛鼻绳牵着水牛跟随在后，收工回家也是如此，而闲暇时则牵着水牛到野外吃草。

过往行人见了无不交口称赞："这猴头可真有能耐，偌大的一只水牛被治理得服服帖帖，任由它牵着鼻子走，这牛脾气怎么都不犯了呢？"

猴子听了得意不止，觉得自己果然了得，于是平日里每当牵起牛鼻绳时就趾高气扬，表现出不可一世的模样。

这天，猴子牵着水牛在不远的草地上放牧，主人有个朋友骑着一匹黑马前来拜访。主人迎客入内，将黑马留在草地上吃草，嘱咐猴子好生照顾。猴子初见黑马觉得挺新鲜，大大咧咧地上前就去牵马缰绳。

黑马抬起头来不高兴地问道："我正在吃青草，你干吗无缘无故动我的缰绳？"

猴子不觉一愣，随即沉下脸来斥责道："放肆！敢用这种语气和我说话，知道我是谁吗？我是专门牵绳子的！"

"别人的绳子你怎么牵我不管，可是我的缰绳决不允许你随便乱牵。"黑马不客气地发出警告。

猴子一听来气了："你胆子真不小，竟敢与我较劲！那水牛的肚皮比你大，头上还长着两只角，该比你神气吧？它的牛鼻绳我都照牵不误，你的缰绳怎么就牵不得？"说罢，牵着马缰绳就要往前走。

不料黑马一甩脖子收紧缰绳，猴子猝不及防，缰绳脱手掉到地上，自己一个趔趄险些跌倒。猴子恼羞成怒，大声喝骂："好你个黑炭头，反了天了，今天我非要好好教训你一顿不可！"说着重新拾起缰绳，还在手腕上缠了几圈，然后使劲牵着想继续朝前走。

黑马愤怒了，它仰头长嘶，撒开四蹄就跑，猴子收不住脚摔倒在地，连滚带爬地被黑马拖了一段路程，好不容易才解脱了缰绳，但是已经被碰撞得鼻青脸肿，身上伤痕累累。

黑马溜达了一圈，慢悠悠地来到猴子眼前。猴子揉着伤处，哭丧着毛脸抱怨道："我同样都是牵绳子，可是牵牛鼻绳和牵你这根马缰绳的结果却截然相反，你说这到底是啥原因呢？"

看着猴子一副可怜相，黑马告诫它："别高估自己了，以为啥绳子你都能牵得。还是重新认识自己，凭能耐办事吧，安心牵你的牛鼻绳去，这才是正道！"

# 189　蓝鸽打猎

主人养了只鹰打猎，又养了一只蓝鸽用以传递信息。

蓝鸽看见鹰每次随主人外出打猎总有收获，有时是山鸡有时是野兔，鹰也时常得到主人的奖赏。蓝鸽很羡慕，问鹰："这打猎的活肯定很轻松吧？啥时候我也跟着去露一手。"

鹰说："这可没那么容易，打猎是辛苦活，特别是那野兔，精灵胜过猴子、奔速不输狐狸，有时抓一只也要折腾许多时间哩。你呀，不是打猎的料，还是干好你的老本行，为主人传送信息吧。"

蓝鸽不高兴了，说："你怎么如此小瞧人？我也不是无名之辈。我身强体健，双腿粗壮有力，飞行能力卓越，一天持续二十小时如小事一桩。再说，我身份高贵，我的祖先在古代还被封建帝王视为宫中珍禽呢！"说完扬扬自得，似乎连鹰都不如自己。

鹰说："虽然你有荣耀的家族史，更有过人的自身优势，但这都与打猎无关。总之你不适合干这类活。"

"你怎么老是挫我的锐气，该不是嫉妒我吧？"蓝鸽不客气地指责鹰，"说白了，你吹捧野兔有多厉害，是为了抬高自己，再贬低我的能力，是怕我参与打猎与你争功。下次打猎我非要抓几只野兔给你瞧瞧不可。"说罢赌气转身离开。

第二天，主人又带上鹰打猎去了。蓝鸽二话没说，急匆匆地跟着出发。它怕如果有猎物被鹰先发现了，自己没机会逞能，于是抢先飞在了鹰的前面。

秋天里农作物已经收获完毕，俯瞰着田野，大地上一览无余，诸物尽收眼底。猛然间，蓝鸽发现一只野兔正顺着田埂移动，心中不禁一阵狂喜，它想这正是自己大显身手的好机会。于是不等主人发出命令，就迫不及待地模仿鹰捕猎的姿势，收起翅膀，一个俯冲朝野兔猛扑过去。

机警的野兔听到声响向前跳跃一步，蓝鸽扑了个空收不住身子，一下子撞到地面上，两眼直冒金星。好在蓝鸽意志坚强，它忍痛起身又朝野兔扑去，两爪很幸运地抓住了野兔背上的毛。它想带着野兔腾空而起，却发现野兔既胖且重，根本无法撼动；想松开爪子，爪子又被兔毛紧紧缠住。正当心慌意乱之际，野兔扭头对着它的大腿狠咬一口。一阵痛楚之后，蓝鸽终于挣脱了野兔，重重跌落在地；野兔则一溜烟似的跑开，转眼不见了踪影。

当鹰和主人赶到时，负伤的蓝鸽正狼狈不堪地躺在田埂边呻吟不止。

"你这不是在帮倒忙吗？囊中之物被你轻易放跑，这功劳可真不小呀。"望着垂头丧气的蓝鸽，鹰揶揄它，"这下该明白了吧，打猎不是轻松活，至少没你想象的那么容易。你天生不具备打猎条件，就乖乖待在一旁帮主人送信、解闷，干些轻松活。至于打猎，你就别再逞能了。"

——别过高地估计自己的能力。莫认为别人能干的事自己也能干。凡事量力而行才不会吃亏，也避免出丑。

# 190　一窝田鼠的覆灭

田鼠把窝安在极为隐蔽的田野草丛中，洞内深而宽阔，一家老小就住在其中。每当田中稻谷成熟之际，这群鼠辈就趁夜出动，除了吃饱，还啃断稻秆、将稻穗盗回洞中储存，以备过冬之需。农民们见到即将收获的劳动成果被肆意糟蹋，又无处寻找这些鼠害的藏身之处，就只能心痛不已干瞪眼。

秋收过后，田野上留下了被晒干的稻草，农民们把稻草堆成草垛，防止受到风雨的侵蚀，以备日后用作燃料或牛的饲料。

严冬到来，大雪冰封。田鼠在洞窝里感到越来越寒气逼人。它想，应该找一个更好的住处，舒舒服服地度过这个寒冬。

它钻出洞口，一眼就看上了这个又高又大的草垛堆，心中一阵狂喜。它想："这真是个理想的好居室，把窝安在草垛中心，四面八方稻草环绕，风吹不到雨淋不着，一家老小依偎在一起，温暖而舒心，又有足够的粮食吃上一个冬天，跟那个又湿又冷的洞窝相比，真是天壤之别呀。"

打定主意，当天晚上，田鼠带着一家老小连夜行动，打洞的打洞、搬家的搬家，折腾了一个夜晚，总算把一切都安排就绪。现在，它们住上了舒适的窝，没人来打扰，日子过得挺滋润，也丝毫感觉不到外界正值严冬腊月、大雪纷飞。

转眼冬去春来。当田鼠一家还沉浸在甜蜜的温柔乡里时，春耕已经开始，草垛堆的稻草被层层搬走了，田鼠精心营造的安乐窝瞬间被暴露在众目睽睽之下。在众人围追堵截的喊打声中，田鼠一家老小东奔西躲，终究逃脱不了覆灭的厄运，先后在农民们的锄头下断送了性命。

"多行不义必自毙，你们是咎由自取！"一个农民指着田鼠的尸体恨恨地说，"凡是做了坏事的，躲得了一时也躲不过一世。时机一到，一切必报，这就是天道！"

# 191　老将与小卒的对话

四四方方的象棋盒里，老将与小卒并列排放在一起。看着身边的小卒貌不惊人、地位卑微；想想自己作为老将，身份自然比小卒高贵许多，老将情不自禁得意起来了。

"怎么样？我老将、你小卒，咱们俩身份悬殊。今天有幸和我平起平坐，你就算不自卑，也应该会有受宠若惊之感吧？"老将用居高临下的口吻对小卒说。

小卒白了老将一眼说："没啥感觉啊，在棋盘上你我都只是一颗棋子，有差别也只是称谓不同而已，哪有尊卑贵贱之分！"

"咱先不说棋盘，那只是虚拟的世界，回到现实中看看。"老将表现得不可一世，傲气地对小卒说，"如果在军队里，你就知道老将有多值钱了！俗话说'千军易得，一将难求'，说明老将的价值抵过千军，他的地位是多么至高无上呀。"

小卒不卑不亢地回答："老将固然重要，但千军分量更重，它们只有相辅相成、互相配合才能克敌制胜！如果只有老将而没有千军，你一个光杆司令能干得成啥事，又能成啥气候呢？"

老将受到奚落，但它并不善罢甘休，仍然自吹自擂并对小卒反唇相讥："你真是孤陋寡闻！在军队里，老将运筹帷幄、决胜千里、功勋卓著、彪炳史册；而那些无名小卒，又有谁会记住它们！"

"难道你不觉得这种思想境界很低吗？"小卒毫不客气地讥讽说，"常言道'一将功成万骨枯'。将军的丰碑是建立在万千小卒的血肉身躯上的，如果自己功成名就，就忘掉那些舍生忘死冲锋陷阵的小卒，这种低素质的人根本不配当将军！"老将一时语塞。

"回到棋盘上，咱再说说虚拟中的你我吧，"小卒坦然自若地接着说，"当全局一盘棋时，人人都冲锋陷阵、拼死拼活地保护你，你却身居高位而不担其责，只懂当缩头乌龟东躲西藏，羞不羞呀？而我小卒一名却胸怀大志，过了河界就左冲右突，有进无退，勇于献身，我有这种大无畏的气概，还有必要自卑吗？"老将张口结舌，不知该如何回答。

小卒不再理会老将，它仰望天空，自言自语道："只可惜这世上徒有虚名者大有人在。如果此等大人物有幸和我这无名小卒平起平坐，你说它就算不自卑，是否也会有受宠若惊之感呢？"

老将羞愧难当，彻底沉默了。

# 192　烧虱子

一个流浪汉，白天靠乞讨度日，晚上栖身于村头废弃的破屋里。严冬来临，有钱人身穿棉衣头戴皮帽还觉得冷；流浪汉晚上睡觉时却只有一床旧棉被取暖，白天也只能穿件破棉袄御寒，经常被冻得直打哆嗦。

俗话说穷长虱子富长疮，流浪汉也不例外，身上同样长了许多虱子。平时奇痒无比自不必说，就连半夜三更睡觉也不得安宁，时常被虱子咬醒。害得流浪汉几乎天天捉虱子，但总不能根除。

这天夜晚，流浪汉回到破屋又冷又饿，在屋里架些干柴烧火取暖，很快就进入梦乡。正睡得香甜时，被虱子咬醒，浑身发痒不知该往哪处挠。流浪汉气得直咬牙，干脆一骨碌爬起身来恨恨地说："看看今晚谁更狠，你们不让我好受，我就更不让你们好活！"说罢，脱下破棉袄扔到火堆里去了。

看着破棉袄在火堆上被燃烧，同时听到一连串毕毕剥剥的响声，空气中还弥漫着那些虱子的烧焦味，流浪汉开心极了，说："总算让我出了口恶气！今天给你们来个斩草除根，从此我就可以不受这皮肉之痒了。"

天亮了，流浪汉想起床时顿时傻了眼，虱子果然全被烧死，可是破棉袄也在火焰中化为灰烬。看来今天只能裹着旧棉被上街乞讨了。

——所以做事情必须三思而后行，不能为逞一时之意气而不计后果，否则一旦铸成大错将悔之莫及。

# 193　张三种花

张三喜欢种花，他看见朋友的小花园里经常花团锦簇、花香四溢，心中很是向往，于是买回一款样式新颖、造工精细的瓷花盆摆放在阳台上，并从朋友处讨来一株鸡冠花种植在其中。

鸡冠花因形似鸡冠而得名，其颜色鲜红，呈扁平状，素有"花中之禽"之美誉，极具观赏价值。可没欣赏几天张三就不满意了，觉得鸡冠花虽然艳丽多姿颜值高，但美中不足的是缺少花香味。那天晚上他曾在朋友家闻到从小花园里飘出的夜来香味，令人心旷神怡，于是移出鸡冠花，和朋友商量着换回一株夜来香种入花盆里。

夜来香果然香味扑鼻，还有驱蚊功效。可几天后张三又不满意了，他发现夜来香虽然名副其实，但只在夜间开花，白天闭合时却索然寡味，且缺少观赏性。于是张三又找朋友商量，将夜来香返还朋友，换回一株玫瑰种上。

玫瑰花盛开了，鲜花绚丽、多彩多姿且幽香醉人，张三平日里既可赏花又能闻香，心中好不惬意。可是时间长了又觉得虽然玫瑰花色香俱全，但毕竟只是一般花卉，缺少贵气。听说牡丹雍容华贵乃花中之王。如果精美的瓷花盆种上一株牡丹，必然是锦上添花相互映衬，那才气派哩！

张三找朋友提出想换种一株牡丹。朋友用异样的眼光瞧了瞧张三说："劝你别种花了，更别种牡丹，你不是种花人。"

张三不高兴了，问："我怎么不是种花人？我种过鸡冠花，种过夜来香，还种过玫瑰花，不是都生长良好吗？"

"那现在你的花盆里还有它们的影子吗？"朋友反问道，"大千世界，各种花卉数不胜数，它们都各具特色但并非十全十美。而你种了鸡冠花嫌弃没香味，种了夜来香嫌弃少姿色，种了玫瑰花又嫌弃没品位，这哪是个种花人呢？"

张三无言以对，但不服气，又问："那你还劝我更别种牡丹，又是何道理呀？"

"你想种牡丹，但了解牡丹吗？牡丹被列为国花，其花大而味香，故有'国色天香'之美称。"朋友如数家珍侃侃而谈，"而且牡丹品类繁多，诸如姚黄、魏紫、赵粉、黑魁等，数量超过五百多种；其花色也多，有白色、红色、黄色、紫色、绿色、雪青、墨紫、淡黄以及各种复色，真可谓一应俱全，令人眼花缭乱。试问你想要种植哪个品种，又喜欢哪类花色的牡丹呀？"张三听得目瞪口呆，竟不知如何回答。

"按照你往日种花的秉性，我敢断定，今天你种下了牡丹，明天可能又不满意了想换另外一个品种。这五百多个品种花色各异的牡丹会让你无所适从，所以劝你别种牡丹，是否言之有理呀？"

望着张三若有所思的神态，朋友意深味长地说："其实种花跟做学问、干事业同一个道理，既然选定了目标，就要不懈努力，持之以恒才会出成果。如果经不起诱惑而朝三暮四、见异思迁，总是这山望着那山高，终究将会一事无成的。你说是吗？"

"听君一席言，胜读十年书哪，真感谢你不吝赐教，"张三由衷地对朋友说，"你不但让我懂得了如何种花，还让我懂得了如何做学问干事业，今天真是获益匪浅呀！"

# 194　大眼猴照镜

大眼猴眼大脑灵，身手敏捷，在动物界颇有名气，它也因此自诩不凡，事事不甘居下，总想着要高人一等。

它看见孔雀在草坪上翩翩起舞引来众多的围观者，特别是开屏时，花团锦簇、美不胜收，像一把大彩扇，更博得众人阵阵赞美声，嫉妒之心油然而生。它想，决不能让孔雀独占风光，也要让人们见识到自己的美。

于是，它戴上草帽，披件风衣，也来到草坪上，随着孔雀的舞步，一招一式地模仿人的动作，跳起时尚的广场舞来，形态独特、惟妙惟肖，让人忍俊不禁。围观者纷纷为它喝彩："快看这猴头多可爱，这身打扮别具一格，舞步更胜孔雀一筹，说来还真有点人样哩！"

大眼猴听了顿时神气活现，虚荣心也得到了极大的满足。它想：世间最美者莫过于人类，如今自己有点人模人样了，自然而然也美丽。更何况"美猴王"乃自家先祖，根据进化论的原理，青出于蓝而胜于蓝，后人之美自然应当胜过先人。只可惜自己空长了一双大眼，虽能尽观世间事物却无法目睹自己的芳容，真是憾事一桩呀！

总算天遂人愿。这天，大眼猴拾到不知何人遗落的一面镜子，它欣喜若狂，心想终于有机会欣赏自己的美丽容颜了。

于是它高兴地抱着镜子，找了个僻静无人处，迫不及待地对着镜子照起来，满心期待着能看到一个英俊潇洒的"美猴王"形象，可它却失望了。

镜面中清晰呈现出了丑形怪状：大眼球、尖下巴、皱额角、塌鼻梁，再配上凸脑门、龇牙床，真是要多丑有多丑。大眼猴左观右瞧越看越堵心，不禁破口大骂："这是啥破镜子，怎么会照出这样的丑八怪来！幸好这不是我，不然我可要无地自容了。"

大眼猴一边自我安慰着，一边将镜子朝地下扔去，只听见"啪"的一声，镜子被摔得粉碎。

镜面中大眼猴的丑相消失了，可是现实中的大眼猴却依然存在。

——自己丑，视而不见已是荒唐；若再怪罪于镜子，则只会让自己丑上加丑而被世人耻笑。

# 195　壁虎攀亲

壁虎貌不出众、人微言轻，除了有"断尾求生"的独门绝技以求自保外，再无其他令人信服的本事了，因此在动物界里谁都瞧不起它，还经常受人欺负。这使得壁虎倍感窝囊，自尊心受到了极大的伤害。它决心要重塑形象，提高自己的身份地位，于是挖空心思，想方设法找机会表现自己。

这天，它看见群兽聚集在一起议论纷纷，称近日来百兽之王虎性大发，逮住谁就吃谁毫不手软，使得它们个个惶惶不可终日，生怕哪一天也会厄运临头。壁虎听见心想机会来了，何不趁机为自己树威呢？于是，它趾高气扬地出现在群兽面前。

"你们平日里不是都挺有能耐，不可一世吗？今天怎么这副尿样，谈虎色变，难道不觉得丢人现眼吗？"壁虎装腔作势地尽情嘲笑群兽，"那虎哥有啥可怕的，它与我是近亲同属虎类，前两天还带着我巡游森林，那才叫气派呢！豺狼狐豹之流见了都纷纷逃之夭夭，避之唯恐不及，证明我和虎哥一旦强强联手，果然是虎虎生威天下无敌哩！"

群兽听了顿时肃然起敬，莫不对壁虎刮目相看。

一段时间里森林中鼠患成灾，猫受命捕鼠除害战绩显赫，得到群兽众口一词的称赞。壁虎见了一本正经地四下宣扬："你们是在夸猫哥吗？它是我的远亲兄弟，和我虎类同属于猫科动物。它的每次捕鼠行动都要邀请我参与，是我为它搜集情报当向导的！"

于是群兽也对壁虎敬佩有加，将它与猫相提并论。

自然界遵循丛林法则，弱肉强食现象比比皆是，因此谁强悍谁就能得以生存而不受欺凌。水牛诚实不欺人，但那一对犄角尖锐有力，图谋不轨者见了也都退避三舍，不敢贸然侵犯。于是壁虎像煞有介事地逢人便说："看见了吧？这是我牛哥，咱俩同住一室形影不离。常言道远亲不如近邻。牛哥说了，谁待我不好就是待牛哥不好，谁得罪了我就是得罪了牛哥，你们都看着办吧！"

群兽面面相觑，谁也不曾料到壁虎竟然还有水牛作为靠山！

壁虎攀权附势的行为果然奏效。没人去深究它与虎、猫、牛的关系是否属实，但壁虎的身份地位却从此改观。它可以神气十足地出现于各种大众场合，谁都对它毕恭毕敬。当然，再也没有人敢瞧不起它，也更没有人敢欺负它了。

# 196　狗捉老鼠

主人养了一只猫捕鼠除害，养了一条狗看守门户，它们都忠诚履职从不懈怠。猫三天两头总会抓到老鼠，而狗自从上岗以后，小偷再也不敢前来行窃了。

这天狗正在午餐，一只饿昏头的老鼠溜到盛具边，想趁狗不备时偷些食物充饥，不料却被狗逮了个正着。狗似乎一下子明白过来：原来抓老鼠这么容易，真懊悔以前怎么都没发现呢？于是它顾不得再进食，兴冲冲地拎着战利品找主人表功去了。

"主人哪，我们都让猫给蒙骗了，这家伙实在不地道。"狗将老鼠朝地下一扔对主人说，"那猫平日里总说老鼠如何狡猾难捉，吹嘘捕鼠是技术活非它莫属。可是我今天不是也轻而易举地抓到一只了？"说着脸上露出得意之色，觉得自己很了不起。

"猫说得在理呀，这鼠辈狡诈多疑、动作灵敏，而猫自古以来就是它们的克星，咱家就是靠猫捕鼠的嘛。"主人为猫做辩解。

"猫的话你也信？那是它故弄玄虚以抬高自己身价。你看，我无意中不费吹灰之力就抓到一只，而且个头比猫抓到的还大哩！可猫几天才能抓一只，明显是在磨洋工！按这种速度几时才能根除鼠患呀？不是我吹牛，你给我三天时间，我定能让老鼠从此绝迹。"狗信心十足地向主人提出请求。

主人一听笑了："真是奇谈！从来就是猫捉老鼠狗守门，这道理亘古不变。如今你却想越俎代庖，不是应了'狗拿耗子——多管闲事'那句俗话？你就别再想入非非了，还是安下心来守好你的大门吧！"

狗大为不悦，仿佛伤了自尊心："你怎么能如此偏袒，老是长猫的志气灭我的威风！这抓老鼠对我而言易如反掌，事实明摆着嘛。我只要三天时间，所有的老鼠都定能手到擒来！"狗信誓旦旦地向主人保证。

主人被纠缠得实在没办法，只得决定放猫三天假，猫休假期间由狗代猫行使捕鼠职责。

狗这才高兴起来，并且马上付诸行动。它信心满满，不分昼夜四处寻找老鼠的踪迹，满心期望着能将鼠辈们一网打尽，也好让自己扬眉吐气，让主人和猫心悦诚服。

三天时间过去了，主人前来查看结果，却见到狗一身疲惫满脸沮丧地蜷缩在墙角。见到主人，狗大倒苦水："主人呀，这狗干猫活还真不好玩，我三天里废寝忘食、累死累活却徒劳无功，你还是让我重操旧业守门去吧！抓老鼠的绝活还真是非猫莫属呀！"

"这下该清醒了吧？别以为一两回侥幸得手，就将偶然当必然，以为自己是捕鼠的专业户——瞎猫运气好还能逮住死老鼠哩！"主人严肃地教训它说，"首先要有自知之明，懂得自己能干些什么；其次切忌好高骛远，将复杂的事情简单化，从而脱离实际乱夸海口。看你这回出大丑了吧？"

狗细细品味着主人的话，自觉得受益匪浅。它从此再也不敢异想天开了，开始专心致志地守门防盗，干好分内活了。

# 197 鱼商疑猫

鱼商办了一家鱼产品购销批发站，吸引了不少老鼠前来偷鱼。于是鱼商从朋友处讨来两只初长成的黑、白小猫用以捕鼠。

两只小猫和睦相处，平时玩在一起，从没有发生吵架，而且尽职尽责、配合默契，也捉到了几只老鼠。但是还是发生了几起鲜鱼被盗事件。

鱼商起了疑心，责怪两猫："猫捉老鼠天经地义，养了你们竟然还会发生失鱼事件？莫非是你们监守自盗？哦，对了，世上哪有不吃腥的猫，看你们俩平时亲密无间的样子，肯定是经不起鱼腥味的诱惑，齐心窃鱼共同享受了吧？"

两只小猫无端被猜疑，深感委屈，它们面面相觑，不知该如何自我辩解。

这天又发生了一起失鱼事件，两只小猫心情不好，深感责任重大，在互相埋怨中产生了激烈争吵。鱼商又起了疑心，责问两只小猫："你们俩平时不是相处挺好的吗？今天怎么说吵就吵，争得不可开交？一定是偷了鱼分赃不均产生窝里斗了吧？看我今天怎么教训你们！"说着要去取猫笼子，将两只小猫关禁闭。

两只小猫心灰意冷，它们觉得鱼商不讲道理无端猜疑，替他办差吃力不讨好还要担风险，于是商量好相携逃离而去。

当鱼商取来猫笼时发现两只小猫已经逃得无影无踪，于是气呼呼地找朋友告状："你送给我的两只什么猫，分明就是'家贼'嘛。"

朋友奇怪了，说："这是两只善于捕鼠，品种上乘的良猫呀，怎么到了你手中就成'家贼'了呢？"

"唉！你有所不知，这两只猫有捉到几只老鼠不假，可隔三岔五地还发生丢鱼的事件。你想想，有了猫，老鼠不敢上门，鱼还照样丢，难道不是'家贼'所为？"鱼商说得头头是道，"而且我还发觉它们平时相处融洽，是为了互相勾结共同偷鱼然后一起享受；今天发生了失鱼，它们激烈争吵，必然是因为分赃不均所致；当我要进行惩罚时，它们却溜之大吉，肯定是做贼心虚双双畏罪潜逃，这不就坐实了丢失的鱼就是它们俩合伙盗走的罪行吗？"

"你的想象力也太丰富了，怎么能够无凭无据地凭空揣测、无端猜疑呢？"朋友责备说，"两只猫年纪尚小，经验不足能力有限，鱼被老鼠盗走概率极大，你却因它们和睦相处猜疑共同盗鱼，又因它们产生争吵认为是因为分赃不均，还因它们不堪忍受你的无端猜疑指责而出走认为是畏罪潜逃，这世上哪里还能找到你这种养猫的人呀？"

鱼商无话可说，他自觉得理亏，又向朋友提出要求再送他两只猫。

"别说我手头上目前没有，就是有也不会再送给你，你就死了这条心吧！"朋友一口拒绝，"常言道'用人不疑，疑人不用'。两只小猫已经尽力而为了，你却因为丢了鱼无凭无据地随意猜疑，连起码的信任都没有，如此这般，今后还指望谁再替你出力办事呀？"

# 198  灰鼠仁兄弟

灰鼠仁兄弟溜进乡间一座小寺庙里。它们看见大堂上端坐着红脸、白脸、黑脸三尊泥塑菩萨，个个仪态端庄，令人肃然起敬；供桌前烟火缭绕；时鲜供品，都是虔诚的信徒们节衣缩食诚心上贡的。

鼠老大一阵狂喜，提议说："这里真是个好地方，既安全又有现成食物，咱们何不干脆迁居在此处安家落户呢？"

"好啊，好啊！"鼠老二和鼠老三高兴得连声附和。于是说干就干，它们趁着夜深人静的时候一起动手，鼠老大在红脸菩萨背部打洞掏土造窝，鼠老二和鼠老三也如法炮制，分别在白脸菩萨和黑脸菩萨的腹部里安了家。

接下来的日子过得挺舒心：白天放心大胆地躺在菩萨的怀抱里睡觉养神，没人敢来打扰，还能时时接受善男信女们的虔心膜拜；晚间则可以在寺庙内肆无忌惮地活动，不必再为了防范老猫的突然袭击而提心吊胆；而且不用再费心劳神地四处寻找食物，桌上的供品享之不尽。久而久之，它们也以"红脸""白脸"和"黑脸"菩萨的身份自居了。

这一天，"白脸"老二和"黑脸"老三相互攻讦，吵得不可开交，原因在于供品分享不均。

"黑脸"老三骂"白脸"老二："看你脸面白净斯文，却原来如此不识羞！扪心自问，你为前来跪拜的众香客出过力办过事吗？凭什么享受那么多的供品？"

"那是他们自愿上供让我受用，关你啥事？""白脸"老二坦然自若反唇相讥，"我虽说没满足过他们的心愿，与你相比却也问心无愧。你享用了供品还要吹毛求疵、挑三拣四，甚至捉弄人，果然是表里如一，地地道道的黑脸黑心肝，还好意思与我争供品。"

"都不必相互兜底揭短了，其实我们都一样，""红脸"老大见了上前打圆场，"我们虽然都披着菩萨的外衣，看似道貌岸然，却丝毫没有菩萨心肠。我们平日高高在上享受祈愿者的供品，却从未曾帮他们实现过愿望。既然我们都是无功受禄者，有供品享用也就罢了，还好意思争多争少吗？"

"白脸"老二和"黑脸"老三无言以对，停止了争吵。于是，灰鼠仨兄弟继续过着优哉游哉神仙般的享乐生活。


# 199　鞭炮与灯笼


一座大楼建成了，准备举行竣工典礼。工人们在大楼门前张灯结彩，并取来几大捆鞭炮接连排列在地面上，长度达到几十米。

看着前来参加庆典的贵宾和过往行人在远远地驻足围观，鞭炮们个个激动不已，恨不得能尽快地一展风采。

"终于熬到出头的日子，我们可以一鸣惊人了！"鞭炮甲抑制不住内心的激动，对周围的鞭炮兄弟们说。

鞭炮乙不甘示后随声附和："对呀，咱们不吭声则已，一开口必将惊天动地名扬四海，届时'天下谁人不识君'呀？"

众鞭炮更加兴奋莫名，个个跃跃欲试，迫切期待着激动人心的时刻早点到来。

高挂于大楼门前的红灯笼见了不禁好言提醒："还是低调些吧，对于你们而言，'出人头地''一鸣惊人'可不是好兆头啊！"

鞭炮甲大为不悦，说："这是什么话！我们个个胸怀大志，要借此机会干一番轰轰烈烈的大事业，以便出人头地名垂青史，你怎么能如此泼冷水扫众兄弟的兴！"

鞭炮乙则讥讽说："你真不地道，自己没本事去高调，反而假充善人劝说我们要低调，这不是羡慕嫉妒咱们吗？"

众鞭炮也七嘴八舌地纷纷指责红灯笼。红灯笼不再开口，只是惋惜地随着微风不断摇头。

终于盼来庆典开始。随着工人点燃导火索，鞭炮相继引爆，烟雾弥漫，一阵震耳欲聋的爆鸣声响彻四周，场面蔚为壮观。

一阵爆鸣声过后，大地恢复平静。当烟雾渐渐散去，众鞭炮已不见踪迹，地面上一片狼藉，遗留下许多碎纸垃圾，等待着清洁工人前来清扫。

红灯笼摇头叹息："唉！怎么都不能正视自己呢？当你们被冲昏头脑要自我膨胀时，灭顶之灾随之光临，看看现在还有什么可值得炫耀的呢？"

# 200　叫驴保密

叫驴嗓门洪亮、忠厚诚实，且信守本分，从不搬弄是非，因此深得虎王的信赖，提拔他担任虎王府机要秘书，负责重要文件的保密工作。叫驴果然不负重托，自走马上任以来从未发生泄密事件，虎王很是满意。

　　这天叫驴收到一封匿名信，开启看后大惊失色，信中历数虎王的累累罪恶，措辞严厉有根有据，相信所有见者必然都会对虎王恨之入骨。叫驴不敢怠慢，第一时间将匿名信呈送虎王。虎王读毕顿时暴跳如雷，下令严加追查，发誓要将这大胆刁民绳之以法，以泄心头之恨。好在匿名信的内容只有自己和叫驴知道，为避免影响扩散，虎王再三叮嘱叫驴务必保密信中的内容，严防外泄。

　　匿名信事件不胫而走，尽人皆知，而越是要求内容保密，就越是引发人们的关注。群兽都很想知道匿名信中到底都揭露了虎王哪些恶行。但叫驴忠于职责守口如瓶，谁也别想从它的嘴里套走半点信息。一向以头脑灵活自居的猴子更是按捺不住内心的好奇，猴急猴急地找到叫驴想一探究竟。

　　"这是何等重要的机密内容呀，我决不会告诉任何人的！"叫驴神情严肃地一口回绝。猴子并不介意，眼珠子一转有了好主意。

　　"我并不是关心这信中毁谤了咱虎王什么，我是咽不下这口气！我要为虎王打抱不平、伸张正义！"猴子表现出义愤填膺的样子，似乎全森林就数它对虎王最忠心，"咱虎王英明伟大、治国有方，深受众臣民的敬重爱戴，可是还有丧心病狂者竟敢如此明目张胆地仇视虎王，让我如何不气愤！"

　　猴子的话让叫驴产生共鸣，它也想表现一下自己对虎王的忠诚，决心要为虎王涂脂抹粉挽回名誉。

　　"这个可恶的无赖怎么能如此污蔑虎王呢？我要针对性地用事实驳斥那些对虎王的恶意诽谤！"叫驴张口就为虎王歌功颂德，"咱虎王慈悲为怀、爱民如子、从不杀生，这是有目共睹的。"猴子听了像煞有介事地连连点头称是。

　　"咱虎王胸怀坦荡、谨言慎行、纳谏如流，这是有口皆碑的。"叫驴继续罔顾事实美化虎王，猴子毕恭毕敬地在一旁随声附和着。

　　"还有哩，咱虎王奉公倡法、清正廉明、不谋私利，这是有案可循的。"叫驴挖空心思，喋喋不休地为虎王唱赞歌。

　　猴子喜不自胜，它牢牢记住叫驴的每一句话，对叫驴说出了自己的感受："咱虎王果然是高风亮节令人敬仰；而且你对虎王的一片忠心苍天可鉴——你的保密工作可真做到家了，佩服，佩服！"

　　猴子得意扬扬地离开叫驴回到树上。它对叫驴的说辞来了个正话反听，归纳出匿名信中揭露虎王的种种恶行："一、心狠手辣，草菅人命，滥杀无辜；二、心胸狭隘，横行霸道，独断专行；三、贪赃枉法，荒淫无度，欲壑难填。"

　　第二天，虎王要求叫驴严格保密的匿名信内容，很快地就在全森林中广为流传了。

# 201　农夫、麻雀和小鸽

小鸽羽翼渐丰，在训练途中遇见麻雀，麻雀迎上前来热情地与小鸽打招呼。

"啊哈，亲爱的伙伴，真高兴见到你。你的家族口碑好，你又长得帅，飞行技术又如此了得，我多么希望能和你交朋友啊！"麻雀叽叽喳喳地叫个不停，表现得分外亲热。

麻雀的曲意奉承让小鸽感到浑身舒畅，于是接受了麻雀的请求，它们俩成了朋友。

麻雀对小鸽说："现在的庄稼丰收在望，我知道有块田里的稻谷已经成熟了，我带你去享受一番如何？"

"这可使不得，"小鸽一听连连摇头反对，"农民们辛勤劳动、用汗水换来的成果，我们岂能不劳而获随意攫取，这无疑就是偷盗行为嘛！"

"哪有这么严重，我们雀族一贯如此呀，"麻雀不以为然，反倒觉得小鸽小题大做，"就凭我们的胃口又能吃多少呢？农民收成后的谷子堆积如山，就算我们吃些，也相当于沧海一粟、微不足道，农民们不会计较这些的。"

麻雀说得头头是道，小鸽听了觉得也有道理，就答应跟随麻雀一同前往吃稻谷。

于是麻雀轻车熟路，很快就将小鸽带到了地方。只见稻田里成熟的稻穗沉甸甸地弯下了腰，金黄色的稻谷颗粒饱满格外诱人。麻雀迫不及待地扑上前去贪婪地啄食着，小鸽见了也跟着吃了起来。

哪知农夫早已布下罗网，轻而易举地将麻雀和小鸽双双给逮住了。

麻雀连忙为自己辩解："你可不能惩罚我，今天我是和小鸽一起来的，它可是个正人君子，有着好名声呢！况且我也没吃几粒谷子呀。"

小鸽也在一旁跟着连声叫屈："你更不能惩罚我，我曾经就反对麻雀这种偷盗行为；而且我品行一向端庄，从来没做过一件坏事呀。"

"你们这也算是理由吗？"农夫毫不通融。他首先斥责麻雀："不管你用谁当挡箭牌都没用，做了坏事就要承担责任，这道理明摆着。况且你和同伙平日里成群结队地盗吃稻谷还肆意践踏，给农业生产造成多大危害自己心知肚明。今天你自投罗网还想逃避惩罚，有这种可能吗？"

麻雀自知理亏，一时间哑口无言。

"还有你，偏听偏信交友不慎，和居心不良的人混在一起，也同样干了坏事，难道不应当同时受到惩罚吗？"农民转身指责小鸽。

小鸽无言以对。它悔之莫及，深恨识人不明结交了坏朋友，从而断送了自己的前程。

# 202　兔子为什么是短尾巴

据说兔子原先有一条与众不同的漂亮长尾巴，因此常常引以为傲，也在众兽面前出尽了风头。

但是让兔子深感恐惧的是，自己是森林中出了名的弱势者。那些天空中飞的鹰隼、地面上跑的狐狼等肉食者个个虎视眈眈，许多兔族兄弟都在它们的爪牙下丧生。兔子为此忧心忡忡，生怕哪一天也会迎来灭顶之灾。

这天，兔子看见梅花鹿奔跑迅捷快如闪电，不禁觉得十分向往。它想：自己如果也有梅花鹿这样的奔速，一旦遇到强敌，咱惹不起总能躲得起，生命安全不就有保障了？于是满怀希望地找梅花鹿求教奔跑技巧。

梅花鹿瞧了瞧兔子，热心地告诉它："知道你为什么跑得慢吗？因为你的尾巴太长了。"

兔子一听大感意外，它抚摸着心爱的长尾巴奇怪地问："为什么呀？这速度的快慢怎么跟尾巴的长短有关系呢？"

"谁说没关系，关系大着哩！"梅花鹿神情严肃地对兔子说，"你别小看这条尾巴，多了它就多了个累赘；尾巴越长累赘越大，还想怎么跑快呀？你看我短尾巴轻装上阵，不就健步如飞了？"说罢转过长身子，将屁股朝向兔子，摆动着那条仅有十几厘米长的短尾巴示范着。

梅花鹿的现身说教让兔子茅塞顿开，不觉也讨厌起自己的这根长尾巴来了。

"而且长尾巴还有更致命的危害你知道吗？"见到兔子在认真倾听，梅花鹿也就毫不吝啬地将自己认为对的经验告诉它，"你瞧那猫捉老鼠，眼看老鼠钻入洞中能够逃生了，因为长尾巴留在洞外来不及缩回，让猫逮住尾巴拖出洞口而白白丢了性命。你说这长尾巴有用吗？"

兔子完全相信了留长尾巴的凶险性，为了生命的安全起见，它找来剪刀，毫不可惜地把长尾巴剪断，只留下短短的几厘米长。兔族的成员们听说了，也纷纷效仿，争先恐后地放弃了自己的长尾巴。

可是事与愿违，尾巴虽然变短了，兔崽子们的命运却没有改观，死神依然时时光临。它们这才发现，速度的快慢和尾巴的长短根本没有直接关系，那自然界中虎豹豺狼们都是长尾巴，速度还一个比一个快哩。

兔子后悔莫及。就因为自己的偏听偏信，不具体了解事物的本质而鲁莽行事，使兔族从此都失去了漂亮的长尾巴且不说，还给子孙后代们留下一条不光彩的歇后语：兔子的尾巴——长不了。

如今这条歇后语通常被用来表示有的人办事没耐力没恒心；也用来表示社会上的那些邪恶之人、邪恶势力，虽能逞一时之凶，终究是不会长久的。

# 203　大气球的结局

充满氢气的大气球脱离了牵线的羁束，向天空的边际处越飘越高，俯瞰地面上的万物也变得越来越渺小，大气球更显得飘飘然了。

蓦然间，一只云雀从它身边掠过，大气球见了禁不住连声呼唤："云雀云雀，云中之雀，人们都赞美你飞得高，可是今天我已经与你并驾齐驱了。你可以拭目以待，我还能飞得更高哩！"说着继续向天空更高处飘去。

云雀回头劝告它："你还是适可而止吧，常言道'高处不胜寒'，你越往上飘压力就会越大，那是很危险的。"

大气球不以为然，心想，明明飞得没自己高还要危言耸听忽悠人。于是将云雀的话当作耳边风，兀自继续往上飘。

这时飞来一只苍鹰，大气球抬头看见，兴奋得大声打招呼："苍鹰苍鹰，鸟中之王，你是众人心中的偶像。你搏击风云翱翔蓝天，谁都没你飞得高，可是我却能超越你，我要让世俗改变观念——我飞得比鹰还高！"

苍鹰瞅了一眼将要超过自己高度的大气球，很淡定地说："我不在乎，也不嫉妒谁的高度超越我，只要它具备这种实力。可是你有吗？奉劝你还是先充实内在，然后再挑战新的高度，这样似乎会更保险些。"

"你也太小瞧我了，怎么能罔顾事实肆意贬损人，说我没有充实内在？"大气球不高兴了，沉下脸来指责苍鹰，"你知道我充实了多少豪气，才有如此庞大的躯体！今天我就让你见识见识，如果我要尽情放飞，想飞多高就能飞多高！"说罢不再理会苍鹰，径自向着更高的天空飘去。

可是天不遂人愿。正当大气球志得意满，想一显身手时，刮来一阵大风，大气球经受不住冲击，瞬间爆裂，几块碎片随风而去，不知所终。

——没有真实的内在，依靠充气而达到的自我膨胀，终究是不会长久的。

# 204　小猴救猫

老猴在院子中修造了一个小鱼池，将许多观赏用的金鱼放养在其中。闲暇时，老猴看着金鱼在水池里自由自在地游动，别有一番景色，心情舒畅极了。

这天，老猴发现小鱼池底部严重漏水，金鱼在剩余的一点点水中不断挣扎着，有的开始翻白眼，眼看着就要活不成了。老猴急得一边寻补漏洞，一边大声吩咐小猴："鱼池缺水了，快去加水救金鱼。"

小猴见状，急匆匆地打开水龙头，将清水缓缓注入池内。随着水位的不断上升，一只只金鱼又恢复了生机，欢快地在水池里游动起来。老猴很满意，直夸奖小猴头脑灵敏办事利索；小猴听了高兴极了，也觉得自己挺能干。

邻家的猫听说老猴养有一池金鱼，吸引了许多游客前来观赏，觉得挺好奇，也来一饱眼福。可是当它站在水池边上时，一失足却掉进水池里去了。水位浸到猫的腹部，水性欠佳的猫吓得惊慌失措，在水里胡乱瞎扑腾，口里"喵呜、喵呜……"地直喊救命。

小猴见了急忙跑过来，它胸有成竹地打开水龙头往鱼池里灌水。随着水量的增多，猫的哀叫声也更悲切，挣扎得更激烈。当小猴把水池灌满时，猫早已沉到水底下去了。

老猴闻讯赶到将猫打捞上来，发现猫已经停止了呼吸。

"你这是干什么！猫落水了不出手相救，反而放水淹它，这不是落井下石吗？"望着咽了气的猫，老猴无所适从，指着小猴大声数落。

"你可不能冤枉我，我这不是在努力救猫吗？"小猴感到很委屈，辩解说，"当初我救金鱼也是这样往池里加的水，你还对我啧啧称赞哩！"

"咳，你这个小猴崽怎么能想当然的凭经验办事呢？"小猴的话让老猴啼笑皆非，它对小猴说，"金鱼靠水生存，所以缺水时你得加水救它们；而猫长期生活在陆地上不习水性，如今它掉入水池里，你不救它出水，反而往池里灌水，这不是存心要淹死它吗？"

小猴静静聆听着，心中有所领悟。

"所以，具体问题要具体分析，采用不同的方法解决，才能达到目的。"老猴语重心长地告诫小猴，"如果只知道墨守成规，用一成不变的思维方式来处理不同的问题，迟早会出大事的。今天用猫的生命代价换取的惨痛教训，你可要终身牢记呀。"

# 205　小啄木鸟治虫害

小啄木鸟渐渐长大了，老啄木鸟带着它熟悉森林环境，悉心传授它给树木诊病、捉拿害虫的本领，小啄木鸟勤奋好学，很快就掌握了这门技能。老啄木鸟深感欣慰，于是放心地将一片小山林交给小啄木鸟负责，自己则到更远的森林巡诊去了。

小啄木鸟果然尽责不偷懒，每天从早到晚都在忙碌着。它这棵树敲敲那棵树啄啄，"笃、笃、笃"的诊断声不绝于耳；发现了虫子，就敲开树皮，将虫子捉拿归案。

一段时间过去了，老啄木鸟巡诊归来，老远就听到了小啄木鸟的敲树声，走近了看见小啄木鸟正在专心致志地工作，心里很高兴，觉得小啄木鸟没有辜负自己的期望。

可是当老啄木鸟在小山林中巡视了一番后，不禁皱起眉头来。它发现有些树木长势不佳，明显受到了虫害的侵蚀。它把小啄木鸟带到一棵树前，不满地问："你是怎么为树木诊病除虫的？这棵树体内长虫了你也检查不出来吗？"

"不可能的事，这棵树上怎么会有害虫呢？"小啄木鸟大不服气，为自己做辩解，"我自从负责这片小山林以来就不曾懈怠过，每天从早忙到晚都在为树木做身体检查，啄木声传得老远谁都会听见；而且我还经常捉到树虫，这都是有目共睹的呀。"

老啄木鸟不再说什么，它飞到这棵树上，拿出看家的本领这里敲敲那里啄啄，为树木做全身检查，认真寻找病灶，不长时间就确定了目标，然后啄开树皮，从树身深处捉出一窝树虫。小啄木鸟一时看呆了。

"这下弄明白了吧？"老啄木鸟说，"有些蚀虫生活在树皮下容易被发现，而对树木的成长造成更大危害的，却是那些善于伪装、躲藏在树体深处的害虫，你不认真检查又怎能发现得了呢？"小啄木鸟无言以对，它为自己工作未尽到职责而出现失误感到不安。

"所以，你承担了一项任务，就要求真务实，深入实际把事情办好；而切不可只做表面文章，办事浅尝辄止而埋下祸根。这样一旦酿成事故，不仅辱没了'森林卫士'的荣誉称号，还将会后悔一生的！"老啄木鸟语重心长地告诫小啄木鸟。

小啄木鸟深感惭愧，立即着手对小山林的所有树木进行全面彻底的体检，把躲藏在树体深处的害虫一网打尽，根除了祸害。树木的成长从此有了保障。

# 206  自命不凡的雄孔雀

雄孔雀在森林鸟国中是个公众人物。它身材姣好舞姿翩翩，特别是表演拿手的祖传绝技——尾羽开屏时，形成的一道亮丽的风景线，更是绰约风姿引人注目，整个鸟国都为之倾倒。因此，群鸟对它赞誉有加，雄孔雀也因此自诩高人一等，谁都不放在眼里。

黎明时分，公鸡引吭高歌，报晓声冲破茫茫夜空，唤醒了沉睡中的众生灵，也迎来了天亮。群鸟称赞它"一唱雄鸡天下白"，是鸟界的定时钟。雄孔雀听了嗤之以鼻："哼，再有本事有啥用，我都看不上眼。它的舞姿有我美吗，它的尾羽会开屏吗？"

清晨的森林里热闹非凡，众鸟争相一展歌喉。百灵鸟更是独具特色，它的歌声清脆悦耳、抑扬顿挫，在众鸟的歌声中脱颖而出，群鸟听了个个如痴如醉，为之心悦诚服，纷纷称百灵鸟为最佳歌手。孔雀却在一旁冷嘲热讽："这有啥好显摆的，歌声美有啥用！它的舞姿有我美吗，它的尾羽会开屏吗？"

这天，鸟界举行一场别开生面的飞行大赛。鹰一飞冲天搏击长空，翱翔于苍穹中，群鸟看得目瞪口呆，都被鹰高超的飞行技能所折服，异口同声地赞美鹰是鸟界中当之无愧的飞翔冠军。雄孔雀则高傲地抬着头，似乎不屑一顾，说："飞行技能再棒又能怎样？在我眼里一文不值。它的舞姿有我美吗，它的尾羽会开屏吗？"

就这样，鸟界中不管谁多优秀、有多么出众的专业技能，雄孔雀都一概否定，挂在嘴边的就是一句话："它的舞姿有我美吗，它的尾羽会开屏吗？"

鸟中之王凤凰看不下去了，它严肃地批评雄孔雀。

"你怎么能如此狂妄，自视甚高！你舞姿美、开屏靓是长处，但并不能以此衡量一切，认为别人都一文不值。"凤凰说，"要知道人人各有所长，如果公鸡、百灵鸟和鹰也以它们的长处与你相比，你不也是分文不值了吗？"

雄孔雀哑口无言了。

# 207　仓鼠与水牛

仓鼠饱餐后，溜出粮库到野外散步消食，见到水牛头顶烈日，身套犁耙在田间耕作，不禁闲情大发。

"啊，我今天总算明白，世俗的偏见是多么令人害怕。"仓鼠对水牛信口开河，"说句掏心挖肺的话，我多么羡慕你能够过上这种无忧无虑的田园生活呀。"

水牛禁不住停下手中的活，一双大眼睛迷茫地望着仓鼠，百思不得其解：这一贯养尊处优的"盗粮贼"怎么会突然向往起自己这种辛苦而劳累的生活来了？

仓鼠并不理会水牛的反应，自顾自地接着大放厥词："看你整日沐浴在阳光下，灿烂无限，高兴了还可以在水中泡洗凉水澡；那套上犁耙耕作的姿态显得轻松自如，就像在散步，更像在跳广场舞；还有那田边堆放的干草一定可口美味，这才是真正地享受生活呀！"

仓鼠一边说着一边眯起小眼睛，充分发挥想象力，仿佛自己已经进入这无限美好的境界中。水牛却听得目瞪口呆，它想不到自己竟然是生活在仓鼠描绘的诗情画意中！

"再说了，看你那滚圆肥大的肚皮，就知道你这老家伙贪得无厌。我的肚子不及你的千分之一，没进多少食就撑得难受，可见你已经饱到什么程度了！"

仓鼠摇头晃脑地继续发表高论："可是那些不明事理的人还一个劲地闭着眼睛瞎嚷嚷，说什么水牛工作辛苦呀，还说什么水牛吃不饱要增加供给呀等，完全是一派胡言！他们为什么不能像我这样先做些实地调查再下结论呢？真是太官僚，太官僚了！"

"你这真是吃饱了撑的，站着说话不腰疼呀！既然你这么羡慕我的生活，不如咱们换个位置试试？"水牛听了仓鼠的荒谬言论毫不客气地讥讽它，"干脆你也来晒太阳啃干草，也到田间来散步跳舞，体验这田园的无限风光？劝你快闭上臭嘴滚回你的安乐窝，安心享受你那不劳而获的休闲生活，免得四处乱放厥词！"

# 208　餐桌与抹布

酒楼送走最后一批食客，抹布又忙开了。它清理掉桌面上的残羹剩菜，又用清水擦洗了一遍又一遍，直至桌面一尘不染、光亮如镜。抹布感觉有点累了，就停留在桌面上想休息一会儿。

"快离我远些，臭东西，请注意你的身份！"餐桌流露出满脸鄙夷，怒气冲冲地对抹布大声呵斥着，"难道你没看见我脸上有光，干干净净的纤尘不染吗？哪像你浑身脏兮兮的令人作呕！"

抹布吃了一惊，用不可思议的眼光看着餐桌，说："你怎么说变脸就变脸，翻脸就不认人了呢？上一刻你比我更脏兮兮的，怎么就不令人作呕了呢?"

"给我住嘴,你有啥资格敢跟我较真!"看见被揭了老底,餐桌更加怒不可遏,对抹布冷嘲热讽,"我经过清理已经整洁如新了,可你呢,还是一块难登大雅之堂、人人见了避之唯恐不及的脏抹布!"

"你很清洁也很有身份,真的。可是请你别忘了这样的清洁和身份是怎么得来的。"抹布实在忍无可忍,严肃地回击餐桌,"没有我毫无怨言地默默忍受脏的痛苦,一天多遍地为你清除污物、抹拭尘埃,你能这么光鲜靓丽吗?你能如此体面干净地迎来送往一拨拨上门顾客吗?"

餐桌沉默了。它这才明白,抹布为自己做出了多大的奉献;一旦没有了抹布,自己才真正会脏兮兮的令人作呕哩!

# 209　主人教猫

小猫渐渐长大,眼看就能捕鼠了。主人觉得有必要对小猫好好进行教育,希望它日后能成为捕鼠高手。

于是,主人把小猫叫到跟前,对它进行说教。

"小家伙,你马上就要参加捕鼠任务了,这是你的职责所在,"主人对小猫寄托着无限期望,"打你满月那天起我就将你领回来,辛辛苦苦把你养大,指望你有一天能承担起捕鼠的重任。如今,我的愿望就要成为现实,你说我能不高兴吗?"

小猫愣愣地听着,它弄不明白这捕鼠的重任意味着什么。

"小宝贝,你一定要记住,要履行自己的职责,别向你的那些可恶的同类学,"主人语重心长地告诫小猫,"你可千万别学张三家的黑猫,那家伙偷懒成性,整日里啥事也不干,吃饱了就躲在猫窝里睡懒觉,任凭鼠患成灾。"

小猫有点意外,张三家的黑猫原来是这样表现的?

"你也别学那李四家的白猫,"主人接着又对小猫说,"那家伙一天到晚不见踪影,就知道在外面撒野疯玩,它家老鼠闹翻了天都视而不见,这是多不应该呀!"

小猫更感到意外,李四家的白猫怎么也是这样的呢?

"当然，你更不能学王五家的那只馋嘴花猫，俗话说家贼难防，指的就是它！"看着小猫一脸懵懂样，主人以花猫为例继续告诫小猫，"那家伙心黑呀，见鱼偷鱼见肉偷肉，连虾皮也不放过，捕鼠就更无从谈起。你说，让人多寒心哪！"

小猫惊讶地睁大了眼睛，它想不到邻居家的同类都是这样过生活的！

"所以你要记住了，凡事都只能学好，不能学坏，懂了吗？"主人苦口婆心地再三叮嘱小猫。

小猫不断地点头，似乎从中悟出点什么来。它想：原来伙伴们都是这样潇洒地过日子的啊！虽然表现差，但也没见到受惩罚，看来只有傻猫才会去捕鼠。

小猫终于长大，可主人却彻底失望了。这只长成的新猫比其他任何一只老猫都更懒、更贪玩，也更会偷吃。至于捕鼠就更别想指望它了。

——所以，注重正面教育至关重要。树立良好的学习榜样，才能传播正能量、造就新人；而反面的警示教育固然有必要，但应得当合理，以能达到惩戒的目的。否则，无疑是给他人以学坏的学习，从而产生相反的效果。


# 210　光环的价值


据说马猴脑瓜子机灵，于是森林王国中虎王出访时，就委托马猴代为管理国中日常事务。

这天，马猴派头十足地在助手狐、狼、豹前呼后拥下外出巡视，看见水牛头顶烈日、挥汗如雨，在田野中辛勤耕作。马猴脑海中不由得闪过一个念头：该以此为题做些表面文章，让世人知道自己如何深入基层，如何关爱子民。

"啊！当今社会上品德最高尚的莫过于水牛了，你们看，"马猴对助手们大发感慨，一副肃然起敬的模样，"这样炎热的天气，它辛勤劳作毫无怨言，有十分力气决不偷懒使九分，一直无怨无悔地为大众献身直到老死，真正做到鞠躬尽瘁，死而后已。我想授予水牛最高的荣誉奖赏，各位意下如何？"

"应该，应该！"助手们齐声附和着，声音一个比一个高调。

"那我们准备授予水牛什么样的荣誉呢?"马猴一向虚怀若谷,它真诚地征求助手们的意见。

"水牛兢兢业业任劳任怨,忠于职守努力工作,为我们森林王国创造大量财富功不可没,我认为应当授予它'劳动能手'的荣誉称号。"狐狸抢着首先发言。

"水牛品德高尚毫无私心,一心奉献不求索取。它吃的是草挤出来的是奶,以实际行动为我们做出表率。我认为应当授予它'道德先锋'的荣誉称号。"黑狼不甘落后,紧随着狐狸提出建议。

"水牛更为可贵的品质在于它的忘我精神。它生前劳作自不必说,即使离开了这个世界,也仍不忘继续将身体献出供大家食用。我认为届时应当追授它'献身典范'的荣誉称号。"花豹表情十分虔诚,也提出倡议。

马猴津津有味地听取众位助手的各种建议,不断点头称是。它觉得也要征求水牛的意见以示尊重,于是转身问水牛:"辛勤的劳动者,你对于即将得到的各种荣誉称号应该很满意吧?"

水牛正饶有兴趣地看着马猴和它助手们的做作表现,听到马猴的询问,觉得滑稽可笑。

"各位如此慷慨大方送我这许多光环,真让我受宠若惊、感激涕零!可惜我对这些虚名丝毫不感兴趣,"水牛慢条斯理地实话实说,"因为我时常感受到劳动后饿肚子的滋味。如果各位出于真心,我倒希望你们少说漂亮话、多做实际活,只要赏赐我一捆青草足矣。因为在我看来,一捆青草比起那些荣誉称号来,更有实用价值!"

# 211  鳄鱼的慈悯心

鳄鱼相貌丑陋、生性残忍,而且阴险狡诈。平日里潜藏于水中加以隐蔽,仅将眼耳鼻露出水面便于偷袭。但凡擒获小型鱼类、水禽便一口吞食;若咬住较大的陆生动物,就先拖入水中淹死而后食用;而当扑到较大水生动物时,又将猎物抛上陆地使之缺氧致死再一饱口福。这使得鳄鱼臭名远扬人人厌恶,弱小生物们对它既惧且恨避之唯恐不及。

鳄鱼的心理大不平衡，认为受到不公正待遇。它看见老龟在沙滩上休闲爬行，就趋上前去大倒苦水。

"龟哥呀，你是咱水族中的老前辈，就帮我评评理说句公道话吧，"鳄鱼表现得痛心疾首，似乎受到了莫大的委屈，"我最有怜悯心，更有大爱的胸襟，可那些别有用心的家伙却肆意诋毁贬损我，视我为不共戴天的仇人，这让我情何以堪！"

老龟白了鳄鱼一眼，慢悠悠地说："你面目狰狞、暴戾歹毒，为满足个人私欲不择手段、滥杀无辜，公众对你的评价并无不当呀。"

"冤枉，天大的冤枉！它们怎么能以偏概全妄下结论，为什么不多了解事实的真相呢？"鳄鱼极力为自己的行为做辩解，"我捕食猎物，和陆地上的虎豹豺狼、河海中的齿鲸鲨鱼一样都只是为了生存需要，遵循弱肉强食的丛林法则迫不得已而为之。而且我慈悲为怀，一边进食一边不忘为这些可怜的遇难者伤心流泪。你看见过那些虎豹豺狼、齿鲸鲨鱼有我这种菩萨心肠吗？"

老龟惊异地望着鳄鱼一言不发，它料想不到这世间竟有此等厚颜无耻之徒。

"而且我广施仁爱，更有包容之心，这是有目共睹、众所周知的，"鳄鱼不觉得意起来，炫耀着，"你看我饱餐后只要出现在沙滩上沐浴阳光闭目养神，就有许多牙签鸟（学名埃及鸻）光临，与我亲切交流套近乎，还拍打翅膀要我张开大嘴让它们飞到口腔中寻食。这自送上门到嘴边的美食，我不但不加害，还对它们疼爱有加，尽量满足它们的需求。你说，那些虎豹豺狼、齿鲸鲨鱼有我这种仁爱之举吗？"

"你就别再煞费苦心地为自己涂脂抹粉了，让我将你表现出'怜悯、仁爱'的原因公之于众吧，"老龟不再客气，直言相告，"谁都知道你的肾功能不完善，体内含盐量又高，无法通过肾脏和汗腺排盐，只能利用特殊的盐腺来排盐。而你体内的盐腺中间是根导管，向四周辐射众多细管跟血管相互交错，导管开口又恰在眼睛附近。当你进食时，血液中多余的盐分离析出来，通过中央导管排出体外，看似在流泪。这就是你自我标榜的'怜悯'之心吗？"

鳄鱼无言以对。

"再说说你'大爱的胸襟'吧，"老龟继续揶揄道，"牙签鸟啄食你牙缝中的残渣剩肉以饱腹，却成为义务保健员，为你解除后顾之忧让你身心舒服。你们之间'互惠互利、共生共栖'，这就是你引以为傲的'仁爱之举'吗？"

鳄鱼彻底无语了。

——做了坏事还要假充善人，妄想利用表面现象借题发挥，以图开脱或掩盖罪恶的行径。有的时候，这样的假善人比真恶人更加可恶。

# 212　金头苍蝇与电蚊拍

盛夏来临，又到了蚊蝇肆虐的季节。金头苍蝇相中一户农家大院，悄无声息地举族搬迁到院内一个不起眼的肮脏角落处，安家落户、繁衍生息，日子过得挺舒心。

久而久之，苍蝇们胆子也越来越大，肆无忌惮地到处活动。每当主人就餐时，它们就成群结队地不请自来，争相品尝美味佳肴；主人挥之不去，动手拍打，偶尔消灭几只也无济于事。主人不堪其扰，购回了电蚊拍要对苍蝇实施严厉惩罚。

此举果然奏效。电蚊拍所到之处，蝇辈们纷纷毙命，幸存者避之唯恐不及，再也不敢猖獗了。大院平静了许多，主人也松了口气。

眼看着自由受限制，生命没保障，蝇族成员日益减少，金头苍蝇待不住了。它忧心忡忡、寝食难安，害怕哪一天会被灭族。思前想后，它决心找电蚊拍讨个公道。

"我说电老大，那主人已够心狠手辣，你可不能再充当他的帮凶哪，"金头苍蝇找到电蚊拍，开口就责怪，"我们也生存不易，为了讨口饭吃，主人就对我等百般发难甚至痛下杀手。如今你也跟着步步进逼，这不是助纣为虐吗？"

电蚊拍不为所动，说："你还是先想想自己做了哪些缺德事吧。你外貌丑陋声音烦人，出入不洁场所，身上附着大量病原体，污染食物，传播霍乱、伤寒、痢疾等十多种疾病，严重危害人类的健康。我为民除害助主人一臂之力，又何错之有呢？"

金头苍蝇一时语塞。它眼珠子一转，又说："你名为'电蚊拍'，顾名思义就是以拍蚊子为己任。你不去收拾蚊子，却要对我蝇族大打出手没事找事，这不是应了民间'狗拿耗子——多管闲事'那句话了吗？"

电蚊拍一听笑了："名字只是象征性的符号，它要告诉你的是，蚊子那么小都难逃我这电网，何况你这大个头？总之，只要祸及人类，不管是蚊子、苍蝇或者其他害人虫，都在我电蚊拍的消灭之列，这就是我的职责所在。"

金头苍蝇绝望了，但它还不死心，装出一副可怜样，低声下气地哀求着："你就积点德，手下留情网开一面，放我们一条生路吧。不是有一句话叫'慈悲为怀'吗？"

电蚊拍义正词严地一口拒绝："对害人虫决不能心善手软讲仁慈。你就别再抱有幻想，趁早死了这条心吧！不是也有一句话叫'除恶务尽'吗？"

说话间，电蚊拍已高高举起，目标对准了金头苍蝇。

# 213  大眼猴种桃

在诸多食物中，大眼猴独喜吃桃。只是山中猴多桃少，总是无法一饱口福，这使得大眼猴倍感遗憾。

这天，大眼猴捡到一颗大桃核，不禁喜不自胜。它兴冲冲地在后院空地上挖个小坑种上桃核，每天都记着浇上一些水，指望着桃核能尽快长成桃树，结出桃子来，自己今后就可以尽情吃桃子了。

过了几天不见有啥动静，大眼猴待不住了。它搔搔后脑勺，心想："怎么回事呢？该不会这种子已经腐烂，失去生命力了吧？"大眼猴越想越心急，干脆动手拨开细土、取出桃核，发现桃核在泥土中吸饱了水分，已经裂开个小口，还露出了一点核心。

"看来不成问题，马上就会长出芽来了，就再等几天吧。"大眼猴松了口气，自我安慰着，重新将桃核埋入土中，每天照样按时浇水。

又过去了几天，还不见有动静，大眼猴又待不住了："真是莫名其妙，都裂口了怎么还不出苗，莫非有什么意外？"于是大眼猴又扒开表土取出桃核，看见桃核已经长出了些细根。大眼猴这下高兴了，又将桃核埋入土中。它想：现在可以放心了，桃核生根了就能发芽，发了芽就能长成桃树，长成桃树了就能结出桃子，如此类推，以后每年就等着摘桃解馋吧！大眼猴越想越甜滋滋的，仿佛愿望马上就要实现了。

于是，大眼猴整天围着土坑转，眼珠子瞪得跟圆球似的盯着地面瞧，恨不得桃苗马上出土。

一晃又过了三五天，还不见桃苗出土。大眼猴彻底失去了耐性，它大发牢骚："真是活见鬼，都生根了怎么还不发芽长苗，这不是成心和我较劲吗？"

它再也等不及了，找来镬头刨下去，将桃核连根挖出，一看却傻了眼，这苗芽已经长成，马上就要破土而出了。可这一刨，却将嫩芽给拦腰折断了。

大眼猴追悔莫及。它手捧着身首分离的桃核和苗芽直发呆——看来这桃树种不成，桃子也吃不成了。

——缺乏耐性的人注定成不了大事，成功的希望往往被他们扼杀在初生的萌芽之中。

# 214　牵牛花吹牛

花园里，红梅和牡丹并排种植。红梅对牡丹一见倾心。

"你多有气派呀，令我仰慕已久！"红梅由衷地赞叹牡丹，"你雍容华贵、国色天香、身份显赫，堪称花中之魁。能和你比邻而居，是我三生有幸哪。"

"承蒙夸奖，愧不敢当。其实，你才是我心目中当之无愧的偶像。"牡丹一面自谦，一面流露出对红梅的景仰之情，"你一身傲骨、勇斗霜雪，岁寒三友你居其中，何等不易。更为难能可贵的是，在世人心目中，你是勇士的象征、报春的使者，世界伟人毛主席还在诗词中多次赞誉你，比如'梅花欢喜漫天雪，冻死苍蝇未足奇'，比如'待到山花烂漫时，她在丛中笑'。此等旷世殊荣，百花界中唯有你享有，怎不让人对你心生羡慕、倍感敬佩呀！"

它们互诉衷肠、相见恨晚，彼此交谈甚欢。

旁边纠缠着大树、正努力向上攀爬的牵牛花听了它们的对话，嫉妒之心油然而生，说："你们有什么了不起，值得相互倾慕？怎么不抬头看看我、崇拜我呢？我可比你们俩都强啊！"

牵牛花此语一出，令红梅、牡丹倍感惊讶，不约而同地相问："不知你强在何处，倒是我们从未领教过。"

"哼！少见世面、孤陋寡闻。那今天我就说道说道，你们洗耳恭听吧！"牵牛花装腔作势地摆出架势，一副天下唯我独尊的模样，"先说'花'。我花如其名，形似喇叭，故人们送我雅号'喇叭花'，这花天下独一无二，既可以自吹自擂，又可以为了达到我个人目的而对所求者曲意吹捧，这样的功夫你们有吗？"

红梅和牡丹相视一笑不作回答，看牵牛花如何继续。

"再说'攀'。普天之下有此功能者舍我其谁，"牵牛花有些得意了，"只要谁的地位高我就攀附谁，总能从中捞到好处。我现在攀住这棵大树已经高高在上了，你们都得仰视于我、对我刮目相看！这样的本领你们有吗？"

红梅和牡丹不与之争辩，顺水推舟点头称是："你果然高不可攀，我们理所当然甘拜下风，岂敢与你相比？但不知你还能再'说教'些什么呢？"

"那就让你们见识见识我的'牛'吧！"牵牛花更加得意忘形了，它居高临下俯视着红梅和牡丹，就像胜利归来的将军面对战败的俘虏，"我的本名叫'牵牛花'，顾名思义，就是偌大的水牛也要对我俯首帖耳、听我指挥，乖乖地让我牵着牛鼻子走。这种胆气你们有吗？"

红梅、牡丹拊掌大笑，齐声说道："你果然是牛气冲天、胆气逼人，没有内在底蕴也敢如此大言不惭、狂妄至极，实在让人钦佩。建议你还是改称'吹牛花'吧，那样就更加名副其实了。但不知你的'说教'内容，除了自我陶醉外，又有谁会认可呢？"

# 215　猴子种甜瓜

春回大地，阳光明媚，猴子四处游玩，开心极了。

它看见兔子在园中刨地，觉得挺新鲜，问："你这个小兔崽子又在瞎忙什么呀？"

兔子说："我在松土哩，我要掌握农时，种上胡萝卜，到了夏末收获时，就有胡萝卜吃了。"

猴子不觉哼了一声说："那胡萝卜有啥好吃的？啃着都觉得费劲，换成是我，就种甜瓜。那瓜闻着舒心啃着爽口，吃起来才带劲呢！"说着自顾自玩耍去了。

猴子来到田间，看见山羊在平畦，感觉很好奇，不禁问它："羊哥，你这又是在干什么呀？"

"我播下了菜种子，现在正在掩土呢。"山羊回答说，"只要我勤浇水、多施肥，到了收获季节，我就能每天都有新鲜蔬菜吃了。"

247

"那青菜有啥好吃的？白送给我都不要，"猴子满脸不屑，说，"如果是我就种甜瓜，那瓜色香味俱全、人见人爱，比你那些烂青菜好吃多了！"说着转身又玩去了。

猴子来到小山坡，看见松鼠在坡地上忙碌着，上前问道："松鼠老弟，你在忙什么呀？"

"我正在种花生呢，"松鼠边忙边回答，"你看我种的这一畦花生，一旦收获了，正好当作我过冬的储粮。"

猴子一听连连摇头，说："那花生有什么好呀？吃时还要剥壳，太麻烦了。我呀，就喜欢种甜瓜。你就等着瞧吧，等我甜瓜收获了，你们不一个个心生羡慕才怪呢！"

果然是天道酬勤，有耕耘就有收获。兔子、山羊、松鼠的心血没有白费，它们都如愿以偿。而猴子推崇备至的甜瓜，除了时时见它挂在嘴边提及外，至今未见到踪影。

——有了计划，就要付诸实践，才能有收获；如果只懂得耍嘴皮子功夫，而没有实际行动，那么，心想事成的愿望只能是一句空话，最终不可能成为现实。

# 216　山兔俩兄弟

山兔俩兄弟在野外觅食，看见一户农家大院后园有片菜地，地里种植着各种青菜，长势良好，特别是大白菜，郁郁葱葱，让人馋涎欲滴。这俩兄弟在院外四处转悠，终于发现围墙角边有一个洞口正好可以容身穿过。于是俩兔就从该洞口进入，躲在菜丛中偷吃青菜，然后再从洞口钻出回窝休息。

这样接连几天，俩兔都从洞口进出光顾菜园。兔老大天生谨慎，行为节制，挑选吃墙角边不易被发现的青菜，且吃饱即止，从不过量；而兔老二则不然，进到菜地里就狼吞虎咽，专挑鲜嫩的蔬菜放开肚皮猛吃，直到实在无法咽下了才住口。因此不长时间，兔老二身体明显长胖，特别是饱食后钻洞口都感觉有点堵塞了。

兔老大见了规劝兔老二："你不能再这样贪心不足地胡吃海塞了，凡事都要有个度，讲求适可而止。再胖下去你可就跑不动了。"

兔老二不以为然地说："你别吓唬人，再胖我也跑得动，不信咱俩试试？再说了，这满园青菜多诱人呀，到哪里还能找到这样的好去处呢？不趁此机会美美享受一番，过了这个村可就没这个店了。"

不管兔老大怎么劝说，兔老二都听不进善言，依然我行我素，每次进菜园总要吃到大饱方肯罢休。

这一天，主人来到菜地里，看见青菜被偷吃了不少，心疼不已。经过检查发现了出入的洞口，知道是山兔所为，于是躲藏在隐蔽处要来个"守洞待兔"。

不久，山兔俩兄弟也来了，它们进入菜地后肆无忌惮地享受青菜的美味。当吃得正欢时，主人手持木棍出现在眼前。山兔俩兄弟吃惊不小，撒腿满园逃窜，主人随后紧追不舍。就在主人分神之际，兔老大瞅准时机钻出洞口，一溜烟似的逃之夭夭；兔老二紧随其后也往洞口钻，但由于进食过饱，身子刚过一半就被卡住了。正当兔老二艰难地蠕动身躯想慢慢通过时，主人已经赶到，兔老二束手就擒，被主人抓住后腿从洞里拖了出来。

"咳！这回我是在劫难逃，必死无疑了。"兔老二倒垂着身子，在主人手中一边挣扎一边翻着红眼睛，悲哀地说，"这贪婪果然是罪恶的根源、惹祸上身的起因，我真不该贪得无厌呀！"

# 217 当白痴还是当傻瓜

森林中有只猴子自恃脑瓜子灵活，凡事喜欢评头论足、说长道短，好像别人都是"傻子"，就数它最聪明。

这天猴子饿了，爬到路边的蟠桃树上摘食成熟的蟠桃。正吃得津津有味，低头看见松鼠在不远的瓜地里啃吃西瓜，禁不住嘲笑起松鼠来。

"瞧你这傻样，吃啥不好，吃什么西瓜？"猴子居高临下，一边吃着蟠桃一边挖苦着松鼠，"那西瓜满是水分，当不了主食，没吃几口就胀胃，没等多久就饿肚；而且西瓜籽又多，不小心就硌牙，它哪有这蟠桃好吃。只有你这种傻瓜才会去啃西瓜哩。"

猴子的臭秉性松鼠早有耳闻，懒得去理会它，自顾自继续吃着西瓜。

没两天，猴子口渴了无处觅水，就到瓜地里摘吃西瓜解渴。刚吃得爽口，抬头看见松鼠正在桃树上摘食蟠桃，忍不住又来嘲笑松鼠。

"你真是个窝囊废，怎么会去摘蟠桃吃？那桃皮表面茸毛密布，看着就让人恶心，而且你还要高高在上当众进食，不怕丢人现眼。"猴子一边吃着西瓜，一边用鄙夷的目光瞧了松鼠一眼，继续奚落着，"这西瓜才是好东西，既能充饥又能解渴，而且味道香甜。只有你这种'白痴'才会去吃蟠桃哩。"

松鼠一听笑了，低头望着猴子说，"你这是在说我吗？如果我没得健忘症，记得几天前你吃蟠桃时嘲笑我是'傻瓜啃西瓜'，而今天你在吃西瓜时又嘲笑我是'白痴吃蟠桃'。可如今你蟠桃也吃了，西瓜也吃了，你是愿意做'白痴'呢，还是愿意当'傻瓜'呀？"

猴子踫了一鼻子的灰，它挠着后脑瓜想了想才发现，别自以为聪明，原来自己就是现实版的"白痴与傻瓜"！

# 218　黑鼠借粮

黑鼠找到一户殷实人家，打洞做窝居住了下来。每当夜深人静时出洞寻食，总能满载而归；白天则躲在洞窝里惬意享受，果真是衣食无忧，日子过得挺称心。

但黑鼠并不满足，它想：田鼠、松鼠都是储粮高手，食品一定很丰盛，何不想办法去向它们讨要，占一些便宜呢？

打定主意，黑鼠装出一副狼狈相找田鼠诉苦："好兄弟，可怜可怜我，我已经几天没寻到食物，饿得前胸贴后背了。你就念在咱俩同'族'的分上，先借给我些粮食，以解燃眉之急。过两天我马上还你。"

田鼠听了二话没说，准备了谷物豆类给黑鼠。黑鼠不停地道谢，心中暗自高兴。

过了几天，黑鼠故技重演，它可怜兮兮地找到松鼠乞求："好兄弟，同情同情我，我无处寻找食物填腹，饿得连走路都没力气了。你就念在咱俩同'宗'的分上，先借我些食物，帮我渡过难关。过两天我一定还你。"

松鼠也毫不推辞，拿了不少松果让黑鼠带回。黑鼠喜形于色，连夸松鼠仗义。

就这样，黑鼠三天两头地找田鼠、松鼠以各种理由"借"食物，每一次都信誓旦旦地说过两天奉还，但没有一次兑现过；而田鼠、松鼠念在它们同属于"鼠"姓的分上，每一次都会出借，而且从没开口向黑鼠讨要过，但对黑鼠这种不守信用的德行打从心眼里鄙视。

这年冬天，主人举家迁往别处居住，留下空宅一座。黑鼠翻箱倒柜，啥食物也没寻到，只好冒雪上门，想再找田鼠借点粮。

"兄弟呀，不是我不想帮你，实在是无能为力了。"田鼠面露难色，婉言拒绝，"隆冬以来我的储粮入不敷出，现在面临断炊。要不你去找松鼠借借看？"

黑鼠吃了闭门羹，只好垂头丧气地转身找松鼠借粮。

"兄弟呀，你来得不是时候，我已经饿了两天，还想到你那里蹭顿饱饭哩！"松鼠回答得更干脆，"我如果手头有余粮，肯定会对你出手相助的。要不你再去找田鼠借借看？"

田鼠、松鼠互相推诿，都不愿意再把食物借给黑鼠。黑鼠大失所望，只好忍着饥饿往回走，却看见野兔在田里刨雪寻找草根充饥，不禁大发牢骚。

"咳，这两个无情无义的家伙，实在吝啬透顶，毫无仁慈之心。"黑鼠对野兔尽情发泄心中的不满，"我都饿得皮包骨头朝不保夕了，它们还无动于衷见死不救。你说它们俩这是什么德行呀！"

野兔对黑鼠平时的借粮行为早有耳闻，不禁问它："你是说田鼠和松鼠吧？听说你平时常向它们俩借粮，每次都承诺过两天还，不知还过几回了？"

黑鼠狡辩说："我现在都自顾不暇了，哪里还有东西还它们。"

"那你手头上充裕的时候有没有想要还呀？你每次都是'刘备借荆州'，谁会愿意屡次受骗当冤大头啊？"野兔毫不客气地谴责黑鼠说，"处世当以诚信为本。而你为了一己之私，屡屡失信于人，到了关键时刻再求助，自然无人愿意相帮。这是你言而无信的结果，怨不得别人了。"

# 219　和谁做朋友

山兔天生胆小软弱，找了个僻静之处打洞筑窝，但又感觉到很孤单无助，想交个朋友做伴。羚羊听说了，就去找山兔。

"咱们俩交朋友吧，"羚羊说，"我们都秉性善良，又都是吃草族，都属于哺乳纲成员，如果我们成了朋友，一定会和睦相处的。"

山兔连连摇头说："我可不敢和你交往，你头上的一对利角让人望而生畏，和你相处一起，时时提心吊胆、不得安宁。"

羚羊听了满心不悦，愤然转身离去。

刺猬也找山兔说："那就咱们俩交朋友吧。我们都靠打洞做窝，交了朋友可以成为好邻居。常言道'远亲不如近邻'，平时彼此关照，有事互相帮衬，多好呀。"

山兔更是一口回绝："那我就更不敢高攀了。瞧你那满身的尖刺多吓人，万一被扎出几个窟窿，不死也要脱层皮，你还是让我多活几天吧。"

刺猬顿时大失所望，悻悻地不辞而别。

不远处的狐狸将这些都看在眼里，暗自喜在心头。它不失时机地接近山兔，装出一副善良的面孔，用尽量温柔的口吻对山兔甜言蜜语。

"你真是个聪明人，一眼就能看出那俩家伙不是好东西。它们一个头上长角一个身上长刺，想和你交朋友肯定不怀好意、别有用心。"狐狸对山兔花言巧语，"你看我就和它们不一样，我身上没角没刺的，和我在一起最安全，不如咱们交个朋友吧?"

山兔看着狐狸慈眉善目，说话轻声细语，顿时产生了好感，于是一口答应，和狐狸交上了朋友。

山兔和狐狸玩到了一起，十分开心。狐狸慢慢将山兔引到偏僻处，见四周无人顿时原形毕露，它一把按住山兔，要吃了它。山兔大吃一惊，极力挣脱撒腿就逃，一边大声呼救。狐狸在后紧追不舍。在树丛中吃草的黄牛闻声出现，赶走狐狸救了山兔。

山兔惊魂未定，见到救自己的黄牛头上也长着角，一时大感不解：看似和蔼可亲的狐狸如此心狠手辣，欲置自己于死地；而这面目丑陋的黄牛关键时刻怎么反而对自己出手相救呢?

"所以千万不能以貌取人，那样终究会误事的。"见到山兔的犹疑眼神，黄牛告诫它，"牛、羊、鹿等草食族以及刺猬都诚实厚道，它们本性善良，无害人之心，长角、长刺纯属是为了自卫，以防范外界的不法侵害；而那些没角没刺如虎、狼、狐等一类肉食者，虽然貌似善良，实则包藏祸心，为满足个人私欲而时时弱肉强食，真正威胁你生命安全的就是它们。今天你的遭遇不就是最好的说明吗?"

山兔惭愧地说："我真不该只看现象不看本质，以外貌定善恶，险些丢了自己的性命，这深刻的教训我一定铭记在心，永不相忘!"

从此，山兔开始远离和防范虎、狼、狐等辈，和长角长刺的牛、羊、刺猬成为好友玩在一起，生命安全得到了极大程度的保障。

# 220　小树、大树和小草

小树生长在高山之巅，俯瞰山下万物尽收眼底。小树不禁大声感叹："果然是'欲穷千里目，更上一层楼'哪！我高高在上，视野多么开阔。"

长在半山腰的大树见了劝它："你万不可在那位置上生长，岂不闻'木秀于林，风必摧之'，况且你独处山巅风险更大，一旦山风刮起你将防不胜防。还是回到我们中间来吧。"

小树不以为然，说："那怎么能行呢？我的位置得天独厚占尽风光，这是上天对我的特别眷顾，你们谁有我这样高的地位呀？不是有首诗说'会当凌绝顶，一览众山小'吗？我只有身临其境，才会深切感受到与众不同呀！"

大树连连摇头说："常言道'德不配位，必有灾殃'，说的就是你这种情况。你涉世未深、根基尚浅，身单力薄、内在欠缺，却占据这样一个高位，不是个好兆头。还是听我一句劝，放弃这种名不符实的虚位，回到现实中来吧，不然迟早会吃亏的。"

大树身下的小草也跟着相劝："回来和我们一起生长吧。你看我们身处半山腰，低调生活不出风头，还有大山做后盾为我们挡飓风，生活过得多么称心如意呀。"

"你们别再相劝了，我知道你们都是居心不良，"小树不为所动，一副老于世故的姿态说，"大树的地位没有我高，所以嫉妒我；小草的环境没有我好，所以羡慕我。平心而论，如果你们也处于我这样的高位，你们舍得放弃吗？"

大树和小草沉默了。它们知道：小树迷恋这个高位，已难回心转意，再多的良言也只能是徒费口舌。

小树风光没多久，厄运已悄然光顾。天气说变就变，一阵暴风雨席卷大山，四野天昏地暗。大树和小草低调生活安然无恙；而小树身居高处首当其冲，大风刮过将其折为两段，接着一阵暴雨，将小树连根拔起，随着山洪一起被冲走。

小树的生命就此终结了。

# 221　桃树的追求

春回大地，路边一棵桃树上粉红色的桃花绽放开了，一朵紧挨着一朵，就像给桃树披上一件由鲜花织成的盛装，美不胜收。过往行人见了无不驻足观赏，称赞道："多好的一棵桃树呀，能够开放出如此绚丽的桃花，它给大地送来了春的气息。"

生长在不远处的一株绿萝，见到桃树风光无限，自己却被冷落，嫉恨之心油然而生。它嘲讽桃树："有必要如此张扬吗？为什么不向我学着点，低调处世呢？你看我绿袍加身青春焕发，从不屑于以花色哗众取宠，我的思想境界是多么高尚呀。"

桃树淡然一笑揶揄道："我并没有刻意去张扬什么呀，开花只是我生长过程的一个环节；而你也并非真的高风亮节低调处世，因为你的基因决定了你只懂得长绿叶而从不会开花！"

绿萝不开花的秘密被桃树一语道破，顿时觉得脸上无光。但它并不因此甘拜下风，仍然找说辞抬高自己，同时不忘继续贬损桃树："我不会开花又怎么了？我身披绿叶四季常青，这样的景色你有吗？你的花开得再艳丽迟早都要凋谢，当遍地残花时谁还会再来欣赏你呢？"

"你何必如此小气量小心眼，你长叶我开花，都给春天带来无限的风光，都是自然界中亮丽的风景，有必要如此抑人扬己吗？"桃树白了绿萝一眼，淡定地说道，"而且我花开不是为了夺人眼球，也不会因花谢而沮丧。于我而言，花开花落都只属于过程，我追求的是结果，这才是最重要的。明白吗？"

桃树不再理会绿萝的说三道四，坚定自己的信念，专心致志地孕育着树上的小幼桃。

夏末秋初，又迎来了收获的季节。深红色的熟桃挂满了枝头，过往行人见了又发出了阵阵赞叹声："多好的一棵桃树呀，能结出如此香甜美味的大桃，这可是桃树心血的结晶呀！"

桃树倍感欣慰，因为自己精心培育的成果得到了众人的认可；绿萝虽然默默无语，却从此对桃树刮目相看，也对桃树之前说的话有了重新的认识——花开花落都只是过程，结果才是最重要的！

# 222　训　鸽

有个年轻人对赛鸽运动产生了浓厚的兴趣。每场赛事结束，当他看到夺冠的参赛鸽和它主人登台领奖时的神采飞扬风光无限，就羡慕不已，恨不得站在领奖台上的是自己。

于是他下决心也要当一名优秀的训鸽手，训练一羽出类拔萃的竞翔鸽，争取在来年赛鸽场中一举夺冠，也让自己风光一回。

他知道竞翔鸽血统的优良与否至关重要，恰好有个朋友饲养赛鸽，于是从朋友处索回一只刚长出翅膀、正在学习飞行的纯种红血蓝眼雏鸽。红血蓝眼鸽属于传统赛鸽品种中的"三杰"之一，具有高翔、翻飞、夜游、恋巢性强等四大特点，飞翔时直线上升，高得几乎看不到；降落时旋转翻飞，滚动直下；夜翔能力极强，月黑无光也能飞归。

该雏鸽尽管未长成形，但身材匀称、躯体健壮、骨骼发达、双眼明亮，一看就知道是一只不平凡的上等鸽。据说它的父辈已经连续几届蝉联竞翔冠军了。

年轻人求成心切，恨不得使雏鸽一夜之间闻名鸽坛，第二天马上着手对它进行训练。雏鸽开始时只能在地面上扑扇着翅膀飞行两三步，几天以后已经能离开地面飞到椅子、桌面上，甚至还有一两次能飞到葡萄棚上了。

看到雏鸽如此有长进，年轻人信心倍增。他想：温室里培不成万年松，和风中练不出硬翅膀。要想来年在众多的参赛鸽中脱颖而出一举夺冠，平时就要对雏鸽严格训练，要把它带到大风雨中去搏斗，让它在大自然的恶劣环境中经受磨炼，方可成才。

于是年轻人选择了一个雷雨天气，带着雏鸽登上山顶。山上风大雨急，刮得旁边树木直摇晃。年轻人看准时机，将雏鸽顺着风势往上抛向空中，满心期望着小鸽子能振翅飞翔。

可是令他始料未及的是，雏鸽那双尚未长硬的翅膀经受不住疾风骤雨的袭击，只扑扇两下就失去了控制力，顺着风势摔到山谷底下去了。

年轻人后悔不迭。雏鸽没训练成，却把它的一双翅膀给摔折了。

——良好的愿望未必都能实现，凡事均应循序渐进，如果急于求成操之过急，往往会欲速不达，从而把事情办砸了。

# 223 "伏虎棒"与"打狗棍"

壮士与老乞丐同过山岗。壮士持根硬木棒防身，老乞丐提个竹篮子用于乞讨。

猛然间，蹿出一只猛虎，张牙舞爪地朝他们扑面而来。老乞丐未及反应，壮士则挺身上前大吼一声，挥棒击向前面一棵大树，树身摇曳，树叶扑簌簌地直往下落。猛虎被眼前的阵势惊呆了，它看着壮士手持木棒，威风凛凛怒目圆睁，一时间被震慑住，慌忙转身落荒而逃。

乞丐钦佩地望着壮士啧啧称赞："真是盖世英雄哪！你手中的大棒也十分了得，一棒吓退了恶虎，令人肃然起敬。"

壮士掂了掂手中的木棒无不自豪地说："不是吹牛，这是根'伏虎棒'，质地坚硬，我一棒在手天下无敌！再凶恶的猛虎也要乖乖臣服于这棒下！"

老乞丐真渴望能得到这根木棒，向壮士请求："我年老体衰乞讨不易，时常受恶人欺凌，你能否发个善心将这根木棒赠送于我，我也好依仗它庇护壮胆，免受凌辱？"

壮士深表同情，二话不说，豪爽地将木棒送给了老乞丐。

老乞丐大喜过望。从此以后但凡外出乞讨，总要把这根木棒带在身边。

这天，老乞丐到一乡村乞讨，一只野狗挡住去路，朝着他狂吠不止，还跃跃欲试似乎要冲上前来咬人。老乞丐气愤不已，学着壮士的模样高举起手中木棒，尚未出手，野狗早已吓得扭头逃走，躲在远处叫吠着，声音也没有先前凶狠了。

"这可真是件宝物呀！"老乞丐用木棒直指野狗，得意地说，"你怎么不神气了呢？我有这根'打狗棍'在手，你还敢猖狂吗？"

木棒慨然长叹："悲哀呀！我追随壮士号称'伏虎棒'，八面威风何等荣耀；可是到了你手上却沦为'打狗棍'，辱没了我的一世英名……"

# 224　乌龟和松鼠

乌龟瞧不起松鼠，嘲笑它说："你真没用，连游泳也不会，整日里只能待在树上虚度时光，不觉得无聊吗？"

松鼠也瞧不起乌龟，反唇相讥道："你才没用呢，连上树也不会，只懂得泡在水中混日子，不觉得窝囊吗？"

乌龟说："我才不窝囊哩，我在水中尽兴游玩，别有一番滋味。水底世界风光别致，你能享受得到吗？"

松鼠也说："我才不会无聊哩，树上树下任我攀爬好不潇洒，高踞树端极目远眺，无限景色尽收眼底，你能感受得到吗？"

于是它们各执一词，平时遇见了就互相抬杠。乌龟认为水下世界好，没必要学上树；松鼠则认为树上风光美，没必要学游泳。

这天乌龟遇见松鼠，无不遗憾地说："昨天我游到小河对岸，见到河边一棵枣树上结满红枣，已经熟透，那味道一定香甜。可惜我不会上树，可望而不可摘，真是馋死我了。"

松鼠也有同感，倍加惋惜："是呀，我看那红通通的大枣挂满枝头，真恨不得能爬到树上去尽情享受个够，可是我不会游水无法到达对岸，只能是对着甜枣干瞪眼了。"

乌龟灵机一动建议说："我会游水但不会上树，你会上树却不会游水，如果咱们各自发挥特长，来个取长补短互相配合，我送你过江，你上树摘枣，不就可以共同享受到红枣的美味了？"

"好啊，好啊，真是个好主意。"松鼠高兴地拍手赞同。

于是它们俩立即付诸行动。松鼠趴在乌龟背上，乌龟划动四肢在水中轻松地游动着，不一会儿工夫就将松鼠驮运到了小河对岸。松鼠跳下龟背，敏捷地爬上枣树，摘下了一颗颗红枣；乌龟在枣树下忙得不亦乐乎，将撒落满地的红枣归拢起来堆成了小堆。

于是，乌龟和松鼠都吃到了红枣。它们这才明白，和睦相处、互帮互助是多么重要。它们从此之后格外珍惜友谊，再也不互相瞧不起对方了。

# 225 孤独的梅花鹿

梅花鹿因其身上长有许多美丽的白斑纹，朵朵状似梅花而得名，在森林草食族中格外引人注目，故常有溢美之词不绝于耳："你长得多漂亮呀！难怪人们称'禽中孔雀兽中鹿'。"

梅花鹿听了喜不自胜，它来到湖边，对着湖面左照右照，再环顾四周，发觉自己果然美貌如画与众不同，不觉有些飘飘然，同时禁不住鄙视起水牛、山羊和斑马等昔日的伙伴来了。

"瞧你们一个个粗俗鄙陋，与我对比能不相形见绌吗？"梅花鹿逐个尽情地嘲笑起它们来，"先说你水牛，虽说牛气冲天，却皮粗肉糙，难登大雅之堂；再说你山羊，看似毛色光亮，却枯燥单调、非黑即白，缺乏美感；而你斑马呢，虽然想赶时髦附庸风雅，在身上绘出条状斑纹，却呆板古怪，实在是不堪入目。"

水牛、山羊和斑马无端受到奚落面面相觑，一时不知该说什么。

梅花鹿越发得意起来，更觉得自己高人一等。它想要借此机会显摆一番，让众人今后对自己刮目相看。

"不是我吹牛，你们看到的还只是我的外表，我的身份地位有多高，今天也让你们长长见识，"梅花鹿高傲地自我吹嘘道，"我是吉祥的化身，公园里以我为造型的塑像比比皆是；我是富裕的象征，我的名字与'禄'字谐音，代表了权贵和地位；我更是帝位的代名词，古代以'逐鹿中原'比喻争夺天下；还有哩，世人将我与蝙蝠并举表示'福禄双全'；让我与老寿星南极仙翁形影不离，希望为世人增寿；而且……"

梅花鹿喋喋不休地道个不停，水牛、山羊和斑马忍无可忍，一个个不辞而别，现场留下梅花鹿干瞪眼。

而从此以后，昔日的伙伴们再也不愿意和它共处了，这使得梅花鹿倍感寂寞。这天，它愤愤不平地找到森林中的智者猩猩诉苦："我秀外慧中，有形象有内涵，而且还是国家一级保护动物，身份地位不同凡响。可是它们怎么都不懂得仰慕我敬重我，反而与我形同陌路纷纷离我而去？真是岂有此理！"

"这怪不得他人，还是反恭自省找原因吧！"猩猩善意地批评它，"虽然你外表美寓意佳，但要想得到别人的仰慕敬重，首先要懂得尊重别人；而你却傲睨自若、任意轻贱他人，似此徒有虚名、没素养的浅薄表现，谁会仰慕敬重你，又有谁会愿意再和你交往呢？"

梅花鹿哑口无言。

所以时至今日，梅花鹿群居性不强，特别是雄性梅花鹿往往是独自生活。

# 226　黑熊与蜜蜂

黑熊想偷吃蜂蜜，又怕蜜蜂尾部的那根刺。它曾经目睹过猴子去盗蜜，被蜜蜂们群起而攻之、面目全非抱头鼠窜的惨状，至今仍然历历在目、心有余悸。可是蜂蜜的香甜美味实在太诱人，黑熊既想一饱口福，又不想步猴子的后尘而得到同样下场。它绞尽脑汁，终于有了好主意。

这天，它看见蜜蜂在花丛中采集花粉，就不失时机地凑上前去套近乎。

"你真是辛勤的劳动者，难怪人们如此器重你。"黑熊摆出一副真诚的模样，极力赞美蜜蜂，"你为了寻找花源、采集花粉、酿造醇香可口的蜂蜜，不畏天寒酷暑、不惧平地山尖地四处奔波，你真是勤勤恳恳任劳任怨的典范呀！再看看那些蝴蝶、蜻蜓，整日里无所事事游手好闲，虽然也围着花儿转，终究是一事无成。与它们相比，你的形象多么令人敬仰。"

蜜蜂正忙于采集花粉，无暇理会黑熊在一旁的甜言蜜语。

黑熊毫不介意，更加起劲地吹捧蜜蜂："再说，你心胸宽阔品德高尚，埋头苦干无怨无悔；你大公无私毫不为已，只知奉献不图回报。你承受所有的辛苦，却把甜蜜留给人间。你真是众人心中的偶像、处世的楷模呀！"

"谢谢你的夸奖，但我受之有愧担当不起。"蜜蜂对黑熊的话并不当真，它顺口回应着，一边继续忙碌，自顾自采集花粉。

"可是你知道吗？你的这根尾刺破坏了你这光辉形象，让人觉得你心胸狭窄争强好斗，真是遗憾之至哪！"黑熊话锋一转，一本正经地劝说蜜蜂，"依我之见，你不如除了这尾刺，那样，你的形象将更加高大完美，必然会人见人爱人人赞颂，你又何乐而不为呢?"

"你是想让我除掉这尾刺? 如果真是那样，我可就惨了。"蜜蜂不由自主地停止了手中的活，严肃地对黑熊说，"我们带刺纯属为了自卫，并无害人之心，只有居心不良垂涎蜂蜜的入侵者才会既惧且恨。而我真正的朋友都不会害怕，还会时常提醒我们警惕盗蜜者，千万不可轻信谗言而随意放弃。"蜜蜂一针见血击中要害，令黑熊张口结舌，一时不知该说什么。

"再说，如果没了这尾刺，一旦有入侵者，我们有能力来保卫自己的家园吗? 有办法来捍卫辛勤劳动的成果吗? 一句话：我们决不会为了追求所谓的'外表形象'而舍本逐末，自行去解除武装的!"蜜蜂坚定地回答。

黑熊无言以对，只好耷拉着脑袋灰溜溜地离开了。

黑熊的阴谋诡计终究无法得逞，至今还只能靠着做偷吃蜂蜜的美梦解馋。

# 227　小金雕的菩萨心

农夫在后山坡养了一群鸡和几只羊，平时细心照料，满心指望着鸡和羊养大后卖了能赚些钱。

可是不知从哪里飞来一只恶鹰，三天两头地前来叼鸡，让农夫损失惨重。农夫既痛心又对恶鹰束手无策，只好在鸡舍旁唉声叹气。

一只正在学习飞翔的小金雕对农夫的遭遇深表同情，对恶鹰的强盗行径深恶痛绝，禁不住义愤填膺地声讨起恶鹰来。

"凶残成性的恶鹰呀，你这不知羞耻的家伙，"小金雕强烈谴责道，"你丧尽天良贪得无厌，为满足个人私欲残害无辜的鸡儿们，给可怜的农夫带来痛苦，你犯下不可饶恕的罪恶，就不怕遭报应吗? 你真是咱鹰族的败类呀。"

"如果换作是我，我决不会干这种伤天害理的勾当。我要怀有菩萨心肠去广庇天下苍生；我要持有大爱之心关照众多弱者；我要疾恶如仇、匡扶正义、除暴安良；我还要尽我之所能维护鹰族的荣誉，让天下尽知，我们光荣的鹰族，从来就是人类最可信任的朋友。"

小金雕的话深深感动了农夫，让他从绝望中看到了希望。农夫满心期待着小金雕快快长大后充当保护神，保护剩下的几只鸡不再受恶鹰的侵犯。

小金雕的话也深深打动了上天。上天希望小金雕将来能信守承诺，主持正义替天行道。于是，当小金雕长成壮鹰时，上天赋予了它一具雄壮的身躯、一双闪电般的锐眼、一对强健的翅膀和一双锋利的钢爪，让金雕成为鹰族中的佼佼者。

然而事与愿违。出乎众人意料，长成的金雕早将当初的誓言抛于脑后。它步恶鹰之后尘，走上了和恶鹰一样的生活道路。同时，它倚仗比恶鹰更优越的条件，心性也比恶鹰更残忍，手段也更毒辣。剩下的被农夫保护在鸡舍里的几只鸡，恶鹰无从下手，而长成的金雕却能轻易破门而入，不费吹灰之力就将剩鸡一扫而空。更令人惊心的是，当无处猎鸡满足其食欲时，厄运便毫不客气地降临到几只羊身上，羊儿先后都成了它的猎食对象。

农夫完全绝望了。他百思不得其解，当初和善可亲、满腔正气的小金雕，怎么长大了说变就变，变得如此凶狠残暴了呢？

——道理很简单，鹰族的凶残本性是不会改变的。小金雕之所以温文尔雅，那是因为它的翅膀还没长硬，它的鹰爪尚缺少锐利而已。

# 228　谈愿望

牛、马、狗、猫和猪相聚在大树下，各自畅谈心中的愿望。牛说："我的愿望是年年辛勤耕耘，争取粮食的丰收。我要做到'吃进去的是草，挤出来的是奶'，还要'但得众生皆得饱，不辞羸病卧残阳'，无怨无悔地为人类做奉献。"

马说："我的愿望是为人类一马当先，驰骋天下。我要'所向无空阔，真堪托死生'，'一生拉车能负重，骑乘耕作春夏冬'，成为人类生活的好帮手。"

狗说："我的愿望是尽职尽责，为人类守护家园防贼防盗。我要'默默无闻一身忠，起早贪黑耳目聪，食简舍陋心无怨，保家护院显神通'，真正成为人类忠诚可信赖的朋友。"

猫说："我的愿望是不舍昼夜捕鼠除害，保护人类的家产不受破坏。诚如人类曾经对我的褒奖'裹盐迎得小狸奴，尽护山房万卷书'，我决不辜负人类对我的信任与厚爱。"

猪呵呵一笑，说："我没有你们那样高尚的情操。我的愿望简单实在，那就是想吃就吃想睡就睡，无拘无束、了无牵挂，养得肥肥胖胖，逍遥自在赛过活神仙。能够达到这种境界，我的愿望也就达到了。"

树上的猴子听了，对它们说："你们的思想境界不同，追求也就不同。但是上天自会眷顾你们，你们愿望都会实现的。"

果然，牛、马、狗、猫恪尽职守，在各自的岗位上兢兢业业为人类做贡献，它们都实现了自己的愿望，都成为人类的好帮手、好伙伴。

当然，猪也实现了自己的愿望。主人一天三餐供它吃喝，啥事都没让它干，猪的日子过得挺舒心，果然被养得肥肥胖胖。终于有一天，主人把它送进了屠宰场。

# 229  两个乞丐的命运

两个乞丐，一老一小，他们衣衫褴褛面黄肌瘦，在乞讨途中相遇了。于是两人结伴而行，白日里忍饥挨饿，挎着破竹篮、拿着打狗棍，沿村乞讨度日；晚上则栖身于破庙里或他人屋檐下，除了时时遭人白眼，还经常受人驱赶，日子过得挺凄凉。

这天他们来到某城镇，见到一处工地上正在建造高楼，许多工人热火朝天地在干活，围墙外还贴有一张"招工广告"。

小乞丐见了不禁怦然心动，对老乞丐说："咱们就告别这种乞讨方式，也到工地里打工，以后过自食其力的生活吧。"

老乞丐一听连连反对："这可使不得，我年老体衰你尚未成年，都不适合干体力活，你快打消了这个念头吧。"

小乞丐不以为然，说："其实你年尚未老，体也未衰，干些体力活正当时；而我虽未成年不久也将成年，我可以先干童工活。不管怎样，也比过这种忍屈受辱没有尊严的乞讨生活强。"

老乞丐瞧了瞧身边的破竹篮，掂了掂手中的打狗棍，仍然坚持说："这两样宝贝形影不离伴随我这许多年，我们之间有了感情实难舍弃，我还是安于现状苟且度日吧。"

小乞丐摇头说："现在有了机会你还不思进取，什么时候才能改变命运呢？再说了，要想办成一件事，就必须懂得舍弃；如果舍不得目前你所拥有的这'两样宝贝'，就得不到更好的，这道理不是明摆着的?"

不管小乞丐如何劝说，老乞丐总是固执己见，两人只好分道扬镳。小乞丐丢弃破竹篮和打狗棍，到工地上打工去了；老乞丐则依然故我，守着他那两件宝贝乞讨度日。

几年时间过去了，老乞丐日复一日靠乞讨生活；而小乞丐却走向了新生，过上了自强自立、有人格尊严的生活。他成为一名工艺娴熟的建筑工人，每天都意气风发地出现在工地上，为一座座高楼大厦的崛起砌基垒墙、添砖加瓦。

# 230　大耳猴学素描

四川峨眉山上的猴子天生有灵性，大耳猴更是其中的佼佼者。它模仿起上山观猴赏猴游客们的动作来惟妙惟肖，常常博得众人的阵阵喝彩。大耳猴也因此得意扬扬，觉得自己什么都能学会。

这天，它看见画师在画素描猴子，画出的群猴千姿百态、活灵活现，心里很是羡慕。它想，如果自己能将这门技艺学到手，今后在猴族中肯定出人头地，风光无限。于是请求画师教它素描技术。

"待在一旁玩去吧，别给我添乱，"画师头也不抬，自顾自专心致志地绘画，并不搭理大耳猴的请求，"你不具备这方面的潜能，不适合学素描这门技术。"

"谁说我不适合学素描？这世上哪有我学不成的东西?"大耳猴不服气，它顺势摆出画师作画的姿态炫耀着，"你仔细瞧瞧，我学得像吗?"

画师被大耳猴滑稽的神情逗乐了，但仍然坚持着："你学人样吸引人眼球倒可以，素描绘画可不是靠这些雕虫小技。"

"你也太小瞧人了，"大耳猴更加不服气了，"谁都赞美我灵性十足，学啥像啥，岂有学不成素描的道理?"

"那好，一切从头学起，就从削铅笔开始吧。"画师不胜其烦，顺手拿起削笔刀，边做示范削铅笔，边告诉大耳猴要领，很快就把铅笔削好了。

"这不是易事一桩吗？何必要故弄玄虚?"大耳猴冷冷一笑，迫不及待地拿起削笔刀，也学着画师的动作有模有样地削起铅笔来。可是没两下，只听得"咔嚓"一声，铅笔被削断了。

大耳猴搔搔后脑门，又拿起一支铅笔削起来，还没削两下，又听见"咔嚓"一声，刚露出一点点的笔芯又断了。如此反复多次，一连削断了几支铅笔，还是没削成。

大耳猴终于泄气了，它一甩削笔刀和断笔发起牢骚来："唉，削铅笔这活太难干了，真吃不消！你还是直接教我学素描吧。"

"你连削铅笔这种基本功都没办法掌握，还想学素描？别异想天开了。"画师直言相告，"素描绘画是件精细活，除了需要灵性，更少不得耐性。像你这种猴急相，成事不足败事有余，还是找些粗活干去吧。"

大耳猴心服口服了，它叹了口气说："看来我真不是当画师的料。像我这样的急性子，真干不了精细活！我还是认命了吧。"


# 231　气球和铅球


随着小孩将空气吹入气球渐渐变大。看着自己的身子不断膨胀，气球觉得很神气。它环视四周，见到铅球待在墙角毫不起眼，不禁嘲笑起铅球来。

"瞧你这窝囊相，要姿色没姿色，要地位没地位，纯粹就是一坨铁疙瘩，整日里就知道与地面为伍，多没出息呀！"气球抖了抖持续胀大的肚皮炫耀着："你再看看我，体形比你壮、长相比你美，论地位更比你高，而且只要没有羁束，我会飘得更高。与我比较，你不觉得相形见绌吗？"

铅球神色坦然自若，说："我心里踏实得很哩！虽然我貌不惊人，但我不忘初心，不管抛出多远都要回归大地；而且在赛场上，运动员们利用我奋力拼搏，屡创佳绩争夺荣誉。你说，我有必要'相形见绌'吗？"

气球一时语塞，但它看到自己的身体继续胀大，似乎又找回了自信，说："你别再自我安慰了，说得再好听能让身体变大吗？而我就不一样，只要我愿意，就可以……"

话音未落，只听见"嘭"的一声响，气球瞬间爆炸，碎片散落一地。原来小孩吹气过多，将气球的肚皮给胀裂了。

"唉，真是个悲剧呀，现实版的打肿脸充胖子！"铅球连连摇头叹息道，"没有充实的内在，给你些空气就无限自我膨胀。这下该明白了吧？靠吹起来的东西，是不可能长久存在的！"

# 232　蜻蜓点水的启示

夏末秋初阳光和煦，蜻蜓在清澈如镜的湖面上轻盈地盘旋着，时不时降低高度，将细长的尾巴弯成弓状紧贴着水面圈圈点点，像在做游戏，显得悠闲自在。

蹲坐在湖面荷叶上捕食蚊虫的小青蛙见了，止不住对一旁的大青蛙说："瞧它多轻浮呀，我们都在忙碌着灭除虫害，它却整日里在湖面上东游西荡的啥活儿也不干，这不是不务正业虚度光阴吗？"

大青蛙瞧了小青蛙一眼，没说什么。

小青蛙更加来劲了，摆出一副老于世故的模样嘲笑起蜻蜓来："你看它有模有样的，还时不时地用尾巴点点水面，莫非它想测量这湖水的深度吗？"

老青蛙听了摇头问："你怎么能这么说呢？你知道蜻蜓是在干什么吗？"

小青蛙胸有成竹地说："这我太清楚了，它完全是在装腔作势嘛！人们不是常把那些作风轻浮，不深入实际，专门做表面文章的办事模式，讥讽为'蜻蜓点水'吗？"

"这样认为你就大错特错了，你怎么不具体了解情况也人云亦云呢？"大青蛙严肃地批评小青蛙。

小青蛙听了一头雾水，不知道自己错在哪里。

"首先你要清楚'蜻蜓点水'的目的是什么，它是在产卵哩！"老青蛙直言道，"你看那蜻蜓在湖面上飞行时，凭借着一双圆溜溜的复眼专注地寻找好目标，然后将卵撒播在水中或水草叶面上，用这种方式完成繁衍后代的使命，你说它是不务正业吗？"

小青蛙听了惊讶地鼓起了眼睛，想不到蜻蜓点水还真不是在虚度光阴。

"其次你要记住，任何事物都不能只看其表面，而应当要透过现象看本质，这样才能得出正确的结论。"大青蛙语重心长地教导小青蛙，"就以蜻蜓点水为例，正是由于前人不深入实际做调查，而以现象代替本质，从而让蜻蜓点水的正常之举成为他们的反面教材，你说蜻蜓它冤不冤呀？”

“原来这‘蜻蜓点水’的背后还有这样的故事，真让我受益匪浅。”小青蛙高兴地对大青蛙说，“它让我懂得，有时事情的表面现象即是假象，一旦让它蒙蔽了双眼而轻易相信，迟早会铸成大错的，是这个道理吗？”

# 233　持证上岗

一座偌大的粮仓由黑猫负责灭鼠。几年来黑猫尽职尽责，充分继承了祖传的捕鼠技能，更积累了丰富的捕鼠经验。因此，只要老鼠出现、留下蛛丝马迹，黑猫都能将它们擒拿归案，无一漏网。久而久之，群鼠见到黑猫个个闻风丧胆，逃之唯恐不及。

这天，粮仓里新分配来一只白狗。白狗见到黑猫，就傲气十足地下起了逐客令：“喂！黑头，有我来这里捕鼠就没你啥事了，今后你就乖乖地躲到一边享清福去吧。”

黑猫觉得莫名其妙，说：“怎么会没我的事呢？捕鼠保粮是我的职责所在，我任重道远，还要长期坚守这个岗位哩。”

白狗听了冷冷一笑，满脸不屑地挖苦道：“就凭你？你具备灭鼠资格吗？”

“谁说我没有资格灭鼠，难道就你有资格？如此说来‘狗拿耗子——多管闲事’的俗话要体现在你的身上了？”黑猫更是一头雾水，愤愤不平地责问，“你知道我这几年除灭了多少鼠害吗？”

“这都无关紧要，关键是从今以后这座粮仓灭鼠的重任非我莫属。”白狗自信满满一脸得意相，它顺手掏出一个小本子在黑猫面前晃了晃，神气十足地说，“睁大你这双猫眼睛瞧好啰，这是执业证书，你有吗？只有通过正式考核取得此证才有资格上岗捕鼠，否则就是无证经营，属于违法乱纪！”

黑猫愣住了，想不到现在捕鼠还要考证。它不服气地说：“持证只是形式，捕鼠才是内涵，难道这形式还比内涵更重要？我猫族从古至今都未曾考过什么执业证书，不也照样捕鼠呀！不是有句俗语称‘不管黑猫白猫，能抓老鼠就是好猫’吗？”

“哼！都什么年代了还翻老皇历！如今讲究规范管理，你还是改变观念与时俱进吧!"白狗越发瞧不起黑猫,尽情地嘲笑它,"你知道我花了多少时间精心钻研捕鼠理论,过五关斩六将费尽九牛二虎之力才把这本证书混到手的吗?应该说是'不管黑猫白狗,有证上岗才是好手'。你没有这本执业证书,本事再强捕鼠再多也是不合法的。你还是识时务些,一旁待着去吧,免得我捕鼠时你在场碍手碍脚!"

黑猫很生气,它想不到祖传的捕鼠秘籍竟然不管用,如今捉老鼠还要持证上岗,这不是荒唐至极吗?于是它干脆撒手不管躲到房梁上休息,就让白狗捉鼠去吧。

白狗信心满满地想一展身手,但是事与愿违。它始料不及的是自己毫无实践经验,空有一套捕鼠理论却无从适用,狡猾精灵的老鼠明明出现了就是难抓到,还跟自己玩起捉迷藏来。白狗被接连折腾几天,累得气喘吁吁晕头转向,却一只老鼠也没捉到,它这才深切体会到:空有执业证书还真不管用,自己果然是狗拿耗子瞎折腾!

黑猫看在眼里彻底无语了,它忧心忡忡:有执业证书的白狗空有理论不会捕鼠,自己能捕鼠却无执业证书上不了岗——今后这粮仓里的鼠患该怎么消除呀?

# 234  公鸡的全能型冠军

公鸡吹嘘自己在各个领域都出类拔萃,是禽鸟族中的佼佼者,并且夸下海口称:凡是天空中飞的地面上跑的,谁敢不服气尽管来比试。

公鸡的傲慢惹恼了众禽鸟,它们纷纷前来,要以自己的特长与公鸡比试高低论输赢。

老鹰首先气冲冲地向公鸡叫板:"你这家伙真不知天高地厚,竟敢口出狂言轻视于我!我是公认的空中霸主,你有能耐就和我比试比试飞翔技能,看看咱俩谁飞得高。"

"比就比,谁怕谁!咱们先比形象后比素质,一项一项地比。"公鸡也不示弱,反而底气十足,"你看我凤冠彩衣、缤纷亮丽,多有气质;哪像你浑身灰不溜秋的毫无姿色,不觉得难登大雅之堂吗?"

老鹰见自己外表的确不如公鸡,顿时感觉相形见绌,只好悻悻然一声不吭地飞走了。

孔雀一听信心倍增，上前向公鸡挑战："你不是要比形象吗？那咱就比比。我的羽衣色彩斑斓，尾翼开屏艳惊八方，谁不对我钦羡有加！而你虽然自我粉饰貌似冠冕堂皇，与我相比是否要甘拜下风呢？"

"你不必神气，咱也一项一项地比，我就和你先比试歌咏吧。"公鸡并不畏怯，反而自信满满，"我每日凌晨引吭长鸣，歌声洪亮抑扬顿挫；而你却叫声'嗷嗷'不堪入耳，难道不应当有自知之明退避三舍吗？"

孔雀默然无语，它深知自己嗓音难听，实在难登大雅之堂，只好垂头丧气地躲到一旁去了。

白鹅看见机会来了，兴冲冲地迎上前去，摇头晃脑地对公鸡说："你要比唱歌正合我意，我愿意奉陪与你一比高低。我的家族在歌坛上久负盛名，曾得到古诗人的深情赞咏：'鹅鹅鹅，曲项向天歌……'"

"你就拉倒吧，伟人还赋诗赞我'一唱雄鸡天下白'哩。"公鸡神气十足地呵呵一笑，打断白鹅的话音说，"咱今天不比唱歌，就比试谁飞得高如何？"说罢不等白鹅做出反应，就扑扇着翅膀飞到瓜棚上，居高临下地跟白鹅打招呼，"来呀，有能耐你也飞上来试试？"

白鹅一时愣住了，它打量着自己笨重的身躯，走起路来还只能一摇一摆的，又怎能飞到棚上去呢？只能抬头望着公鸡干瞪眼。

于是公鸡得意极了，它昂头挺胸，大言不惭地四处炫耀："你们也都看清楚了，我跟老鹰比形象、跟孔雀比歌咏、跟白鹅比飞行，它们一个个都败下阵来，哈哈！我是咱禽鸟界中的全能型冠军！"

——人人各有所短也各有所长，如果一味刻意地寻找别人的短处与自己的长处相比试，那他永远是冠军。

# 235　一株蜡梅的命运

主人购回一株蜡梅，倍加珍爱，将它种植于高档的花盆中，摆放在花园显眼处细心照料。

隆冬来临，北风凛冽，花园中草木凋零一片萧条。主人心疼蜡梅，怕它冻坏了，特意将花盆移入温室中。

蜡梅生性不惧严寒，尤其喜欢傲霜斗雪，如今来到温室中反而感到气闷不适，于是连声呼叫着："唉！受不了，受不了……"

主人听了心想："原来蜡梅这么怕冷，温室中这么暖和了还连称受不了。"于是将温室的所有窗门全部关闭，温室中的温度又渐渐升高了些。

过了几天，蜡梅更觉憋得难受，呼吸也有些不通了，又忙不迭地抱怨连天："唉！受不了！这回真的受不了了……"

主人又想："这蜡梅果然怕冷呀，温室里已经够暖和了，怎么还直称受不了呢？"于是不断地向温室里输入暖气，温室里的温度陡然升高了许多。蜡梅更加感到呼吸困难，连声音也发不出来了。

"现在总不会冷了吧？"看看蜡梅没什么反应，主人心想蜡梅应该适合在这样高的温度下生长，于是放心地离开了。

可是过了一段时间，当主人来到温室时，却看见蜡梅已经枯萎，失去了生命力。

主人心疼不已，连声叹息道："想不到这蜡梅如此畏冷。我对它特别关照了，把它移入温室中还特意增加了暖气，可它最终还是抵挡不住风寒，唉！可惜了……"

——违背了自然规律办事，终究是要付出代价的。

# 236　老鼠和油坛子

盛米的坛子里只剩下坛底一些米了。米坛子不太高，坛盖子没盖上，一只老鼠趁夜溜进坛子里去偷吃米，饱食后前足攀住坛沿，一纵身就轻而易举地跳出坛外逃离现场。

此后一连几天，老鼠轻车熟路，每夜都要光临米坛子，直至把坛底的剩米全部偷吃光。

不久，主人将米坛子改成油坛子用来盛油，并将坛盖盖上。油香味阵阵飘来，更加吸引老鼠了。它围着油坛子团团转，千方百计地想偷些油一饱口福，却又无从下手，急得只能干瞪眼。

机会终于来了。这天主人拿来几个瓶子，将油分装到瓶子里去，空油坛子也就没盖上。老鼠见了大喜过望，它迫不及待地跳进油坛子里，将坛底、坛壁上的剩油舔得干干净净，总算填饱了肚子。当它心满意足地想离开时却傻了眼，它发现之前的逃离方法如今派不上用场了。它的前足攀住了坛沿，沾了油的坛沿却奇滑无比，根本没法子抓牢，一跳就摔下坛底。连试几回被摔得鼻青脸肿浑身发疼。

老鼠恼羞成怒，气急败坏地大声责骂油坛子："你这家伙好不地道，竟然也学会了油头滑脸设下陷阱坑害人，还讲不讲道德良心呀？"

"你也懂得讲道德良心？"油坛子听了不觉得大笑，说，"你平日里尽干些盗米偷油、啃箱咬柜的勾当，有时还散播瘟疫，危害人类健康和生命安全。当你作恶多端时，可曾讲过道德良心呀？"老鼠一时哑口无言。

"再说了，哪个装油的容器不滑？我何必费脑筋设啥陷阱！如果你不利欲熏心自投罗网，谁又有能耐'请君入瓮'呢？"油坛子严正地告诫老鼠，"做了坏事终究要遭报应，无须再用'道德良心'来绑架他人。你就安下心来乖乖待着自行忏悔，等待主人送你下地狱吧！"

# 237　矛和盾故事新编

"自相矛盾"成语故事出自《韩非子·难一》，讲的是，有个楚国人卖矛又卖盾，先夸耀自己的盾，说："我的盾坚固无比，没有什么锐器能够穿透它。"又夸耀自己的矛，说："我的矛锋利无比，任何坚固的东西都能穿得透。"有人问他："如果用你的矛来刺你的盾，结果怎么样呢？"那人无言以对。后人就用"矛盾"一词比喻说话做事前后相抵触之意。

自从此事发生之后，矛和盾之间有了隔阂，还真的产生了"矛盾"。它们相互轻视对方，平日里时常恶语相加。

这天在兵器库里，盾和矛被摆放在一起。它们之间再一次发生了冲突。

"快离我远点，看见你我就心烦！"盾厌恶地斥责矛。

"看见你我还恶心哩，你为什么要靠我这么近呀？"矛不甘示弱针锋相对。

"哼！咱主人都夸我坚不可摧，没有什么锐器能刺穿我，你算啥东西！"

盾神气十足地说。

"那你又算老几呀，咱主人还夸我无坚不摧，任何坚固的东西都能戳穿它！"矛也高傲地昂起头，丝毫不把盾放在眼里。

盾被激怒了："瞧你这屌样，充其量只是银样镴枪头而已。有本事你就刺呀，不让你碰得个头破血流我就不是盾！"

矛也愤恨难平："你才是窝囊废一个，面子虽大却无半点内涵，有能耐你就让我刺呀，不把你戳得遍体鳞伤我就不是矛！"

它们俩唇枪舌剑、互不相让，吵得不可开交。挂在墙上的弓箭出面打圆场："你们不要再争了。主人对你们的赞誉虽有'自相矛盾'之嫌，但不失为对你们的最高评价，证明你们不愧为咱众兵器兄弟中的佼佼者呀。"

盾和矛听了都感到浑身舒畅，但依然互不服气，认为自己比对方强。

"但是你们可曾想到，不管是盾的坚固，还是矛的锐利，都是咱众兵器兄弟的福音，你们应当为对方的优秀而高兴才是，怎么能够互相轻慢贬损，视对方为敌手？这成何体统。"弓箭话锋一转批评盾和矛。

盾和矛面面相觑，弄不明白弓箭的话意：为什么对方优秀了，自己还要为它而高兴呢？

见到盾和矛一脸蒙相，弓箭进一步开导说："你们应当懂得，在战场上，你们是同一个战壕的战友，每当冲锋陷阵时更需要团结一致共同对敌。此时战友越优秀，胜利就越有保障。而如果你们'自相矛盾'同室操戈，未上战场已不攻自破，胜利还有希望吗？"

盾和矛豁然大悟，深为自己的意气用事而羞愧。它们从此互相敬重和睦相处，虽然矛和盾仍时时摆放在一起，但它们之间再也不闹"矛盾"了。

# 238　大熊猫捕鼠

动物园里食材丰富，招引了许多老鼠前来偷食，这群鼠贼胆大妄为，搅得动物园内不得安宁。管理员忍无可忍又奈何不得，决定去养几只猫用以捕鼠。

大熊猫闻讯后对管理员毛遂自荐道："你这不是多此一举吗？何必兴师动众再去养什么猫捕鼠，我就是名副其实的捕鼠'大猫'，这些个无名鼠辈，由我来处理只是举手之劳。"

管理员白了大熊猫一眼："一边待着去吧！别在这里吹牛皮说大话了，捕鼠除害的活儿你没能耐干。"

大熊猫一听大为不悦，说："你也太小瞧人了！但凡姓名中带有'猫'字的都是鼠类的克星，比如三花猫、狸花猫，或者昼伏夜出的猫头鹰，哪个不是捕鼠高手！而我个头最大，更是猫系列中的佼佼者，怎么就没能耐捕鼠除害了？"

"你就别再逞能了，那些鼠贼个个身手敏捷，精灵透顶，你有什么本事能捉到它们？"管理员不为所动，仍然坚持己见。

"谁说我没本事，我的本事大着哩，"大熊猫顿时来劲了，"我能爬树，老鼠爬得有我高吗？我能啃竹子，老鼠的牙齿有我尖锐吗？而且我是'国宝'，谁不对我刮目相看……"

说话间，不远的墙旮旯处出现一只老鼠。大熊猫大喜过望，朝管理员夸下海口："真是天遂我愿，我想捕鼠，老鼠就送货上门了。你且看我如何捉拿这鼠贼，也好让你心悦诚服。"说罢信心满满地冲向老鼠，想象着能将老鼠一举擒获。

老鼠见大熊猫追来急忙逃避，大熊猫紧追不舍。不久老鼠就发现，这大熊猫行动笨拙反应迟钝，就是在它眼前晃荡也未必有危险，于是放下心来，不急不慢地逗着大熊猫兜圈子玩，没一会儿就要得大熊猫气喘吁吁，步履维艰。

没多久老鼠玩腻了，趁机绕到大熊猫身后，狠咬了它一口。大熊猫猝不及防，疼得瘫在地上嗷嗷直叫，老鼠则一溜烟似的攀上墙头，得意扬扬地俯视着大熊猫嘲笑不止。大熊猫一筹莫展，只能垂头丧气地"望鼠兴叹"干瞪眼。

"这下该清醒了吧！别让自身的优越感冲昏了大脑！"看着大熊猫的一副狼狈相，管理员摇头惋惜不止，"虽然你也称'猫'，而且还是国宝，但是和鼠辈斗，你还真不如它们。如今一世英名毁于一旦，也算是出大丑了。"

# 239　灰狼的好名声

灰狼贪婪狡诈，生性残忍，在森林王国中声名狼藉，没人愿意和它交往。可是灰狼通过旁门左道成为狮王的亲信，于是狮王任命灰狼当上了"山羊族总管事"。

消息不胫而走，很快在森林王国中传遍，灰狼一时间成为公众人物。于是，各种溢美之词也接踵而至了。

与灰狼素有积怨的山豹表现得最为积极，逢人便大肆吹捧唯恐灰狼听不见："咱狮王慧眼识才任人唯贤哪！那群刁羊不服管教四处撒野，只有狼哥才有能力担此大任，有魄力震慑住这群刁羊。"

善于见风使舵的狐狸也不甘示后，四处对灰狼大加恭维："咱狼哥一表人才八面威风，当上'山羊族总管事'，这是顺应天意，众望所归呀！"

黑熊听了一头雾水，向狐狸问道："你们怎么都前后判若两人。那山豹昨天还咬牙切齿地诅咒灰狼，称它凶恶残暴必遭报应；今天却将灰狼捧上了天，这是为什么呀？"

狐狸瞧了瞧四周无人，将黑熊带到一旁轻声地说："你傻呀。那山豹之前因猎获山羊后，灰狼总要恃强前来抢食而结怨。如今灰狼大权在握岂可同日而语！山豹不想方设法讨得灰狼欢心以释前嫌，今后还想有山羊肉吃吗？"

"可是，昨天你还说灰狼是森林王国的祸根，有朝一日要和它算总账，今天怎么也一反常态为它歌功颂德来了？"

"这不是明摆着的事实吗？"狐狸哈哈一笑直言不讳，"那灰狼今非昔比，如今是'山羊族总管事'，管着那一群人见人馋的活宝哩。我今天拼命赞扬它让它有了好名声，保不准什么时候会赐给我一两块它吃剩的肥羊肉，一旦它高兴起来了，或许还会送给我一整只肥山羊哩！"

"哦！我总算明白了，"黑熊恍然大悟，说道，"难怪这灰狼昨天还臭名昭著，今天就有了好名声，原来这好名声来自它头上的这顶桂冠呀！"

# 240 "发财哥"的发财梦

偏远乡村有个懒人好逸恶劳，平日里游手好闲、东游西逛的一件正事也不干，却满脑子里做着发财梦，恨不得哪一天能一夜间发家致富。因此乡亲们送他个"发财哥"的外号以示嘲讽，不想"发财哥"听了不怒反乐，喜滋滋地回答道："多谢父老乡亲们的厚爱吉言，你们就等着我'发财哥'发财吧！"

　　这天，某"民间爱心艺术团"到该乡村慰问演出献爱心，吸引了众多的乡邻，"发财哥"也不甘示后，兴致勃勃地跟随前往观赏。

　　演出开始了，灯火通明的舞台上，演员们各显其能，或独唱，或合唱，或说相声，或演小品，精湛的艺术表演，博得了台下观众的阵阵喝彩声。特别是魔术师的压轴大戏《无中生有》节目，更是吸引了众人的眼球。只见魔术师空手上台，在众目睽睽之下，一伸手，一束鲜花出现在手中，再伸手，飞出一只鸽子，接着魔术师两只手轮番伸向空中，左一张右一张地抓回百元大钞，不长时间铺满了整张桌面。看着魔术师出神入化的表演，台下的观众顿时沸腾起来，掌声雷动，经久不息。

　　"发财哥"更是看得目瞪口呆。演出结束后，他急不可待地冲向幕后找到魔术师，请求他收自己为徒，传授这"无中生有"的独门绝技。

　　"难哪，这门功夫不是谁想学就能够学到手的。"魔术师瞅了"发财哥"一眼淡淡地回应，"常言道'台上一分钟，台下十年功'，说的是要想得到台上一分钟的收获，需要在台下付出十年的刻苦努力。如此学艺的艰辛，你能承受得了吗？"

　　"只要能学到这门技术，什么样的苦我都愿意接受。""发财哥"指着"民间爱心艺术团"的大旗，越发恳求魔术师，"我迫切需要这独门绝技，你就奉献爱心将它传授于我吧！那样，我就能随心所欲，想要多少钱就有多少钱，不就能很快脱贫致富了？"

　　"这舞台上的魔术表演你也当真，还想靠它一夜暴富，岂不是痴人说梦？"魔术师顿时明白了"发财哥"的学艺初衷，禁不住哑然失笑，干脆来个直话直说，"知道魔术的本质是什么吗？它是艺人娴熟地利用障眼法，欺骗观众的视觉、心理和认知，从而达到'以假乱真'的表演效果。而你还自以为是，把它'以假当真'，不觉得荒唐可笑吗？""发财哥"呆望着魔术师，一时间无言以对。

　　"别再异想天开了，现实是残酷的，不可能存在'无中生有'，更别指望天上会掉下馅饼来。"魔术师严肃地批评"发财哥"，"要想致富必须勤劳，要靠个人的努力奋斗。如果你再沉湎于投机取巧、不劳而获的发财梦中而不能自拔，那就等着一辈子喝西北风吧！"

　　"发财哥"如梦初醒。他默默地离开现场，细细品味着魔术师的教诲，思想着今后应该怎样变懒为勤改变现状，成为名副其实的"发财哥"。

# 241 谁更自卑

长颈鹿在森林中个儿最高，因此平日里总是摆出一副高高在上的模样，似乎谁都不在它的眼里。

这天，它看见山羊在不远处吃草，就神气十足地踱着方步走到山羊跟前，装模作样地比了比高矮，说起了风凉话来。

"瞧瞧你，白吃了这许多草料，怎么就不见你长个呢？"看着山羊的身子还不及自己的前腿高，长颈鹿好不得意，尽情地嘲笑起山羊来，"人们都说全森林中就你胡子长智商高，见多识广，怎么一见到我你就矮了半截，是不是觉得有些自卑了呢？"

"你看我自卑了吗？"山羊听了哈哈大笑，不卑不亢地回答，"我与牛、马等族友交流时从来都是平起平坐，唯独遇见了你，我就昂头挺胸高傲得很哩！你说我这是自卑呢还是自信呀？"

长颈鹿愣住了，它看见山羊果然是仰起头来和自己对话，一时间哑口无言不知所措，想不到山羊"以子之矛，陷子之盾"，反而将了自己一军。

"再说你吧，看看你这熊样，"山羊也不再客气了，它对着长颈鹿反唇相讥，"你平日里不是自高自大目空一切吗？今天怎么一到我的跟前，就低眉顺眼俯首称臣，抬不起头来了？你是不是觉得见到我就更加自卑了呢？"

面对山羊的接连反问，长颈鹿这才发现，由于自己个儿高，要和山羊对话就必须低下头来。它一脸尴尬无言以对，只好自嘲地说："唉！全森林里就你长胡子，果然智力超群能言善辩，我今天算是自取其辱了！"

# 242 小懒猪的明天

一只小懒猪懒得出奇，平日里无所事事，除了吃喝就是睡觉，因此养得肥肥胖胖，连行走都感觉有些不利索了。小懒猪的邻居花公鸡见了，忍不住上前提醒它："猪小弟，不能再这样好懒成性了，看看你的猪兄猪弟们，哪个像你这样胖得不成样子，再不运动瘦身后果不堪设想。"

看着自己奇胖变形的躯体，小懒猪也感觉到有些"惨不忍睹"。于是拍着胸脯对花公鸡说："鸡哥请放心，我决定从明天开始参加运动瘦身，到时候记得唤醒我哦。"

第二天拂晓，花公鸡按时啼鸣，催促小懒猪起来健身。小懒猪睡眼惺忪地对鸡说："鸡哥呀，太困了实在起不来，今天就算了吧，从明天开始一定起身运动。"公鸡无可奈何，只能摇头离开忙自己的活儿去了。

此后一连几天，公鸡啼鸣完都不忘前来催醒小懒猪，小懒猪总是推三阻四，千方百计地找借口赖在窝里，还信誓旦旦地保证说从明天起一定参加运动。

这天，公鸡又按时前来催促小懒猪起床，小懒猪依然故我，赖在草窝中不动身。公鸡急了责备道："你这小懒猪懒些也就罢了，怎么还出尔反尔、言而无信呢？"

小懒猪听了大不服气，辩称道："我虽然懒些这是事实，但历来是一言九鼎、言信行果，你怎么能肆意贬低我'出尔反尔、言而无信'呢？"

公鸡诘问道："我每天都按时催你早起健身瘦体，你每回都保证'从明天开始'，这'明天'都多少回了，你开始运动了吗？"

"这不就对了吗？"小懒猪一听更来劲了，它理直气壮地回答，"我不是说过'从明天起开始运动'吗？可现在还是今天，这'明天'还没有到来，你让我怎么运动？我怎么就'出尔反尔、言而无信'了呢？"

花公鸡一时间愣住了，它意想不到小懒猪竟然和自己玩起文字游戏来了。公鸡无可奈何地摇着脑袋嘲讽道："你的'明天'果然还没到来，但它永远不会到来。你这只'一言九鼎、言信行果'的猪君子就信守你的承诺，等属于你的'明天'到来后再健身瘦体吧！"